W0402769

MIRA®

Alle Rechte, einschließlich das des vollständigen oder auszugsweisen Nachdrucks in jeglicher Form, sind vorbehalten.

Der Preis dieses Bandes versteht sich einschließlich der gesetzlichen Mehrwertsteuer.

Umwelthinweis:
Dieses Buch wurde auf chlor- und säurefreiem Papier gedruckt.

Stephanie Chong arbeitete als Anwältin, bevor sie in Oxford Kreatives Schreiben studiert und ihren Traumjob entdeckt hat: Schriftstellerin. Wenn sie nicht schreibt, macht sie Yoga, reist oder ist in der Natur unterwegs. Sie lebt in Vancouver, zusammen mit ihrem Ehemann und ihrem Mops Dexter.

Stephanie Chong

Im Bann der Dämonin

Roman

Aus dem Amerikanischen von
Gisela Schmitt

MIRA®

MIRA® TASCHENBUCH
Band 65076
1. Auflage: Juni 2013

MIRA® TASCHENBÜCHER
erscheinen in der Harlequin Enterprises GmbH,
Valentinskamp 24, 20354 Hamburg
Geschäftsführer: Thomas Beckmann

Copyright © 2013 by MIRA Taschenbuch
in der Harlequin Enterprises GmbH
Deutsche Erstveröffentlichung

Titel der nordamerikanischen Originalausgabe:
The Demoness Of Waking Dreams
Copyright © 2012 by Stephanie Chong
erschienen bei: MIRA Books, Toronto

Published by arrangement with
HARLEQUIN ENTERPRISES II B.V./S.àr.l

Konzeption/Reihengestaltung: fredebold&partner gmbh, Köln
Umschlaggestaltung: pecher und soiron, Köln
Redaktion: Mareike Müller
Titelabbildung: Harlequin Enterprises S.A., Schweiz
Autorenfoto: © Harlequin Enterprises S.A., Schweiz
Satz: GGP Media GmbH, Pößneck
Druck und Bindearbeiten: CPI – Ebner & Spiegel, Ulm
Printed in Germany
Dieses Buch wurde auf FSC®-zertifiziertem Papier gedruckt.
ISBN 978-3-86278-730-2

www.mira-taschenbuch.de

Werden Sie Fan von MIRA Taschenbuch auf Facebook!

Für Valerie Gray,
la miglior fabbra.

War es Vision? Ein Traum und ich doch wach?
John Keats, „Ode an eine Nachtigall“ (1819)

PROLOG

Chiesa del Santissimo Redentore
Gegenwart

Wer wird es sein?

Im schmucklosen marmornen Innenraum der Renaissancekirche stand Luciana Rossetti und betrachtete die Eröffnungszeremonie eines Festes, das sie verabscheute. Dämmriges Licht drang durch die hohen Fenster und beleuchtete schwach das Bronzekruzifix, das hoch über dem Altar hing. Um Punkt neunzehn Uhr begannen die Priester ihre feierliche Prozession durch das Kirchenschiff.

Ja, so ein Priester wäre eine wunderbare Opfergabe, schoss es Luciana amüsiert durch den Kopf und sie stellte sich vor, wie scharlachrote Blutflecke die prachtvollen creme- und goldfarbenen Ornate befleckten.

Oder lieber etwas Einfacheres? Jemand aus der staunenden Menge von Gottesdienstbesuchern und Touristen?

Im Grunde war es ihr egal. Sie hasste sie alle.

Außerdem endeten alle Menschen irgendwann gleich.

Tot und begraben.

Ihr idiotischen Sterblichen. Ihr habt ja keine Ahnung, was das Jenseits wirklich für euch bereithält. Wenn ihr das wüsstet, würden die meisten von euch augenblicklich schreiend aus der geliebten Basilika des Erlösers rennen. Ein Lächeln umspielte Lucianas Mundwinkel, während sie darüber nachdachte.

Ein einzelnes Tröpfchen Schweiß lief zwischen ihren perfekt geformten Brüsten herunter und rann ins Mieder ihres Seidenkleids. Sie schloss für einen Moment die blassgrünen Augen vor dem Sonnenlicht, das ihr Gesicht wärmte. Anders als diese Herde von Idioten war sie nicht hier, weil sie das Erlöserfest feiern wollte.

Nein, sie hatte eine vollkommen andere, eine böse Absicht:

Dem Herrscher der Finsternis die Ehre erweisen.

Luciana Rossetti war hier, da sie sich auf der Jagd befand.

Sie würde sich aus der Masse der Gläubigen, die sich an diesem heißen Juli-Wochenende hier versammelt hatten, ihr Opfer wählen. Ein einzelnes Opfer, das sie eintauschen würde gegen gewisse Privilegien und Freiheiten, die ihr dafür in der Welt der Dämonen garantiert wurden. Es war eine Opfergabe für den Herrn der Finsternis.

Auge um Auge, Zahn um Zahn. Seele um Seele.

Von der Kanzel herab dröhnten die Worte des Geistlichen.

Erlösung. Rettung. Darum ging es.

„Wir danken unserem Herrn Jesus Christus für die Erlösung, die er Venedig zuteilwerden ließ, als er die aller durchlauchteste Republik 1577 von der Pest befreite. Aus Dankbarkeit haben damals die Bürger Venedigs diese Kirche gestiftet."

Das mit der Erlösung, überlegte Luciana, ist eine seltsame Angelegenheit.

Fünfzigtausend Menschen hatte die Pest damals dahingerafft. Ein Drittel der Bevölkerung war ausgelöscht worden, ihre Leichname in Massengräbern bestattet. Ein halbes Jahrhundert später kehrte die Pest jedoch nach Venedig zurück, um sich diesmal achtzigtausend Seelen zu greifen. Doch davon erwähnte der brave Priester nichts. Aber was konnte man auch schon von einem Mann erwarten, der einen mittelalterlichen Kopfschmuck trug und mit all seinen Ritualen offensichtlich viele Hundert Jahre in der Vergangenheit verhaftet war.

Wenn das die Erlösung sein soll, wähle ich auf jeden Fall die Alternative. Darüber musste Luciana nicht lange nachdenken.

Hinter ihr murmelte und brummelte jemand mit leiser Stimme unzufrieden vor sich hin, allerdings war es unmöglich, irgendein Wort zu verstehen. Luciana wandte sich um und bemerkte eine alte Frau in der Bank hinter ihr. Als die Alte Lucianas Gesicht erblickte, erstarrte sie, und im selben Moment durchbrach ihr plötzliches Geschrei die Stille und schreckte die andächtig lauschende Menge auf.

„*Demonessa!*", schrie die Frau und zeigte mit dem Finger auf Luciana. „*Una demonessa nella casa di Dio!*"

Eine Dämonin im Haus Gottes.

Jeder Einzelne der Besucher schien zu erstarren und drehte sich nun zu der verrückten alten *nonna* um, die gar nicht mehr aufhören wollte zu zetern. Unter ihren prüfenden Blicken setzte Luciana ein frommes Lächeln auf und versuchte, rein und unschuldig wie ein Täubchen zu wirken. Sie hatte einen Platz ganz außen in der Kirchenbank gewählt, jederzeit bereit, die Flucht zu ergreifen. Doch das war hoffentlich nicht nötig.

Die Menschen erkannten sie so gut wie nie.

Nur ganz selten. Sehr selten.

„*Mamma! Basta!*", fuhr ihr Sohn die Alte an, ein kahl werdender Mann um die fünfzig, der vor Scham errötete, während er seine Mutter zurechtwies. Er flüsterte eine an die Gemeinde gerichtete Entschuldigung, in der er etwas von Alzheimer und vergessenen Medikamenten murmelte. Dann zerrte er die alte Frau mit sich durch den Mittelgang nach draußen, unterdessen spuckte sie fortwährend um sich und stieß Schreie aus.

Um sich herum hörte Luciana bedauerndes Gemurmel, Wortfetzen wie „*strega pazza … strana vecchia*". Verrückte alte Hexe.

Gesù Cristo, fluchte die Dämonin im Stillen. Menschen. Wie erbärmlich.

Nach außen hin lächelte sie schulterzuckend.

Die Zeremonie ging weiter. Nachdem die endlosen, langweiligen Rituale endlich beendet waren, schritten die Priester durch den Mittelgang an den Gläubigen vorbei nach draußen. Einige von ihnen betrachteten Luciana, neugierig, die die Ursache des Tumults gewesen war. Sie schenkte jedem ihr frommstes Lächeln. Doch tatsächlich landeten die meisten Blicke der Herren tiefer, auf ihrem prallen Dekolleté.

Auch die Männer Gottes sind eben nur Männer, das hatte sie

schon immer gewusst.

Die Menge der Kirchenbesucher zerstreute sich allmählich, strömte hinaus in den frühen Abend. Zum Picknick und zu den Feierlichkeiten, zu den mit Blumengirlanden, Ballons und Papierlaternen geschmückten Booten. Zu Musik und Tanz und, sobald die Sonne untergegangen war, zum Feuerwerk.

Luciana verweilte noch ein wenig in dem Gotteshaus. Dann schlenderte sie auf eine der Seitenkapellen zu, kniete sich zum vorgetäuschten Gebet auf den kühlen Marmorboden und schaute flüchtig auf die wenigen Gläubigen, die sich noch in der Kirche aufhielten.

Wer wird es dieses Jahr sein?

Wer von ihnen wird der Auserwählte sein?

Heute hatte sie das Verlangen nach einem gut aussehenden jungen Mann. Einem Mann, dessen Leben sie für eine einzige, spektakuläre Nacht verändern würde. Dessen geheimste Fantasien und wildesten Träume sie in dieser Nacht wahr werden ließ. Einem Mann, der mit ihr das Spiel der Verführung spielen würde. Einem Mann, dessen Leben vor Sonnenaufgang sein Ende finden würde.

Sie drehte sich um und entdeckte ihn, und seine Erscheinung raubte ihr den Atem.

Chi è? Sie musste sich bremsen, damit sie es nicht laut sagte: Wer ist denn das?

Groß, dunkelhaarig, attraktiv.

Ja. Aber noch etwas anderes, viel Wichtigeres machte ihn aus.

Gefährlich. Wild. Wütend. Das war es, was ihr als Erstes an ihm auffiel.

Er war schöner als eine Michelangelo-Statue. Seine muskulösen, sonnengebräunten Arme waren mit Tattoos bedeckt. Kurz geschorenes, dunkles Haar wie ein Soldat. Rasiert, doch nicht aus ästhetischen, sondern aus rein praktischen Gründen, so glaubte sie zumindest. Ein konzentrierter und stechender Blick aus hellgrauen Augen. Dieselbe Farbe hatte der Regen.

Diesen Mann umgab die Aura eines rastlosen Ozeans. Sein Aussehen bildete das krasse Gegenteil zu dem der herausgeputzten *mammoni*, der italienischen Muttersöhnchen, von denen Venedig voll zu sein schien.

Er war schön. Nicht einfach nur ein hübscher Junge.

Sein muskulöser Körperbau und seine selbstbewusste Haltung deuteten darauf hin, dass er nicht von hier stammte.

Kein Venezianer. Kein Italiener. Kein Europäer.

Kein Mensch.

Der Gedanke erschreckte sie. Sie wusste nicht, wieso.

Über ihr flatterte ein Vogel durch die Kirchenkuppel. Sein schneller Flügelschlag, sein zwitscherndes Tremolo verloren sich im Raum. Die Touristen reckten die Hälse und deuteten nach oben. Auch Luciana schaute nach oben. Es war nur eine Taube, eine dieser widerlichen Flugratten, die Venedig seit Jahrhunderten verpesteten.

Doch der Lärm des Vogels löste plötzlich Zweifel in ihr aus.

Denn das Geräusch von schlagenden Flügeln war oft ein Vorbote anderer geflügelter Belästigungen.

Das Gesicht des Mannes war schöner als das jedes Sterblichen, den sie je gesehen hatte. Sie schloss die Augen und richtete ihre Energie direkt auf ihn. Und wartete auf ein Zeichen. Auf das tiefe Wissen. Auf das Gefühl von Macht, unsterblich und außergewöhnlich, das von allen göttlichen Wesen ausging.

Und jetzt spürte sie die auflodernde Energie. Keine bloße intuitive Empfindung war das, sondern eine spürbare, geballte Energieladung erfasste sie und ließ sie nach hinten taumeln. Es warf sie beinahe um.

Er war ein Engel.

In diesem Moment rauschte ein ganzer Schwarm Tauben durch die geöffneten Kirchentüren ins Innere. Sie schraubten sich in die Höhe, schwangen sich zu dem bisher einsamen Vogel in der Kuppel auf, und schnell erfüllte ihr dutzendfaches Gurren und lautes Flügelschlagen den Raum.

Der Lärm der Tauben und die Stimmen der Touristen vermischten sich zu einer Kakophonie. Ausrufe auf Italienisch, Englisch, Deutsch, Japanisch und einem Dutzend anderer Sprachen erklangen, und alle Leute deuteten und starrten auf die in der Höhe kreisenden Vögel. Das donnernde Flattern der vielen Flügel und das menschliche Stimmengewirr vereinigten sich allmählich zu einem Summen, das erst leiser wurde und schließlich ganz verstummte.

Wenigstens für Luciana.

Denn sie achtete nur noch auf ihn. Der erste Mann und die erste Frau, die sich in einem wilden Paradiesgarten trafen. Oder der letzte Mann und die letzte Frau auf der Welt, die sich am Ende der Zeiten auf einer vertrockneten Ebene gegenüberstanden.

Engel und Dämon.

Eingeschworene Feinde.

Sie standen in der Seitenkapelle. Sie starrten sich an. Sein Blick hielt ihrem stand. In diesem Moment zogen ganze Jahrhunderte vor Lucianas innerem Auge vorbei. Sie kam sich vor, als wäre sie soeben neu geboren, ganz allein durch die Anwesenheit dieses Mannes.

Der in das Innerste ihrer Seele hineinzuschauen schien. So wie sie in seine.

Einen Moment lang vergaß sie ihre Jagdgelüste. Vergaß die Rachegefühle und den Wunsch, die gesamte Kompanie der Engel auszulöschen. Sie konnte nichts mehr denken, kannte nur noch diesen Augenblick, wie sie in der stillen Kapelle stand, die letzten Sonnenstrahlen des Tages auf ihrem Gesicht.

Mit ihm.

Wäre er ein Mensch, hätte sie ihn seinem kostbaren Erlöser überlassen. Dann hätte sie ihm gestattet, die Kirche zu verlassen, sich mit den Venezianern in die Feierlichkeiten zu stürzen und sich an der Stadt zu erfreuen. Sie hätte ihm gestattet, sich das Feuerwerk anzusehen, billigen Prosecco zu trinken und am nächsten Morgen wieder abzureisen.

Sie hätte ihm gestattet, weiterzuleben.

Doch diese Gedanken verschwanden so schnell, wie sie gekommen waren. Das Gekreisch der Vögel und das Gemurmel der Menschenmassen wuchsen wieder zu einem ohrenbetäubenden Lärm an. Die Leute schubsten sich und drängelten aneinander vorbei, um dem Chaos zu entfliehen. Luciana kehrte in die harsche Realität zurück, zurück zu der Erkenntnis, dass sie sich in einer viel zu heißen Kirche befand, die sie so sehr verabscheute.

Und jetzt wusste sie auch wieder, wie sehr sie diesen Mann hasste und alle seiner Art.

Sie würde ihn zerstören. Sie musste ihn zerstören.

Nie zuvor hatte sie einen Engel geopfert.

Wie konnte sie Satan besser die Ehre erweisen? Ja, dieser Mann gab ein prächtiges Opfer ab. Luciana verzog die Lippen zu ihrem typischen Lächeln – ein Lächeln, das sie über viele Jahrhunderte geübt hatte und das einem Mann wilde Lust versprach, ganz ohne Worte. Dieses Lächeln schenkte sie dem Unbekannten durch den Schauer von grauen Federn hindurch, der auf sie herabregnete.

Vergiss die Erlösung. Möge die Jagd beginnen!

1. KAPITEL

Ein Tag zuvor

„Willkommen zu Hause, *baronessa.*"

Luciana Rossettis Privatboot wartete schon am Dock des Marco-Polo-Flughafens, und ihr Chauffeur half ihr beim Heruntersteigen vom Steg in das glänzende Mahagoni-Boot. Das Wasser glitzerte im Licht der Morgensonne, die die Lagune erstrahlen ließ. „Danke, Massimo. Es ist schön, wieder daheim zu sein."

„Kein Gepäck, *signora*?"

„Ich bin etwas überstürzt aus den Staaten abgereist." Luciana nahm auf einem Sessel im hinteren Teil des Bootes Platz. Sie lehnte sich in die hellbraunen Lederpolster. Endlich konnte sie sich entspannen. Sie atmete tief ein und stieß die Luft mit einem Seufzer der Erleichterung wieder aus.

Überstürzte Abreise war etwas untertrieben. *Gerade noch entkommen* traf es eher.

Doch im Moment fehlten ihr die richtigen Worte. Mit Worten allein ließ sich kaum ausdrücken, was ihr in den vergangenen drei Monaten widerfahren war. Und ihr fehlte einfach die Energie, Massimo davon zu berichten.

„Ist alles in Ordnung?", erkundigte er sich besorgt, während er das Boot hinaus auf die Lagune steuerte. Wenn irgendjemand spürte, ob etwas mit ihr nicht stimmte, dann war er es. Massimo war ihr *maggiordomo*, ihr Butler, ihre rechte Hand, und zwar schon seit zweihundert Jahren. Er warf ihr einen Blick zu und musterte sie stirnrunzelnd. „Sie sehen müde aus."

„Wie oft habe ich dich darauf hingewiesen, du sollst mir das nicht sagen, Massimo? Das will keine Frau hören, selbst wenn es wahr ist. Es geht mir gut."

Es ging ihr nicht gut.

Sie schloss die Augen und lehnte sich zurück. Vielleicht

würde es ihr gleich wieder besser gehen. Doch im Moment war sie vollkommen erschöpft. Total ausgelaugt.

Aber sie lebte noch.

„Alles ist bestens, Massimo", beteuerte sie noch einmal, obwohl es gelogen war. „Ich hatte eine kurze Begegnung mit unseren Feinden, habe aber keinen dauerhaften Schaden davongetragen. Jetzt gibt es nur eins, das zählt: Ich habe es rechtzeitig nach Hause geschafft, um dem alljährlichen Erlöserfest beiwohnen zu können."

„Natürlich, *baronessa*." Auf Massimos schönem Gesicht zeigte sich ein Lächeln. „Sie sind eine starke Frau. Und Sie haben die Unterstützung Ihrer untergebenen Diener, von uns Türhütern. Denken Sie denn, Sie haben genug Kraft für die Jagd?", fragte er sie besorgt. „Wenn nicht, kann ich das Personal zusammentrommeln, und wir kümmern uns um die Sache, wenn Sie es wünschen."

„Nein, Massimo." Luciana rieb sich die Schläfen.

Die Türhüter, niedere Dämonen, die in ihren Diensten standen, waren zufälligerweise alle sehr jung, Italiener, männlich und außerordentlich hübsch anzusehen. Als Hauspersonal und Dienstboten machten sie ihre Sache gut. Aber wenn es darum ging, ihre eigenen Pflichten zu erledigen, konnte – und wollte – sie ihnen nicht trauen.

„Mach dir keine Gedanken. Ich muss mich nur ein paar Stunden ausruhen. Heute Abend bin ich sicher wieder völlig hergestellt. Bis dahin ist es noch eine Ewigkeit. Es besteht keine Notwendigkeit, dass das Personal mir eine Verpflichtung abnimmt, die zu erfüllen ich selbst in der Lage bin."

Massimo nickte und konzentrierte sich darauf, das Boot durch den Canal Grande zu steuern.

„Eine Aufgabe, die ich außerdem persönlich erfüllen muss", fügte sie hinzu.

Kurze Zeit später, als das Boot unter der Rialto-Brücke hindurchglitt, setzten bei ihr Kopfschmerzen ein. Die Brücke ließ die schmerzhafte Erinnerung an den Mann zurückkehren, der für ihre überstürzte Abreise aus den Vereinigten Staaten verantwortlich war. In der Nähe dieser Brücke hatte sie vor über zweihundert Jahren ihren ehemaligen Liebhaber kennengelernt. Damals war sie gerade mal siebzehn Jahre alt gewesen und immer noch unschuldig. Noch frisch und jung. Noch ein Mensch.

Und dann hatte Julian Ascher alles ruiniert.

Es war ein greller, stechender Schmerz, der in ihren Schläfen pulsierte. Mit den Fingern umklammerte sie die kleine gläserne Phiole, die sie an einer feinen Goldkette um den Hals trug. Das Einzige, das sie bei ihrer überhasteten Rückreise aus Amerika hatte mitnehmen können. Der Inhalt dieses kleinen Fläschchens würde ihr behilflich sein bei dem, was ihr größter Wunsch war.

Rache.

Sie war nach Amerika gefahren, um Rache zu üben. Und war erbärmlich gescheitert.

Ihr Plan war es gewesen, Julian Ascher für all das büßen zu lassen, was er ihr angetan hatte. Dafür, dass sie eine Dämonin geworden war – denn nur seinetwegen war es dazu gekommen. Obwohl dieser Plan gescheitert war, wäre es ihr zumindest beinahe gelungen, den frischgebackenen Engel zu töten, mit dem es Julian inzwischen trieb – ein idiotisch unschuldiges Mädchen namens Serena St. Clair. Und nachdem Luciana auch das misslungen war, hatte sie es nur mit Mühe geschafft, der Kompanie der Engel zu entwischen.

Doch sie hatte es trotz aller Widrigkeiten nach Hause geschafft.

Erschöpft. Ausgelaugt. Aber immer noch am Leben.

Julian Ascher wird mir das noch büßen, dachte sie hasserfüllt. *Und die Kompanie der Engel auch.*

An ihnen allen würde sie sich rächen. Dieser Wunsch hielt sich eisern in ihrem Inneren. Hatte sie erst einmal ihre alljährliche Jagd beendet, konnte sie sich darauf konzentrieren, endlich ihre Rache zu Ende zu bringen.

Bei dem Gedanken musste sie lächeln.

Das Boot kam unter der Brücke hervor, war wieder in der Sonne.

Luciana hob den Kopf und betrachtete die Palazzi, die in all ihrer bröckelnden Eleganz den Kanal säumten. Der Tag war noch jung und bot endlose Möglichkeiten. In den verwinkelten Gässchen Venedigs wimmelte es von Menschen, die Vorbereitungen für die abendlichen Feierlichkeiten trafen.

„Sie sehen schon viel besser aus, *baronessa*", hörte sie Massimo sagen.

„Danke, Massimo. Die Stadt ist Balsam für meine Seele. Und das Erlöserfest ist mir immer eine große Freude."

Das Feuerwerk und die Ehrungen der Jungfrau Maria stellten das Highlight jedes Sommers dar. Dann drängten sich mit Girlanden geschmückte Boote auf dem *Bacino di San Marco*, dem Beginn des Canal Grande auf Höhe des Markusplatzes, von wo aus die Menschen das pyrotechnische Spektakel bestaunten. In den Restaurants und Bars tummelten sich betrunkene Gäste, und auf den Kanälen waren Einheimische wie Touristen in Scharen unterwegs, um gemeinsam zu schauen und zu feiern.

Die Venezianer waren Meister im Feiern. Seit Jahrhunderten hatten sie ein Faible für die Kunst der Orgie. Auf einem Boot trafen Männer mit freiem Oberkörper gerade Vorbereitungen für die Festivitäten. Sowie sie Luciana erblickten, pfiffen sie hinter ihr her.

„*Che bellissima!*", rief einer von ihnen. „*Ciao, bella!*"

Ah, sì. Das Pfeifen. Das war noch etwas, in dem die venezianischen Männer Meister waren.

Normalerweise ignorierte sie solche Typen. Schon seit ihrer Jugendzeit, als sie gerade erst zur Frau herangereift war. Doch jetzt schenkte sie den Männern ihr rätselhaftes Lächeln und rief zurück: *„Te lo puoi sognare!“*

In deinen Träumen …

Über dem Meer schien ein heller Vollmond in einer Nacht, die gerade hereingebrochen war.

Brandon Clarkson war undercover unterwegs im heruntergekommensten Bezirk von Detroit. Sein Körper war schmutzig, weil Brandon seit Tagen nicht geduscht hatte, in seinen Lungen brannte die Erschöpfung. Seine zerrissenen Jeans und die Lederjacke waren schmuddelig und nur noch für den Müll geeignet.

Niemand würde ihn in diesem Zustand für den halten, der er war.

Ein Cop.

Und nicht einer von diesen Drogendealern, denen er seit Monaten auf der Spur war.

Er huschte in eine dunkle Gasse und folgte den Kriminellen, die er gleich hochgehen lassen würde. Er war nah dran, ganz nah dran. Sie waren hier, das war so sicher wie das Amen in der Kirche. Er spürte ihren Herzschlag, fühlte ihren Atem in der kühlen nächtlichen Brise. Ihr Geruch hing in der Luft, neben dem Gestank von Urin und Müll, der in der Dunkelheit verrottete. Das Geflirr von unsichtbarem Ungeziefer, tierischer wie menschlicher Art, in den Schatten verborgen, umgab ihn.

Doch sein Bauchgefühl warnte ihn. Eine kleine Stimme in seinem Inneren flüsterte ihm zu, dass hier etwas nicht stimmte.

Es roch nach Ärger.

Aber sein Verstand ignorierte die Warnung. Mit einer klaren und deutlichen Botschaft: Seit sechs Monaten jagst du diese Verbrecher. Das ist womöglich deine einzige Chance, sie zu kriegen.

Es war längst Zeit, diese Mistkerle zu schnappen. Er kannte

ihre Gewohnheiten. Wusste um den immensen Umfang ihres Handels. Hatte Stoff im Wert ganzer Lagerhäuser voll mit Heroin und Kokain durch ihre Hände gehen sehen. So viel, dass man damit die ganze Stadt Detroit für eine volle Woche high machen könnte.

Er trat einen Schritt nach vorn, weiter in die Gasse hinein, und hielt dabei seine Waffe schussbreit.

Heute Nacht ist es so weit, sagte er zu sich selbst. *Das Ende steht kurz bevor.*

Da hörte er ein Geräusch hinter sich. Schnelle Schritte auf dem Asphalt. Und einen so lauten Knall, dass er dachte, sein Trommelfell platzte. Dann fühlte es sich an, als ob seine Wirbelsäule zerbersten würde. Da war ein sengender Schmerz, der sich wie heiße Lava in seinen Gliedmaßen ausbreitete, stärker als jeder Schmerz, den er jemals empfunden hatte. Eine Art Explosion, die nur von einer Kugel stammen konnte.

Er fiel nach vorn, zerrissen, das Gerüst aus Fleisch und Knochen plötzlich nicht mehr vorhanden.

Er hörte, wie die Schritte näher kamen.

Verharrten.

Er lag im Sterben. Das wusste er. Er lag auf der Seite und konnte spüren, wie sein Leben aus dem Loch in seinem Rücken rann. Er schob eine Hand in die Tasche. Zog eine silberne Taschenuhr heraus, die er immer bei sich trug, und fuhr mit den Fingern über den eingravierten Heiligen Michael auf der Rückseite.

Brandon flehte den Schutzpatron der Polizisten und Soldaten um Hilfe an.

„Heiliger Erzengel Michael, verteidige uns im Kampf gegen die Bosheit und die Nachstellungen des Teufels …“

Er presste die alte Uhr auf sein Herz, spürte, wie sein Hemd feucht von Blut wurde. Verstand, dass die Kugel seinen Körper durchschlagen hatte. Er verblutete, zum Sterben zurückgelassen in dieser verdreckten Gasse.

Ganz nah neben seinem Ohr stand jemand. Er hörte das Scharren von Schuhen.

Dann ein zweiter Schuss von hinten, der ihn in den Schädel traf.

Der Tod kam sofort. Doch der letzte Moment von Brandons menschlicher Existenz, in Wirklichkeit kürzer als ein Atemhauch, erstreckte sich in seinem Empfinden über eine Ewigkeit, die sein ganzes Leben zu umfassen schien.

Das Letzte, was Brandon mit seinen menschlichen Augen wahrnahm, war seine Uhr. Ein letztes Mal sah er ihren kleinen Zeiger zucken.

Die Zeit stand still, eingefangen im Raum zwischen den zwei schwarzen Linien, die eine Sekunde von der nächsten trennt.

Und in dieser Sekunde zogen alle Erlebnisse seines menschlichen Daseins gebündelt an ihm vorüber.

Jedes Bild, das er jemals gesehen hatte, alle seine Erinnerungen strömten gleichzeitig auf ihn ein. Wie er bei seiner Geburt aus dem Körper seiner Mutter schlüpfte, in das kalte Licht eines Krankenhauszimmers. Er als Säugling und kleines Kind in einem heruntergekommenen Vorort von Detroit. Er mit seinen Brüdern raufend. Vorgärten mit rostigen Autos und hohem Unkraut. Seine Highschool-Liebe Tammy. Die Polizeiakademie. Seine Hochzeit. Ihre erste gemeinsame Wohnung. Wie sie sich am Nachmittag liebten.

All das ging ihm durch den Sinn und verließ ihn, als würde er rückwärts durch einen Tunnel gesaugt.

Und jetzt das.

Der Augenblick seines Todes war buchstäblich der schlimmste Moment seines Lebens. Er empfand Verlust, Sorge, Bedauern, Angst. Alles wirbelte durcheinander, wie bei einem dieser schwarzen Löcher im Weltall. Es war nicht in Worte zu fassen. Dieses Gefühl war so intensiv, dass er es nicht mit Sprache beschreiben konnte, die nicht einmal an der Oberfläche dieser Intensität zu kratzen vermochte.

Dieser Erfahrung von extremstem Leiden.

Genug für ein Leben, komprimiert in den letzten fliehenden Fetzen von Bewusstsein.

Was für eine beschissene Art zu sterben, dachte er.

Und das waren die letzten Gedanken, die er als Mensch hatte.

Dann zog es ihn in einer Spirale nach oben, und er trat aus seinen menschlichen Körper.

Als er nach unten schaute, erspähte er seine Überreste auf der Erde liegen, auf dem schmutzigen Asphalt in der dunklen Nacht, verblutend. Über seinem jetzt leblosen Körper kniete sein Mörder.

Brandon konnte nur den Rücken des Mannes sehen, während dieser sich über seine Leiche beugte und ihr etwas aus der Hand nahm. Der letzte Eindruck, den Brandon von seiner menschlichen Existenz bekam, war ein Akt absoluter Widerwärtigkeit. Der Killer hatte Brandon nicht nur das Leben genommen, sondern ihm auch seine verdammte Uhr gestohlen.

Glücklicherweise war das Brandon jetzt egal. Von seinem irdischen Körper losgelöst, schwebte er immer höher hinauf.

In das Licht hinein war er geboren worden. Jetzt war er tot und kehrte ins Licht zurück. Doch nicht ins Licht der Menschenwelt. Nicht in ein kaltes Licht, sondern in das wärmste und Glück bringendste Licht, das er je erblickt hatte.

Er reckte sich, reckte sich nach oben, nach oben …

Um für einen einzigen, hellen, glorreichen Augenblick im Kosmos zu verweilen. Ein Moment so lang wie eine Ewigkeit und kürzer als ein Augenblinzeln. Und trotzdem wusste er, dass er nicht für immer hierbleiben konnte.

Noch nicht. Es gab noch etwas zu erledigen.

Und dann fiel er, stürzte in schwindelerregender Geschwindigkeit wieder in die Tiefe, schneller als jede Materie.

Denn er, Brandon, bestand plötzlich aus reinem Licht.

Er landete hart, und das Licht seiner Seele krachte förmlich wieder in seinen menschlichen Körper.

Er lag im Bett. Und erhob die Stimme zur Totenklage. Er beweinte das Leben, das er verloren hatte.

So wie immer, wenn er aus diesem Albtraum erwachte.

In den vergangenen zehn Jahren war er jede verdammte Nacht zitternd vor Angst aufgewacht.

Und dankte Gott dafür, dass es nur ein Traum gewesen war.

Denn als es das erste Mal geschah, war es kein Traum.

Damals war es echt gewesen.

Drei Uhr morgens.

Das zeigte die Uhr in seinem Schlafzimmer an.

Diese Uhr existierte in Wirklichkeit. Nicht im Traum.

Er schloss die Augen, um die Erinnerung an seinen Tod auszublenden. Brachte sich selbst ins Hier und Jetzt zurück. Holte tief Luft. Noch einmal. Er spürte die feuchten Laken unter sich, nass von seinem Schweiß. Das Adrenalin rauschte noch immer durch seinen Körper.

Er lag in der Dunkelheit seines Zimmers und ging alles noch einmal durch.

Er, Brandon Clarkson, war nicht mehr länger ein Mensch.

Aber er war einmal ein Mensch gewesen.

Zehn Jahre lag sein Tod als menschliches Wesen nun zurück. Wieso er Nacht für Nacht im Traum zur Szene seines Todes zurückkehrte, wusste er nicht. Er hätte es für einen Fluch gehalten, wäre er nicht als ein anderes Wesen wiedergeboren worden.

Als Engel.

Unsterblich, aber mit einem menschlichen Körper versehen. Mit denselben Problemen, unter denen man als normaler Mensch litt. Erschöpfung. Stress. Schlaflosigkeit.

Albträume.

Brandon knipste die Nachttischlampe an und blinzelte, weil es schlagartig hell wurde. Dann stand er auf und lief durch seine Wohnung. Das schicke, moderne Loft in einem historischen Art-Nouveau-Gebäude hatte nichts mit der schmutzigen Gasse gemein, in der er gestorben war. Er ging zum Fenster und betrachtete den Fluss dreißig Stockwerke weiter unten, der in der heißen Juli-Nacht durch die sich spiegelnden Lichter der Stadt wie Gold glänzte.

Das war nicht der Detroit River, sondern der Chicago River.

Nicht Detroit, rief er sich in Erinnerung.

Nicht Detroit, wo er geboren worden war. Wo er gelebt hatte. Wo er gestorben war.

Ich bin in Chicago. Wo er jetzt als Schutzengel für die Kompanie der Engel arbeitete. Wo er zum Supervisor aufgestiegen war, mit einer eigenen Einheit, nachdem er seine Ausbildung in Los Angeles erfolgreich abgeschlossen hatte.

Chicago hatte nichts mit dem Leben zu tun, das er einmal als Mensch geführt hatte. Ewigkeiten trennten ihn davon.

In der Küche stellte er sich vor den Kühlschrank und las zum x-ten Mal den zehn Jahre alten Zeitungsausschnitt, den er dort hingehängt hatte. Sein menschliches Leben, heruntergekürzt auf drei Zeitungsspalten, schwarze Tinte auf verblichenem Papier.

Polizist bei Bandenschießerei getötet.
Der achtundzwanzigjährige Polizist Brandon Clarkson wurde am Samstagabend während einer Ermittlung im Bandenmilieu in der Innenstadt von Detroit erschossen. Laut Polizeiangaben erlag er noch am Tatort seinen schweren Schussverletzungen.

Im Rahmen der Gedenkfeier im Campus Martius Park wurde Clarkson posthum in den Rang eines Detective erhoben. Sein Partner, Officer Jude Everett, wurde ebenfalls wegen „außergewöhnlicher Tapferkeit“ befördert, nachdem er den Mann festnehmen konnte, der Clarkson getötet hatte.

Clarkson war seit sieben Jahren bei der Polizei in Detroit. Er hinterlässt seine Eltern, drei Brüder und seine Frau Tammy.

Er las die Worte zum dreitausendsten Mal, und trotzdem stieg in ihm wieder Bitterkeit auf. Irgendwo tief in seinem Inneren brannte in ihm ein Gefühl, eine Ahnung, dass er nicht ausschließlich gut war. Nicht wie die meisten anderen Mitglieder der Kompanie, deren reinherzige Güte über jeden Zweifel erhaben war.

Sein Tod hatte in ihm eine Art von Wut ausgelöst, die er als Mensch nicht gekannt hatte.

Brandon Clarkson war mit einer beängstigend klaren Vorstellung davon, wie er leben wollte, geboren worden. Er kam auf die Welt und wusste, was er wollte.

Dienen und schützen.

Er lebte schnell und liebte intensiv. Und wenn er mit einer Mission auf die Welt gekommen war, dann hatte er die Welt im Dienste dieser Mission verlassen. Nun war er als Schutzengel zurückgeschickt worden, damit er weiter das tun konnte, was er immer getan hatte: Die gefährlichsten Verbrecher jagen und die korruptesten Personen festsetzen, ob Mensch oder Dämon. Und die beschützen, die sich nicht selbst schützen konnten.

Mittlerweile war ein Jahrzehnt vergangen.

Da war nur ein kleines Problem.

Der Albtraum.

Der Albtraum von seinem immer wiederkehrenden menschlichen Tod. Brandon kam sich schon vor wie eine Gestalt aus der griechischen Mythologie. Wie Sisyphos, der einen Felsblock einen steilen Hang hinaufrollen musste, jedes Mal aufs Neue. Oder wie Prometheus, zu dem jeden Tag der Adler kam und seine Leber fraß. Dazu verdammt, dasselbe höllische Schicksal immer und immer wieder zu erleben.

„Du musst loslassen", hatten ihm seine Vorgesetzten, die Erzengel, schon etliche Male erklärt.

Allerdings konnte er das irgendwie nicht.

Nicht alle sterben jung, dachte er und wanderte ruhelos durch die Wohnung.

Er tat, was er immer tat, wenn er in Selbstmitleid zu ertrinken drohte. Er zündete mit einem Streichholz eine der Kerzen auf dem Couchtisch an. Arielle, seine ehemalige Supervisorin, hatte ihm gesagt: „Zünde eine Kerze an, wenn du deinen Ärger darüber loswerden willst, dass du dein menschliches Leben lassen musstest."

Dreitausendachthundertvierundneunzig Kerzen später wartete Brandon immer noch darauf, dass sich sein nächtlicher Schmerz und Ärger endlich in Rauch auflösten. Kleiner wurden wie die unzähligen Wachsstängel.

Da vibrierte sein Mobiltelefon, das auf dem Esstisch lag, und lenkte seine Aufmerksamkeit von der gelben Flamme ab. Es war eine Nachricht vom Schutzpatron der Polizisten und Soldaten höchstpersönlich. Von Erzengel Michael, der nun sein direkter Vorgesetzter war. Die Worte, die er auf dem Display las, ließen Brandon die Stirn runzeln.

Du hast einen neuen Auftrag. Finde dich sofort im Hauptquartier deiner Einheit ein. Stell deine Leute zusammen und nimm Kontakt mit Arielle auf.

Brandon löschte die Kerzenflamme mit den Fingern, dann verließ er die Wohnung.

Der Himmel rief.

2. *KAPITEL*

Wenn die Menschen wüssten, wie viele unsichtbare Elemente in der Welt am Werk sind, würden die meisten von ihnen vermutlich den Verstand verlieren.

Brandon schoss mit seinem selbst umgebauten Dodge Challenger durch die leeren Straßen der Innenstadt von Chicago. Die Musik tönte so laut aus der Beschallungsanlage, dass jeder Gitarrenriff ihm in die Knochen fuhr. Normalerweise erreichte er sein Ziel nach fünfzehn Minuten. Heute schaffte er es in zehn.

Um den Büroturm aus verspiegeltem Glas zu betreten, musste er seinen Zugangscode in das elektronische Sicherheitssystem eintippen, dann fuhr er mit dem Fahrstuhl in den siebenundvierzigsten Stock. Die stilvoll ausgestatteten Räumlichkeiten glichen denen einer Rechtsanwaltskanzlei oder einer Consulting-Firma.

Doch es war das Hauptquartier der Kompanie der Engel in Chicago.

Jetzt schloss Brandon die massive Glastür auf, öffnete sie und schaltete das Licht ein. Nacheinander trafen auch die anderen Schutzengel ein und nahmen an dem runden Konferenztisch Platz. Alle dreißig Engel waren anwesend. Brandon schaltete den Plasmabildschirm für die Videokonferenz mit Michael und Arielle ein, die mit ihren dreißig Engeln in Los Angeles saßen.

„Liebe Schutzengel, es ist zu einer sehr ernsthaften Entwicklung gekommen", leitete Michael das Meeting ein.

In diesem Moment erschien das Bild des Erzengels auf einem Drittel des Bildschirms. Seine leuchtenden Flügel standen nach hinten ab, glänzend und wunderschön. Doch sein Gesicht zerfurchten Sorgenfalten. Bei seinen Worten verstummten die versammelten Engel. Sie richteten ihre Augen auf ihn beziehungsweise den Monitor. Michael sprach weiter.

„Luciana Rossetti ist entkommen."

Der Name sagte Brandon nichts. Ein weiteres Drittel des Monitors zeigte das Hauptquartier in Los Angeles, und auf dem Bildschirm sah er, dass Arielle kurz zuckte. Eine Spur von Ärger huschte über ihre für gewöhnlich vollkommen neutrale Miene. In der heruntergekommenen Rechtsberatungsstelle, die den Engeln in Los Angeles als Hauptquartier diente, saß sie stocksteif am Kopfende eines Konferenztisches. Ihr blondes Haar war wie immer perfekt frisiert.

Doch ganz klar – sie war zusammengezuckt, und Brandon war das nicht entgangen.

„Luciana ist keine Erzdämonin", erklärte Michael leise. „Wie ihr alle wisst, steht diese Art von Dämonen nicht ganz oben auf unserer Prioritätenliste, da sie in der Hierarchie der Dämonen nicht an der Spitze rangieren. Doch Luciana Rossetti ist im Besitz eines äußerst gefährlichen Gifts. Eines Gifts, das jeden Einzelnen von uns ernstlich bedrohen könnte."

Es folgte eine lange Pause. Die Engel schienen unter Schock zu stehen. Doch dann begannen plötzlich alle Engel auf einmal zu murmeln.

Arielle erhob das Wort. Sie lächelte, wie immer, ganz ruhig. „Bei allem gehörigen Respekt: Ich weiß nicht, wieso die Einheit in Chicago über diese Mission in Kenntnis gesetzt werden muss."

Hinter ihr nickten dreißig Engel zustimmend und verstummten.

„In jeder Stadt der Welt gibt es eine Einheit von Schutzengeln, die zum Schutz dieser Stadt abgestellt ist. Das wissen wir alle. Doch Brandon verfolgt einen anderen Ansatz. Wir haben ihn kontaktiert, weil wir Erzengel denken, dass diese Mission von seinem speziellen Ansatz profitieren könnte", erläuterte Michael.

Kein Händchenhalten. Kein Babysitten. Auch kein New-Age-Unsinn.

Das genaue Gegenteil von Arielle und ihrer Truppe.

„Die L. A.-Einheit ist durchaus in der Lage, diese Mission erfolgreich durchzuführen. Luciana Rossetti gelang es, vor meinen Augen zu fliehen.“ Arielle sprach in ihrem typischen, nervtötenden neutralen Tonfall, den Brandon in den drei Jahren seiner Ausbildung hatte ertragen müssen. „Unsere Einheit hat alles im Griff.“

„Wie lautet der Plan?“, erkundigte sich Brandon knapp. „Willst du eine Yoga-Stunde geben und hoffst, dass die Zielperson zufällig vorbeischaut? Oder holst du deine akustische Gitarre raus, singst ‚Kumbaya‘ und lässt einen Joint kreisen?“

Die Engel der Chicagoer Einheit kicherten.

„Schluss damit“, schaltete Michael sich ein. „Ich habe dich nicht an Bord geholt, damit ihr streitet.“

„Weiß Brandon überhaupt, wer Luciana Rossetti ist?“, fragte Arielle. „Er hat doch überhaupt keine Ahnung, von wem hier die Rede ist.“

„Deshalb werden wir ihn jetzt informieren.“

Auf der Videoleinwand erschien ein Farbfoto der Dämonin, recht unscharf und aus der Ferne aufgenommen. Wer auch immer das Bild gemacht hatte, er hatte die Zielperson in einem ungünstigen Augenblick erwischt. Oder sie hatte nur ungünstige Augenblicke.

Trotzdem war nicht zu übersehen, dass es sich um eine schöne Frau handelte. Auf dem Bild drehte sie gerade um, Strähnen ihres schwarzen Haars flatterten ihr ins Gesicht. Sie hatte volle Lippen und hohe Wangenknochen und könnte durchaus das Titelbild der Vogue zieren. Doch was Brandon wirklich für einen Moment sprachlos machte, waren ihre funkelnden grünen Augen, so lebendig und überbordend.

Er bekam eine Gänsehaut.

In beiden Konferenzzimmern wurde es still, während die Engel das Bild betrachteten. Hinter Brandon pfiff einer seiner männlichen Engel bewundernd.

„Das reicht.“ Brandon unterband das unangemessene Verhalten mit einer kurzen Handbewegung.

Michael schaltete wieder auf die Videokonferenz um.

„Luciana Rossetti“, erklärte er, „ist keine gewöhnliche Dämonin. Sie ist außergewöhnlich unabhängig und besonders intelligent. Doch sie ist mehr als das. Sie ist eine exzellente Giftmischerin und eine Mata Hari der Dämonenwelt. Vor ein paar Tagen konnte sie der Kompanie entkommen. Sie steht vor allem deshalb auf Platz eins der meistgesuchten Personen der Kompanie, weil sie ein Gift kreiert hat, mit dem sie einen anderen Dämon getötet hat.“

Wenn dieses Gift einen Dämonen töten kann …

… kann es einen Engel töten.

Alle Engel in Los Angeles und Chicago waren schlagartig still.

„Wir müssen Luciana finden und festsetzen, bevor sie das Gift ein weiteres Mal verwenden kann – bei einem von uns. Oder, was noch schlimmer wäre: Bevor sie weitere Portionen davon zusammenstellt und unter den Dämonen verteilt. Sie besitzt mit diesem Gift die Fähigkeit, eine Waffe von bisher ungekannter Wirkung einzusetzen, und dadurch sind die Dämonen uns vollkommen überlegen. Sollten sie uns angreifen, könnten wir uns von diesem Angriff eventuell nie mehr erholen.“

Keine Reaktion von beiden Seiten. Es herrschte absolute Ruhe – als hätte die Erde aufgehört, sich zu drehen, und die Welt wäre zum Stillstand gekommen. Jeder einzelne Engel dachte in diesem Moment dasselbe, da war Brandon sich sicher.

Sollte dieses Gift in die falschen Hände geraten, konnte dies das Ende der Engel bedeuten.

„Außerdem haben wir von konkreten Racheplänen des Erzdämons Corbin Ranulfson erfahren“, berichtete Michael weiter. „Viele von euch wissen vielleicht nicht, dass Corbin vor einiger Zeit von der Kompanie besiegt wurde und das Vorzeigehotel seines Imperiums verlor. Wenn Corbin zum Gegenschlag ausholt, geht es ihm nur um eins: totale Zerstörung. Er ist einer der mächtigsten Dämonen der Vereinigten Staaten. Wir glauben, dass er beim letzten Angriff zwar deutlich geschwächt wurde, aber nun versucht, etwas von seiner verlorenen Macht wiederzuerlangen. Noch vor drei Tagen wurde Corbin in der Hölle gesehen, aber mittlerweile geht das Gerücht um, er wäre an die Oberfläche zurückgekehrt. Aller Wahrscheinlichkeit nach wird Corbin versuchen, Luciana aufzuspüren. Wegen des Gifts."

„Gibt es eine Verbindung zwischen den beiden?", erkundigte sich Brandon.

„Sie ist seine Geliebte. Luciana ist unsere einzige Verbindung zu Corbin. Wir glauben, dass sie in ihre Heimatstadt Venedig zurückgekehrt ist. Wir müssen sie wieder nach Amerika bringen."

„Und herausfinden, was sie mit dem Gift gemacht hat", ergänzte Arielle. „Und wir müssen sämtliche Informationen aus ihr herauspressen, die sich in ihrem bösen Hirn befinden. Ich denke, sie wäre ein Fall für die Rückführung."

Rückführung.

Auch dieses Wort ließ die Engel in den Konferenzräumen erstarren.

„Mit Rückführung bezeichnen wir in der Kompanie den Vorgang, ein fehlgeleitetes Individuum zu Gott zurückzuführen", hatte Arielle Brandon erklärt, als er ein frischgebackener Engel war und seine Ausbildung bei ihr absolvierte. „Denn die Seele stirbt nie, und Energie wird weder geschaffen noch zerstört. Doch eine Rückführung bedeutet, dass eine Person nicht länger eine bestimmte Identität hat."

Das hieß, Luciana Rossetti würde aufhören zu existieren.

Grundsätzlich war Brandon gegen die Rückführung. So wie Arielle normalerweise auch. Zu gerne wüsste er, warum sie in diesem Fall darüber nachdachte. Doch es war jetzt keine Zeit, sie danach zu fragen. Jetzt musste er die Dämonin fassen und zurück in die Vereinigten Staaten bringen.

„Michael, bitte schick mir ihre Akte per Secure-Mail zu. Ich werde mich selbst nach Venedig begeben. Auf dem Flug habe ich genug Zeit, mich zu briefen."

„Wieso du?", fragte Arielle bissig.

„Weil ich die Sache erledigen kann."

Keiner der versammelten sechzig Engel widersprach ihm. Er wollte nicht überheblich wirken, aber jetzt lief ihnen die Zeit davon, und in der Vergangenheit hatte er immer wieder festgestellt, dass es sich auszahlte, offen und ehrlich mit Arielle umzugehen.

Michael nickte.

Ihre Frustration konnte Arielle nicht verbergen. „Gut, dann mach du es auf deine Art. Du wirst natürlich mit meinem Team zusammenarbeiten. Wir haben Luciana zuletzt gesehen und ..."

„Ich arbeite allein", unterbrach Brandon sie.

Das wusste jeder Engel aus der Chicagoer Einheit.

„Als Supervisor sehe ich mich als Gruppenführer und Teamplayer", erklärte er. „Ich sorge in meiner Einheit für ein Umfeld, das auf Vertrauen aufbaut. Mein System funktioniert so gut, dass meine Einheit vollkommen selbstständig funktioniert. Es kommt selten zu Unstimmigkeiten. Wir behandeln uns alle als ebenbürtige Partner, gleichwohl stehe ich jüngeren Engeln als Ratgeber zur Verfügung, wenn sie Hilfe brauchen. Mein Führungsstil ist nicht autoritär und detailorientiert." Er hielt inne, räusperte sich. „Aber draußen beim Einsatz sieht das anders aus."

Wenn Brandon Clarkson auf einer Mission war, arbeitete er grundsätzlich allein.

Er war allein undercover unterwegs, nahm nie jemanden mit. Nach dem traumatischen Erlebnis seines menschlichen Todes wollte er keinen anderen Engel dem Risiko aussetzen, dem er sich selbst aussetzte. Denn er wollte nicht zulassen, dass ein anderer ein ähnliches Leid erfahren musste, wie er es damals erlitten hatte.

„Ich mache das allein", wiederholte er.

Arielle blinzelte entschlossen und presste die Lippen so fest aufeinander, dass ihr Mund fast verschwand. Doch sie gab noch nicht auf. „Diese Angelegenheit ist überaus wichtig. Du brauchst ein Sicherungsteam. Oder nicht, Michael?"

Brandon verschränkte die Arme vor der Brust und starrte sie auf der Leinwand so intensiv an, als wären sie im selben Zimmer. „Arielle, wenn ich schon deine Fehler ausbügeln soll, überlass doch einfach mir, wie ich es mache."

„Es gibt gewisse Regeln im Kampf Engel gegen Dämonen. Regeln, die man nicht …"

„… brechen darf?", beendete Brandon den Satz für sie. „Wen interessiert's? Regeln sind dazu gemacht, um gebrochen zu werden."

„Aufhören!", schaltete Michael sich ein. „Die Kompanie darf nicht geschwächt dastehen. Es ergibt wenig Sinn, wenn wir untereinander uneins sind."

„Dann melde dich wenigstens bei Infusino, unserem Kontakt von der venezianischen Einheit. Er kann helfen." Arielle ließ einfach nicht locker.

„Ich brauche keine Hilfe. Wie gesagt: Ich werde die Sache alleine erledigen."

In Arielles Augen loderte wilde Entschlossenheit, und er wusste, dass sie gleich stichhaltige Gründe anführen würde, um dagegenzuhalten. Er kannte Arielles langwierige Argumentationen von früher. Heute Nacht würde er sich das sicher nicht anhören.

Also brach er einfach die Verbindung mit der Videokonferenz ab, noch bevor sie anfangen konnte.

Der Bildschirm war jetzt schwarz. In den Lautsprecher rief er: „Tut mir leid, Arielle. Technische Probleme. Michael, ich melde mich, sobald ich wieder auf amerikanischem Boden bin."

„Warte", ertönte da eine Stimme, die Brandon unbekannt vorkam. „Ich bin Julian Ascher, das neueste Mitglied in der Einheit von L. A."

In Chicago sahen sich die Schutzengel verwundert an. Julian Ascher, der ehemalige Erzdämon, war vor Kurzem nach beinahe zweihundertfünfzig Jahren als Dämon zur Kompanie der Engel konvertiert. Dazu gebracht hatte ihn eine von Arielles Schützlingen, ein frischgebackener weiblicher Engel, dessen Unschuld und Naivität in der Kompanie einzigartig waren. Nicht jeder war mit Arielles Entscheidungen im Fall Julian Ascher einverstanden gewesen, und ihre Vorgehensweise war innerhalb der Kompanie mehrfach diskutiert worden.

Sei nicht voreingenommen, ermahnte Brandon sich selbst. Es ist nicht deine Aufgabe, über diesen Mann zu richten.

„Hör mir einen Moment zu", bat Julian. „Ich bin alles andere als stolz darauf, aber ich war früher der Liebhaber von Luciana Rossetti. Ich kann dir gezielte Informationen über sie geben, die dir helfen können, sie aufzuspüren."

„Dann schieß los."

„Luciana hat einen Pakt mit dem Satan geschlossen, der besagt, dass sie nicht in die Hölle zurückkehren muss. Als Gegenleistung muss sie dem Fürst der Finsternis jedes Jahr ein Menschenopfer bringen. Morgen Abend um neunzehn Uhr wird sie in Venedig in der Kirche *Il Redentore*, der Erlöserkirche, sein, um sich dort ihr Opfer zu suchen. Dort wirst du sie finden. Aber sei vorsichtig. Luciana ist ausgesprochen gut darin, Männer zu benutzen, um zu bekommen, was sie will. Sie macht vor nichts halt."

„Alles klar. Danke für den Hinweis."

„Bring Luciana so schnell wie möglich zurück in die Staaten", forderte Michael ihn auf. „Und scheu dich nicht, um Verstärkung zu bitten, falls nötig."

„Viel Erfolg." Arielles Stimme klang genauso kühl wie damals, bei ihrer letzten Unterhaltung.

Brandon erinnerte sich sehr gut daran, wie kalt Arielle sein konnte. Doch im Moment hatte er weder Zeit noch Lust, sich über ihre Launen Gedanken zu machen.

Im Moment habe ich einen Auftrag zu erledigen.

Für Luciana war die Casa Rossetti wie ein Schatzkästlein.

Im *piano nobile,* dem meistgenutzten Stockwerk der Casa Rossetti mit seinen hohen Räumen, versammelte sich eiligst ihre Dienerschaft aus Türhütern, um die Dämonin willkommen zu heißen. Die Absätze ihrer hochhackigen Schuhe klapperten auf dem Marmorboden, während sie einen Rundgang durch ihren Palazzo machte. Alle Oberflächen strahlten, die kostbaren Mosaikböden genauso wie die Kronleuchter aus Muranoglas. Die Wände waren mit seidigen Damastläufern und aufwendigen Wandmalereien verziert. Jeder Quadratzentimeter Fußboden, jeder vergoldete Tisch, jeder lackierte Kabinettschrank und jede Glaskristallvase, jeder einzelne Schnörkel war poliert und glänzte.

„Ihr habt eure Aufgabe gut gemacht in meiner Abwesenheit", lobte Luciana die Dienerschaft, während sie den Blick über die üppige Einrichtung schweifen ließ.

Die Türhüter stellten sich in einer ordentlichen Reihe auf. Sie waren alle gleich gekleidet, in ihrer Arbeitsuniform: Jeans und enge schwarze T-Shirts. Die Männer waren groß, dunkelhaarig und hübsch anzusehen. Luciana nickte.

„Giancarlo, Antonio, Federico, Cesare, Salvatore, Massimo", begrüßte sie jeden Einzelnen, als sie die Reihe abschritt. „Ich danke euch. Und jetzt zurück an die Arbeit – das gilt für euch wie für mich. Mir bleibt nur noch wenig Zeit, denn ich muss mich auf die Jagd heute Nacht vorbereiten."

Sie wandte sich zur Treppe, die zum ersten Stock hinaufführte.

In diesem Moment ertönte aus dem hinteren Teil des Palazzo der gellende Schrei einer Frau und erschütterte die wohlige Stille, die im Haus geherrscht hatte. Der Schrei klang gequält, wie von einem Tier, das Schmerzen hat. Luciana blieb stehen. Als sie nach unten blickte, entdeckte sie auf dem Marmorboden hinter einem der Türhüter blutige Fußspuren. Sie führten zu einem grauen Kobold, etwa so groß wie ein kleiner Hund, der sich an die Wand kauerte. Er kicherte vor sich hin und hielt einen Frauenschuh in der Hand. Aus dem Schuh rann Blut und hinterließ eine feine dünne Spur auf dem glänzend sauberen Fußboden.

Keiner der Diener rührte sich.

Keiner wagte es auch nur zu blinzeln.

Sie verbargen etwas vor ihr. Oder besser gesagt: jemanden.

Luciana behielt ihr Lächeln bei.

„Was auch immer – oder besser: Wen auch immer – ihr da habt", sagte sie und deutete vage mit der Hand in die Richtung, aus der der Schrei gekommen war, „sorgt dafür, dass hier alles sauber ist. Und jetzt entschuldigt mich, ich habe zu tun. Komm, Massimo. Ich brauche dich, um mein Arbeitszimmer zu öffnen."

Er folgte ihr pflichtbewusst, während sie die Treppe hinaufging. Der dicke rote Teppich auf dem weißen Marmor dämpfte ihre Schritte.

„Haben Sie die Angelegenheit mit Julian Ascher zu Ende bringen können, während Sie in Amerika waren, *baronessa*?"

Für einen kurzen Moment schloss Luciana die Augen. Mit den Fingerspitzen strich sie über das verzierte steinerne Treppengeländer. Die Treppe schien unter ihr zu schwanken, und die Welt schien umzukippen. Die Dämonin verkrampfte sich, ihr Kiefer wurde fest, und ihr war plötzlich so übel, dass sie sich hätte übergeben können.

„Nenn diesen Namen in meiner Anwesenheit nie wieder", zischte sie ihrem Diener zu, unfähig, ihre Wut zu verbergen.

„Selbstverständlich, *baronessa.* Es tut mir leid, ich …"

Sie riss sich so sehr zusammen, dass es wehtat, und presste

die Zähne so fest aufeinander, dass sie befürchtete, sie könnten abbrechen. Dann drehte sie sich zu Massimo um. „Wenn du es unbedingt wissen willst: Julian ist zu den Engeln übergelaufen."

„Das heißt, er ist gestorben?"

„Nein. Er wurde", sie machte eine kleine Pause, bevor sie verächtlich das Wort ausspuckte, „erlöst und ist der Kompanie der Engel beigetreten."

Der Türhüter sagte nichts mehr. Er wusste, dass er besser keine weiteren Fragen mehr stellte.

Luciana wandte sich wieder um und schritt die Treppe hinauf. Sie versuchte, nicht an Julian zu denken. Was ihr nicht gelang.

„Möchten Sie sich vielleicht etwas hinlegen, *baronessa*? Vielleicht sollten Sie noch ein wenig schlafen."

Doch sie hatte noch einiges zu erledigen, bevor der Abend kam. Sie berührte das kleine Fläschchen, das an einer Kette um ihren Hals hing.

„Das Böse schläft nie, Massimo."

In ganz Venedig war man mit den Vorbereitungen für das Fest befasst.

Auch Luciana musste Vorkehrungen treffen. Für ihre Opfergabe. Für ihren persönlichen Gottesdienst.

Und dieser Gott war nicht der Erlöser.

Im dritten Stock der Casa Rossetti folgte Luciana einem langen Flur bis zu einem kleinen Zimmer am Ende des Ganges.

Obwohl dieses Zimmer so klein war, war es eines ihrer Lieblingszimmer.

Die Fenster eröffneten den Blick auf den Canal Grande, und ab dem späten Vormittag schien die Sonne herein. Unten auf dem Kanal glitten die Gondeln und Vaporetti entlang, die Transportschiffe und Fischerboote. Niemand ahnte, was im Inneren des Palazzo vor sich ging. Was seit Jahrhunderten dort vor sich ging.

Die hohe Kunst des Giftmischens.

„Du hast alles in dem Zustand belassen wie aufgetragen?“, erkundigte sich Luciana, während Massimo die Tür ihres Labors öffnete.

„Ja, *baronessa.*“

„Vielen Dank, Massimo. Du kannst dich jetzt zurückziehen.“

„Wenn es Ihnen nichts ausmacht, *baronessa*, würde ich Ihnen gern zur Hand gehen.“

Anscheinend wollte er auf sie aufpassen, doch nach ihren Erlebnissen in Amerika musste sie jetzt allein sein, um einen klaren Kopf zu bekommen. Um nachzudenken. „Alles in Ordnung. Ich rufe dich, wenn ich dich brauche.“

Mit einer Handbewegung scheuchte sie ihn davon.

Er zögerte, verbeugte sich dann aber und ging.

Ja, die Türhüter hatten ihre Sache auch hier gut gemacht. Sie sah sich in dem ordentlich aufgeräumten, kleinen Raum um. Getrocknete Blüten und Pflanzen, Belladonna- und Narzissenzwiebeln hingen von der Decke. Ein Glaskolben und ein Gasbrenner, den sie zum Destillieren benutzte, standen auf einer Seite ihres Arbeitstisches. Auf der anderen befand sich eine sorgfältig geordnete und beschriftete Sammlung von Flaschen und Flakons. Auf den Etiketten waren Namen wie Skorpion, Tarantel, Schwarze Witwe zu lesen.

„*Buongiorno, bambini*“, rief sie und beugte sich über ein Terrarium, in dem sich zwei Grüne Mambas tummelten. Zwei Paar grüne Knopfaugen fixierten sie, zwei gespaltene Zungen schossen wie zum Gruß hervor.

Neben anderen Giften war auch das Gift der Mambas in der kleinen Phiole enthalten, die Luciana um den Hals trug. Es waren viele Monate mit Herumexperimentieren vergangen, bis sie die richtige Mischung gefunden hatte. Darin waren einige der seltensten Gifte enthalten – stark genug, um einen Dämon zu töten. Das erste Opfer war ein Dämon von niederem Rang gewesen, der als Page in Corbin Ranulfsons Hotel in Las Vegas gearbeitet hatte. Er war schnell gestorben.

Würde man den Inhalt der Phiole einem menschlichen Wesen verabreichen, könnte man von einem „Overkill“ sprechen. Jetzt nahm Luciana die Kette ab und steckte die Phiole in die leere Kappe eines goldenen Lippenstiftröhrchens, das sie in ihre Tasche gleiten ließ.

Dieses Gift musste für einen anderen Einsatz aufbewahrt werden.

Für einen Einsatz, der sie am Ende für alles belohnen würde. Für all ihre harte Arbeit und das erlittene Leid. Für die Erniedrigung und den Schmerz. Für all die Risiken, die sie auf sich genommen hatte. Für das schier endlose Warten.

Ihre alten und neuen Feinde würden im Tod schreiend ihren Namen rufen.

Ihr Name würde in ihrer Erinnerung widerhallen, wenn sie für immer in den Tiefen der Hölle brannten.

„Bald“, flüsterte sie den Schlangen zu, „aber nicht heute Nacht.“

Luciana rühmte sich damit, für jeden Anlass das passende Gift parat zu haben, natürlich selbst zusammengemischt. Mit Gift konnte man Ergebnisse erzielen, die mit keiner anderen Mordmethode denkbar waren. Gift war das Erbe von Italiens Herrschergeschlechtern, wie den Borgias oder den Medici, und die Giftmischerei war eine hohe Kunst. Zu wertvoll, um unbeachtet zu bleiben.

Ihr Blick glitt über die verschiedenen Flaschen und Phiolen.

Arsen. Das Lieblingsgift der Borgias. Zu langsam in der Wirkung. Heute Nacht musste es schneller gehen.

Schierling. Das Gift, das Sokrates getötet hatte.

Strychnin. Eindeutig zu melodramatisch. Verursachte unnötig viele Zuckungen und Krämpfe. Manchmal genoss sie das, aber heute Abend sollte es etwas Einfacheres sein.

Luciana hielt eine Flasche mit einer klaren Flüssigkeit gegen das Licht.

Zyanid.

Perfetto. Das perfekte Gift für jede Gelegenheit. Sauber, effektiv und unglaublich schnell wirksam. Klassisch und zeitlos. Das Chanel unter den Giften.

Sie füllte eine kleine Menge Strychnin in eine zweite Phiole ab. Genau wie Parfum, dachte sie, als sie das kleine Glasgefäß an der Goldkette um ihren Hals befestigte. Ein kleines bisschen für eine große Wirkung.

Als die Boeing 747 abhob, als sich diese vielen Hundert Tonnen Metall samt Passagieren und Fracht in die Lüfte erhob, sah Brandon zu, wie die Lichter von Chicago unter ihm immer kleiner wurden und schließlich verschwanden.

Jeder Flug ist eine Sache des Vertrauens, dachte er.

Auch ein Vogel musste Vertrauen haben, wenn er fliegen wollte. Vertraute sich der Luft an und baute darauf, dass seine Flügel ihn tragen würden. Nicht anders verhielt es sich mit einem Flugzeug, das über die Startbahn donnerte, um schließlich abzuheben. Und auch jede Mission erforderte dieses blinde Vertrauen.

Vertrau darauf, dass die göttliche Kraft dich leiten und dich dorthin führen wird, wohin du gehen musst.

Diesem Prinzip gemäß hatte er sein Leben lang gearbeitet.

Und jetzt saß er auf seinem Platz in dem großen Flugzeug, das unter ihm erzitterte, und Angst stieg in ihm auf. Angst davor, einzuschlafen. Er mochte es nicht, vor anderen Leuten zu schlafen, wenn ihn sein unvermeidlicher Albtraum ungeschützt vor neugierigen Blicken heimsuchen würde.

Als die Maschine die Reiseflughöhe erreicht hatte, studierte er Lucianas Akte auf seinem Laptop und ging die verschiedenen Dokumente durch, die mit ihrem Fall zu tun hatten.

Er betrachtete die unscharfen Fotos und ertappte sich plötzlich dabei, wie fasziniert er von ihrer weißen Haut und ihren grünen Augen war. Ihr schönes Gesicht fesselte ihn, trotz der missmutigen Miene, die sie offensichtlich immer zu haben schien.

„Schönheit kann trügerisch sein." Das war eine der ersten Lektionen, die Brandon als Engel von Arielle gelernt hatte. Obwohl sie sich dauernd über ihn ärgerte und er ihren Führungsstil nicht guthieß, wusste Arielle sehr genau, was sie tat. „Setz Schönheit niemals mit dem Guten gleich, auch wenn sie dir engelhaft vorkommt. Auch Dämonen können sich der Schönheit bedienen. Sie imitieren das Göttliche gern. Auch Dämonen fühlen sich von Schönheit angezogen. Und sie lieben es, sie zu zerstören." Das waren ihre Worte gewesen.

Luciana Rossetti war eine außergewöhnliche Schönheit. Und offensichtlich gefiel es ihr, außerordentliche Schönheit zu zerstören.

Wie er ihrer Akte entnahm, war ihr menschliches Leben bemerkenswert traurig gewesen, gekennzeichnet von Betrug und familiären Tragödien. Doch trotz ihrer tragischen Geschichte konnte er nichts als Abscheu für diese Frau empfinden. Gut, sie hatte es nicht leicht gehabt. Doch die Entscheidungen, die sie getroffen hatte, waren alle schlecht gewesen. Er las ihre Biografie, und je mehr er über sie erfuhr, desto mehr widerten ihn die Details ihrer grausigen Taten an. Vor allem ihre Opfergaben glichen Gräueltaten. Schließlich überflog er einen Artikel in ihrer Akte, der sich mit der Geschichte des Erlöserfestes befasste.

Zwischen 1575 und 1577 kam es in Venedig zu einem verheerenden Ausbruch der Pest, und über ein Drittel der Bevölkerung kam dabei um. Die Chiesa del Santissimo Redentore, die Kirche des Heiligsten Erlösers, wurde von den Bewohnern als Dank für die Befreiung von der tödlichen Krankheit gestiftet.

Am dritten Wochenende im Juli begehen die Venezianer seitdem das Erlöserfest und feiern das Ende der verhee-

renden Pestepidemie. Für kurze Zeit wird dann die Insel Giudecca, auf der sich die Kirche befindet, durch eine Floßbrücke mit Venedig verbunden.

Und jedes Jahr, so hatte Julian Ascher es ihm gesagt, suchte sich Luciana ihr Opfer während dieses Festes aus.

Julian hatte von einem Pakt mit dem Satan berichtet und dass Luciana ihm deshalb jährlich eine Opfergabe brachte.

War das der Grund für ihr erbärmliches Morden?

Brandon suchte vergeblich in der Akte nach einer Antwort.

Auch er selbst hatte in seinem Leben schwierige Entscheidungen treffen müssen. Doch es war ihm immer wichtig gewesen, zugunsten der Menschen zu entscheiden. Er hatte sich stets vom Altruismus leiten lassen. War auf Vergebung bedacht. Alles andere lag außerhalb seines Verständnisbereichs.

„Im Grunde genommen sind die Dämonen genau wie wir", hatte Arielle während seiner Ausbildung behauptet. „Sie sind leidenschaftliche Wesen, die einen großen Fehler gemacht haben – denn sie erkennen nicht, dass sie in Wirklichkeit göttlicher Natur sind. Unsere Aufgabe ist es, ihnen das beizubringen. Und sie zurück ins Licht zu führen."

Doch nicht alle von ihnen wollten ein Leben im Licht. Nicht alle von ihnen waren bereit dazu. Wenn er sich die Bilder von Luciana ansah, war Brandon sich ziemlich sicher, dass die Dämonin sehr zufrieden war mit dem, was sie war und wie sie lebte. Sie akzeptierte das Leben in der Finsternis und genoss alle Vorzüge und Privilegien, die sie sich erarbeitet hatte.

Für einen kurzen Moment fielen ihm die Augen zu.

Und sofort war er mittendrin in seinem altbekannten Albtraum.

Der altbekannte Vollmond erhellte den Himmel. Die altbekannte kühle Abendbrise.

Der altbekannte Geruch nach Urin und verrottendem Müll, die altbekannte dunkle Gasse.

Und doch, als er um die Ecke bog und die Gasse betreten wollte, war das nicht der Ort, an dem er gestorben war. Nein, er betrat einen leeren Platz, auf dem sich rein gar nichts befand, nur eine leere Theaterbühne in einer minimalistischen Aufführung. Keine Requisiten, nur der schlichte schwarze Fußboden.

Auf diesem schwarzen Platz erschien wie aus dem Nichts plötzlich die Dämonin.

Ihre Gestalt formte sich aus einer Art Nebel und wurde zu einer konkreten Figur, die auf Brandon eine hypnotische Wirkung ausübte. Ein hochgewachsener, schlanker Körper materialisierte sich, mit üppigen weiblichen Kurven und einer Haut so weiß und perfekt, dass er am liebsten die Hand ausgestreckt und die makellose Kontur ihrer Wange berührt hätte.

Aus dem unscharfen Foto aus der Akte wurde ein Abbild aus Fleisch und Blut, so lebendig, dass er an dessen Realität nicht zweifelte. Sofort vergaß er, dass er sie eben noch widerwärtig gefunden hatte. Wenn er sie ansah, gab es nur noch eine Empfindung, die durch sein Gehirn und seinen Körper rauschte: Verlangen.

Gütiger Gott.

„Du bist nicht real." Brandon streckte die Hand nach ihr aus. Seine Finger, gewöhnt an Motorteile aus Metall und Gummi vom Werkeln am Wochenende, bekamen ihr seidiges Kleid zu fassen. Er wollte ihre porzellanartige Haut, ihr feines Gesicht streicheln. Doch er konnte sie nicht erreichen. „Du kannst nicht real sein."

So exotisch. So schön. Und, wie auf den Fotos, so unglaublich unglücklich.

„Du hast keine Vorstellung, was du da gerade tust", sagte sie mit sirenenhafter Stimme, honigsüß und mit einem mediterranen Sprachrhythmus. Ihre stark artikulierten Vokale faszinierten ihn, auch wenn die Botschaft klar war. „Wenn du weißt, was dir guttut, dann machst du auf der Stelle kehrt."

Sie verschwand.

Brandon, der plötzlich wieder allein auf dem Platz stand, wusste weder, wo er war, noch, wohin er gehen sollte. Intuitiv war ihm klar, dass er, ginge er weiter, wieder die unvermeidliche Traumlandschaft seines Todes als Mensch betreten würde. Doch er hatte keine andere Wahl. Es gab keinen anderen Weg. Also schritt er voran und spürte, wie sein Körper sich an einen anderen Ort begab, den Ort mit den Backsteinmauern, an dem es nach der altbekannten Mischung aus Urin und Abfall stank. Er bog um die Ecke. In die altbekannte Gasse.

Die erste Kugel explodierte in seiner Wirbelsäule.

Die zweite in seinem Hinterkopf.

Dann erwachte er, wie immer. Der kalte Schweiß stand ihm auf der Stirn, und er war überwältigt von der Trauer über seinen eigenen Tod.

Doch etwas an diesem Traum beunruhigte ihn mehr als sonst.

Denn es war nicht derselbe Traum wie sonst gewesen.

Diesen leeren schwarzen Platz hatte er noch nie gesehen. Und auch noch nie war eine Frau in seinen Träumen aufgetaucht.

„Ein heißes Tuch für Sie, Sir?" Die Stimme der Flugbegleiterin brachte ihn endgültig in die Realität zurück. Er nahm das Tuch und wischte sich den Schweiß von der Stirn.

Und versuchte, sich daran zu erinnern, wo er sich befand.

Nicht in einer schmutzigen Gasse in Detroit.

Sondern in einem Flugzeug, über dem Atlantik, auf dem Weg nach Italien.

Um eine Dämonin zu fangen.

Um eine Frau zu finden, die er noch nie gesehen hatte, die aber schon jetzt in seinen Träumen auftauchte.

Luciana sah von ihrem Arbeitstisch auf, aus ihrem Tagtraum gerissen. Sie versuchte, sich an den Mann zu erinnern, der ihr gerade in ihrem Traum begegnet war, aber sein Bild verschwand zu schnell, als dass sie es festhalten konnte.

Ein Poltern in der Luft, irgendeine atmosphärische Störung, ließ sie erschaudern.

Auf dem Tisch lag plötzlich eine Vogelfeder, gleich neben ihrer Hand.

Luciana nahm sie und betrachtete die Feder.

Sie war dunkelgrau an der Spitze und wurde zum Schaft hin immer heller. Ganz unten zeigte sie ein schmutziges Weiß. Es war eine ganz normale Taubenfeder, wie man sie überall in der Stadt finden konnte. Seit die Stadt effektive Maßnahmen gegen die fliegenden Ratten unternahm, hatte sich ihre Zahl zwar deutlich dezimiert. Trotzdem gab es immer noch zu viele.

Woher diese Feder kam, war Luciana allerdings ein Rätsel.

Das Fenster war geschlossen und ihr Arbeitszimmer von innen verriegelt – wie immer.

Wie seltsam, dachte sie. Aber egal.

Angeekelt warf sie die Feder in den Abfalleimer. Konnte es möglich sein, dass ein Zusammenhang zwischen der Feder und dem Mann in ihrem Tagtraum bestand?

Aber es war gleichgültig. In wie viele Träume von wie vielen Männern war sie in der Vergangenheit eingedrungen? Sie wusste es selbst nicht zu sagen. Sie war Expertin darin, die Begierden von Männern zu manipulieren. Ein Mann mehr war genauso leicht zu entsorgen wie alle anderen vor ihm.

Sie ging nach unten auf der Suche nach ihrem obersten Türhüter.

„Mach das Boot fertig", trug sie ihm auf. „Zeit, die Jagd zu beginnen."

Der Auftrag wurde sogleich ausgeführt, und kurz darauf konnte die kurze Fahrt beginnen. Das Boot glitt über den Canal Grande und zum *Bacino di San Marco*, der Wasserfläche vor dem Markusplatz. Die frische adriatische Brise zersauste Lucianas Haar, und sie schloss die Augen. Sie musste wieder an die Feder denken.

„Wir sind angekommen." Massimo deutete auf eine Anlegestelle in der Nähe der Erlöserkirche.

Sie trat auf die *fondamenta* neben dem Kanal und betrachtete die beeindruckende Marmorfassade der Kirche, die sich vor ihr erhob. Menschen strömten durch die großen, geöffneten Türen ins Innere. In der Kirche würden sich Hunderte von Gläubigen zur Eröffnung der Feierlichkeiten versammeln.

Sie sah der Menge zu und wünschte, sie könnte sie alle töten. Sie einfach entsorgen, so wie die Stadt es mit den Tauben machte. Doch stattdessen würde sie sich nur mit einem von ihnen begnügen müssen, einem einzigen Opfer. Das sollte kein Problem sein. Diese idiotischen Menschen schienen nie zu vermuten, was ihnen bevorstand.

„Warte hier auf mich", instruierte sie Massimo. „Es wird nicht lange dauern."

3. KAPITEL

Auf Brandon lastete der Verlust seines Menschseins schwer, und er dachte noch immer daran, als er den Platz betrat. Er würde Luciana Rossetti hier finden, das war klar. Er sah an der marmornen Fassade der *Chiesa del Santissimo Redentore* nach oben und betrachtete die Figuren, die das große weiße Gebäude zierten.

Wieso hier? Es gab so viele heilige Gebäude in Venedig.

Wieso nicht im Markusdom, auf der anderen Seite des Kanals?

Wieso jetzt und nicht während des Karnevals, dem berühmtesten aller venezianischen Feste?

Diese Fragen gingen ihm durch den Kopf, als er durch die geöffneten Türen die Kirche betrat. Er schloss sich der versammelten Gemeinde an, die hier ihrem Gott die Ehre erwies. Menschen, die ihre Hoffnungen mitbrachten an diesen Ort der Anbetung, ihre Ängste und ihre Träume. Sein Herz schmerzte bei ihrem Anblick, aufgrund all des Leids, das die Menschheit erdulden musste.

Er selbst war nicht länger ein Mensch.

Es roch nach Weihrauch, und der Priester murmelte die lateinischen Worte: Et ideo cum Angelis et omnibus Sanctis gloriam tuam praedicamus … In seinem Kopf hallte die vage Bedeutung des Satzes wider, obwohl er die Worte nicht verstand. Es ging um Engel und Heilige und um die Ehre Gottes.

Als er so in der Kirche stand, sah er wieder die Bilder aus seinem letzten Traum vor sich. Bilder von ihrem Gesicht, ihrem Körper, ihrer Stimme. Und sein Körper reagierte – er spürte, dass sie in der Nähe war. Er musste mit aller Macht gegen sein Verlangen, gegen die Schwäche seines Fleisches ankämpfen.

Sie ist hier.

Und dann war Aufruhr, und der Ruf „*Demonessa!*“ erklang. Er sah, wie ein Mann seine alte Mutter aus der Kirche führte.

Im folgenden Tumult arbeitete sich Brandon durchs Seitenschiff weiter nach vorne, näher an den Ort des Geschehens heran.

Und war sich seiner menschlichen Gelüste immer noch allzu deutlich bewusst.

Und er konnte rein gar nichts dagegen tun, als sich sein Geschlechtsteil bei ihrem Anblick regte.

Dunkles langes Haar, das ihr in ungebändigten Locken über den Rücken fiel. Smaragdgrüne Augen, die ihn an junges, frisches Gras im Frühling erinnerten. Eine Haut so hell, dass sie durchsichtig zu sein schien. Ihre ganze Gestalt leuchtete im letzten Sonnenlicht, das durch die Fenster in die Kapelle drang. Sie lächelte, sah unschuldig aus, wirkte beruhigend auf ihr Umfeld.

Brandon stand da wie festgenagelt und starrte sie an. Fasziniert.

Als der Gottesdienst zu Ende war, leerte sich die Kirche rasch. Die Gläubigen strömten durch den Mittelgang und zur Tür hinaus.

Luciana blieb da. Sie kniete in einer der Seitenkapellen und tat so, als würde sie beten, den Kopf andächtig gesenkt, wie ins tiefste Gebet versenkt. Die letzten Sonnenstrahlen schienen ihren verführerischen Körper zu streicheln. Falls sie wirklich betete, dann bat sie sicher die andere Seite um Hilfe.

Mörderin. Giftmischerin. Diebin. Hure.

Zu schön. Zu böse. Und viel zu leicht aufzuspüren.

Hinter Schönheit kann sich das Böse verbergen. So viel wusste er. Aber doch nicht hinter so viel Schönheit …

Die alte Frau, die schon zwischen Leben und Tod stand und die jeder für verrückt hielt, hatte Luciana als das bezeichnet, was sie tatsächlich war. Dabei war diese Frau die einzige andere Person im Gotteshaus gewesen, die die Wahrheit über Luciana kannte. Die sah, dass sie keine unschuldige Frau war, keine fromme Schönheit, die gekommen war, um ihrem Schöpfer die Ehre zu erweisen.

Brandon ging näher an sie heran, bereit, sie anzusprechen. Er durfte nicht vergessen, warum er hier war, wieso man ihn hergeschickt hatte: nämlich, um sie zu finden und zu fangen. Um sie mitzunehmen, zurück nach Amerika. Zurück zur Kompanie der Engel.

Und dann blickte er in ihre absinthfarbenen Augen.

Und spürte, wie er fiel.

Dieses Gefühl erinnerte ihn an den Tod. Nicht an den schmerzhaften Moment, in dem er starb, sondern an das erhebende Gefühl, das ihn danach umfing. Die Freude, in diesen Vorhang aus reinem Licht hinaufzusteigen, absoluten Frieden zu empfinden. So etwas hatte er als körperliches Wesen nie erlebt. Doch jetzt erlebte er es, in dieser Kirche, inmitten einer Schar von Touristen und Venezianern. Und dennoch kam er sich vor, als wäre er allein mit ihr. Er hatte schreckliches Mitleid mit ihr, sein Herz drohte regelrecht zu zerspringen. Als könnte er sie durch seinen Blick von all ihren Sorgen befreien.

Denn sie litt, auch wenn sie dies hinter einer Maske aus Stolz und edler Erduldung verbarg. Doch da war eine unermessliche Traurigkeit in ihr, die in ihm das Verlangen weckte, sie in den Arm zu nehmen und sie mit Freude zu umgeben.

Sie sah trauriger aus als die Pietà.

Und war so voller Anmut, wie man es niemals von einer Dämonin erwarten würde.

Doch dann erblickte sie ihn, und mit einem Schlag änderte sich ihr Gesichtsausdruck.

Es war ihm nie bewusst gewesen, dass Wut die Farbe Grün hatte, aber als er jetzt in ihre Augen blickte, war er sich sicher, dass es so sein musste.

Das heißeste Höllenfeuer brannte sicherlich grün.

Trotzdem überkam ihn ein Eishauch bei dem, was er in ihren Augen las. Mit ihrem blitzschnellen Wechsel der Emotionen erinnerte sie ihn an ein Chamäleon. Fast könnte man denken, es handelte sich um eine völlig andere Frau.

Nicht um die unschuldige und fromme Schönheit von eben.

Sondern um eine gefährliche, bösartige Mörderin.

Die sie im Übrigen auch war.

Um sie beide herum entstand aus der Stille plötzlich ein seltsames Geräusch, ein lautes Flüstern, das von den Kirchenmauern widerhallte und geräuschvoller war als die Flügelschläge der durch die Kuppel schwirrenden Vögel.

Nichts ist heilig. Wenn du mich willst, komm und hol mich.

Sie erhob sich und drehte sich anmutig um. Ihr rosafarbenes Seidenkleid umflatterte ihre schlanke, hochgewachsene Gestalt, und Brandon wusste, er hatte keine andere Wahl, als ihr zu folgen. Diese Notwendigkeit erwuchs zum Teil aus seiner Verpflichtung der Kompanie gegenüber als auch aus dem Wissen um die Wichtigkeit seiner Mission. Aber auch aus seinem schieren Verlangen.

Brandon sandte ein stummes Gebet nach oben, in das Rund der Kirche, wo die letzten Sonnenstrahlen noch immer durch die Nischen drangen.

Gib mir die Kraft, das zu tun, was ich tun muss.

Im selben Augenblick schickte auch Luciana ein Stoßgebet gleichen Inhalts los. Nur in die andere Richtung.

Unter dem Getöse der Tauben umkreisten sich Engel und Dämonin. Ihre Schritte hallten auf dem Marmorfußboden. Sie drehten sich gemeinsam im Kreis wie in einem choreografierten Tanz. Die Energie ihrer Körper war so deutlich spürbar wie ein Magnetfeld. Zwei gegensätzliche Pole, die von einem unsichtbaren Strom gelenkt wurden, beide stark aufgeladen.

Die Botschaft, die sie einander mitteilten, war schlicht: Das Spiel hat begonnen.

Rein körperlich gesehen, stand außer Frage, wer es gewinnen würde.

Brandon war deutlich über eins achtzig groß und extrem

durchtrainiert. An seinen Bewegungen konnte sie ablesen, dass er ein Kämpfer war.

Ihre eigenen Jagdkünste basierten nicht auf ihrer Körpergröße. Sie hatte schon bedeutendere Beute erlegt. Brigadegeneräle, Marschälle, Generäle, Admirale. Gerade Karrieresoldaten hatten immer einen wunden Punkt – wenn man wusste, wo er war. Nein, das Spiel bestand aus mehr als nur aus körperlichem Kräftemessen.

Luciana war eine Expertin in der Kunst der Verführung. Sie kämpfte auch mit anderen Waffen, aber die Versuchung war ihr am liebsten. Schon vor vielen Jahrhunderten hatte sie die Dinge perfektioniert, die alle großen Verführerinnen beherrschten, ob Madame Pompadour oder Mata Hari, ob Marlene Dietrich oder Madonna. Um einen Mann zu verführen, genügt es nicht, ihn einfach an seinem Schwanz zu packen, seinem *cazzo*. Man muss in seinem Kopf sein.

Abwägend betrachtete die Dämonin ihren Gegner. Von ihm ging eine rohe, überschwängliche Energie aus, aber es war etwas anderes, was so stark zwischen ihnen loderte. Da war mehr.

Macht.

Das ließ sie zögern.

Ja, von ihm ging Macht aus – wie die Anwesenheit von Pheromonen, nicht greifbar und trotzdem da. Fast so deutlich sichtbar wie der Morgennebel, der über der Lagune aufstieg. Sie war einfach da, war ihm angeboren. In ihn hineingraviert. Und diese Macht hatte nichts mit Reichtum oder materiellen Gütern zu tun, sondern mit einer grundsätzlichen Geisteshaltung. Ein Mann konnte arm sein wie eine Kirchenmaus und doch Macht ausstrahlen, wenn er sein eigener Herr war.

Ja, das war es. *Macht.*

Woher auch immer er kam, wer auch immer ihn geschickt hatte – dieser Mann besaß Macht. Und diese Macht ging weit über seine körperliche Kraft hinaus. Hinter seiner rauen Fassade verbarg sich sicher ein scharfer Intellekt, und seine grauen Augen zeugten von Verstand. Aber nicht von Erfahrung.

Umgerechnet in Menschenjahre mochte er Ende zwanzig sein.

Nach allem, was zählte, war er nicht viel mehr als ein Säugling.

„Gerade erst aus dem menschlichen Verfallsdatum heraus, schätze ich“, sagte sie.

Sie trat zur Seite. Er tat es ihr gleich.

Bist du allein, oder sind da noch andere? fragte Luciana sich.

„Sie sind also die Abordnung, die man mir schickt? Ist das alles? Wie enttäuschend. Wo ist der Rest der Kompanie der Arschlöcher?“

Brandon zeigte keine Reaktion auf ihre Provokation, sondern ging nur stumm auf sie zu. Er brauchte nichts zu sagen – in seinem Gesicht spiegelten sich seine Gedanken. Glaubst du wirklich, ich brauche Hilfe?

„Sind Sie am Ende auch noch stumm?“ Luciana lachte. „Wie traurig!“

„Ich bin nur gekommen, um Sie zu holen. Das ist alles.“ Seine grauen Augen blickten sie kühl und unverwandt an und erinnerten sie an trübes Regenwasser.

„Ein Amerikaner!“, rief sie und gab sich keine Mühe, ihre Überraschung zu verheimlichen. „Dann muss Sie Arielle geschickt haben.“

„Ich bin Amerikaner. Aber Arielle hat mir nichts zu sagen.“

Da haben wir es, dachte Luciana. So leicht kann man ihn also zum Reden bringen. Nur für einen kurzen Moment hatten seine Augen wütend gefunkelt. An diesem Funken würde sie weiter zündeln, ihn so lange anfachen, bis ein Feuer daraus wurde.

„Noch nie was von Kirchenasyl gehört?“ Sie bemühte sich um einen möglichst neutralen Ton, obwohl sie selbst ein leises Zittern in ihrer sonst so samtigen Stimme wahrnahm. „Sie können mich im Haus Gottes nicht einfach gefangen nehmen."

Seine Antwort kam ohne Umschweife. „Anders als in anderen Ländern hat in Italien die Idee des Kirchenasyls nie eine große Rolle gespielt. Und erst recht nicht, wenn es um Schwerverbrechen ging. Also versuchen Sie nicht, mich hinzuhalten. Sie können sich nicht herausreden."

Er ging noch einen Schritt auf sie zu, in der Erwartung, sie würde zurückweichen.

Doch stattdessen näherte sie sich ihm, in aufrechter Haltung, und sah ihm direkt in die Augen.

„Vielleicht bin ich ja hier, um meine Sünden zu bereuen." Mit ihrer Zunge benetzte sie sich die Lippen und musterte ihn dabei von oben bis unten. „Wenn ich nur jemanden fände, der mein Gebet erhört."

„Unwahrscheinlich."

„Wie können Sie da so sicher sein?", flüsterte sie.

Sie stand jetzt so nah vor ihm, dass sie Wolken in seinen Augen sah. Sie stellte sich den Geruch von warmem Regen vor, in einem Sommer, in dem es seit vierzig Tagen keinen einzigen Tropfen Niederschlag gegeben hatte. Sie spürte ganz deutlich, dass ein Sturm aufzog, und begann zu zittern.

In der Ferne hörte sie Donnergrollen.

Er streckte die Hand nach ihr aus.

Seine Finger bogen sich um ihr Handgelenk wie Stahl.

Wie Handschellen, die gleich zuschnappen würden.

In der Millisekunde zwischen Freiheit und Gefangenschaft entriss sie ihm ihre Hand.

Das Gefühl, gefangen zu sein, war ein Schock für Luciana. Nicht noch einmal. Nie wieder.

Rasch floh sie durchs Kirchenschiff und zur Tür hinaus. Sie schob sich förmlich durch die Menschenmenge und erkannte, dass sie falsch gelegen hatte mit ihrer Einschätzung, sie könnte dem Mann Paroli bieten. Denn nun entdeckte sie etwas, mit dem sie niemals gerechnet hätte.

Massimo war nicht da. Er wartete nicht auf sie, wie sie es ihm aufgetragen hatte.

Ihr Boot lag noch da, verlassen, sicher an der *fondamenta* vertäut, im Wasser schaukelnd.

Sie sah sich um.

Der große Engel trat aus der Kirche und raste auf sie zu wie ein Güterzug. In seinem Gesicht war nicht Wut, sondern reine Konzentration zu lesen. Die schiere Entschlossenheit.

Dieser Mann ließ nicht zu, dass sich ihm etwas in den Weg stellte.

Die Erde schien zu zittern, als er die Stufen herunterlief und auf sie zukam. Ein kleines Erdbeben ließ das Pflaster unter ihnen vibrieren. Einen Moment lang glaubte sie, sie hätte es sich nur eingebildet, doch dann spürten es auch die Menschen um sie herum. Sie rannten in alle Richtungen davon, flohen und hielten sich an allem fest, was greifbar war und Sicherheit verhieß: Geländer, Statuen, andere Menschen.

Luciana sah sich um, suchte nach einem Halt, den sie nicht fand. Also tat sie das Einzige, was ihr übrig blieb.

Sie rannte los.

Verdammt, sie war schnell. Schneller, als Brandon gedacht hatte.

Mit dem Türhüter in ihrem Boot war es einfach gewesen. Er hatte einfach zu langsam reagiert. Brandon hatte ihn in der Adria ausgesetzt, und wahrscheinlich war der Mann immer noch dabei, zurückzuschwimmen.

Doch Luciana stand auf einem ganz anderen Blatt.

Sie sah ihn an, sah ihr leeres Boot an – und war im nächsten Moment verschwunden.

Binnen Sekunden war die Dämonin in der Menge untergetaucht. Hatte sich im schwindenden Tageslicht praktisch in Luft aufgelöst. Im goldenen Licht der Abendsonne versammelten sich Scharen von venezianischen Familien. Auf weiß gedeckten Tischen neben dem Kanal türmten sich Leckereien.

Die meisten Leute wanderten über die Floßbrücke in Richtung Innenstadt.

Inmitten all dieser Bewegung stand Brandon ganz still.

Er schloss die Augen und konzentrierte sich auf die Stille.

Und bat in Gedanken um Hilfe, sie zu finden.

Ich muss sie finden. Ich darf sie nicht entkommen lassen.

Und dann spürte er ihre Bewegung, ihre negativen Vibrationen, bis ins Mark hinein. Sie befand sich westlich von ihm. Als er die Augen wieder öffnete, sah er ihr dunkles Haar im Wind flattern. Sie lief über die Fußgängerbrücke.

Ohne zu zögern, nahm er die Verfolgung auf.

Schneller als ein Mensch es jemals sein könnte, schlüpfte sie durch die Menge wie ein flüchtiger Geist. Und doch besaß sie einen menschlichen Körper, das war unübersehbar. Auch ohne sie zu berühren, hatte er eben in der Kirche ihre Anziehungskraft gespürt. Etwa achtzig Meter lagen zwischen ihnen, und trotzdem spürte er ihre dunkle, böse Energie. Das Böse in Person.

Sie sah sich um, suchte nach ihm. Zweifellos hatte sie bemerkt, dass er ihr auf den Fersen war. Er versteckte sich hinter einer Säule und wartete einen Moment, bis sie ihre Aufmerksamkeit wieder von ihm abgewandt hatte. Erst nach einer langen Pause strebte sie weiter in Richtung Innenstadt.

Binnen Sekunden überquerte Luciana den Markusplatz und schob sich eilig durch die Touristenscharen, die die berühmten Kuppeln des Doms bewunderten. Dann verschwand sie in einer der vielen Gassen, im Gewirr der Gänge, die wie ein eigenes kleines Universum waren.

Wohin Brandon sich auch wandte, überall blickten bröckelnde steinerne Engel und Heiligenfiguren auf ihn hinab. Mit ihren einst vergoldeten Flügeln, deren Farbe nun abgeblättert war, und den maroden Heiligenscheinen schienen sie ihn anzufeuern und ihm Kraft zu verleihen für seine Suche nach der fliehenden Dämonin.

Ob sie noch lange weiterlaufen würde?

Die Sonne versank langsam im Meer, und die Dunkelheit senkte sich über die feiernde Stadt. Brandon verlor jedes Zeitgefühl, als er durch die Straßen rannte und um die Ecken bog. Er konzentrierte sich nur auf die Frau. Darauf, das Flattern ihrer Haare oder ihres Kleides nicht aus den Augen zu verlieren.

Und auf ihre dunkle Energie, die ihn anzog.

Als er um die nächste Ecke bog, dachte er schon, er hätte sie verloren. Doch da nahm er kurz das Rascheln ihres Seidenkleids wahr. Im selben Augenblick war da nichts mehr außer Luft.

Weiter.

Er las den Straßennamen, der in schwarzer Schrift auf einem Eckstein auf dem nächsten Gebäude geschrieben stand.

Rio Terá dei Assassini.

Beim Betreten der Gasse kam er sich vor, als beträte er eine andere Welt.

Aus den Eingängen und von den Mauerbrüstungen schienen ihn unsichtbare Augenpaare zu beobachten. Dutzende Augenpaare, die in der Dunkelheit funkelten. Herumlungernde Gestalten drehten sich um und starrten ihn unverhohlen an. Keine Menschen. Keine Sterblichen. Nicht einmal Dämonen. Nur Kobolde, die herumhuschten wie überdimensionale Ratten und laut keckerten. Ihre runzlige Haut hatte die Farbe von schmutzigem Stein. Und Geister, die im trüben Licht dunkel flackerten und deren dürftige Verbindung zur Erde nur durch den Ort bestand, an dem sie gestorben waren. Verlorene Seelen, unfähig, den Schauplatz ihres Todes zu verlassen.

Niemand musste ihm sagen, dass oder wie viele Menschen hier ermordet worden waren. Das spürte er auch so, vielleicht weil er es aus eigener Erfahrung kannte. Er konnte es in den Augen der Gestalten lesen. Er spürte die Kälte des Todes, die dem Kopfsteinpflaster unter seinen Füßen anhaftete. Die Erinnerung an die schrecklichen Ereignisse, die sich in dieser

Straße abgespielt hatten.

Die dunklen Seelen, die ihn jetzt beobachteten … Keine von ihnen registrierte, wer oder was er wirklich war. Diese Kreaturen waren zu sehr in ihrer eigenen Verzweiflung gefangen, um zu bemerken, dass ein Engel unter ihnen weilte. Das las er in ihren in der Dunkelheit funkelnden Augen.

Lauf weiter, Schutzengel, befahl er sich selbst. Du darfst sie jetzt nicht verlieren.

Am Ende der Gasse entdeckte er ihr Kleid, einen flatternden Hauch von Rosa, dem er folgte.

Eine Sackgasse. Er stand im Licht einer kaputten Straßenlaterne und schaute in die stockdunkle Gasse hinein. Nach oben hin war der Blick von Häusern versperrt. Er konnte den Mond nicht mehr sehen.

Doch er konnte Luciana hören, am anderen Ende dieses eingemauerten Gässchens. Ihr Herz raste, ihre Angst war hörbar und greifbarer als seine.

Konzentrier dich, ermahnte er sich.

Er konnte sie spüren, die Vibrationen, die von ihrem Körper ausgingen, und die dunkle Energie, die in ihr pulsierte. Angst. Er lief in die Gasse hinein, hinein in die Dunkelheit.

Die Mauern der schmalen Gebäude türmten sich seitlich neben ihm auf wie ein riesiger Käfig.

Einen Moment lang schien das Kopfsteinpflaster unter seinen Füßen zu wanken. Diese dunkle Gasse erinnerte ihn an den Schauplatz seines eigenen Todes. Ein Moment des Schwindels, ein Gefühl von höchster Anspannung. Die Mauern schienen näher zu rücken und ihn erdrücken zu wollen, der Gestank von Urin und Abfall raubte ihm den Atem.

Er hörte sein Herz laut schlagen. Eine Mischung aus körperlicher Anstrengung und Adrenalinpush.

Panik machte sich in ihm breit, sein Herz raste jetzt wie Donner.

Venedig umfing ihn wie eine Falle.

Er schloss die Augen.

Venedig, ermahnte er sich. Das ist Venedig, nicht Detroit.

Und dann sah er sie, wie sie sich ihm zuwendete.

In seinem Todestraum kam keine Frau vor.

Das war kein Traum. Das war Realität.

Sie rannte über eine Treppe zu einer verwitterten alten Tür hinauf, und der Rock ihres Seidenkleides bauschte sich. Schnell nahm er die Verfolgung wieder auf.

Lucianas Herz pochte, und ihre Füße schmerzten. Wie lange rannte sie schon?

Eine Stunde? Länger?

Der Engel war ihr durch das Labyrinth der Gassen gefolgt. Die Gassen, die sie mit geschlossenen Augen kannte und die sie fast automatisch zu ihrem Ziel brachten. Doch niemals zuvor war sie mit einer solchen Angst im Herzen durch diese Gassen geflohen. Bis in die Straße der Getöteten. Dem einzigen Ort in Venedig, wo andere von ihrer Art waren. Wo sie die größten Chancen auf Hilfe hatte.

Hinter ihr braute sich ein Sturm zusammen, der sie wegzureißen drohte wie ein Tornado, der einen Baum entwurzelt. Sie schaffte es, sich ihm entgegenzusetzen, und lief hinauf zu der Tür mit dem alten Messingknauf. Sie streckte die Finger nach dem kühlen Metall aus.

Wie von einer unsichtbaren Kraft angezogen, drehte sie sich nach dem Engel um, der ihr bis ins Zentrum des Dämonen-Territoriums gefolgt war.

Licht umstrahlte seine Gestalt und erhellte die Gasse. Um ihn herum glühte eine energetische Aura, wie Luciana es noch nie gesehen hatte. Sie zuckte vor dem blendend hellen Schein zurück und hob den Arm, um ihre Augen zu bedecken.

Sich zu ihm umzudrehen war ein Fehler gewesen.

Wieder griff diese Energieladung nach ihr. Sie spürte, wie sie zu ihm hingezogen wurde.

Ein letzter, verzweifelter Versuch, den Türknauf in die Hand zu bekommen. Diesmal gelang es ihr, die Finger um den Knauf zu schließen. Sie musste all ihre Energie aufbringen, um sich daran festzuklammern und die Tür aufzureißen.

Sie stolperte in das Geschäft, nach Deckung suchend.

Denn es war klar, dass diese unheimliche Kraft ihr folgte.

Unbarmherzig. Unaufhaltsam. Und es war unmöglich, dieser Kraft zu entgehen.

Der Laden, in den sich die Dämonin geflüchtet hatte, war eine Glasgalerie.

Das mit Halogenstrahlern beleuchtete Schaufenster warf sein Licht auf die dunkle Straße. Die Farben von Bechern, Dekantierkaraffen, Zierelementen und Schmuckstücken funkelten in der Nacht.

Brandon riss die Tür auf und trat ebenfalls ein.

Im Inneren der Galerie sah er nur ordentlich aufgereihte Glasobjekte, angestrahlt vom Mondlicht und den Halogenleuchten im Fenster. Nichts rührte sich.

Wo zum Teufel steckt sie? dachte er und schaute sich um.

Dann blieb er stehen und lauschte. Wartete.

Ging weiter in den Laden hinein. Automatisch wanderte seine Hand zu dem Pistolenhalfter, das er nicht länger trug. Als er die leere Stelle berührte, zuckte er zusammen und kam sich plötzlich nackt vor ohne Waffe.

Ganz plötzlich zerbarst Glas um ihn herum. Kunstobjekte in den verschiedensten Farben flogen auf ihn zu, aus den Regalen geschleudert von der Dämonin. Scherben regneten auf ihn herab. Bevor er die Augen schloss, sah er die bunten Farben im Mondlicht schimmern. Wie ein Boxer hielt er sich die Hand vors Gesicht. Dann spürte er Glasstücke, die mit ihren scharfen Kanten seine Unterarme zerschnitten.

Trotz heftiger Schmerzen ging er in ihre Richtung. Hielt auf sie zu.

Er wusste, dass er diese kurzzeitige Qual erleiden musste, bevor er sie aufhalten konnte.

Blind stolperte er nach vorn. Unter seinen Schuhen knirschte das zerbrochene Glas, und sie hörte nicht auf, Gegenstände nach ihm zu schleudern. Er spürte, wie Blut von seinen Armen heruntertropfte. Die Wunden brannten.

Plötzlich kehrte Ruhe ein.

Kein Lärm mehr. Stille.

Er wagte einen Blick durch seine geschundenen Arme.

Da stand sie, presste sich in eine Ecke. Die Regale um sie herum waren leer. Ihre Augen funkelten wild, und sie hatte den Blick fest auf ihn gerichtet. Durch ihre Wut hindurch konnte er ihre Angst erkennen. Sie war wie ein Tier, das man in die Enge getrieben hatte und das sich um jeden Preis verteidigen würde.

Sehr gefährlich, aber auch sehr verletzlich.

Jetzt nahm sie das letzte Objekt, das noch in ihrer Nähe stand, und stürzte sich auf ihn. Eine schmale silberne Klinge funkelte im Mondlicht.

Es war ein langes Messer mit einem gläsernen Griff. Eine Art Brotmesser.

So behände wie eine Katze sprang sie auf ihn zu, traf ihn aber nicht, auch wenn die Klinge seiner Haut bedrohlich nahe kam. Noch ein zweites Mal stach sie nach ihm. Diesmal spürte er, wie die gezackte Klinge sein Hemd zerriss, ihm die Haut aufschlitzte und bis zu seinen Muskeln vordrang.

Blitzschnell packte er ihr Handgelenk.

Und drückte es so lange, bis sie keuchend das Messer fallen ließ.

Zwei Finger seiner anderen Hand rammte er in den Druckpunkt an ihrem Hals und nutzte den Schwung ihrer eigenen Bewegung aus, um sie an sich vorbei zu manövrieren. Schon lag sie in seinem Arm wie eine Tangopartnerin. Kurz bevor sie auf den Boden stürzte, hielt er sie fest.

„Wenn Sie sich benehmen, ist die Sache schnell erledigt."

Brandon wollte das Ganze so schnell wie möglich hinter sich bringen.

„Wer sich benimmt, hat das Nachsehen", konterte Luciana. „Sie haben ja keine Ahnung, mit wem Sie es zu tun haben. Aber das werden Sie schnell herausfinden. Ich werde Sie direkt in die Hölle schicken!" Dann holte sie tief Luft und schrie: „Diavolo! Fürst der Finsternis, hilf mir!"

Darauf folgte nichts als eine schreckliche Stille. Brandon lächelte und sah sie an.

„Ich würde sagen, er kommt nicht."

Seine kurze Unachtsamkeit nutzte sie sofort aus und rammte ihm ihr Knie zwischen die Beine. Ein heftiger Schmerz durchfuhr ihn.

Augenblicklich ließ er sie los.

Sie schrie, als sie auf den Boden knallte und sich die Scherben in ihren Rücken bohrten. Ihr langes Haar lag wie ein dunkler Heiligenschein ausgebreitet um ihren Kopf herum. Die Scherben darin glitzerten im Mondlicht. Doch ihre Augen funkelten noch heller. Giftig. Tödlich.

„Wer zum Teufel sind Sie?"

„Niemand", erwiderte Brandon.

„Sagen Sie mir Ihren Namen. Zumindest das sind Sie mir schuldig."

„Brandon Clarkson."

„Nun, Brandon. Diese Runde geht vielleicht an Sie, aber ich muss Sie warnen: Der Kampf ist noch lange nicht vorbei."

Ihr Körper war perfekt geformt und betörend. Ihre Sinnlichkeit gefährlich. Wenn nicht sogar todbringend gefährlich.

Mach deinen Job, Schutzengel, ermahnte er sich selbst.

Er zog sie hoch. Ihr Kleid war am Rücken mit Glassplittern gesprenkelt. So wie seine Arme. Sie hatte immer noch Mühe, sich auf den Beinen zu halten.

Brandon zog aus seiner Gesäßtasche Handschellen, die er jetzt über ihren Handgelenken zuschnappen ließ.

Das Zischen, das sie dabei ausstieß, ähnelte dem einer Katze, die bei lebendigem Leib gehäutet wird.

Er tastete ihr Kleid ab und suchte nach Waffen. Steckte eine Hand in ihre Tasche, zog eine Kreditkarte hervor und einen Lippenstift. Er warf einen raschen Blick darauf, dann steckte er beides zurück. Abschließend tastete er ihre Beine unter ihrem Kleid ab. Und versuchte zu ignorieren, was er dabei empfand.

„Das ist sexuelle Belästigung“, stellte sie kühl fest. „Ich weiß nicht, wer Sie sind, aber Sie verletzen meine Rechte.“

„Menschenrechte sind menschlichen Wesen vorbehalten. Die haben Sie mit Ihrem Tod verwirkt.“

Er nahm das Glasfläschchen in die Hand, das zwischen ihren Brüsten baumelte. Mit einem Ruck zerriss er die Goldkette und schob sich das Fläschchen in die Tasche.

Dann nahm er einen Seidenschal von einem Ständer neben dem Ladeneingang und wischte sich damit das Blut von den Armen. Anschließend legte er ihn um ihre Schultern, um die Wunden vor neugierigen Blicken zu verbergen. Nicht, dass ihn die Meinung irgendwelcher Menschen interessiert hätte. Aber trotzdem. Ein blutbefleckter Schal war besser als ein von Glassplittern gespickter Rücken.

Unbarmherzig zog er sie mit sich. „Kommen Sie.“

„Wohin wollen Sie mich bringen?“

„An einen Ort, an dem Sie keinen Ärger machen können.“

Luciana begriff, dass sie einen schweren Fehler begangen hatte. An den Händen gefesselt zerrte er sie durch die Straße der Getöteten.

Sie spürte, wie Blut ihren Rücken heruntertropfte.

Alle verlorenen Seelen starrten sie jetzt an. Jede Bewegung auf der Straße erstarb. Niemand rührte sich, weder Kobolde noch Geister. Sie duckten sich vor Brandons Anwesenheit, als glaubten sie, er wäre zu mächtig, um von ihnen berührt werden zu können.

Kaum war er vorbei, kam wieder Leben in die Straße.

Dieser Mann war wohl doch kein Grünschnabel. Die Energie, die von ihm ausging, schwächte Luciana und sandte an alle Wesen um sie herum die Botschaft: *Wagt es nicht, mich zu verärgern.* Sie taumelte angesichts dessen und spürte ihre eigene Energie schwinden. Ihr Absatz verfing sich im Kopfsteinpflaster, und sie stolperte und fiel hin, doch das Arschloch von Engel zerrte sie unbeirrt weiter.

Ohne Gnade blickte er auf Luciana herab.

„Das haben Sie sich selbst zuzuschreiben."

„*Pezzey di merda, stronzo*", flüsterte sie und biss sich vor Schmerzen auf die Lippe. *Ich werde nicht weinen. Ich werde nicht weinen. „Brutto figlio di puttana."*

„Was ist los?"

„Ein hässlicher Bastard von Hurensohn sind Sie!"

„Ich verstehe. Nächstes Mal frage ich nicht nach der Übersetzung."

„Ich bin eine Baronin und stamme aus einem venezianischen Adelsgeschlecht. Ist Ihnen das überhaupt klar?"

Abrupt kniete Brandon sich vor sie, strich ihr mit seiner blutenden Hand die Haare aus dem Gesicht und flüsterte ihr ins Ohr: „Ich weiß genau, wer Sie sind. Und ich weiß genau, was Sie getan haben."

Scham bemächtigte sich ihrer, rollte wie eine Welle über sie, betäubend und erschütternd.

Oder war es doch nur der Schmerz, den die Glassplitter in ihrem Rücken verursachten? Sie wusste es nicht.

Mühelos zog er Luciana hoch und legte sie sich über die Schulter, so wie ein Arbeiter im Lagerhaus einen Holzbalken schulterte. Ihr Körper war ein einziger Schmerz. Sie hatte nicht mehr die Energie, sich zu wehren.

„Sie können so viel schreien, wie Sie wollen. Diese Kreaturen werden Ihnen nicht zu Hilfe eilen. Sie sind zu feige. Und ein Mensch könnte ohnehin nichts ausrichten. Niemand hier kann irgendetwas für Sie tun.“

Der Engel hatte recht.

Aber nicht, weil irgendjemand oder irgendetwas hier wusste, wer oder was er war.

Sondern aus einem einzigen Grund: Weil alle seine Macht spürten!

Es war an der Zeit, sich einen Ausweg zu überlegen.

Sie musste sich aus dieser Situation befreien.

Genau so, wie sie sich in der Vergangenheit aus ähnlichen Situationen befreit hatte.

Und sobald mir das gelungen ist, werde ich es ihm heimzahlen.

4. KAPITEL

Vor einer schäbigen Pension hielten sie. Luciana betrachtete aus ihrer etwas ungünstigen Position über seiner Schulter die verwitterte Markise, dann fiel ihr Blick auf das Steinrelief neben der Tür.

Der heilige Georg, der Drachentöter.

Noch einer von diesen Märtyrern, die überall in dieser Stadt verewigt sind, dachte sie verbittert.

Laut Legende rettete der heilige Georg die Menschen vor dem Drachen, indem er ihn tötete. Ganz Venedig war mit Bildern und Statuen dieses Heiligen gespickt. Manchmal benutzten die Engel sein Bild, um miteinander zu kommunizieren, und markierten damit Hauseingänge und Gebäude.

Sie wusste ganz genau, was das bedeutete.

Der Engel hatte sie zum Schutzhaus der Kompanie gebracht.

Seit Jahrhunderten spekulierten die venezianischen Dämonen über die Existenz dieses Hauses. Sie hatte alle Geschichten über das abstoßende alte Gästehaus mit dem Steinrelief neben dem Eingang gehört, aber sie hatte nie gewusst, wo es zu finden war.

Als sie jetzt die bröckelnde Heiligenfigur betrachtete, entfuhr ihr ein Lachen. „So sehen Sie sich selbst, was? Ihr Schutzengel denkt alle, ihr wärt Drachentöter. Die Bestie töten und die Menschheit retten. Ich habe Neuigkeiten für Sie, *caro*. Die Welt hat sich verändert. Die Menschheit will nicht länger gerettet werden. Denn die Bestie ist so amüsant, dass man sie um sich haben will.“

Ohne ein Wort zu erwidern, schritten sie durch die Tür und gelangten in eine enge Eingangshalle.

Brandon wechselte ein paar Worte mit dem Concierge und nahm von ihm einen Schlüssel entgegen. Außerdem reichte ihm der Mann hinter dem Tresen eine Reisetasche und eine Flasche Wodka.

Mit einem klapprigen Aufzug fuhren sie nach oben, dann suchte er das Zimmer.

Endlich nahm er sie von seinen Schultern und drängte sie in den Raum hinein.

Das Zimmer war genauso schäbig wie die Eingangshalle und spartanisch eingerichtet. Das war nicht viel mehr als eine billige Absteige für Rucksacktouristen. Es gab nur ein schmales Bett, das kaum Platz für zwei Personen bot, sowie eine türlose Kammer mit einer Dusche ohne Vorhang, die wohl das Badezimmer darstellen sollte. Brandon führte Luciana zum Bett und löste die Handschelle von einem ihrer Handgelenke – nur um sie sofort an dem schmiedeeisernen Bettgestell festzumachen. Er überprüfte, ob die Fesseln ihr nicht das Blut abschnitten, dann trat er, offensichtlich zufrieden, einen Schritt zurück.

„Es ist keine große Überraschung, dass die Kompanie der Amateure eine so schäbige Pension bevorzugt." Luciana kochte vor Wut. „Venedig ist voller Paläste. Einer neben dem anderen. Und Sie suchen sich ausgerechnet diesen Ort aus. Warum habt ihr Engel immer diese Vorliebe für derart heruntergekommene Löcher? Denkt ihr etwa, es wäre nobel, in Armut zu leben?"

„Kommen Sie einfach damit klar, *principessa*."

Sie versuchte aufzuspringen, und dabei klapperten die Handschellen gegen die vergoldeten Schnörkel des Bettgestells.

„Nennen Sie mich nie wieder so", warnte sie ihn. „Sie haben keine Ahnung, auf welches Spiel Sie sich einlassen. Sie haben keine Vorstellung davon, wer ich bin. Und wer immer meint, es Ihnen gesagt zu haben, Ihre Engel oder Julian Ascher – sie sind ein Haufen Lügner!"

„Wie Sie meinen."

Dann schaltete sie ihren Modus um. „Wollen Sie mich bestrafen?"

„Das ist nicht meine Aufgabe", antwortete er gelassen. „Ich

habe es Ihnen schon in der Kirche gesagt: Ich bin nur gekommen, um Sie zu holen."

„Wie schade", schmollte Luciana. „Da verpassen Sie ja das Beste."

Rücksichtslos riss er den Schal von ihrem Rücken.

Sie biss die Zähne zusammen und ermahnte sich stumm: Nicht weinen!

„Falls Sie vorhaben, mich zu vergewaltigen: Damit kommen Sie niemals davon."

„Glauben Sie mir, das würde ich niemals tun. So arbeite ich nicht. Aber wenn es sein muss, werde ich Sie knebeln. Dafür habe ich extra meine alten Socken mitgebracht", sagte er scherzend. „Ich würde also an Ihrer Stelle die Klappe halten."

Stumm inspizierte er ihre Wunden und berührte eine Stelle.

Nicht weinen! ermahnte sie sich wieder.

„Was ist das? Göttliche Handschellen?" Luciana drehte sich um, als wollte sie die Metallfesseln begutachten – doch nur um ihre Tränen zu verbergen.

„Nein, Ma'am, das ist ganz schlichter, einfacher Stahl. Ich bin ein altmodischer Typ."

„Altmodisch", wiederholte sie. „Sie haben ja keine Ahnung, was das bedeutet. Haben Sie eigentlich keine Angst, dass ich mich entmaterialisieren könnte?"

„Wenn Sie diese Fähigkeit beherrschten, hätten Sie sie schon längst angewandt. Sie sind an Ihren Körper gebunden."

„Man muss kein Genie sein, um das herauszufinden."

Beim Versuch, sich loszureißen, wackelte das ganze Bett. Er betrachtete sie gelangweilt. „An Ihrer Stelle würde ich das sein lassen. Sie fügen sich nur weitere Verletzungen zu."

Voller Hass starrte sie ihn an. Sie war diesem Proleten ausgeliefert. So etwas war ihr noch nie passiert.

Sie war vollkommen schutzlos.

Natürlich konnte sie versuchen, mit ihm zu handeln. Unzählige Male hatte sie sich aus der Affäre gezogen, indem sie ihrem

Gegner ihren Körper angeboten hatte. Aber es sah nicht so aus, als würde er darauf eingehen.

Noch nie war sie so wütend gewesen. Sie hatte sich schon viele Male in ausweglose Situationen hineinmanövriert – und auch wieder heraus. Doch niemals hatte sie es einem Mann gestattet, sie in eine derart hilflose Lage zu bringen.

Sie beobachtete ihn, als er durch das Zimmer ging und in seiner Tasche nach frischer Kleidung suchte.

Dann betrat er das Badezimmer. Sie fragte sich, ob dieser amerikanische Prolet ohne Manieren gleich seine Hose öffnen und vor ihren Augen pinkeln würde. Doch er stellte sich vor das schäbige Handwaschbecken und begann, sich das Blut von den Armen zu waschen. Sein stahlgrauer Blick ruhte dabei auf ihr.

Er zog sich das blutverschmierte Hemd über den Kopf und inspizierte seine Wunden.

Brandon hatte den Körper eines Kämpfers. Er war komplett mit Tätowierungen bedeckt wie ein Mann, der viele Schlachten geschlagen hatte. Jede einzelne hatte er sich in seine Haut eingravieren lassen. Die Geschichte seiner Tapferkeit war in blauer Tinte in sein Fleisch geritzt.

Gleich über seinem Herzen war ein Tribal, ein wirbelnder Drache, dessen Körper sich bis auf seinen Bizeps ausdehnte. Von dort, von seinem linken Arm nach unten führend, verschmolz die Zeichnung mit einem Baum des Lebens, dessen Zweige in einem keltischen Muster mit vier ineinander verschränkten Ecken endeten. Auf dem anderen Arm war eine Maya-Sonne abgebildet, verschiedene Tribals und Tiere, manche echt, manche Fantasiegestalten. Löwen, Schlangen und Adler mischten sich mit Greifen und Phönixen. Die vielen verschiedenen Figuren, alle in einfarbigen Schattierungen aus schwarzer und grauer Tinte, verschmolzen auf seiner Haut zu einem harmonischen und ästhetischen Ganzen.

Als der Engel jetzt die Schnittwunde an seinem Bauch untersuchte, gab er den Blick auf sein wohl beeindruckendstes Tattoo frei.

Es bedeckte den gesamten Rücken und bestand aus einem riesigen Engel in Schwarz und Grau. Aus der menschlichen Gestalt wuchsen gefiederte Flügel, deren Spitzen Brandons Schulterblätter bedeckten.

An jedem anderen Mann wäre dieses Tattoo ein bloßer Körperschmuck gewesen.

An Brandon war es jedoch ein Sinnbild Gottes, das ihr direkt ins Gesicht starrte.

Sie hatte immer geahnt, dass dieser Tag kommen würde. Der Tag der Abrechnung. Bei all den Verbrechen, die sie begangen hatte, hatte sie es vermutlich sogar verdient. Und doch – welche merkwürdige Art, sie gefangen zu halten, in einem billigen Hotel ans Bett gefesselt.

Sie wandte den Blick ab, unfähig, das Bild noch länger zu betrachten.

„*Oh, Dio.*“

Die Worte schlüpften aus ihrem Mund. Nicht als Gebet, einfach so.

„Da sind keine normalen Tattoos, oder?“

Anstatt einer Antwort betrachtete er Luciana einfach. Seine grauen Augen hatten etwas Unheil Verkündendes.

„Was bedeuten sie?“

„Sie stehen für meine Missionen.“

Er führte das Thema nicht näher aus, und sie fragte nicht weiter. Diese Erklärung reichte ihr. Die Tinte auf seiner Haut erzählte die Geschichte der Menschen, die er gerettet hatte. Der Menschen, denen er geholfen hatte.

„Und was, wenn Ihnen die Farbe ausgeht? Gibt’s dann keine Tattoos mehr?“

„Ich lasse mir diese Tattoos nicht auf herkömmliche Weise stechen, in einem Studio oder von einem Tätowierkünstler.“

„Wo kommen sie dann her?“

Ein Blick in seine Augen war wie ein Blick in die Tiefen des Ozeans. „Sie tauchen einfach auf. Jedes Mal, wenn ich eine Mission abgeschlossen habe."

„Und wenn Sie sie nicht abschließen?"

Er zuckte die Schultern. „Kam noch nie vor."

„Hat man Sie geschickt, um mich zu töten?", brach es aus ihr heraus, schon beinahe hysterisch. Sie fragte sich, was auf seiner Haut zu lesen sein würde, wenn er mit ihr fertig war.

„Wie gesagt. Ich bin nur gekommen, um Sie abzuholen. Nicht mehr und nicht weniger. Gewaltanwendung ist nicht meine bevorzugte Arbeitsweise."

„Was zum Teufel soll denn das heißen?"

„Das heißt, dass ich keinerlei Intention hege, Ihnen etwas zu tun", erklärt er in aller Seelenruhe. „Wenn Sie kooperieren, ersparen Sie sich weitere Verletzungen."

Anscheinend waren seine Verletzungen nicht weiter beachtenswert. Er verließ das Bad und ging zu seiner Tasche, um sie auszupacken. Luciana konnte den Blick nicht von seinen Tätowierungen lassen. Sie bestaunte das filigrane Meisterwerk aus Farbe und Haut und las die Geschichten, die auf seinem Körper abgebildet waren. Es waren allesamt Symbole dafür, wer und was er war.

Und da wurde ihr klar, dass es keinen Zweck hatte, gegen ihn zu kämpfen.

Sie würde auf andere Methoden zurückgreifen müssen, um das zu bekommen, was sie haben wollte.

Er zog ein frisches Hemd an und freute sich, dass er seine Tasche vom Flughafen direkt hatte hierherschicken lassen. Er spürte, wie Luciana seinen Körper studierte, und warf ihr einen warnenden Blick zu. Sie saß auf dem Bett und sah eigentlich ganz harmlos aus, ein bisschen wie eine gefangen genommene Prinzessin.

Sie ist eine Dämonin, rief er sich in Erinnerung. Es spielt keine Rolle, wie schön sie ist. Sie ist böse. Und extrem gefährlich.

„Was auch immer Arielle Ihnen über mich erzählt hat, es ist gelogen“, sagte sie in diesem Augenblick. Ihr Tonfall war anders als vorher, als wäre ihr eine Idee gekommen. Er musterte sie unauffällig, und ja, ihren Augen konnte er ansehen, dass sie etwas ausheckte. „Vor allem, wenn ihre Informationen von Julian Ascher stammen. Wie man hört, ist er jetzt einer von euch.“

„Warum wollen Sie sich eigentlich unbedingt an Julian rächen?“

„Wollten Sie sich noch nie an jemandem rächen, der Sie verletzt hat? Ich habe Sie verletzt“, sagte sie leise. Ihr Verhalten hatte sich komplett geändert, sie klang plötzlich so verwundbar. Das konnte nur gespielt sein. „Wollen Sie sich nicht rächen?“

Brandons Gesichtsausdruck war ernst, als er sie jetzt ansah. „Sie stellen eine Menge Fragen. Wie ich Ihnen bereits gesagt habe, bin ich nur hier, um meine Pflicht zu tun. Es ist nichts Persönliches. Und daher kann ich Ihnen versichern: Nein, ich möchte mich nicht rächen.“

„Alles, was hier abläuft, ist persönlich. Sie können mich nicht in ein Zimmer schleifen, mich ans Bett fesseln und dann sagen, es wäre nichts Persönliches.“

„Absolut. Wenn ich mir die Schnittwunden auf Ihrem Rücken betrachte, würde ich sagen, Sie haben es mir nicht gerade leicht gemacht. Wir sind also quitt.“

Sie zerrte an ihren Handschellen. Offensichtlich nahm ihr Temperament wieder überhand. „Wir sind alles andere als quitt! Machen Sie mich endlich los! Erst wenn Sie mich gehen lassen, sind wir quitt.“

Ohne etwas zu erwidern, begutachtete er ihren Rücken.

„Wir sollten die Glassplitter entfernen.“

„Das heilt von alleine“, stieß sie trotzig hervor.

Beide wussten, dass das stimmte. Bei unsterblichen Wesen wie Engeln und Dämonen heilten Wunden sehr schnell, wenn auch nicht sofort.

„Aber wenn wir die Splitter entfernen, heilt es besser."

Also öffnete er die Handschellen und nahm ihre Arme nach vorn, damit er sich ihre Hände anschauen konnte.

Aus seinem Kulturbeutel nahm er eine Pinzette und goss Wodka darüber.

Dann zog er den Stoff ihres Kleides am Rücken weg. Ihr rosafarbenes Seidenkleid war so voller Blut, dass sie ihm schon beinahe leidtat. Ihr Rücken war mit bunten Glasscherben gespickt.

„Gleich wird es brennen."

Mit dem Wodka getränkten Waschlappen tupfte Brandon vorsichtig ihre Haut ab.

Und spürte, wie ihr Körper reagierte.

„Ich habe im ewigen Höllenfeuer gebrannt. Glauben Sie, das wäre nur annähernd vergleichbar?" Brandon hörte, wie ihre Stimme zitterte. Sie bluffte. Doch dann fügte sie hinzu: „Geben Sie mir einen Schluck Wodka!"

Er suchte ein Glas und goss ihr etwas ein. Dann hielt er ihr das Glas an die Lippen, während sie den Kopf nach hinten legte.

„Noch einen." Auch dieses Glas leerte sie auf einen Zug.

Brandon setzte sich neben sie und begann, ihr Kleid an den Stellen aufzuschneiden, wo es blutig an ihrer Haut klebte.

Dann entfernte er die Glassplitter aus ihrem Rücken.

Stückchen für Stückchen ließ er sie in ein Glas fallen, das auf dem Nachttisch stand. Schließlich war das Glas voll mit Scherben, an denen ihr Blut klebte.

Er presste ihr sein feuchtes Handtuch auf den Rücken. Kaum war er fertig damit, begann ihre Haut zu heilen. Die Wunden schlossen sich. Selbst im Reich der Dämonen gab es Wunder.

Sie wehrte sich, als Brandon ihr die Handschellen wieder anlegte.

Von draußen erklang Getöse.

Das erste Feuerwerk wurde gezündet.

Ein langes Pfeifen schoss zwischen den Gebäuden nach

oben, gefolgt vom Bersten der Detonation und mehreren kleineren Böllern. Aus den benachbarten Fenstern erklang die Musik zum Feuerwerk, bombastische italienische Opernwerke.

„Machen Sie wenigstens das Fenster auf“, bat sie ihn sanft. „Diese Pension ist zwar billig, aber die Lage ist sehr gut. Wahrscheinlich können wir von hier aus das Feuerwerk sogar sehen.“

Brandon ging zum Fenster und öffnete es.

Vor ihm breitete sich ein Panorama aus terrakottafarbenen Dächern aus, die im blassen Mondlicht schimmerten. In den Nachbargebäuden standen überall Menschen an den Fenstern, auf Balkonen und Dächern. Die Bucht war voller Boote in allen Größen und Formen, auf denen Menschen feierten. Alle reckten sie die Hälse, um das Feuerwerk nicht zu verpassen.

Auch Luciana hatte das Gesicht – so gut es vom Bett aus ging – nach oben gewandt, dem Nachthimmel entgegen, und ihre bleiche Haut reflektierte die bunten Lichter. Ihr Gesicht war schöner als jedes Feuerwerk – trotz aller Traurigkeit. Schöner als diese wunderbare, allmählich verfallende Stadt.

Und er, der sie gefangen genommen hatte, wollte sie von ihrem Elend befreien.

Vor dem Fenster ging das Lichterspektakel weiter. Wieder regnete es Farben, diesmal jedoch war der bunte Regen von einem lauten Knallen begleitet, das in seinem Kopf wie ein Schusswechsel in Zeitlupe klang.

Er biss die Zähne zusammen. Sein Rücken begann zu zucken, und er bekam einen Moment lang keine Luft, als er an seine menschlichen Wunden erinnert wurde. Körperlich war er wiederhergestellt. Doch die Erinnerung an seine Narben war noch nicht verheilt und wurde durch das Knallen wieder lebendig.

Sie musste den Schmerz in seiner Miene gesehen haben.

„Was ist denn, *il mio angelo?* Wurde mal auf Sie geschossen?“

Die Erinnerungen durften ihn nicht gefangen halten, er musste seinen Schmerz so schnell wie möglich vergessen.

Doch sie ließ nicht locker. „Sind Sie auf diese Weise gestorben? Mein Beileid. Der Tod ist mies, nicht wahr? Wissen Sie … Ich kann Ihnen Ihren Schmerz nehmen. Ich kann dafür sorgen, dass es Ihnen besser geht. Ich könnte Ihnen ganz neue Welten zeigen, wenn Sie mich ließen."

Ich bin wach, das ist kein Traum, versuchte Brandon, sich klarzumachen.

Einen Moment lang zögerte er. Sie war so schön. Die perfekte Versuchung.

„Erstens weiß ich nicht, wovon Sie reden. Zweitens gibt es keinen Schmerz", knurrte er. „Geben Sie nicht vor, zu wissen, was in meinem Kopf vorgeht."

„Wie auch immer, *tesoro*. Legen Sie sich hin, wenn Sie möchten. Ich kann Ihnen große Lust bereiten. Ich weiß, dass Sie mich begehren."

Während der Himmel in bunten Farben explodierte, beugte sie sich zu ihm und schloss die Augen. Und erwartete seinen Kuss.

Als er ihr schönes Gesicht betrachtete, überkam ihn ein tiefes Gefühl von Frieden. Sie war wie ein kleines Mädchen, das versuchte, böse zu sein. Das beim Verkleidenspielen den Bösewicht mimen wollte.

Warte, ermahnte er sich kopfschüttelnd. *Mach jetzt keinen Fehler. Diese Frau ist gefährlich.*

Den erwarteten Kuss bekam sie nicht. Doch er streichelte zärtlich ihre Wange.

Sie schlug die Augen auf. Ein grelles, lebendiges Grün. Sie zuckte nicht zusammen, doch ihre Augen blickten ihn kalt an, bedrohlich funkelnd.

„An dem Tag, an dem die Hölle zufriert, können wir über das Angebot noch mal reden." Brandon hatte sich wirklich gut im Griff.

„Wenn Sie mich gehen lassen, werde ich mich mehr als erkenntlich zeigen." Luciana stöhnte verführerisch und beugte sich nach vorn, um ihm einen Blick in ihr tief ausgeschnittenes Dekolleté zu gewähren. „Was hätten Sie denn gern, Engel?"

„Nichts. Und Sie werden es nicht schaffen, dass ich Sie gehen lasse. Ich habe nämlich vor, meine Mission erfolgreich zu Ende zu bringen."

Sie lächelte und schlug sittsam die Augen nieder. Nur, um ihn gleich darauf mit halb geöffneten Lidern anzuschauen. Kess sagte sie: „Das nehme ich als Herausforderung."

Ignorier sie und halt den Mund, sagte er zu sich selbst. *Tu einfach deine Arbeit, Schutzengel.*

Es war ja nicht so, dass er zum ersten Mal von einem Dämon in Versuchung gebracht wurde.

Das war sein Arbeitsalltag.

Wieso also fühlte er sich ihr gegenüber so verpflichtet?

Von draußen erklangen Rufe des Entzückens und Applaus und kündeten vom Ende des Feuerwerks. *„Uno spettacolo! … Che bello! … Bellissimo!"*

„Ich kann alle Ihre Fantasien wahr werden lassen", lockte sie ihn vom Bett aus. Sie leckte sich mit der Zunge über die Oberlippe, um ihren Vorschlag noch zu unterstreichen. „Was auch immer Sie sich wünschen. Wie Sie es wünschen. Sagen Sie mir nicht, Sie hätten sich noch nicht vorgestellt, in meinem Mund zu kommen. In meiner …"

„Schluss", befahl er schroff.

Sie führte ihren Satz nicht zu Ende, lachte nur. Das war schlimmer.

Denn bei diesem Lachen überfiel ihn das Bedürfnis, sofort über sie herzufallen. Sie, festgekettet wie die Jungfrau aus dem Mittelalter, die man dem Drachen opfern wollte, um seine Gelüste zu befriedigen.

Nur, dass sie keine Jungfrau war. Und auch keine Prinzessin. Sie war selbst der Drache.

Und nicht nur das. Tief in seinem Inneren spürte er, wie sich eine Flamme entfachte.

Ignorier sie, befahl er sich noch einmal. *Tu deine Arbeit und lass dich nicht von ihr ablenken.*

„Soll ich etwa so schlafen?“ Ihre Lippen hatte sie zu einem Schmollmund geformt. „Wollen Sie mich nicht losmachen?“

Brandon löste die Handschellen, doch nur kurz, damit sie sich anders positionieren konnte.

„Ich bringe Sie morgen zurück nach Amerika“, informierte er sie knapp. „Legen Sie sich jetzt hin!“

„Legen Sie mich hin!“

„Ich wünschte, Sie würden es uns leichter machen.“

Zwei Sekunden später lag sie auf der Seite, die Hände über dem Kopf gefesselt.

„Und wo wollen Sie schlafen?“

Er warf ein Kissen und eine Decke auf den Boden. Es war nicht bequem, aber er war Schlimmeres gewohnt. Vom Fußboden aus hatte er sie im Blick, auch wenn sie flach auf dem Bett lag. Er wagte es nicht, ihr den Rücken zuzuwenden, auch wenn er sich nichts sehnlicher wünschte als das. Einen Augenblick lang zog er in Betracht, sie für die Nacht dem Concierge zu übergeben. Aber er hatte die Verantwortung für sie, und die konnte er nicht abgeben. Das war seine Mission. Seine Pflicht.

„Seien Sie jetzt still und schlafen Sie“, befahl er noch einmal.

„Keine *coglioni*.“

„Was?“

„Ihr Amerikaner habt eben keine Eier in der Hose. Alles nur Geschwätz“, sagte sie kühl. „Und nichts dahinter.“

Er würde sich von ihr nicht provozieren lassen.

Luciana drehte ihm den Rücken zu. Ihre dunklen Locken kräuselten sich auf dem weißen Baumwolllaken, und die Krümmung ihres Halses sah so verführerisch, so unwiderstehlich aus – und schien ihm zuzurufen: Berühr mich! –, dass er nicht wusste, wie er die Nacht überstehen sollte, ohne sie anzufassen.

Schließlich schaltete er das Licht aus und legte sich auf den Fußboden.

„Gute Nacht, *principessa*.“

Er hörte, wie sie sich bewegte, und spürte in der Dunkelheit, dass sie ihn anstarrte. „Wie sagt man in Ihrer Sprache? Ah, ich weiß wieder. Ich hoffe, Sie werden für immer in der Hölle schmoren."

Sein Grinsen konnte sie glücklicherweise nicht sehen. Eins musste er ihr lassen.

Die Frau hatte *coglioni.*

Luciana starrte aus dem großen Fenster der schäbigen Pension hinaus in die Dunkelheit. Der Lärm des Festes war verklungen. Von draußen war nichts zu hören außer dem Gluckern des Wassers im Kanal, das gegen die verrottenden Backsteine dieser verfallenen Pension schwappte.

Was für eine Pleite!

Irgendwo da draußen in der Dunkelheit vor der Erlöserkirche wartete Satans Fährmann in seiner schwarzen Begräbnisgondel darauf, dass sie ihm das versprochene Opfer brachte.

Das Opfer, das sie nun nicht liefern würde.

Grund dafür war dieser große, gefährliche Engelskrieger, der nun neben ihr lag. Der einem Dämon mehr glich als einem Engel. Der eher aus einem animalischen Instinkt heraus zu agieren schien statt aus Vernunftgründen. Wer auch immer ihn geschickt hatte, wusste genau, wo und wie er sie treffen konnte.

In ihrem Inneren tobten Wut und Erschöpfung. Nicht nur, weil sie die Jagd nicht hatte durchführen können, sondern weil sie seit Monaten auf Rache sann, die ihr einfach nicht gelingen wollte. Und nun auch noch dieses seltsame Kindermädchen, dieser Schlägertyp, der angeblich ein Engel war. Wie sanft seine großen Hände ihren Rücken berührt hatten – das war ein Widerspruch in sich selbst. Kaum hatte er sie berührt, war ihr Schmerz verschwunden. Seltsamerweise empfand sie Frieden.

Dieses Gefühl war ihr so fremd.

Frieden.

Ist es das, was Julian Ascher bei Serena empfindet?

Fürs Erste war sie ihrem Bewacher auf Gedeih und Verderb ausgeliefert. Doch sie musste einfach Geduld haben. Sie würde eine Möglichkeit finden, zu fliehen, selbst wenn sie mit ihren Kräften so gut wie am Ende war.

„Ich werde einen Weg finden, um mich aus dieser ausweglosen Lage zu befreien", zischte sie in die Dunkelheit. „Wie immer. Und sobald es mir gelungen ist, werde ich mich an euch allen rächen."

Früher oder später würde Satan nach dem Opfer verlangen, das sie ihm schuldig geblieben war.

Und wenn er rief … Oh, das würde ein Opfer geben!

Lieber die ganze Nacht wach bleiben, als nur eine Sekunde in der Gegenwart dieser Frau einzunicken.

Brandon war schlaflose Nächte gewohnt. Doch in dieser Nacht war er wirklich erschöpft – nach allem, was er hinter sich hatte. Kaum hatte er sich hingelegt, drohte der Schlaf ihn zu überwältigen. Da spielte es keine Rolle, wie hart und ungemütlich sein Lager war.

Der Schlaf war ein Tyrann. Der Schlaf war sein Feind.

Falls er einschlief, riskierte er es, wieder zu träumen. Oder, noch schlimmer, von ihr zu träumen.

Manchmal war es aufreibend, noch so sehr in seinem menschlichen Leben verhaftet zu sein.

Die Sehnsucht nach dieser Frau, die so dicht bei ihm lag, kaum einen Meter neben ihm, quälte Brandon.

Doch er spürte, wie sie in der Dunkelheit vor sich hin brütete. Ihre Wut und Enttäuschung waren greifbar. Fast konnte er hören, welche Mühlsteine sie in ihrem Kopf wälzte. Und an ihrem Fluchtplan arbeitete.

Er wurde müde davon, die an der Decke tanzenden Lichtreflektionen des Wassers zu beobachten, und schloss für einen Moment die Augen. Nur für einen Moment, um seine müden

Lider zu entspannen.
Und schlief sofort ein.

Nur, um kurz darauf schlagartig wieder zu erwachen.

Als er die Augen öffnete, sah er durch das große Fenster den Vollmond. Wie seltsam, dachte er, früher am Abend war der Mond nur eine blasse silbrige Sichel gewesen.

Träumte er? Nein.

Er befand sich nicht in seinem üblichen nächtlichen Traumszenario. Es roch nicht nach Urin und Abfall. Da war auch keine enge Gasse. Nur der schmutzige Hotelfußboden, auf den er sich gerade gebettet hatte.

Er stieß einen erleichterten Seufzer aus. Befahl sich selbst, tief ein- und auszuatmen.

Doch als er den Kopf zur Seite drehte, sah er, dass die Dämonin nicht mehr ans Bett gefesselt war.

Irgendwie war es Luciana gelungen, sich der Handschellen zu entledigen. Und zwar absolut lautlos, wohl in dem Moment, als ihm die Augen zugefallen waren. Jetzt stand sie neben ihm und sah ihn an, in ihrem Blick glänzte Triumph. Langsam ging sie auf die Knie. Beugte ihre langen, schmalen Beine und hockte sich rittlings auf ihn.

Er lag reglos da. Wagte es nicht, sich zu bewegen. Oder zu atmen.

Sie nahm seine rechte Hand und legte sie auf eine ihrer vollen Brüste.

Zuerst wollte er sie wegziehen, doch dann ließ er es bleiben. Wieso nicht. Seine Hand umfasste ihre straffe, große Brust, die nur von dem dünnen Stoff ihres Kleides bedeckt wurde. Zuerst massierte er nur ihren Nippel durch den Seidenstoff. Dann wurde er mutiger, glitt mit einer Hand über ihren flachen Bauch nach unten, unter den Saum ihres Kleides. Tastete sich an ihren Schenkeln wieder nach oben, bis er ihren Slip berührte, ein Hauch von Spitze, der sich jede Sekunde aufzulösen drohte.

Sie fühlte sich gut an.

Mit einem Mal erschreckte er vor sich selbst, riss seine Hand weg, doch sie lachte nur.

Luciana begann, sich auf ihm zu bewegen. Dabei drückte sie sich eng an seinen Schritt. Beugte sich dicht über sein Gesicht und flüsterte: „Ich habe dich gefragt, ob du dir deinen Schwanz in meinem Mund vorgestellt hast. Und an anderen Stellen. Und wie mir scheint, wirst du genau das jetzt erleben."

Sie rutschte an seinem Körper herunter und öffnete den Knopf seiner Hose und den Reißverschluss. Dann zog sie ihm seine Kleidung herunter, sodass seine Erektion ihr entgegensprang. Er war noch nie so hart gewesen. Sanft streichelte sie ihn, fuhr mit der Hand dabei auf und ab. Er war kurz davor zu explodieren.

Nein!

Schnell packte er ihre Hand und schob sie zur Seite, hielt sie fest und presste sie zusammen. Fester als nötig, wie ihm bewusst wurde.

„Du tust mir weh", stieß sie aufheulend hervor.

„Ich habe dir erklärt, dass ich nichts von dir will."

Sie befreite sich aus seinem Griff. „Dann lass mich gehen. Du weißt selbst, dass du mich willst. Das ist alles nur ein Traum. Es wird keine Konsequenzen haben."

„Vergiss es." Brandon gab nicht nach.

„Wenn das deine endgültige Entscheidung ist – bitte."

Böse funkelten ihre Augen. Dann war die Dämonin verschwunden.

Und er war wieder in der altbekannten Gasse, wieder umgeben von dem Gestank von Urin und Abfall. Ging seinem Schicksal entgegen mit der Waffe, die er in Augenhöhe hielt, und fragte sich, wohin die Dämonin verschwunden war.

Luciana schlich aus seiner Traumwelt heraus wie eine Diebin vom Ort des Diebstahls.

Als sie aufwachte, war sie immer noch mit den Handschellen ans Bett gefesselt.

Auf dem Boden lag der Engel und schlief. Er zuckte im Schlaf, offensichtlich hatte er einen Albtraum. Was auch immer er jetzt träumte, es interessierte sie nicht. Es war nicht sicher, wie lange er schlafen würde. Er konnte jeden Moment aufwachen.

Und dann wäre sie für immer gefangen.

Panisch sah sie sich um, in der Hoffnung, irgendwo die Lösung für ihr Problem zu finden. Wenn sie nur einen Zahnstocher oder eine Haarnadel hätte … Aber da war nichts.

Ihr blieb keine andere Wahl.

Ihr fiel nur eine Möglichkeit ein.

Mein Gott, tu es einfach, sprach sie sich selbst Mut zu. *Tu es jetzt, sonst werden die Konsequenzen noch schlimmer sein.*

Sie setzte sich auf, darauf bedacht, ihn nicht aufzuwecken. Dann legte sie ihre linke Hand auf die Wand. Sie schloss die Augen, holte tief Luft und schlug mit ihrer rechten Hand auf ihren linken Daumen, so fest sie konnte.

Ein höllischer Schmerz durchfuhr sie, als der Knochen brach. Das leise Geräusch, das sie dabei vernahm, hörte sich an wie ein zerbrechender Zweig. Sie biss die Zähne zusammen, um nicht zu schreien.

Nicht darüber nachdenken, sagte sie sich und hielt die Luft an, um den Anfall von Übelkeit und Schwindel vorbeigehen zu lassen, der sie vom Kurs abzubringen drohte. Es sind nur Schmerzen. Schmerzen sind endlich.

Ihr Daumen gab nach, und sie konnte ihre Hand aus der Metallfessel befreien.

Sie warf einen letzten Blick auf den im Schlaf zuckenden Engel. Und hoffte, dass der Albtraum, der ihn heimsuchte, tausendmal schlimmer war als der Schmerz, den sie sich eben selbst zugefügt hatte.

Brandon schreckte aus dem Schlaf hoch, überwältigt vom Schock über seine tödlichen Schusswunden. Wie immer war er schweißgebadet.

Doch etwas war anders. Er hörte ein Quietschen. Das Fenster wurde geöffnet.

Er riss die Augen auf, und gleichzeitig schoss seine Hand suchend in seine Tasche.

Keine Uhr.

Ich bin wach. Ich träume nicht.

Verdammte Scheiße.

Das Letzte, was er von der Dämonin sah, war, wie sie auf der Fensterbank stand, die Handschellen baumelten an einer Hand herunter, und das Mondlicht spiegelte sich im Metall. Sie drehte sich zu ihm um und fixierte ihn mit ihren grünen Augen.

„Es ist Ihnen zwar gelungen, mich einzufangen, aber Sie können mich niemals festhalten.“ Ihr Haar wurde vom Wind zerzaust, als sie aus dem Fenster in die Freiheit schlüpfte.

„Luciana Rossetti ist entkommen. Die Existenz und Position des Schutzhauses sind ihr bekannt“, sagte Brandon zu dem Schutzengel an der Rezeption. „Alles ist meine alleinige Schuld. Ich weiß immer noch nicht, wie das passieren konnte. Ich hatte sie mit Handschellen fixiert.“

Der andere Engel, ein distinguierter älterer Herr mit grauen Haaren und freundlichen braunen Augen, zuckte nur kurz mit den Schultern. Er schien wenig überrascht. „Was glauben Sie, wieso sie unserer Einheit hier in Venedig schon so lange entkommen kann? Sie ist Expertin in Sachen Flucht. Luciana Rossetti ist ein extrem trügerisches Wesen. Für viele Einheimische ist sie mehr Legende als Realität.“

„Wie kann es sein, dass sie noch immer frei herumläuft?“

Der Concierge lachte kurz auf. „Ach, wissen Sie, sie ist unsere geringste Sorge. Sie ist nicht der einzige Dämon in der Gegend. Hier wimmelt es von Türhütern, wie in jeder anderen Stadt auch. Wir haben weder die Zeit noch das Personal, um uns um Gestalten wie Luciana Rossetti zu kümmern. Dämonen gehören zu dieser Stadt wie der Markusdom. Venedig ist eine Stadt des Göttlichen und des Profanen, eine Stadt der Schönheit und des Lasters. Hier findet man beides. Ich vermute, wir *Veneziani* haben einfach gelernt, damit zu leben."

„Ich verspreche Ihnen, ich werde die Stadt von ihr befreien, bevor ich sie verlasse." Brandons Ton war barsch.

„Wenn Sie es sich vorgenommen haben, Sie von hier fortzubringen, wünsche ich Ihnen viel Glück. Niemand wird es Ihnen übel nehmen, wenn Sie keinen Erfolg haben. Wenn Sie jetzt Ihre Sachen zusammenpacken wollen. Wir finden eine andere Übernachtungsmöglichkeit für Sie."

Während er packte, sah sich Brandon im Zimmer um.

Das Bild von ihr, wie sie auf dem Fensterbrett stand, hatte sich in sein Gedächtnis eingebrannt.

Wie konnte sie entkommen? War sie real? War sie überhaupt hier gewesen? Brandon zermarterte sich sein Gehirn.

Das Bett war leer bis auf die zerknitterten Laken, die keinen Hinweis darauf gaben, wer hier gelegen hatte.

Nur auf dem Nachttisch stand noch immer das Gefäß mit den bunten Glassplittern, an denen ihr Blut klebte.

5. KAPITEL

Die Turmuhr auf dem Markusplatz schlug drei Uhr. Luciana stolperte über den mittlerweile menschenleeren Platz. In der mondbeschienenen Lagunenstadt herrschte Stille. Venedig schlief nach den Feierlichkeiten.

Nur draußen am Lido würden die jungen Leute bis in den Morgen hinein weiterfeiern und zu Technobeats tanzen. In den vergangenen Jahren hatte sich Luciana ihnen angeschlossen, war in ein weiteres Jahr der Freiheit hineingetanzt, bis die Sonne strahlend und hell über der Adria aufging.

Eigentlich sollte sie ein weiteres Jahr als Dämonin feiern, ein weiteres Jahr voll wiedererstarkter Vitalität.

Ein weiteres Jahr voller Macht.

Aber heute Nacht feierte sie nicht.

Heute Nacht ist die Nacht meines Scheiterns, dachte sie, als sie den Weg nach Hause einschlug.

Zweihundertfünfzig Jahre lang war es ihr gelungen, am Tag des Erlöserfestes ein Opfer zu finden und abzuliefern. Dieses Jahr hatte Luciana Rossetti ihre Pflicht nicht erfüllt.

Einmal mehr war sie der Kompanie der Engel unterlegen.

Aber wenigstens lebe ich noch, dachte sie erleichtert. *Und ich bin entkommen.*

Ihre Hand pulsierte.

Der Daumen hing in einem seltsamen Winkel herunter. Wenigstens war es ein sauberer Bruch, und jetzt war sie frei. Was sich in diesem grauenhaften Pensionszimmer abgespielt hatte, lag nun hinter ihr.

Ein paar Nachzügler liefen jetzt betrunken grölend an ihr vorbei. Jeder Einzelne von ihnen wäre ein leichtes Opfer.

Doch im Moment hatte Luciana nicht einmal die Kraft, eine Fliege zu töten.

Sie hinkte barfuß nach Hause, ohne die Pflastersteine unter ihren Sohlen überhaupt wahrzunehmen. Bei ihrem Palazzo angekommen, schleppte sie sich mit letzter Kraft hinein. Blutbeschmiert und voller Schmerzen ließ sie sich in einen Sessel fallen und berührte vorsichtig den gebrochenen Daumen.

„Danke, Fürst der Finsternis, dass du mich leben lässt", flüsterte sie. „Mich und meinen Haushalt."

Im Haus war es still, doch plötzlich öffnete sich im hinteren Teil des Palazzo eine Tür. Massimo kam herausgerannt. Er riss die Augen auf, als er im fahlen Licht seine Herrin dort sitzen sah, voller Blut. Er blinzelte und betrachtete schluckend ihre schlaff herunterhängende linke Hand und die Handschelle, die an ihrer rechten baumelte.

„Sie sind zurück, *baronessa*! Aber was ist passiert? Wir haben schon das Schlimmste befürchtet. Wir dachten, die Engel hätten Sie mitgenommen!"

„Es geht mir gut", presste sie hervor. „Sie hatten mich gefangen, aber ich bin ihnen entkommen. Als ich aus der Erlöserkirche zu unserem Boot kam, war es leer. Du warst nicht da!"

Sie strich mit ihrer gesunden Hand über das fein geschnitzte Holz des Sessels. Die vertrauten Möbel wirkten tröstlich. Ein Stück Solidität in dieser Welt der Vergänglichkeit. Sie wollte Massimo am liebsten umarmen, ihn beschützen. Der Gedanke, ihn jemals zu verlieren, war so schlimm wie die Vorstellung, ein Kind oder einen Bruder oder eine Schwester zu verlieren.

Und doch stand auch nach den vielen Jahrhunderten, die sie gemeinsam miteinander verbracht hatten, eine gewisse Formalität zwischen der Adeligen und ihrem Diener. Die unsichtbare Trennungslinie des Klassenunterschieds, der in der modernen Welt nicht mehr vorhanden war, trennte sie noch immer.

„Ich wurde angegriffen, als ich vor der Kirche auf Sie wartete", berichtete der Türhüter. „Der Angreifer schnürte mich zusammen wie ein Paket und warf mich in die Adria. Ich wäre ertrunken, wenn er die Schnüre fester verknotet hätte. So aber konnte ich mich befreien und an Land zurückschwimmen. Ich habe überall nach Ihnen gesucht und war schließlich davon überzeugt, dass der Angreifer Sie wohl geschnappt hat."

„Das hat er auch. Ich bin ihm nur mit viel Glück entkommen. Wo sind die anderen?"

„Immer noch unterwegs, auf der Suche nach Ihnen."

„Ruf sie zurück. Die Qualen sind vorbei. Konntest du den Angreifer sehen?"

Massimo schüttelte den Kopf. „Er war zu schnell. Ich habe keine Ahnung, wer es war."

„Er ist ein Mitglied der Kompanie der Engel. Sein Name ist Brandon."

Kaum hatte sie seinen Namen erwähnt, fühlte sie sich einer Ohnmacht nahe. Sie schloss die Augen und wartete, bis die Übelkeit vorbei war.

„Was hat er Ihnen angetan, *baronessa*? Ihre Hand! Und was ist mit Ihrem Rücken geschehen?" Sacht nahm er sie an den Schultern und drehte sie etwas, um die Verletzungen zu betrachten.

Dann ging der Türhüter zu einer Schublade, holte eine Nadel heraus und löste die Handschellen. Luciana untersuchte den Daumen und zuckte bei der Berührung vor Schmerz zusammen.

„Es geht mir gut", sagte sie noch einmal. „Es wird schnell verheilt sein. Das weißt du doch. So ist es immer bei den Körpern der Unsterblichen."

Sein prüfender Blick sagte ihm etwas anderes.

Es ging ihr nicht gut. Doch er wusste, dass man ihr besser nicht widersprach.

„Was wurde aus der Jagd? Ich gehe davon aus, dass Sie Ihr alljährliches Opfer darbieten konnten."

Zum ersten Mal in zweihundertfünfzig Jahren gab sie keine Antwort.

Massimo wurde leichenblass.

In seinen grünen Augen schien sich Lucianas eigene Furcht zu spiegeln.

„Vielleicht können wir Satan ja noch besänftigen“, überlegte er schnell. „Vielleicht ist es noch nicht zu spät.“

Luciana nickte. „Geh und finde einen Menschen für mich. Wir dürfen keine Zeit verlieren.“

Zu ihrer Überraschung leuchteten seine Augen bei ihren Worten auf. „Das wird nicht nötig sein. Wir haben bereits einen Menschen im Haus. Das sollte genügen.“

Luciana erinnerte sich an den Frauenschrei, den sie nach ihrer Rückkehr aus Amerika gehört hatte. An den Schuh und die Blutspur. Sie schluckte und überlegte, was die Türhüter wohl mit dieser Frau gemacht hatten und wieso sie sie hierbehielten …

„Die Türhüter halten sie sich als Spielzeug. Es waren die anderen, *baronessa*. Ich schwöre Ihnen, ich habe sie nicht angerührt. Ich …“

„Erspar mir die Details. Hol sie einfach!“

Was die Türhüter in ihrer freien Zeit taten, interessierte Luciana nicht. Im Moment war nur eines wichtig: wie sie ihre Verpflichtung Satan gegenüber einlösen konnte.

„Halt dich von diesem Haus fern, mein liebes Mädchen!“

Das waren die Worte von Violetta Ravellos Großvater gewesen, die er ihr jedes Mal ins Ohr geflüstert hatte, wenn sie an dem Palast aus Stein und Marmor und mit dem schönen Garten vorbeikamen, der gleich am Canal Grande stand.

„Dieses Haus ist noch mehr verflucht als die berühmte *Ca' Dario*“, hatte ihr Großvater immer gesagt. Beide erschauderten bei der Erwähnung des inzwischen leer stehenden Palazzo, dessen Besitzer ein tragisches Ende gefunden hatten. „Selbst die Gondoliere bekreuzigen sich, wenn sie daran vorbeifahren.“

„Wieso?“, hatte Violetta gefragt.

„Niemand erinnert sich genau“, erklärte dann ihr Großvater und legte die Stirn in Falten. „Das Einzige, was man weiß, ist, dass dort das Böse herrscht.“

Violetta wusste nicht, wie viele Hundert Male sie an dem Palazzo vorbeigegangen war. Doch jedes Mal, wenn sie mit dem Vaporetto auf dem Weg zu ihrem Gesangsunterricht im Opernhaus an der reich verzierten Fassade vorbeikam, hoffte sie, einen schnellen Blick auf die schönen Männer und die Frau zu erhaschen, die sie manchmal durch die Fenster hindurchsah.

Das, was sie sah, wirkte nicht böse auf sie.

Sie fand den Palazzo wunderschön und romantisch.

Inzwischen war sie einundzwanzig und wusste, dass nichts davon stimmte.

Ihr Großvater hatte recht gehabt.

Sie war in diesem Haus gefangen und ein Opfer des Bösen geworden. Die Männer, die sie hier gefangen hielten, zerstörten nach und nach ihre Seele, ihr Leben. Nichts war mehr real, sie konnte nicht mehr unterscheiden zwischen dem, was echt war und was nicht. Sie wusste nur, dass sie diese Männer hasste, deren Spielzeug sie geworden war, die sie zwangen, bei ihren perversen sexuellen Spielchen mitzumachen.

Diese Männer waren keine Menschen.

Diese Männer waren etwas anderes. Das Böse.

„Du wirst so viel Lust empfinden, wie du es dir in deinen wildesten Fantasien nicht vorstellen kannst“, hatten sie ihr versichert. „Wenn du kooperierst. Wenn du tust, was wir wollen.“

Sie hatte sich geweigert. Bis es nicht mehr ging.

Nun stand sie im Halbdunkel des *piano nobile* und rechnete fest damit, dass sie in dieser Nacht sterben würde. Das große Zimmer war anders als die Quartiere der Dienerschaft, in denen man sie in den vergangenen Wochen festgehalten hatte. Die Frau, die hier im Halbdunkel vor ihr stand, war die schönste Person, die sie kannte. Es war die Frau, die Violetta so oft durch die Fenster gesehen hatte. Sie war nur wenige Jahre älter als sie selbst, doch sie schien um ein Vielfaches schlauer und erfahrener zu sein. Sie bewegte sich mit einer außerirdischen Anmut, wie eine Traumgestalt.

Und doch stand in ihren schönen Augen etwas Seltsames geschrieben.

Etwas unerklärbar Scharfes und Dunkles funkelte darin.

„Da ist das Mädchen. So, wie Sie sie mögen – jung und unschuldig“, sagte Massimo, der sie locker am Ellbogen festhielt.

„Wie heißt du, Kind?“

„Violetta.“

Die Frau kam näher und betrachtete sie, dann nahm sie Violettas Kinn in die Hand und drehte ihr Gesicht hin und her. „Ich kenne dich. Du bist …“ Sie presste die Lippen zusammen und überlegte. „Ich habe dich im *La Fenice* singen hören. Du bist Sopranistin. In der letzten Spielzeit hast du die *Tosca* gegeben.“

„Ja, das stimmt.“

„Du warst gar nicht schlecht für dein Alter. Einer der Stars von morgen, wenn ich mich nicht irre.“

Violetta sagte nichts. Bei dieser Frau, in deren Haus sie so viele Qualen erlitten hatte, würde sie sich sicher nicht für ein Kompliment bedanken. Diese Frau hielt sie gefangen und hatte vor, sie umzubringen. So viel war klar.

„Was hat sie hier zu suchen?“ Die Frau sah Massimo an und wartete auf seine Antwort. „Was habt ihr ihr angetan?“

Schweigen.

Es war Violetta nicht möglich, sich selbst zu den Geschehnissen zu äußern. Diese Erlebnisse hatte sie in ihrem Inneren; sie wollte all die Scham, Wut und Qualen nicht noch einmal erleben.

„Womit habt ihr dieses Mädchen gequält?“ Normalerweise interessiert es mich nicht, was die Türhüter in ihrer Freizeit treiben. Aber das hier ist etwas anderes. Sie ist wirklich sehr begabt.“

„Ich habe dabei nicht mitgemacht“, sagte Massimo leise.

Violetta drehte sich zu ihm um und starrte ihn wütend an. *Aber du hast es zugelassen. Du hast danebengestanden, als die anderen all das mit mir gemacht haben. Du hast es nicht verhindert.*

„Lassen Sie mich gehen!“, flehte Violetta plötzlich.

„Das steht nicht zur Debatte.“

„Dann töten Sie mich.“ Sie war selbst überrascht über die Härte ihrer Worte. „Bringen Sie es so schnell wie möglich über die Bühne. Stehen Sie nicht herum und reden Sie nur davon!“

„Du willst sterben?“

„In diesem Haus will ich nicht am Leben bleiben. Und wenn Sie mich nicht freilassen, suche ich lieber die Erlösung im Tod. Das ist mein einziger Trost.“

„Die Seele stirbt nicht, mein Kind. Der Tod ist nicht das Ende.“

Violetta reckte trotzig das Kinn. „Das werde ich dann selbst herausfinden. Der Satan kann keine Seele behalten, die das nicht verdient hat.“

Die Frau zögerte und sah Violetta tief in die Augen.

Nach einer langen Weile sagte sie: „Leider, meine Liebe, ist das nicht immer wahr.“

Sie nahm ein Messer, das neben ihr auf dem Tisch lag.

Violetta sah, wie sich das Gesicht der Frau anspannte. Sie zögerte.

Dann spürte sie die zitternde Klinge an ihrem Hals.

Spürte die rasiermesserscharfe Spitze, die ihr die Haut aufriss.

Spürte, wie sie dem Boden entgegensank, während die Frau sie auffing.

Sie wollte schreien. Aber sie biss die Zähne zusammen und gab keinen Ton von sich.

Ich werde ihnen nicht die Befriedigung verschaffen, meine Qualen herauszuschreien. Diesmal nicht.

Tausend Gefühle, tausend Bilder rauschten ihr durch den Kopf, als sie starb.

Kummer. Bedauern. Sorge.

Die Gesichter ihrer Familie. Ihre Mutter, ihr Vater, ihr Großvater tauchten vor ihrem geistigen Auge auf. Ihre lächelnden Freundinnen, ihre Gesangslehrer, Sängerkollegen aus der Oper. Alle Tonleitern, die sie je gesungen hatte, alle Arpeggien und Solfeggien, alle Arien. Jede einzelne Stunde, die sie alleine zu Hause geübt hatte. Jede einzelne Unterrichtsstunde, die sie in den kleinen Proberäumen am Konservatorium gehabt hatte. Endlose Proben und Aufführungen in Opernhäusern in ganz Italien. In den letzten Augenblicken ihres Lebens empfand sie eine große Sehnsucht, sich an all diesen Menschen und Erlebnissen festzuhalten.

Mit dem letzten, röchelnden Atemzug, den sie tat, dachte sie: Wenn ich nur immer so weitermachen könnte.

Und dann folgte eine unermesslich lange Pause. In diesem Moment wurde ihr klar: Das werde ich auch.

Violetta Ravello warf sich dem Tod entgegen mit der Inbrunst eines Mönchs, der sich selbst in Brand gesteckt hatte, oder eines Märtyrers, der von Pfeilen gespickt war. Im Namen alles Göttlichen begab sie sich in die Hände einer höheren Macht. Sie setzte ihr Vertrauen in das, was sie auf der anderen Seite erwartete.

Im Moment ihres Todes hörte sie einen einzigen, hohen Ton erklingen, die süßeste Musik, die sie jemals vernommen hatte. Ein Ton wie ein Lichtstrahl am Ende eines Tunnels, der nur aus Klang bestand.

Der Lärm war unerträglich, als Luciana das Messer in Violettas weiche Haut rammte. Es fuhr durch ihre Kehle wie durch Butter. Mit einem schnellen gekonnten Schnitt durchtrennte sie dem Mädchen Halsschlagader und Luftröhre. Das Blut schoss aus der Kleinen heraus und bildete auf dem Marmorfußboden eine rote Lache.

Unerklärlicherweise hätte Luciana am liebsten um dieses arme, schwache menschliche Wesen geweint.

Dabei hatte sie so etwas schon so oft getan. Unzählige Male.

So viele Opfer fanden durch ihre Hand den Tod, doch nie hatte sie dabei auch nur einen Funken Reue empfunden. So viele unschuldige Seelen hatte sie Satan dargebracht.

Es war absolut unangebracht, dass sie ausgerechnet jetzt Mitleid verspürte.

Sie hielt den Kopf des sterbenden Mädchens. Violetta schloss die Augen zum letzten Mal. Luciana streichelte ihr langes braunes Haar, dessen Spitzen in die Blutlache hingen, und flüsterte ihr ins Ohr: „Ruhe in Frieden, meine Liebe. Oder was dem am nächsten kommt."

„Sie stirbt so friedlich. Sie wehrt sich gar nicht." Auch Massimo schien ergriffen zu sein.

Und tatsächlich: Sie zuckte nicht. Sie schrie nicht, und sie weinte nicht. Sie bettelte nicht um Gnade.

Luciana hatte schon alles erlebt, wenn sie ihren Opfern beim Sterben zusah. Groß. Klein. Mächtig. Schwach. Berühmte Persönlichkeiten und zurückgezogen lebende Eigenbrötler. Industriemagnaten und Straßenkehrer. Doch von allen verschiedenen Todeskämpfen, die sie gesehen hatte, war der dieses Mädchens der würdigste. So etwas hatte sie noch nie erlebt.

Vielleicht war es am Ende doch das Richtige, befand Luciana.

Jung. Zart. Unschuldig. Für immer in dieser grandiosen Unschuld der Jugend konserviert.

Violetta, die Glückliche. Ihr wurde der Schmerz des Daseins erspart. Weiterer Missbrauch und Folter durch die Türhüter. Und ihr blieb auch erspart, unsinnige Entscheidungen zu treffen und lächerliche Opfer darzubringen.

„Du, mein Kind, stirbst in der Blüte deiner Jugend, auf dem Höhepunkt deines Talents. Die Welt lag noch vor dir. Du wirst niemals den Niedergang deiner Schönheit oder deiner Begabung erleben." Beinahe tröstend waren Lucianas Worte, die sie an die nun fast leblose Hülle des Mädchens richtete.

Sie empfand ein leichtes Bedauern.

Vielleicht, weil die Welt nun um ein wahres Talent ärmer war.

Die Dämonin legte dem Mädchen tröstend eine Hand auf die Stirn, während es seinen Geist aushauchte. Das war der Moment, in dem sich die Seele vom Körper trennte.

„Jetzt." Luciana streckte Massimo ihre gesunde Hand entgegen.

Der Türhüter reichte seiner Herrscherin eine Spritze, in die Luciana nun etwas Blut des Mädchens hineinzog.

„Es muss schnell gehen. Während sich die Seele vom Körper trennt. Das ist der wesentliche Bestandteil meines Gifts."

Massimo sah sie fragend an. „Blut?"

„Was ich meinen Opfern abzapfe, ist mehr als Blut."

„Was ist es denn?"

„Es ist die Essenz des Todes."

Die unvorstellbare Angst, die jeder Mensch in seinem letzten Moment des Daseins empfindet.

Selbst wenn Violetta beinahe leicht und zugleich friedlich gestorben war, wusste Luciana, welche Art von Gefühlen in ihrem Inneren getobt hatten. Und doch hatte sie weder geschrien noch gezuckt. Aber auch hinter ihren geschlossenen Lidern wütete die Angst vor dem Ungewissen. So lange, bis sie das Bewusstsein verlor.

Das weiß ich so genau, weil ich mich noch gut daran erinnere, dachte Luciana.

Sie hielt die Spritze hoch, die im fahlen Licht rot leuchtete. Die Essenz des Todes, die in dem Blut gefangen war, würde Luciana später ihrer Giftmischung hinzufügen.

„Bring das nach oben in mein Labor. Und dann schaff ihre Leiche zum üblichen Treffpunkt. Vielleicht haben wir Glück und können den Fürst der Finsternis mit diesem Opfer noch besänftigen, auch wenn ich etwas spät dran bin. Und die anderen sollen hier Ordnung schaffen."

In Massimos Augen sah sie einen seltsamen Schimmer, intensiver als jemals zuvor.

„Nur aus Neugierde: Wieso haben Sie sie nicht vergiftet?"

„Das Giftmischen ist eine Kunst. Manchmal muss man auf Feinheiten zurückgreifen. Manchmal braucht es Zeit, eine Sache zu Ende zu bringen. Aber manchmal muss es auch schnell gehen."

„Man muss mutig sein, um auf diese Weise zu töten, *baronessa*. Das Mädchen hätte sonst mehr gelitten."

„Töten hat nichts mit Mut zu tun. Vor allem nicht das Töten auf diese Art."

Plötzlich wurde Luciana wütend. Wie konnten die Türhüter es bloß wagen, ohne ihre Zustimmung eine fremde Person ins Haus zu bringen? Das ärgerte sie. Aber darum würde sie sich später kümmern, wenn Zeit dafür war. Nicht jetzt.

„Selbstverständlich, *baronessa*." Massimo nickte.

Sie folgte ihm die Treppe hinauf nach oben. Während er den Weg zum Labor einschlug, ging sie in ihr Schlafzimmer. Sie ließ Wasser in ihre große Marmorwanne ein. Kramte in der Kommode und fand eine Mullbinde, mit der sie den gebrochenen Daumen bandagierte.

Als das erledigt war, nahm sie den Lippenstift aus ihrer Tasche. Es grenzte an ein Wunder, dass er die Nacht unbeschadet überstanden hatte. Sie stellte ihn auf den marmornen Schminktisch, dann entledigte sie sich ihres blutbefleckten, ruinierten Kleides und warf es auf den Fußboden. Sie ließ sich in das warme Badewasser sinken und zuckte kurz, als die Wunden auf ihrem Rücken mit dem Wasser in Berührung kamen.

Der Schmerz ließ nach, doch die Erinnerung an die Berührung durch den Engel war noch allgegenwärtig.

Gott sei Dank war diese Nacht endlich vorbei.

Warum musste plötzlich alles schiefgehen?

Sie hatte schon so viele junge Frauen getötet, etliche von ihnen jünger als Violetta Ravello. Immer hatte sie Freude dabei empfunden, ihnen das Blut abzuzapfen. Nie hatte sie Schuldgefühle gehabt. Sie hatte gar nichts empfunden. Der Tod war nicht das Ende. Und Schmerz war vergänglich.

Sie selbst, Luciana, hatte es als Dämonin besser getroffen als in ihrem menschlichen Leben.

Im Jenseits hatte sie eine Macht erlangt, die sie sich niemals hätte träumen lassen.

Der Tod zahlreicher Unschuldiger war für sie ein Labsal gewesen und ließ sie hoffen, dadurch Gottes Namen zu schmälern. Während sie den Mädchen das Blut entnahm und sogar darin badete, stellte sie sich vor, dass sie ihnen dieselben Chancen ermöglichte, die ihr eigener Tod ihr eröffnet hatte.

Doch diesmal wurde ihr fast übel, wenn sie an das tote Mädchen dachte.

Vielleicht weil sie wusste, dass Violetta eigentlich auf dem Weg in den Himmel sein müsste. Doch stattdessen nahm sie den Weg in die andere Richtung.

Als sie eine Tür quietschen hörte, schrak Luciana auf. „Bist du das, Massimo? Du sollst mich doch nicht stören, wenn ich bade! Wenn es ein Problem gibt, bin ich gleich unten."

Ein leises Lachen erklang und ließ Luciana erstarren.

Sie blickte in den Spiegel. Es war nicht Massimo, der sich darin spiegelte.

Seine bernsteinfarbenen Augen glühten im gedämpften Licht des Badezimmers, und es dampfte um ihn herum, als sei er in dieser Sekunde der Hölle entstiegen. Sein blondes Haar lag wie immer tadellos, und sein Gesicht war attraktiv wie eh und je, und dennoch bekam sie beim Anblick seiner schönen nordischen Gestalt eine Gänsehaut.

Sie fröstelte im warmen Badewasser.

Corbin Ranulfson war gekommen, um sein Spiel mit ihr zu treiben.

Er war einer der mächtigsten Erzdämonen Amerikas. Und er war vermutlich der mächtigste Dämon auf der Erde gewesen, bevor Julian Ascher ihn in der Hierarchie der Dämonen um einige Ränge nach unten befördert hatte. Monatelang hatte es Luciana ertragen, Corbins Gefährtin zu sein und seine perversen sexuellen Gelüste zu teilen, nur damit sie an Julian Ascher herankam.

Warum auch immer Corbin nun hier auftauchte – es war kein gutes Zeichen.

„Nein, meine Liebe. Massimo ist noch nicht zurück", sagte er lächelnd und stellte sich neben die Badewanne. Er steckte eine Hand ins Wasser und wirbelte sie herum, während er ihren Körper anstierte, der unter dem sich teilenden Schaum sichtbar wurde. „Nur Wasser? Ich dachte, du badest immer im Blut von Jungfrauen, genau wie Elizabeth Báthory. Wenn ich das richtig sehe, war doch eben auch eine geeignete Person im Haus."

In der Tat war es früher Lucianas Gewohnheit gewesen, in Blut zu baden. Ab und zu jedenfalls, vor allem auch, um ihrem Ruf gerecht zu werden. Wenn man sich in denselben Kreisen wie Corbin bewegte, war grausames Gebaren Pflicht, um die Blutrünstigkeit der anderen Dämonen abzuwehren. Und sich so vor Angriffen zu schützen.

Doch jetzt wollte sie das Blut von sich abwaschen, nicht darin baden.

„Ich habe von deiner kleinen Begegnung in der Glaswerkstatt in der Straße der Ermordeten gehört. Ich wäre ja früher gekommen, aber ich wurde aufgehalten." Luciana wusste, was das bedeutete.

Aufgehalten von ihrer beider Chef, in den Tiefen der Hölle.

„Ich wurde nur freigelassen unter der Vorgabe, dass ich eine bestimmte Aufgabe erledige. Und die besteht darin, dich auf Spur zu halten. Denn schließlich hast du letzte Nacht versäumt, das versprochene Opfer zu bringen."

Sie schluckte und fragte sich, worin genau Corbins Aufgabe wirklich bestand.

In der Vergangenheit hatte er vor ihren Augen barbarische Taten begangen. Sie hatte ihm dabei zugesehen, wie er eine Frau bei lebendigem Leib zerstückelte und seine Zähne in ihr Fleisch grub. Luciana hatte furchtbare Angst gehabt, sich aber nichts anmerken lassen.

Und jetzt …

„Die Kompanie der Engel hat einen Schutzengel auf mich angesetzt", erklärte sie schnell. „Es war mir nicht möglich, die Jagd zu beenden. Doch das Problem hat sich zwischenzeitlich gelöst. Die Türhüter hatten ein Mädchen hier, und wir … ich habe sie bereits vorbereitet."

„Aber meine liebe Luciana! Das wird nicht annähernd an die Strafe heranreichen, die dich erwartet."

„Fein. Wenn ihr ein zweites Opfer wollt, besorge ich gern eins." Sie durfte sich ihre Furcht nicht anmerken lassen.

„Nicht einfach irgendein Opfer. Satan will den Engel."

„Unmöglich." Sie setzte sich auf und bedeckte ihre Brüste mit den Händen. Beinahe wäre das Badewasser über den Rand der Wanne geschwappt. „Kein Dämon hat jemals einen Schutzengel getötet!"

„Du unterschätzt deine Fähigkeiten, meine Liebe. Ich glaube an dich. Es ist ganz leicht. Ich sage dir, was du tun wirst. Lass ihn glauben, du wärst an einer Einigung interessiert. Überzeug ihn davon, dass du genug hast von deiner Rumhurerei und den Lügen. Lock ihn in dein Haus! Und dann …"

„Was dann?"

Corbin griff blitzschnell nach ihrem Handgelenk und dem gebrochenen Daumen. „Spiel nicht das Dummchen, Luciana. Ich kenne dich. Du bist eine erfahrene und herzlose Killerin. Du hast ein ganzes Labor voller Spielzeuge. Ich bin mir sicher, da ist auch für ihn das Richtige dabei."

Er drückte so fest zu, dass sie vor Schmerz aufschrie. Corbin öffnete seinen Griff, und ihre Hand fiel kraftlos zurück ins Wasser und begann zu bluten. Ihr Blut mischte sich mit dem Badewasser.

„Du hast eine Woche Zeit."

„Du musst den Verstand verloren haben."

„Serena St. Clair hat Julian Ascher innerhalb einer Woche bekehrt. Er hat sein Dämonen-Dasein aufgegeben und sich vollkommen gewandelt – zu unserem Pech. Deine Aufgabe ist wesentlich leichter. Wir sind nicht auf die Loyalität des Mannes aus – wir wollen einfach, dass du ihn tötest. Du hast doch dein wertvolles Gift. Damit wirst du ihn ja wohl ausschalten können."

Sie dachte an den goldenen Lippenstift, der auf dem marmornen Schminktisch stand.

Nicht hingucken, befahl sie sich.

„Es ist weg." Sie sah ihn gequält an.

Corbin ging hinüber zu dem Schminktisch und hielt den Lippenstift hoch. „Du meinst, es ist nicht hier drin?"

Dann ging er zurück zur Badewanne, bückte sich und flüsterte ihr ins Ohr: „Vergiss nicht, dass ich alle deine Tricks kenne."

Ohne Vorwarnung drückte er ihr den Kopf unter Wasser, bis sie zu zappeln begann. Sie versuchte, die Luft anzuhalten, aber es war sinnlos. Das Wasser strömte in ihre Lungen und in ihren Magen. Ihr wurde schwarz vor Augen. Sie drohte, ohnmächtig zu werden.

Dann ließ er sie wieder los.

Und flüsterte ihr zu: „Vergiss das nicht."

„Warte." Luciana schnappte nach Luft und hustete Wasser aus. „Ich habe nichts mehr von diesem Gift. Wie soll ich den Schutzengel töten?"

„Dir wird schon etwas einfallen. Wie immer."

Und damit verschwand der Erzdämon aus ihrem Badezimmer. Er schloss sogar die Tür hinter sich.

Und ließ sie allein.

Ein Pfand der Männerwelt.

Sie hasste es. Seit Jahrhunderten hatte sie sich versklavt, um aus dieser Nummer herauszukommen.

Luciana legte den Kopf auf den Badewannenrand und

wünschte, sie könnte dieses schmutzige Gefühl abwaschen. Dann schwor sie sich, dass sie sich – egal, was sie dafür tun musste – eines Tages an ihnen allen rächen würde.

Luciana ist immer noch sexy, auch wenn sie eine manipulative Schlampe ist, dachte Corbin grübelnd, als er ihren Palast verließ. *Aber sie ist nicht die einzige Hure in der Stadt.*

Und dann machte er sich daran, zu erkunden, was Venedig zu bieten hatte.

In dieser Stadt der Ausschweifungen war so vieles, was Corbin gefiel, so schnell zur Hand.

Die Nacht war noch lange nicht vorbei. Unzählige Möglichkeiten warteten auf ihn.

Mitten auf dem *Bacino di San Marco*, der Wasserfläche zwischen dem Markusplatz auf der einen und der Erlöserkirche auf der anderen Seite, warteten Massimo und Giancarlo im Boot. Auf dessen Boden lag der tote Körper des Mädchens, ordentlich verpackt in einen großen schwarzen Leinensack.

„Das ist die verabredete Stelle", sagte Massimo. „Aber wir haben noch nie verspätet geliefert. Die *baronessa* bringt ihr Opfer normalerweise weit vor Mitternacht. Sie ist eine äußerst fähige Jägerin."

„Nicht dieses Jahr." Giancarlo blickte grimmig an ihm vorbei.

„Es war nicht ihre Schuld."

„Das habe ich auch nie behauptet", erwiderte Giancarlo rasch und sah Massimo verstohlen an. „Sag ihr nicht, ich hätte so etwas angedeutet."

Sie warteten.

Doch die schwarze Begräbnisgondel war nirgends zu sehen. Keine Spur von der Gestalt mit der dunklen Kapuze.

„Satan kommt nicht", flüsterte Giancarlo.

Massimo warf einen Blick auf den schwarzen Sack und versuchte, nicht an den blassen, kalten Leichnam darin zu denken. Er verscheuchte die Erinnerung an Violettas Gesicht, an ihre Haare, die sich über die Blutlache auf dem Fußboden ausgebreitet hatten.

„Du hast was verpasst. Die Kleine war ein geiler Fick." Giancarlo lachte genüsslich, als er Massimos verbissene Miene bemerkte.

„Sprich nicht so über sie. Man soll Respekt vor den Toten haben."

Giancarlo schnaubte verächtlich. „Lieber jung sterben und seinen schönen Körper behalten."

Das war etwas, was ihnen beiden nicht unbekannt war.

Sie waren auf die Erde zurückgekehrt in der Gestalt und dem Alter, in dem sie den Tod gefunden hatten.

Es begann zu dämmern, und erst jetzt bemerkten die beiden Türhüter, dass sie viel zu spät dran waren. Was nun mit der *baronessa* geschehen würde, wusste Massimo nicht. Er war ernsthaft besorgt um sie. In den vergangenen zwei Jahrhunderten hatte er sie noch nie so müde, so erschöpft gesehen.

„Was sollen wir jetzt mit der Leiche machen?", fragte Giancarlo. „Sollen wir sie über Bord werfen?"

Massimo blickte über den Rand des Boots ins Wasser. Sie konnten sie genauso gut gleich hier vor der Erlöserkirche versenken. „In Ordnung."

Sie beschwerten den Körper mit Betonblöcken, die sie für den Notfall immer dabeihatten, aber heute Nacht zum ersten Mal benötigten. Dann rollten sie das tote Mädchen über den Rand. Es platschte leise, als sie ins Wasser fiel. Das oberste Tuch, das um sie gewickelt war, löste sich und gab ihr braunes Haar frei. Es schien nach ihm greifen zu wollen, während das Mädchen in die Tiefen des Kanals sank.

Nachdem sie verschwunden war, startete er den Motor.

„Das wäre erledigt." Giancarlo nickte zufrieden.

Doch als sie wieder im Palazzo eintrafen, mussten die beiden Männer feststellen, dass sie nicht gut genug gearbeitet hatten.

Denn das Mädchen wartete schon auf sie.

Nicht in ihrer körperlichen Gestalt, sondern als ein Flackern ihres Geistes, und zwar in einem der Fenster in dem Raum, in dem sie gestorben war. Ihre Stimme, geisterhaft schön, erscholl über dem Kanal. Es war eine Arienmelodie aus Puccinis Oper *Tosca*, der letzten Partie, die sie gesungen hatte.

Ich lebte für die Kunst, ich lebte für die Liebe,
tat nie einem lebenden Wesen etwas zuleide …

„Das wird der *baronessa* nicht gefallen“, stellte Giancarlo fest und sprach damit aus, was sie beide dachten. „Und zwar ganz und gar nicht.“

6. KAPITEL

Sonnenaufgang über dem Canal Grande

Brandon erwachte in den frühen Morgenstunden und trat ans Fenster. Die Wasserfläche davor funkelte im blassen Morgenlicht. Irgendwo da draußen war Luciana und schmiedete Pläne.

Der erste Ort, an dem er nach ihr suchen würde, war der Ort, an den sie sich letzte Nacht geflüchtet hatte.

Rio Terá dei Assassini.

Später am Morgen brannte die Sonne heiß auf die Stadt herunter und sorgte für eine stickige Hitze. Bei Tageslicht sah die kleine Straße so unschuldig und charmant aus wie jede andere Gasse in Venedig. An der Ecke war ein Buchladen, es gab mehrere Souvenirgeschäfte und Restaurants mit bunten Markisen. Und Touristen flanierten durch die Straße.

Die Glasgalerie war nicht schwer zu finden. Ein paar Leute standen davor und betrachteten die Schaufensterauslage.

Brandon öffnete die Tür und betrat den Laden.

Man sah nichts mehr von dem Kampf, der letzte Nacht hier stattgefunden hatte.

Die Regale waren wieder aufgefüllt, alle Stücke standen ordentlich nebeneinander aufgereiht da.

Kein Tröpfchen Blut war mehr zu sehen, keine noch so kleine Glasscherbe, die von den Ereignissen zeugte.

Eine tadellos gekleidete Verkäuferin kam auf ihn zu.

„Wie kann ich Ihnen helfen, Sir?“, fragte sie auf Englisch.

Hat eigentlich jeder Dämon in Venedig grüne Augen? fragte Brandon sich.

„Ich bin auf der Suche nach einer Frau. Ihr Name ist Luciana Rossetti.“

Die Frau verzog keine Miene, doch ein Zucken in ihren Augen verriet Brandon, dass ihr der Name etwas sagte. Sie wahrte jedoch die Fassung. „Es tut mir leid, Sir. Eine Person dieses Namens ist mir nicht bekannt. Darf ich Ihnen vielleicht einen mundgeblasenen Weindekanter zeigen? In Venedig gibt es viele Glasbläserwerkstätten, aber unsere nimmt eine einzigartige Stellung ein. Die Stücke werden alle in liebevoller Handarbeit auf der Nachbarinsel Murano hergestellt. Aus Brandschutzgründen wurden alle Glasöfen von Venedig einst auf diese Insel verlagert und …"

Er unterbrach ihr Verkaufsgequatsche mit einer kurzen Handbewegung und sagte leise, damit niemand anderes es hören konnte: „Ich habe keine Zeit für Geschichtsunterricht. Ich suche Luciana Rossetti. Machen Sie mir nicht vor, dass Sie nicht wüssten, wer sie ist."

„Bitte sehen Sie hier", sagte die Frau. Ihre Augen funkelten dämonisch, dann zischte sie: „In Venedig haben wir eine Abmachung, eure und unsere Art. Wir stören das Gleichgewicht nicht."

„Dann sagen Sie mir, wo Luciana ist."

„Ich habe die Schlampe seit Jahren nicht gesehen", presste sie voller Verachtung hervor. „Sie hat sich nicht dazu herabgelassen, diese Galerie zu betreten."

Sie log, das spürte Brandon. Das war so sicher wie das Amen in der Kirche.

„Dann haben Sie sicher nichts dagegen, wenn ich mich hier kurz umsehe."

Die Frau packte ihn am Arm. „Was bilden Sie sich eigentlich ein? Glauben Sie, Sie könnten hier so mir nichts, dir nichts hereinspazieren und in meinem Geschäft herumschnüffeln?"

Es war ein Leichtes, sich von ihr loszumachen. „Ich kann alles."

Zuerst durchsuchte er die Regale im Hinterzimmer auf Spuren. Nichts. Nicht der kleinste Hinweis. Einen Moment stand er im Dunkeln und dachte nach.

Da bemerkte er, wie sich im hinteren Teil der Galerie lautlos eine Tür öffnete. Ein schmaler Lichtstrahl war alles, was zu sehen war. Dann wurde die Tür wieder geschlossen.

Brandon sah die Frau an. „Was ist da hinten?“

„Nichts.“ Sie warf einen Blick zu den Kunden im Laden, die sich die Glasartikel betrachteten. „Sir, Sie stören meine Kundschaft. Bitte gehen Sie.“

Die Menschen sahen flüsternd zu ihm herüber.

„Das Geschäft muss leider wegen eines Notfalls sofort geschlossen werden. Wenn Sie etwas kaufen möchten, kommen Sie bitte später wieder.“ Brandon öffnete die Tür und drehte das Schild um auf *chiuso* – geschlossen und wartete, bis die Menschen das Geschäft verlassen hatten. „So. Niemand mehr da, den wir stören können.“

Er ging zum hinteren Teil der Galerie und öffnete die Tür.

„Warten Sie!“, rief die Frau. „Da können Sie nicht hochgehen!“

Die Worte der Verkäuferin interessierten ihn nicht im Geringsten. Er warf einen Blick auf die dunkle Treppe, die nach oben führte. „Oh doch, das kann ich.“

Schon machte er sich auf den Weg nach oben.

Am oberen Treppenabsatz gelangte er auf einen großen Flur, der wie ein Partyraum gestaltet war. Anscheinend sollte hier gleich etwas gefeiert werden. Der Raum war mit Samtsofas und dicken Vorhängen dekoriert. Eine geschwungene Treppe führte hinauf in ein weiteres Stockwerk, mit einer langen Reihe von geschlossenen Türen unter geschnitzten Balustraden. An den hohen Decken hingen edle Kronleuchter.

Eine der Türen öffnete sich, und ein Mädchen schaute heraus. „*È lui un cliente*, Carlotta?“

„Nein, er ist kein Kunde. Nicht um diese Uhrzeit.“ Keuchend lief die Verkäuferin hinter Brandon die Treppe hinauf.

Der Lärm sorgte dafür, dass weitere Türen geöffnet wurden. Auf der oberen Galerie zeigten sich nun mehrere halb bekleidete Mädchen und schauten neugierig über die geschnitzte

Brüstung. Sie drängten sich zusammen und starrten ihn an. Wie in Trance flüsterten sie alle gleichzeitig ein einziges Wort: „*Angelo.*"

Die Augen der Mädchen leuchteten hell im gedämpften Licht des Bordellflurs.

Denn nichts anderes ist das hier, stellte Brandon fest.

Eines der Mädchen kam auf ihn zu und spielte an ihrem Dekolleté. „Ich habe auch ein Tattoo. Möchtest du es sehen?"

Sie öffnete ihr Korsett und präsentierte ihm freizügig ihre Brüste. Brandon schob sie zur Seite, ohne sie eines Blickes zu würdigen.

„Wo ist Luciana Rossetti? Wer von Ihnen hat sie gesehen?"

„*La lucciola?*", krähte ein Mädchen.

Alle lachten. Der Klang der Sirenen, der Sex und Erfüllung verhieß. Ihre fast nackten Brüste, in Korsetts gezwängt und hochgeschnürt, um alle ihre Vorteile hervorzuheben, wackelten dazu.

„Luciana ist nicht hier." Carlotta, die Verkäuferin, die anscheinend auch die Besitzerin des Bordells war, antwortete ihm.

„Was heißt das?", erwiderte er schroff. „*La lucciola.*"

Als sie ihn italienisch sprechen hörten, bogen sich die Mädchen vor Lachen. Einige von ihnen mussten sich am Geländer festhalten, so sehr lachten sie.

Carlotta lachte ebenfalls. „Das ist ihr Spitzname hier. Er bedeutet ‚Glühwürmchen'. Wenn Sie vorhaben, Sie zu fangen, besorgen Sie sich am besten ein Schmetterlingsnetz." Sie wedelte verführerisch mit ihrem Seidenschal vor seinem Gesicht herum. Doch Brandon schlug unsanft ihre Hand weg. „Mein Lieber, Sie könnten etwas Nachhilfe darin gebrauchen, wie man eine Frau behandelt. Vielleicht werden Sie lockerer, wenn Sie ein bisschen hierbleiben."

„Es reicht!", schrie Brandon.

Der Fußboden bebte unter ihnen. Die mit Damast bespannten Wände und das antike Mobiliar wankten. Die Kronleuchter begannen gefährlich zu wackeln und drohten herunterzufallen. Schon klirrten sie laut.

„Glaubt ihr, die göttliche Macht könnte dieses Irrenhaus nicht dem Erdboden gleichmachen?“ Er wusste zwar, wie unwahrscheinlich das war. Aber von diesen Dämoninnen wusste das keine. „Ich will jetzt wissen, wo sie ist!“

Es war mucksmäuschenstill geworden.

Starr vor Schreck standen die Mädchen da.

Das Klirren der Kronleuchter war das Einzige, was zu hören war, bis auch dieses Geräusch verstummte.

Carlottas Unterlippe zitterte.

„*La baronessa* würde niemals ihre Reputation besudeln, indem sie sich in diesem Haus aufhält. Sie hat sich seit Jahren nicht blicken lassen.“

„Aber sie war mal …“

„Ja. Die Schlampe hat einmal hier gearbeitet. Sie war früher noch viel mehr eine Hure, als sie es heute ist.“

Das ist ja mal eine interessante Information, von der nichts in ihrer Akte stand, dachte Brandon sofort. Und es überraschte ihn nicht. Und trotzdem empfand er so etwas wie Mitleid mit ihr. Bisher war es für ihn undenkbar gewesen, für eine Dämonin jemals ein solches Gefühl zu hegen. Doch Luciana war eine Frau mit wohlgehüteten Geheimnissen. Und das faszinierte ihn – trotz aller Gefährlichkeit, die damit verbunden war.

Wie ist sie wohl hier gelandet? Ob sie aus eigenem Willen hier gearbeitet hat? Tausend Fragen gingen ihm durch den Kopf, doch im Moment war nur eine wirklich relevant.

„Wo ist sie?“

„In den tiefsten Tiefen der Hölle, wenn es nach mir geht.“ Carlottas Worte klangen verächtlich.

„Ich gebe Ihnen noch eine Chance, meine Frage zu beantworten. Wo ist Luciana?“

Sie grinste.

Da packte er ihren Hals und drückte zu.

Es gibt Regeln, die das Miteinander von Engeln und Dämonen regeln. Arielles Worte klangen in seinen Ohren wider, während er die Dämonin ansah. Regeln, die nicht gebrochen werden dürfen.

Einen Dämon ohne Grund zu töten war eine dieser Regeln.

Es war ihm zwar nicht erlaubt, sie zu töten, aber er konnte die Bordellbesitzerin so nah an den Rand des Todes befördern, wie sein Gewissen es zuließ. Er drückte noch etwas fester zu.

Menschenleben stehen auf dem Spiel, rief er sich in Erinnerung. Wenn ich Luciana nicht finde, wer weiß, wie viele Menschen sterben werden.

Carlotta begann zu würgen und versuchte, seine Hand zu packen, um sich aus seinem eisernen Griff zu befreien.

Keines der Mädchen eilte ihr zu Hilfe. Sie standen da wie erstarrt und trauten sich nicht einzugreifen.

Schließlich ließ Brandon von Carlotta ab, die eilig von ihm wegstolperte.

„Sagen Sie mir, wo ich Luciana finde."

„Ich wusste gar nicht, dass Engel so brutal sind. Seid ihr denn nicht die Botschafter des Friedens?" Carlotta rieb sich den Hals.

„Sofort!"

„Lucianas Haus kann keiner finden."

„Wieso nicht?"

Schweigen. Niemand rührte sich.

Carlotta schluckte, und das Geräusch schien aus allen Ecken widerzuhallen. „Weil es komplett aus der menschlichen Erinnerung gelöscht wurde."

„Wie geht das denn?", fragte Brandon nun etwas sanfter.

„Luciana stammt aus einem noblen Adelsgeschlecht hier in Venedig. Die Familie Rossetti war früher einmal sehr bekannt und wurde hochgeschätzt wie alle Familien, die im *Libro d'Oro*, dem Goldenen Buch des venezianischen Adels, erwähnt waren. Luciana war die letzte Überlebende aus ihrer Familie. Als sie starb und zur Dämonin wurde, schloss sie einen Pakt mit Satan, um ihr Haus zu beschützen. Er löschte mit eigener Hand den Namen ihrer Familie aus den Archiven der Stadt. Ihr Palazzo war fortan vor dem Blick gewöhnlicher Sterblicher verborgen."

„Und wie finde ich ihn?"

„Er befindet sich direkt am Canal Grande, wird aber von dunklen Mächten beschützt. Jeder Mensch, der sich an das Haus zu erinnern versucht, kann sich kein einziges Detail merken. Manche spüren die dämonischen Vibrationen, aber sie sind zu schwach, um zu begreifen, was in diesem Haus wirklich vor sich geht. Wir Dämonen kennen den Palazzo dagegen gut."

„Also bringen Sie mich hin. Sofort!"

Sie sah ihn an und streckte die Hand aus. „Wenn ich Sie dorthin bringen soll, müssen Sie mir eine Entschädigung zahlen."

„Wie viel?"

Sie nannte eine unfassbar hohe Summe. Brandon stimmte zu. „Ich sorge dafür, dass Sie das Geld bekommen. Ich gebe Ihnen mein Wort darauf."

„*Molto bene*", sagte sie, endlich zufrieden. „Ich weiß, ihr Engel seid zu selbstgerecht, um ein Versprechen zu brechen. Ich werde Ihnen den Palazzo zeigen. Sie werden nicht vergessen, wo er ist. Aber wir müssen warten, bis es dunkel ist, damit uns ihre Türhüter nicht sehen. Doch ich warne Sie. Auch wenn es Ihnen gelingen sollte, sie zu finden, werden Sie Luciana Rossetti niemals besiegen. Sie ist eine miese, taktierende Schlampe und wird einen Weg finden, um Sie zu töten – oder bei dem Versuch selbst umkommen. Seit Jahrhunderten gelingt es ihr, zu überleben. Wenn Sie denken, jetzt haben sie Luciana gleich überwältigt, denken Sie noch mal. Und bitten Sie Ihren Gott um ein Wunder."

Als Brandon das Haus betrachtete, zu dem Carlotta ihn geführt hatte, musste er ihr im Stillen recht geben.

Ich brauche ein Wunder.

Der vordere Zugang des Hauses war nur über den Kanal erreichbar, also fuhr Carlotta ihn selbst in einem kleinen Motorboot hin. Als sie langsam an der Fassade des Palazzo vorbeifuhren, verzog Carlotta ihren Mund zu einem schmalen Strich und verbarg ihr Gesicht unter ihrer Kapuze.

„Sie wird mich umbringen, wenn Sie herausfindet, dass ich Sie hergebracht habe."

Der Palazzo war hell erleuchtet. Die Lichter wurden von der Wasserfläche reflektiert.

Hinter den großen, beeindruckenden Fenstern war keine Spur von Luciana zu sehen.

Doch die Luft vor der Casa Rossetti schimmerte in einem seltsamen, dunklen Glanz, wie Brandon es nie zuvor irgendwo gesehen hatte. Der Palazzo selbst war in hervorragendem Zustand. Die mit Steinmetzarbeiten verzierten Fensterbögen waren in Gold und Lapislazuliblau dezent bemalt. Selbst bei Dunkelheit hob sich die ursprüngliche Fassade dieses Schmuckstücks gegen die verfallenden Nachbarhäuser ab, an denen der Zahn der Zeit und die Elemente ungeschützt nagten.

Als sie näher kamen, bemerkte Brandon, dass der Eingang mit steinernen Dämonenfiguren gesäumt war, die ihre Flügel entspannt ausgebreitet hatten. Ein halbes Dutzend Kobolde, eine kleine Rotte, lungerte in der Ecke des Landungsstegs vor dem Eingang herum, wie Wasserratten, die unter dem Palast lebten. Die Kreaturen zischten das vorübergleitende Boot an, wobei ihre Augen in der Dunkelheit rot glühten.

Über dem Kanal erklang der ferne Gesang einer Frauenstimme.

„Haben Sie das gehört?" Brandon starrte in die Dunkelheit.

Sie lauschten gemeinsam. Carlotta sah ihn mit zusammengekniffenen Augen an.

„Sie sind wohl kurz davor, den Verstand zu verlieren, Engel. Übrigens hält Luciana sich Vipern als Haustiere", zischte die Bordellbesitzerin ihm zu. „Selbst wenn es Ihnen gelingt, an den

Schlangen vorbeizukommen und Luciana zu schnappen, werden Sie sie nie wirklich zu fassen kriegen. Sie wird eher Sie zerstören, bevor es Ihnen gelingt, sie zu zerstören."

Unweit des Palazzo setzte Carlotta ihn ab und verschwand in der Nacht. Als Nächstes musste Brandon sich einen Platz suchen, von wo aus er Luciana beobachten konnte.

Der Engel wanderte durch die Gässchen rund um die Paläste, die sich in unmittelbarer Nachbarschaft der Casa Rossetti befanden. Irgendwo hier musste er seinen Beobachtungsposten aufschlagen. In einem verlassenen Palazzo mit verrammelten Fenstern gleich gegenüber von ihrem Haus, auf der anderen Seite des Kanals, wurde er fündig.

Er stieß die Tür auf und trat ein. Seine Augen mussten sich erst an die Dunkelheit gewöhnen.

Die Bewegung von sich verkriechendem Ungeziefer und Uringestank. Hohe Wände und ein schmaler Raum.

Träume ich? dachte er irritiert. *Nein.*

Das ist nicht Detroit.

Das ist Venedig.

Und es ist keine Gasse.

Sondern das Erdgeschoss eines einst prächtigen Nobelhauses. Es bestand aus einem einzigen, langen Zimmer, das sich über die ganze Länge des Palastes erstreckte, und war vollkommen leer. Keine Möbel. Das unbewegliche Inventar stammte aus einem späteren Jahrhundert, aus welchem, konnte er nicht sagen. Die Fenster, die nach hinten gingen, sahen sehr alt aus und bestanden aus verstaubten, fast undurchsichtigen Glasscheiben, die wie Flaschenböden in dem großen Rahmen zusammengesetzt waren.

Er stieg die Treppe hinauf in den ersten Stock. Dort befand sich ein großer Raum, der einst als Ballsaal oder festliches Esszimmer gedient haben mochte. Das Mondlicht schien durch die großen Fenster herein. Die Fresken an den Wänden, Bilder aus längst vergangenen Zeiten, waren abgeblättert und kaum noch zu erkennen. Die verzierten Türrahmen und Decken waren teilweise eingestürzt, der Putz abgebröckelt und abgeplatzt.

Brandon fand einen Platz am Fenster, an dem er von draußen nicht gesehen werden konnte. Von hier aus hatte er einen perfekten Blick auf die Casa Rossetti auf der anderen Straßenseite, ihrem im Gegensatz zu diesem so herrlich gepflegten Palast. Er hatte nicht nur die Eingangstür unmittelbar vor Augen, die sich zum Kanal hin öffnete, sondern auch den Seiteneingang.

Er machte es sich bequem und begann mit der Beobachtung.

Luciana saß in ihrem Labor über den Tisch gebeugt. Die Schnittwunden auf ihrem Rücken waren inzwischen fast verheilt, aber ihr Daumen pulsierte noch. Sie hatte den Knochen fest fixiert, sodass sie in ein, zwei Tagen nichts mehr davon spüren würde. Doch im Moment war das Ganze alles andere als angenehm. Aber es nützte nichts – sie hatte viel zu tun.

Massimo schaute ihr über die Schulter und sah aufmerksam zu. Er sog jedes Wort auf, das sie sagte.

„Gewöhnliches Gift kann einen unsterblichen Körper nur zeitweise schädigen. Töten kann man einen Engel oder einen Dämon damit nicht, wie du weißt. Doch das Gift, das ich kreiert habe, hat sich an einem niederen Dämon als wirksam erwiesen“, führte sie aus. „Ein Page, der für Corbin Ranulfson in Las Vegas gearbeitet hat.“

„Wo liegt also das Problem?“, erkundigte sich Massimo.

„Corbin hat die letzte Dosis meiner Mischung gestohlen. Ich muss also eine neue Portion herstellen. Und dafür brauche ich deine Hilfe.“

Sie nahm eine der Vipern, packte sie mit der behandschuhten Hand fachmännisch hinter dem Kiefer und hielt sie über ein Gefäß, mit dem man Schlangengift auffangen konnte. Die Schlange biss auf den plastikummantelten Glastrichter, und ihr Gift spritzte in das Glas.

„Dabei muss sehr feinfühlig vorgegangen werden, Massimo. Das Tier darf während der Prozedur nicht verletzt oder sonst wie traumatisiert werden", erklärte sie. „Ein guter Handwerker pflegt immer sein Material."

„Wieso brauchen wir diese Zutat denn, wo wir doch die Essenz des Todes von dem Mädchen haben?"

„Wir müssen ein Gift kreieren, das nicht nur den Geist, sondern auch den Körper eines Wesens tötet. Als Grundlage können wir jedes beliebige Gift verwenden, aber ich kombiniere immer gern mehrere Komponenten. Schlangengift, Zyanid und Botulinum sind zum Beispiel eine schöne Kombination. Und dazu geben wir dann die Essenz des Todes aus dem menschlichen Blut."

Sie legte die Viper zurück ins Terrarium, nahm eine andere Schlange heraus und gab sie dem Türhüter. „Versuch du es mal!" Sie nickte lobend, denn Massimo machte seine Sache gut. „Genau so. Sehr gut. Es wurde auch Zeit, dass du diese Techniken lernst. Es muss jemanden geben, der die Tradition am Leben erhält."

Für den Fall, dass man mich gefangen nimmt, fügte sie in Gedanken hinzu.

„Gift mag als eine altmodische Methode erscheinen, um ein Leben zu beenden. Aber Gift steht gleichbedeutend für Macht. Es gibt Dämonen, die ein Menschenleben auslöschen können, indem sie bloß mit den Fingern schnippen. Doch wir niederen Dämonen müssen andere Wege finden, unsere Macht zu vergrößern. Ein Gift herstellen zu können, das auch Unsterbliche töten kann, verschafft uns einen großen Vorteil. Doch wir brauchen mehr davon. Mit großen Mengen an Gift können wir eine Mordwaffe erschaffen, die sehr schwer – wenn nicht unmöglich – nachzuweisen ist. Denn es gibt gewisse Regeln im Miteinander von Engeln und Dämonen."

„Regeln, die man nicht brechen darf", wiederholte Massimo gelangweilt. Diesen Satz hatte er schon tausendmal gehört.

„Aber die man beugen kann. Engel und Dämonen dürfen einander nicht töten – das ist die oberste und wichtigste Regel. Das weiß jeder. Wird diese Regel gebrochen, entsteht ein Ungleichgewicht zwischen Himmel und Hölle, und auf der Erde wird der totale Krieg ausbrechen. Die Menschen werden darin gefangen sein. Doch wenn die Engel nicht beweisen können, wer hinter den Morden steckt, gibt es niemanden, den man verantwortlich oder als den Schuldigen ausmachen kann. Mithilfe von Gift können wir uns um die Regeln herumschummeln. Wir werden mit der oberen Hierarchie der Dämonen handeln können, da wir ein Gut besitzen werden, das jedes unsterbliche Wesen in seiner Existenz bedrohen kann. Jedes lebende Wesen."

„Ja, *baronessa.*"

„Wenn es uns gelingt, die Hierarchie der Dämonen zu kontrollieren, gehört uns die Welt. Dann müssen wir uns keine Sorgen mehr darüber machen, wenn wir Engel töten. Dann wird uns niemand mehr wehtun können."

Das war das Ziel. Sich selbst und ihre Türhüter vor Schmerz zu bewahren.

Das Fenster war geschlossen, und obwohl es draußen unerträglich heiß war, war es in der Casa Rossetti angenehm kühl. Das Geheimnis lautete: Klimaanlage.

Luciana sah von ihrer Arbeit auf und rieb mit dem Handrücken ihre Stirn.

Federn.

Taubenfedern. Nicht nur eine, sondern mehrere. Sie lagen auf ihrem Arbeitstisch. Luciana machte eine Handbewegung und fegte sie vom Tisch. Sie schwebten auf den Fußboden.

„Hast du heute Morgen das Fenster geöffnet, Massimo?"

„Nein, *baronessa.*"

Ihm fielen nun auch die Federn auf, und er runzelte verwundert die Stirn. „Wo kommen die denn her?"

Der Engel beobachtete sie.

Von wo genau, konnte sie nicht sagen. Und wie er sie gefunden hatte, wusste sie auch nicht.

Doch er war ganz in der Nähe.

Sie stand auf und ging zum Fenster, sah hinüber auf die andere Seite des Kanals. In der Dunkelheit sah der Canal Grande aus wie immer, wie jede Nacht in den vergangenen zweihundertfünfzig Jahren. Gut, inzwischen gab es Motorboote, und insgesamt hatten sich die Dinge verändert. Die alten Venezianer starben aus, und Touristen überschwemmten die Stadt. Doch die Gebäude waren immer noch die alten, sie hatten die Jahrhunderte überdauert und moderten inzwischen dem Verfall entgegen.

In einem dieser Häuser saß der Engel und beobachtete sie.

Vermutlich da drüben rechts.

„Komm mal her, Massimo. Bilde ich mir das nur ein“, sagte sie und zeigte auf einen verlassenen Palazzo gegenüber, „oder bewegt sich da etwas in diesem Haus?“

Seit fünfzig Jahren war der Palast verrammelt, seinem Schicksal überlassen. Er verrottete langsam, denn die Besitzer hatten nicht genügend Geld, ihn instand zu halten.

Massimo gab keine Antwort. Aber Brandon war da drin. Das spürte sie.

In der kurzen Zeit, die sie zusammen verbracht hatten, war zwischen ihnen eine seltsame Verbindung entstanden. Eine Verbindung, über die Luciana alles andere als begeistert war und die sie auch nicht tolerieren würde.

Sie musste eine Möglichkeit finden, diese merkwürdige Vertrautheit zu zerstören.

„Massimo, zieh deine Handschuhe aus und geh sofort nach unten. Überprüfe, ob alle Türen sicher verschlossen sind und auch die Tore draußen. Alarmiere die anderen Türhüter! Wir stehen unter Beobachtung.“

„Aber es handelt sich nur um einen einzelnen Mann, nicht wahr, *baronessa*?“

„Um einen einzelnen Engel", korrigierte sie ihn. „Einen sehr gefährlichen."

Luciana setzte sich und sah hinaus auf das Licht, das über dem Kanal schimmerte. Ein einsamer Gondoliere ruderte durch die Nacht und sang vom Mond und von verlorener Liebe.

Auf der anderen Seite des Kanals saß Brandon am Fenster und lauschte dem melancholischen Gesang des Gondoliere.

Er war müde, und trotzdem fürchtete er sich vor dem Schlaf, denn er wusste, was ihn erwartete. *Meinen menschlichen Tod noch einmal durchleben oder in meinen Träumen von Luciana verführt werden.*

Brandon hatte nicht einmal die Wahl. Aber selbst wenn, könnte er nicht sagen, was von beidem schlimmer war. Er lag auf dem harten Fußboden in dem verlassenen Gebäude und wartete, dass sich einer der beiden Träume einstellte.

Komm, Schlaf! Kommt, Träume! Komm, Dunkelheit!

Er schloss die Augen.

Sowie er ein Frauenlachen hörte, riss er die Augen wieder auf. Das Lachen war leise und samtweich und erinnerte ihn unwillkürlich an feinen Chianti und edelste Schokolade.

Er befand sich nicht länger auf dem harten Fußboden in dem verlassenen Palast.

Jetzt stand er am Eingang zu einer dunklen Gasse.

Er sah etwas flattern, ein rosafarbenes Stück Seide. Und folgte dem Flattern.

In der Hosentasche suchte er nach seiner Uhr und fand sie. Beruhigend.

Ich träume.

Als er aufsah, las er die schwarzen Buchstaben auf dem verwitternden Stein: *Rio Terá dei Assassini.* Er wusste nicht, was er hier zu suchen hatte. Er wusste nur, dass er dem Flattern folgen musste.

Durch die Tür der Glasgalerie. In den hinteren Teil des Ladens und dann die Treppe hoch.

Der große Raum war leer. Die Kronleuchter brannten und erhellten die Nacht.

Eine Frau mit dunklen Haaren, die ihr in Locken auf den Rücken fielen, stand abgewandt vor Brandon. Blasse, perfekte Haut, unversehrt, nicht entstellt von Narben oder Kratzern. Kein Blut, kein Glas.

Sie streckte die Hand nach hinten aus, ohne sich umzudrehen, und bedeutete ihm, ihr hinterherzugehen.

Sie betraten ein prächtiges Zimmer, das mit Samtmobiliar ausgestattet war. Hinter sich hörte er die Tür ins Schloss fallen.

Während er vorsichtshalber nach seiner Waffe griff, war sie verschwunden. Sein Schulterholster leer. Egal. Sie war nicht die Art Feind, die man mit einem Schuss niederstreckte.

Luciana wandte sich um. Sie strahlte. Mit einer einzigen Bewegung entledigte sie sich ihres rosafarbenen Kleides. Es sank zu Boden zu ihren Füßen. Sie trug jetzt nur noch einen schwarzen Spitzen-BH und einen Strapsgürtel mit passenden Strümpfen, doch das wenige, was sie darunter trug, schien ihm nicht so interessant zu sein wie das, was noch verborgen war.

Ihr Körper. Ihre unverschämt langen Beine, schlank und kräftig. Die ästhetische, feine Wölbung ihres Bauchs. Ihre festen, vollen Brüste mit den dunklen Brustwarzen, die durch den Stoff ihres BHs im schwach beleuchteten Raum gerade noch zu erahnen waren.

Dekadent. Sündig. Und so … so richtig.

Aber es war vor allem ihr Gesicht, das ihm fast den Atem raubte. Ihre vollen Lippen, die, wie er sich unwillkürlich vorstellen musste, an seinem Schwanz saugten. Ihre grünen Augen, ihr glänzendes Haar, das perfekt saß.

„Du hast in meiner Vergangenheit herumgeschnüffelt", sagte sie. „Und du hast den Weg hierher gefunden."

„Es war meine einzige Spur." Seine Worte klangen barsch,

denn er wollte nicht, dass es sich wie eine Entschuldigung anhörte.

„Es ist dein Traum. Deine Fantasie. Du wolltest mich so sehen, oder nicht?“ Luciana spielte mit einem silbernen Bändchen an ihrem Strapsgürtel. „Warst du nicht auf der Suche genau danach? Das ist es doch, auf was du stoßen wolltest.“

„Ich bin nicht wegen deines Körpers hier. Ich bin hier nur aus einem einzigen Grund: um dich der Kompanie zu übergeben.“

„Du bleibst also dabei. Allerdings wird dir das nicht gelingen. Nicht hier, in deinen Träumen. Ich führe dich in Versuchung, oder? Und es gibt nur eine Möglichkeit, wie du mir entkommen kannst. Oder, um es mit Oscar Wilde zu sagen: Man kann allem widerstehen außer der Versuchung.“ Sie lachte. „Außerdem ist alles bloß ein Traum. Mehr nicht.“

Wirklich? Er griff nach der Uhr in seiner Tasche und berührte sie wieder, da er sich noch einmal dessen versichern wollte, was er bereits wusste.

Ich träume.

„*La lucciola*. Sie haben mir erzählt, das war dein Spitzname.“

Wieder lachte sie. „Ich sollte dich ohrfeigen, weil du mich so nennst. Weißt du überhaupt, was das bedeutet? Es bedeutet ‚Glühwürmchen‘, so nennen die Italiener eine gewöhnliche Prostituierte. Denn sie leuchten in der Nacht wie diese kleinen Insekten.“

„Sie haben mir gesagt …“ Er schluckte. „Carlotta hat mir gesagt …“

„Du hast also Carlotta getroffen. Und du glaubst, was diese alte Hure dir erzählt?“

„Ihr Engel seid so leichtgläubig! Und so geil. Ihr alle! Wann hattest du zum letzten Mal Sex? Echten Sex, meine ich.“ Sie fuhr sich mit einem Finger über die Brust – und hatte seine ungeteilte Aufmerksamkeit.

Seine Angespanntheit war Luciana nicht entgangen.

Sie zog ihn in Richtung Bett. „Komm mit mir!“

„Dein Körper ist heilig. Du solltest ihn auch entsprechend behandeln. Und ich bin keiner deiner Kunden."

„Mein Körper ist schon seit zweihundertfünfzig Jahren nicht mehr heilig. Er mag zwar so aussehen, dennoch ist es kein menschlicher Körper."

„Trotzdem ist er ein Teil des göttlichen Ganzen." Natürlich war Sex nichts Schlimmes. Im Gegenteil. Doch Sex ganz ohne eine spirituelle Verbindung, selbst eine, die nur für den Augenblick galt ...

Selbst im Traum war ihm klar, dass er sich nicht darauf einlassen durfte.

„Es ist nur ein Traum. Mehr nicht. Wenn du eine spirituelle Verbindung brauchst, gebe ich dir eine. Lass mich dir ein paar Worte Italienisch beibringen. Um meine Sprache sprechen zu können, musst du deinen Mund ganz weich machen. Pass auf!" Er konnte den Blick ohnehin nicht von ihren Lippen abwenden, von ihrem anzüglichen Lippenlecken. „*Ti amo*. Das bedeutet: Ich liebe dich. Möchtest du das hören?"

„Das hat mit meiner Vorstellung von Liebe nichts zu tun. Du kennst mich nicht einmal."

Doch sein Körper war anderer Meinung. Brandon bekam eine Erektion.

„Dich kenne ich vielleicht nicht. Aber das da." Luciana deutete auf die Ausbeulung in seiner Hose. „Und das sieht aus wie bei jedem Mann auf diesem Planeten, ob Engel oder nicht."

In seinem Kopf drehte sich alles. Er war verwirrt, hatte keine Ahnung mehr, was erlaubt war und was nicht. Was er tun und nicht tun durfte.

„Was möchtest du wirklich? Hab keine Angst vor deinen Fantasien. Es ist nur ein Traum."

Verführerisch drapierte sie sich auf einer Chaiselongue mit burgunderfarbenem Samtbezug und spreizte die Schenkel. Nestelte an ihrem BH herum, sodass ihre Brustwarzen aus der Spitzenwäsche herausrutschten. Sie griff nach seiner Hand und führte sie zu einer dieser runden, prallen Brüste. Unter seiner Berührung wurden ihre Nippel hart. Er begann, sie zu streicheln.

„Gut so. Lass dich von deiner Begierde leiten. Sie war zu lange aufgestaut. Das weiß ich."

Da lag sie nicht falsch.

Er war nicht länger fähig, ihr zu widerstehen, und ließ sich vor ihr auf dem weichen Teppich auf die Knie nieder. Er beugte sich zwischen ihre gespreizten Beine und strich über ihre alabasterfarbenen Schenkel. Und atmete ihren Duft ein, moschusartig und geheimnisvoll. Verlockend. Er begann, die Innenseite ihrer Schenkel zu küssen, und hörte sie stöhnen. Während er ihre Haut erforschte, fuhr sie mit den Fingerspitzen sanft über die Bartstoppeln in seinem Gesicht.

Dann spürte er ihre Hände auf seinem muskulösen Rücken.

„*Il mio angelo*", flüsterte sie. Ihre Finger glitten über sein Engels-Tattoo, zeichneten die dunklen grauen Linien nach, das Muster der Flügel, unterdessen verwöhnte er sie durch ihren Seidenslip. Sie wand sich und streichelte ihn gleichzeitig. Sanft und dennoch fordernd drückte er ihre Schenkel weiter auseinander.

Dann leckte er sie aufreizend, und sie ließ es zu. Sie war so weich.

Die Dämonin hatte etwas so Zärtliches und Zartes, wie er es noch bei keiner anderen Frau erlebt hatte.

Plötzlich verkrampfte sie sich.

„Entspann dich. Hör auf zu denken. Fühl einfach."

Doch Luciana setzte sich auf. „Du hattest recht. Wir dürfen das nicht tun. Wir sollten aufhören."

Das ist nicht Teil meiner Fantasie, beschwerte sich sein Gehirn.

Er hob den Kopf und bemerkte ihren verwirrten Blick.

„Was ist denn auf einmal, *principessa*?"

Aber er erhielt keine Antwort. Luciana stand auf und betrachtete ihn, der immer noch vor ihr kniete. Ihre grünen Augen brannten. „Du musst gehen."

Hau ab! befahl ihm sein Verstand. *Oder sie wird dich töten.*

Verwundert erhob er sich und wandte sich zum Gehen.

Langsam öffnete er die Tür und trat hinaus.

Instinktiv erwartete er, zum dreitausendsten Mal die Szene seines Albtraums zu betreten. Der altbekannte Geruch von Urin und Abfall, die Gasse. Der furchtbare Schmerz, als die Schüsse seinen Rücken, seinen Hals trafen.

Aber nichts davon geschah.

Stattdessen kehrte er mit einem Schlag in die Realität zurück, in die Dunkelheit des Palastes. Sein Herz klopfte so heftig, dass es in seiner Brust zu explodieren drohte. Hier auf diesem harten Fußboden, in diesem Raum mit seinem speziellen Geruch, er selbst schweißgebadet – alles das war intensiver und realer als die Gefühle, die er gerade in seiner Traumwelt erlebt hatte.

Und er war in seinem Traum nicht gestorben.

Nur um sich zu vergewissern, griff er in seine Hosentasche.

Keine Uhr.

Nicht Detroit. Nicht Chicago.

Venedig.

Kein Bordell, sondern der schmutzige Fußboden eines verlassenen Palazzo.

In der Dunkelheit lauschte er dem Quietschen und Knarren des alten Gebäudes, einem leisen Klopfen, das aus einem der hinteren Räume zu ihm drang. Tropfendes Wasser. Jeder einzelne Tropfen brachte ihn weiter in die Wirklichkeit zurück. Er lag da und fragte sich, ob das alte Gebäude der Last der Jahrhunderte noch lange standhalten konnte. Vielleicht würde es ganz plötzlich über ihm zusammenstürzen und ihn unter seinem Schutt und seiner ungeschriebenen Geschichte begraben.

Er verharrte und wartete darauf, dass sich in dieser unglaublichen Mission, die man ihm je aufgetragen hatte, irgendeine Veränderung ergab.

War er wach, oder schlief er? Er wusste es nicht.

Realität und Traumwelt waren nicht mehr auseinanderzuhalten. Beide waren unergründlich.

Auf der anderen Seite des Kanals lag die Dämonin auf seidigen Laken in ihrem Bett.

Sie betrachtete das sich stetig verändernde Lichtmuster an der Zimmerdecke und konnte es nicht fassen, dass der Engel sie beinahe dazu gebracht hatte, sich gehen zu lassen.

Dabei bin ich doch diejenige, die ihn verführen will, dachte sie. *Ich bin diejenige, die alles unter Kontrolle hat.*

Und trotzdem hatte er in seinem Traum plötzlich die Führung übernommen und es geschafft, dass sie sich für einen Moment völlig vergaß.

Sie erhob sich und lief rastlos durchs Zimmer. Ging ans Fenster und schaute hinaus. Auf die andere Seite, wo er war.

Nie zuvor war ihr so etwas passiert. Noch nie hatte sie die Selbstbeherrschung verloren.

Und noch dazu war alles so real gewesen.

Dieser Traum war überhaupt nicht gut. Es gab Dinge, an die sie sich lieber nicht erinnern wollte, Dinge, die sie schon vor vielen Jahrhunderten in ihrem Gedächtnis in der Hoffnung begraben hatte, dass sie nie wieder auftauchen würden.

Luciana. La lucciola.

An diese Sachen hatte sie sehr lange nicht mehr gedacht.

Und dann war da seine Schönheit gewesen, seine Nähe. Sie legte sich einen Finger auf die Lippen und stellte sich vor, seinen Mund, seinen Atem wieder zu spüren.

Nachdem sie sich wieder ins Bett gelegt hatte, weinte sie bittere Tränen, die feuchte Flecken auf ihrer Seidenbettwäsche hinterließen. Flecken, die ihr verhießen, dass sie sich in der wirklichen Welt befand.

Er war immer noch hier, in Venedig, nur einen Steinwurf entfernt, auf der anderen Seite des Kanals.

Aber genauso gut könnte er in einem anderen Jahrhundert

oder in einem anderen Universum leben. Denn Lucianas Welt war, auch wenn sie auf der Erde umherstreifte, immer zu einem gewissen Teil in der Hölle versunken. Sie schloss die Augen und fiel in einen tiefen, traumlosen Schlaf. Hoffentlich gelang es ihr, im Schlaf Erholung zu finden von der schmerzlichen Realität ihrer Existenz.

In den vergangenen Wochen hatte Corbin Ranulfson die schlimmsten Demütigungen erlitten.

Auf der Erde hatte er sein brandneues Hotel an diesen Verräter, den vom Dämonen zum Engel konvertierten Julian Ascher, verloren.

Und in der Hölle hatte man ihn degradiert und ihm die Fähigkeit zur Entmaterialisierung genommen.

Allerdings war er fest entschlossen, der Dämonenwelt zu beweisen, dass mit ihm immer noch zu rechnen war.

Mit einer beeindruckenden Jacht war er nach Italien gereist, die nun in der Lagune von Venedig ankerte. Er setzte sich damit über ein von Menschen gemachtes Verbot hinweg, welches das Ankern in diesem Bereich untersagte. Von hier aus hatte er das Kommen und Gehen in der Lagunenstadt einfach am besten im Blick.

Er befahl Carlotta zu sich. Beim Betreten seiner Privatkabine knickste die Kurtisane höflich. Luciana sollte mal Unterricht bei ihr nehmen, dachte er angenehm überrascht.

„Was kann ich für Euch tun, Eure Lordschaft?"

Corbin packte sie vorn an ihrem elegant geschnittenen Anzug. „Sehr hübsch. Aber die Formalitäten können wir uns sparen. Wieso kooperiert eine gewöhnliche Hure wie du mit der Kompanie der Engel? Wieso meintest du, dem Engel Lucianas Aufenthaltsort verraten zu müssen?"

„Ich wollte ihn loswerden. Mein Geschäft muss laufen. Ich habe eine Verantwortung für meine Mädchen."

„Und da hast du angenommen, das wäre eine schlaue Idee?"

Er umfasste ihren Hals.

„Ja, Corbin. Dieser Meinung war ich."

„Du hast etwas an dir, das mich an Luciana erinnert."

„Die Männer denken immer, alle italienischen Frauen wären gleich. Wir gelten entweder als Sexsymbol oder werden überhaupt nicht wahrgenommen. In den letzten zwei Jahrhunderten hat sich daran nicht viel geändert."

Seine Umklammerung verstärkte sich, und Corbin presste sie gegen die Wand. „Du bist ein schwacher Abklatsch von Luciana, doch zur Not tust du's auch. Kurtisane. *Cortigiana. Puttana.* Wie sagt man so schön? Was uns Rose heißt, wie es auch hieße, würde lieblich duften."

Sie verzog den Mund, wagte jedoch nicht, ihm etwas zu entgegnen.

„In Wahrheit steckt in jeder Frau eine Hure." Corbin sagte das nicht nur aus Überzeugung, er wollte auch ihre Reaktion sehen.

Doch Carlotta war ein Profi und setzte nur ein einfältiges Lächeln auf.

Unverwandt griff er in ihren Ausschnitt, sodass die Knöpfe ihrer Bluse aufsprangen. Packte ihre drallen Brüste und drückte Carlotta auf den Schreibtisch.

Rasch öffnete er seine Hose, riss auch ihre herunter und drang in sie ein. Stieß erbarmungslos zu, bis er kam. Dabei waren seine Gedanken die ganze Zeit bei Luciana und daran, wie wütend sie ihn gemacht hatte.

Als er fertig war, machte sich Carlotta von ihm los und richtete ihre Kleidung. Auch bei ihr hatte er gespürt, was er bei den meisten Frauen bemerkte, die er vögelte: eine Art Leere und kaum verhohlene Angst. Carlotta wusste genau, wozu er in der Lage war.

„Wie lange hat Luciana für dich gearbeitet?", wollte er jetzt wissen, während er seinen Reißverschluss hochzog.

„Solange es nötig war. Sie musste ihre Schulden bei Satan begleichen. Nachdem dies geschehen war, hat sie uns sofort verlassen. Es ist über zweihundert Jahre her, dass sie in meinen Diensten stand, und genauso lange habe ich sie nicht mehr gesehen."

„Ist das wahr? Ich glaube dir kein Wort. Du bist eine doppelzüngige Lügnerin, eine miese Schlampe, genau wie sie."

„Das nehme ich als Kompliment", erwiderte Carlotta voller Geringschätzung.

Es war ärgerlich, wie diese Prostituierte sich benahm. Er würde sie später bestrafen.

Früher hätte kein Dämon gewagt, ihm zu widersprechen. Doch seit seiner letzten Begegnung mit der Kompanie der Engel war seine Position erheblich geschwächt, und das spürten auch die ihm untergeordneten Dämonen. Früher hätte sich Corbin einer solchen Situation relativ einfach entzogen. Die Entmaterialisierung hatte es ihm ermöglicht, sich durch die verschiedenen Dimensionen zu bewegen, so wie ein Mensch durch eine Tür spazierte.

Mit der Entmaterialisierung war ihm auch sein Rang in der Riege der Erzdämonen genommen worden. Viele Hundert Jahre hatte er daran gearbeitet, auf dieser obersten Stufe anzukommen – und jetzt war es auf einen Schlag damit vorbei.

Dieser Umstand machte ihn unsäglich wütend.

Fast wäre er nicht mehr aus der Hölle herausgekommen. Nur durch einen Deal mit dem Fürst der Finsternis hatte er sich freikaufen können: Er hatte ihm versprochen, Luciana zu finden und sie zurückzubringen. Und diese Aufgabe würde er nur allzu gern erledigen.

Oh ja, ich werde Luciana zurück in die Hölle befördern und dafür von Satan reich belohnt werden. Dann werde ich wieder als mächtigster aller Dämonen auf der Erde unter den Menschen weilen.

Er würde sich zurück an die Spitze hangeln.

Ganz egal, wen er zerstören musste, um dorthin zu gelangen.

7. KAPITEL

Sehr früh am Morgen, noch bevor die Sonne aufging, schlich sich Luciana aus dem Palazzo.

Ihr Ziel war die Glasgalerie. Sie musste sich Informationen besorgen.

Wie schade, dass alles schon wieder an seinem Platz stand! Keine Scherbe. Keine Unordnung. Die Glasobjekte standen perfekt aufgereiht da, jungfräulich, glitzernd und still. Kunstvoll. Geschmackvoll. Wieder vollkommen intakt. Dabei hatte es ihr eine solche Befriedigung verschafft, die Galerie zu zertrümmern. All die schönen, feinen Glasgebilde kaputt zu schlagen, hatte etwas Befreiendes gehabt.

Im rückwärtigen Raum öffnete sie die Tür und stieg die Treppe hinauf.

„Mutter von Luzifer, wie ich diesen Ort verabscheue“, murmelte sie zu sich selbst.

Vor langer Zeit, als sie noch ein Mädchen gewesen war, war diese ganze Fassade nicht nötig gewesen. Damals waren Bordelle legal und Venedig die Stadt der Kurtisanen, gerühmt in ganz Europa für die Schönheit seiner Huren. Die Zahl der Prostituierten hatte die Zahl der Adelsdamen bei Weitem übertroffen, und sie waren auf den Straßen gegenwärtiger als die sorgsam behüteten Töchter aus gutem Hause.

Als eine solche Tochter aus gutem Hause wäre Luciana normalerweise nie hier gelandet.

Doch als frischgebackene Dämonin, die sich mühsam ihren Weg hinaus aus der Hölle erarbeitet hatte, war ihr keine andere Wahl geblieben.

Sie hatte ihre Schulden Satan gegenüber nur begleichen können, weil sie sich hier verdingt hatte.

Nie mehr hatte sie daran denken wollen, dass Carlotta ihre Schwester war. So viel hatte sie miteinander verbunden in ihrem früheren Leben, und Luciana hatte ihrer Schwester wirklich helfen wollen, aber sie war zu spät gekommen damals. Carlotta hatte ihr das nie verziehen, und in ihrem Leben als Dämonin hatte sie sich so sehr verändert. Wie Carlotta es hier so lange aushielt, wusste sie nicht. Offensichtlich hielt sie sich für eine Art Veronica Franco, ein Exemplar der aussterbenden Gattung *cortigiana onesta*, „ehrliche Kurtisane", die mit ihrem geistreichen, gebildeten Witz und ihrem politischen Einfluss einst Venedig regierten. Selbst der französische König hatte höchstpersönlich eine Nacht zwischen Veronica Francos Schenkeln verbracht.

Doch für Luciana war das Bordell die Hölle auf Erden gewesen.

Ganz egal, wie arm oder reich ein Kunde war – für sie blieb er immer nur ein Kunde.

Ein Mann, der dafür bezahlte, mit ihr zu schlafen.

Da packte ein fleischiger, betrunkener Mann sie am Arm und zerrte sie in ein Zimmer. „Komm doch rein, Süße. Wir machen hier gerade Party."

Party, dachte Luciana, ist ein schwacher Ausdruck für das, was sich da wirklich abspielt.

Für sie sah das ganz nach einer ausgewachsenen Orgie aus.

Und das ging wohl schon eine Weile so, wie Luciana auf den ersten Blick erkennen konnte. Frauen und Männer tollten umher, in unterschiedlichen Zuständen von Trunkenheit, Bekleidung und Kopulation. Sie schob sich durch die Leiber, durch das Meer aus nacktem Fleisch, auf der Suche nach Carlotta.

Sie musste herausfinden, was die Bordellbesitzerin über Brandon wusste und was sie ihm verraten hatte.

Carlotta trug ein tief ausgeschnittenes, blutrotes Kleid und betrachtete das Spektakel von einer Galerie aus. Sie lächelte und entblößte dabei ihre weißen, haiartigen Zähne, die noch spitzer geworden zu sein schienen seit ihrer letzten Begegnung.

„*La lucciola!*"

„*La tenutaria!*" Luciana erwiderte die Begrüßung mit dem

italienischen Wort für „meine Dame“.

„Ich hasse dieses Wort. Ich habe dir gesagt, du sollst mich nie so nennen.“

„Danke gleichfalls.“

Alle Dämonen in Hörweite lachten, denn alle verstanden, worauf Luciana sich bezog. Luciana beachtete sie nicht, sondern erklomm die Treppe. Dabei sah sie die Kurtisane an. „Ich muss augenblicklich mit dir sprechen.“

Doch Carlotta lächelte nur. „Woher wusstest du denn, dass wir eine Party feiern, *la lucciola*? Wir haben so viel Spaß! Mach doch mit! Du hast in dem Geschäft ja nie dein volles Potenzial ausgeschöpft. Du hättest so viel besser sein können.“

„Ich mache so etwas nicht mehr“, presste Luciana hervor. „Schon lange nicht mehr.“

Um dem Lärm zu entgehen, zogen sich die Frauen in Carlottas Büro zurück, wo sich jedoch gerade ein Paar auf dem Schreibtisch vergnügte. Carlotta scheuchte sie weg und setzte sich in einen Sessel, während die beiden ihre Sachen zusammensammelten und rasch das Zimmer verließen.

„Also, wieso bist du hier? Wolltest du nur mal sehen, wie es mir geht? Oder willst du mich niedermachen, weil ich diesem großen starken Engel den Weg zu deinem Haus gezeigt habe? Ich hoffe, er hat gefunden, wonach er suchte.“

„Wie viel hat er dir gegeben?“

Carlotta lächelte und klimperte mit den Wimpern. „Ich weiß nicht, wovon du redest.“

„Wie viel hat der Engel dir bezahlt, damit du mich verrätst?“

Die Kurtisane seufzte. „Es war eine geringfügige Summe im Spiel. Aber ich hätte es ihm auch so gesagt, weißt du. Du bist ein solches Miststück. Du kommst nur zu mir, wenn du dich beschweren willst. Ehrlich gesagt, weiß ich gar nicht, wieso du ihn überhaupt hierhergebracht hast. Du hast uns damit alle in Gefahr gebracht, während dein eigener Haushalt schön in Sicherheit blieb.“

„Das hast du ja nun geändert, nicht wahr? Dir habe ich es zu verdanken, dass die Casa Rossetti nicht länger sicher ist. Vergiss nicht, was für dich auf dem Spiel steht, wenn mein Haus infiltriert wird“, drohte Luciana ihr. „Oder muss ich dich daran erinnern, was sich dort alles zugetragen hat?“

„Nein. Aber wieso musstest du mit ihm ausgerechnet hierherkommen?“

„Mich hierherzuflüchten war das Einzige, was mir einfiel, als der Engel hinter mir her war. Ich hatte vorgehabt, ihn zu verführen, und hier wäre der ideale Ort dafür gewesen.“

Es war tatsächlich der ideale Ort gewesen. In seinem Traum.

Aber das brauchte Carlotta nicht zu wissen.

„Ihn zu deinem Haus zu führen war die einzige Möglichkeit, ihn loszuwerden“, konterte Carlotta. „Das war eine echte Befriedigung für mich, obwohl ich wusste, dass du sofort hier aufkreuzen und herumschnüffeln würdest.“

Luciana lagen eine Million Beleidigungen auf der Zunge. Doch sie schluckte sie herunter, denn es hatte einfach keinen Wert, zu streiten.

„Und was willst du jetzt mit ihm machen? Es sollte nicht allzu schwierig sein, ihn zu verführen, falls du das immer noch vorhast. Betritt seine Gedankenwelt – das sollte dir nicht allzu schwerfallen. Du treibst dich doch sicher immer noch in den Träumen von Männern herum?“

„Von Zeit zu Zeit kann das vorkommen.“ Luciana lächelte herablassend.

„Wie machst du das?“

„Ich kann es nicht erklären. Wie kann man sehen? Fühlen? Schmecken? Berühren? Hören? Die Träume anderer Personen sind für mich wie eine Sinneswahrnehmung. Ich spüre dieselben Dinge wie in der wachen Welt. Ich weiß nicht, wie das geht. Ich weiß nur, dass es geht“, erklärte Luciana. „Wenn ich die Wahl hätte, würde ich mich allerdings vom Unterbewusstsein dieses Mannes fernhalten. In der Tat habe ich vor, ihn überhaupt zu entsorgen."

„Wenn du ihn nicht willst, bring ihn hierher zurück. Hier gibt es eine Menge Mädchen, die ihm voll Freude zur Verfügung stehen würden. Ich selbst nicht ausgenommen."

„Ach ja. Ich hatte vergessen, wie sehr du magst, was anderen Frauen gehört." Luciana richtete den Blick ganz offensichtlich auf die feinen Smaragdohrringe, die Carlotta trug.

Die Ohrringe, die Carlotta ihr gestohlen hatte.

Die Smaragde, die Luciana von ihrer Mutter zur Hochzeit geschenkt bekommen hatte. Dieses Paar Ohrringe war das Erste, was sie sich zurückholte, als sie als Dämonin nach Venedig zurückgekehrt war. Doch als sie dieses gottverdammte Bordell verlassen hatte, hatte es schnell gehen müssen. Ich bin ihr damals entkommen, dachte die Dämonin. Meine Ohrringe nicht. Sie schmückten seitdem Carlottas Ohrläppchen, und *la tenutaria* weigerte sich standhaft, sie zurückzugeben.

Carlotta deutete ihren Blick richtig. „Diese Ohrringe gehören mir, und zwar schon lange. Ich habe auch zur Familie gehört, vergiss das nicht. Du hast sie hiergelassen, als du weggegangen bist. Wenn sie dir so viel wert sind, hättest du vorsichtiger damit umgehen müssen."

„Du bist wirklich unglaublich." Luciana starrte sie wütend an.

„Du findest sicher alleine raus", erwiderte die Bordellbesitzerin mit einem Kopfnicken in Richtung Ausgang.

Als Luciana die Tür öffnete, entdeckte sie Corbin unten im Flur, der zwei von Carlottas Mädchen im Arm hatte. Sie zögerte und drehte sich dann noch einmal um, um Carlotta zu warnen. „Sei lieber vorsichtig! Corbin ist gefährlicher, als du es dir in deinen wildesten Träumen vorstellen kannst."

„Ich kann auf deine Ratschläge verzichten. Und ich kann auf mich selbst aufpassen."

Luciana erschauderte bei dem Gedanken daran, wie gefährlich der Erzdämon war. Aber wenn Carlotta nicht auf sie hören wollte …

Als sie durchs Treppenhaus nach unten ging, packte Corbin sie plötzlich am Arm. „Wohin so schnell, meine Schöne?"

„Ich habe etwas zu erledigen, Corbin. Und du hast damit nichts zu tun."

„Alles, was wichtig ist, hat mit mir zu tun, *cara*. Daran solltest du dich besser gewöhnen."

Sie schüttelte ihn ab und eilte die Treppe hinunter.

Das Haus der Kompanie war keine Luxusherberge, aber dort hatte Brandon zumindest ein bisschen Komfort genossen. In diesem abrissreifen Gebäude gab es dagegen nichts, vor allem keine Klimaanlage.

Nicht einmal einen Ventilator.

Und somit keine Linderung der Hitze und Schwüle des Sommers.

Er war klitschnass geschwitzt.

Am Palazzo der Dämonin auf der anderen Seite des Kanals waren die Rollläden geschlossen. Das Haus lag still und verlassen da wie eine Grabkammer. Und doch konnte er sie inmitten dieser Totenstille atmen spüren. Denken spüren. Er ahnte, dass auf den polierten Tischen in diesem Haus Pläne geschmiedet wurden. Sie saß mit Türhütern zusammen und dachte sich etwas aus.

Stundenlang beobachtete er den Palazzo. Doch auf der anderen Seite des Kanals tat sich rein gar nichts. Nicht die leiseste Bewegung. Nicht das kleinste Geräusch.

Nichts.

Schlaf nicht ein, ermahnte er sich. *Denk an etwas anderes.*

In dieser Stadt ohne Autos stellte sich Brandon vor, jetzt im Auto zu sitzen. Er spürte, wie das Brummen der Beschleunigung in seinen Knochen dröhnte. In seiner Vorstellung griffen seine Hände nun nach dem gewohnten Lenkrad, und sein Fuß drückte ein imaginäres Gaspedal fest durch, ohne dass etwas geschah.

Er schloss die Augen und wollte weiter in seiner Fantasie schwelgen.

Doch schon im selben Moment spürte er, wie er der materiellen Welt entschwand.

Es war der Moment, in dem er die Beschränkungen des menschlichen Körpers hinter sich ließ und dennoch darin gefangen war. Er raste mit hundertsechzig Kilometern pro Stunde dahin, aber in absoluter Stille. Ganz allein raste er über eine verlassene Landstraße, in vollkommener Verbindung mit dem Göttlichen.

Er schaltete in einen höheren Gang.

Und spürte, wie eine Hand sachte seinen Oberschenkel drückte.

Er sah hinüber zum Beifahrersitz, und da saß Luciana. Ihre grünen Augen funkelten. Sie hatte ein Lächeln auf den Lippen.

Schlagartig erwachte er. Zurückkatapultiert in seine reale Situation.

Er war in einer Stadt, in der es keine Autos gab.

Sondern nur Wasser und endlose, verschlungene Sträßchen und Gassen.

Und eine Dämonin, die mich vollkommen wahnsinnig macht.

Brandon stand auf und begann, rastlos herumzulaufen. Er wollte das Gefühl von ihrer Hand auf seinem Oberschenkel abschütteln. Luciana war ein echtes Rätsel, ein Widerspruch der Elemente, kombiniert in einer trügerischen Hülle. Ihr Gesicht konnte im Bruchteil einer Sekunde sämtliche Nuancen widerspiegeln, von komplett unschuldig zu welterfahren und abgeklärt. Für ihn war sie verletzlich und gefährlich zugleich.

Von einer Frau, die so viele Menschen getötet hatte, hätte er niemals diesen atemberaubenden Charme erwartet. Sie hatte eine starke Persönlichkeit, ja. Aber sie hatte auch etwas von einem Chamäleon an sich. Sie konnte alles werden, was ein Mann sich wünschte. Sie war sein Wachtraum.

Zum hundertsten Mal seit seiner Ankunft in Venedig musste

er sich zwingen, sich daran zu erinnern, was sie wirklich war.

Kein Wachtraum, sondern ein lebendiger Albtraum.

Als Luciana nach Hause kam, ging sie sofort in ihr Labor und arbeitete konzentriert weiter an der neuen Rezeptur. Am späten Nachmittag hörte sie wieder den entfernten Gesang dieser Frau, diesmal aus dem Erdgeschoss ihres Hauses.

Tosca, wenn ich mich nicht irre, dachte sie irritiert.

Die Türhüter waren in einem eigenen Bereich im zweiten Stock des Hauses untergebracht, der schon immer als Personaltrakt gedient hatte. Nur der oberste Türhüter Massimo war in einem eigenen Apartment im Untergeschoss untergebracht. Früher, als die Familie Rossetti noch im Seidenhandel tätig war, hatten sich dort die Lagerräume befunden.

Luciana hielt sich nie in den Unterkünften der Bediensteten auf, sondern ließ die Türhüter frei schalten und walten. Massimo sorgte schon dafür, dass keiner aus der Reihe tanzte und dass das Haus in Ordnung gehalten wurde. Arbeiten, die normalerweise Frauen erledigten, wie kochen, putzen und waschen und das Silber polieren, übernahmen in Lucianas Haushalt Männer, überraschenderweise ohne darüber zu murren.

Nur um eines hatte Luciana gebeten: Die Türhüter sollten sich bei der Ausübung ihrer Fleischeslüste diskret verhalten.

Selbst nach dem Debakel mit Violetta … Nun, das hatte sie tatsächlich schleifen lassen. Sie hatte die Türhüter nach dem Vorfall nicht diszipliniert, wie sie es eigentlich vorgehabt hatte.

Es war unmöglich, sich bei diesem Gesang zu konzentrieren, und so stand Luciana auf, um die Quelle des Gesangs in ihrem Haus ausfindig zu machen.

Sie presste ihr Ohr an die schwere Holztür von Massimos Zimmer und lauschte dem leisen Klang des Gesangs.

Plötzlich öffnete der Mann die Tür.

Und hinter ihm schwebte Violetta, nicht greifbar und durchsichtig, nur ein körperloser Geist, der Luciana mit großen, außerweltlichen Augen anstarrte. Es war klar, wieso die junge Frau als Geist in die Casa Rossetti zurückgekehrt war, darüber musste Luciana nicht lange nachdenken.

„Was soll denn das, sie hier in deinen Räumlichkeiten zu verstecken?"

Massimo schob Violetta hinter sich und stellte sich zwischen die beiden Frauen. „Tun Sie ihr bitte nichts."

„Was soll ich ihr denn jetzt noch tun? Sie ist doch schon tot. Und Satan will ihre Seele offensichtlich nicht als Opfer annehmen."

„Ich suchte nach einer Möglichkeit, ihr zu helfen", gestand Massimo. „Wäre das Opfer wie geplant angenommen worden, wäre ihre Seele jetzt in der Hölle gefangen. Doch da Satan sie nicht angenommen hat, konnte sie zumindest als Geist auf die Erde zurückkehren. Sie verdient unsere Hilfe."

„Mit Mitleid ist niemandem gedient, Massimo", sagte Luciana kopfschüttelnd. „Wirklich, du hättest sofort zu mir kommen sollen, als du bemerkt hast, dass sie noch hier ist. Es gibt Dinge, die sich nicht verbergen lassen. Nun, Violetta … Was hast du dazu zu sagen? Du scheinst mir nicht mehr ganz so tapfer zu sein, jetzt, wo du weißt, wie es ist, tot zu sein."

„Ich dachte, ich könnte all das beenden und diesen Ort verlassen", presste das Mädchen hervor. „Als ich starb, sah ich ein Licht. Ich versuchte, es zu erreichen, aber ich konnte nicht. Werde ich jetzt zum Dämon?"

„Das ist ziemlich unwahrscheinlich. Du kannst dir sicher ausmalen, dass nicht jeder Mensch, der stirbt, zum Engel- oder zum Dämon-Dasein auserkoren ist. So etwas gilt nur bei außergewöhnlichen Umständen."

Umstände, die dieses Kind sich nicht auch nur annähernd vorstellen, geschweige denn ertragen könnte.

Um das zu wissen, musste Luciana das Mädchen nur ansehen. Sie hatte es schon gewusst, als sie sie opferte. Violetta war zu zerbrechlich. Und viel zu gut.

„Du musst weiterziehen. Lass einfach los. Nichts hält dich hier."

„Ich gehe nirgendwohin. Noch nicht, jedenfalls." Violetta schien ihren Mut langsam zurückzugewinnen.

„Wenn du noch einen Körper hättest, würde ich dich jetzt schütteln, damit du Vernunft annimmst." Luciana konnte kaum glauben, was hier gerade passierte. So etwas war ihr noch nie untergekommen. Von all den Opfern, die sie in den Gemäuern der Casa Rossetti getötet hatte, war nicht eine einzige Seele jemals wieder zurückgekehrt oder geblieben. Jede einzelne war in der Begräbnisgondel Satans fortgebracht worden, nachdem Luciana sie vor der Erlöserkirche abgeliefert hatte. Hätte dieser Brandon mir meine Jagd nicht versaut, wäre alles in bester Ordnung, dachte sie verbittert.

„Deine Eigensinnigkeit ist löblich, aber sie wird dich nicht weiterbringen. Finde das Licht und geh hinein." Luciana machte eine scheuchende Handbewegung. Etwas sanfter, fast zärtlich fügte sie hinzu: „Das würde ich jedenfalls tun, wenn ich es könnte."

„Wieso können Sie es nicht?"

„Warum wohl nicht?", fuhr Luciana sie an. „Benutz deinen Kopf! Ich habe Menschen getötet. Viele Menschen. Dämonen wie ich können nicht einfach gehen, wenn sie Lust darauf haben. Aber du kannst es. Du solltest gehen."

„Ich bin noch nicht bereit", widersprach Violetta ihr. „Ich habe hier noch Dinge zu erledigen."

Luciana warf die Hände in die Luft. „Natürlich! Was für Dinge denn, um Himmels willen? Hier hält dich nichts außer deinem dummen Eigensinn und deiner Angst!"

„Es muss doch eine Möglichkeit geben, ihr zu helfen! Vielleicht, indem wir uns von ihr verabschieden", schlug Massimo vor.

„Nein. Wir sind ihr nichts schuldig. Und außerdem haben

wir jetzt keine Zeit, uns mit ihr zu befassen. Wir müssen uns um wichtigere Angelegenheiten kümmern. Falls es dir entgangen ist: Dieser Engel lungert immer noch da draußen herum und beobachtet uns."

Violetta verschwand. Ihr Bild löste sich in Dunst auf, als sie durch die Holztür entglitt. Massimos Blick folgte ihr, und Luciana entging nicht das Zucken in seinen Mundwinkeln. Sein Mund war schon halb geöffnet, wie um nach Violetta zu rufen.

„Du." Sie zeigte mit dem Finger auf den Türhüter. „Wage es nicht, sie zurückzurufen. Wage es nicht, überhaupt noch einmal an sie zu denken. Du musst deinen Verstand zusammenhalten. Liebe existiert nicht im Reich der Dämonen."

„Ja, *baronessa*."

„Vergiss das Mädchen! Lass sie gehen! Wir müssen uns um diesen Engel kümmern."

Sie spähte durch einen Spalt zwischen den Vorhängen in Massimos Zimmer und fragte sich, ob sie von hier aus einen besseren Blick auf Brandons Versteck hatte. Doch draußen war nichts zu sehen. Der Palast auf der anderen Seite lag verlassen da. Nichts regte sich.

„Ich muss hier raus." Luciana zog die Vorhänge mit einem Ruck zu. „Hier drin gefangen zu sein treibt uns alle in den Wahnsinn. Wir müssen den Engeln zeigen, dass wir uns nicht einsperren lassen wie Tiere."

Von der anderen Seite des Kanals konnte sie Brandons rohe Energie spüren. Sie nahm das Zucken seiner starken Muskeln wahr, wie er sich ruhelos herumwälzte. Auch er wollte raus, sich bewegen, etwas tun. Sie einfangen.

Sie wusste, dass man bei einem Mann wie ihm eine Verführung nicht erzwingen konnte.

Ein Jäger musste jagen.

Also würde sie ihm etwas zum Jagen bieten.

Jemanden zum Jagen.

„Brandon ist ein Mann der Tat – so viel wissen wir. Wenn ich das Haus verlasse, wird er mir unweigerlich folgen. Ich muss es einfach wagen. Ich darf nicht vergessen, wer ich bin", sagte sie mehr zu sich selbst als zu Massimo. „Ich muss auf die Jagd gehen. Und dabei werde ich unser Täubchen aus seinem Versteck locken."

„Nehmen Sie damit nicht ein unnötiges Risiko auf sich, *baronessa*?"

Sie lächelte. „Überhaupt nicht. Denn meine Aktion dient einem doppelten Zweck. Du kennst doch den italienischen Ausdruck *prendere due piccioni con una fava* – zwei Fliegen mit einer Klappe schlagen. Und genau das, mein lieber Massimo, habe ich vor."

Eine schöne Redewendung. So brutal.

Und sie beschrieb genau das, was sie vorhatte.

Gerade war die Sonne über Venedig untergegangen und tauchte die Stadt in ein dämmriges Licht, da machte Brandon plötzlich auf der anderen Seite des Kanals eine Bewegung aus. Es war nicht viel mehr als das Tänzeln eines Schattens. Er beugte sich nach vorn und sah genauer hin. In der Tat: Es war die Dämonin, die gerade das Haus durch den Seiteneingang verlassen hatte, in einen dunklen Mantel mit Kapuze gehüllt. Sie sah sich vorsichtig um und verschwand eilig in einer Gasse hinter dem Haus.

Brandon sprang auf, verließ das Haus und rannte über die Brücke hinter ihr her.

Es gelang ihm rasch, sie aufzuspüren, und dann folgte er Luciana, als sie mit flatterndem Mantel durch die Straßen hastete. Irgendetwas an ihr ist anders, dachte Brandon. Sie wirkte zögerlich, so, als ob sie nicht genau wüsste, was sie wollte. Wieso hatte sie überhaupt ihre sichere Zuflucht verlassen?

Sie lief stockend, blieb immer wieder stehen. Dann sah er sie in einem Türeingang verschwinden.

Er folgte ihrem wehenden Mantel.

Da drehte sie sich um.

Und es war nicht Luciana.

Er blickte in das Gesicht eines Mädchens, das bleicher war als der Tod.

„Wer bist du? Und wo ist sie?" Brandon packte das Mädchen am Arm. „Wo ist Luciana?"

Doch der Mantel, den er gepackt hielt, war leer. Er hielt ihn auf einmal in der Hand, weil sich das Mädchen des Kleidungsstücks komplett entledigt hatte. Es sah ihn erstaunt an, in ihren geisterhaften Augen flackerte Angst.

„Wenn Sie von der *baronessa* sprechen, kann ich Ihnen nicht weiterhelfen. Sie ist ausgegangen, aber ich weiß nicht, wohin."

Seine Augen glitten prüfend über die geisterhafte Gestalt des Mädchens, und er fragte sich, was es in der Casa Rossetti gemacht hatte.

„Was haben sie dir in ihrem Haus angetan?"

Sie schüttelte nur den Kopf. „Das spielt nun keine Rolle mehr. Jetzt zählt nur noch eins: dass ich zu Ende bringe, was ich begonnen habe. Dann werde ich das Licht finden."

„Das stimmt. Du musst ins Licht gehen. Sie können dich nicht festhalten, weißt du. Wenn du nichts getan hast, wofür du die ewige Verdammnis verdient hättest, bist du nicht Eigentum des Satans", erklärte Brandon ihr.

„Das weiß ich", sagte sie stolz.

„Lass mich dir helfen! Sag mir, was ich für dich tun kann!"

Doch mit einem Mal wurde ihr Blick starr, und ein eisiger Schauer überlief Brandon. Dann öffnete sie den Mund, um etwas zu sagen, gerade so, als hätte sie soeben die Erleuchtung gefunden. Als wäre ihr etwas von größter Wichtigkeit bewusst geworden.

Und dann verschwand sie wie ein Lufthauch.

Ich hoffe, du findest, wonach du suchst, was auch immer es sein mag, schoss Brandon lächelnd durch den Kopf.

Es gab nun einmal so viele ruhelos wandernde Seelen in den Straßen von Venedig.

Er kehrte um und beschloss, sich ebenfalls um etwas zu kümmern, das er noch zu Ende zu bringen hatte.

Während Luciana sich zurechtmachte, um den Palazzo zu verlassen, sah sie aus dem Fenster. Sie beobachtete, wie das fliehende Mädchen aus dem Seiteneingang schlüpfte. Und wie ihm kurz darauf Brandon folgte.

Ich muss die Taube nicht einmal selbst aufscheuchen, frohlockte sie. Das Mädchen hat das für mich erledigt.

Lächelnd verließ Luciana den Palazzo durch den Vordereingang, stieg in ihr Boot und fuhr auf dem Kanal bis zum Markusplatz.

Auch nach zweieinhalb Jahrhunderten als Venezianerin wurde sie nicht müde, sich an der Schönheit dieses Platzes zu erfreuen. Er war immer noch so wunderschön wie damals, als sie noch ein junges Mädchen war.

Ah! Es tat gut, wieder an der frischen Luft zu sein.

Wieder auf der Jagd.

Sie vertäute das Boot an einer Anlegestelle und machte sich auf den Weg dahin, wo sich das Leben abspielte.

An diesem lauen Sommerabend war auf dem Markusplatz jeder Tisch besetzt, jedes Café voll bis auf den letzten Platz. Mehrere kleine Orchester unterhielten die Menge mit klassischen Melodien. Die Verkäufer waren in ihrem Element und versuchten, den Touristen alle möglichen venezianischen Souvenirs anzudrehen.

Auf dem Markusplatz ein Opfer zu finden ist wirklich kinderleicht, stelle Luciana wieder einmal fest.

Sie bestellte sich einen Cinzano und ließ sich in einem Café nieder, um die Menge zu beobachten.

Gleich gegenüber saß an einem der Tische ein angetrunkener Mann, der in diesem Moment den Blick auf sie richtete.

Touristen, dachte Luciana angeekelt, sind schlimmer als die Tauben, die wir hier so aufwendig abschlachten. *Ich sollte also heute Abend meine Pflicht tun und Venedig von einer dieser Plagen befreien.*

Sie lächelte den Mann verführerisch an und wartete, dass er zu ihr herüberkam. Wie immer musste sie sich nicht in Geduld üben.

In den vergangenen zweihundertfünfzig Jahren hatte sie wirklich jeden Anmachspruch schon einmal gehört.

„*Hai da fare per I prossimi 100 anni?*" Hast du die nächsten hundert Jahre schon was vor?

„*Fa caldo qui, o è perchè ci sei tu?*" Ist es hier wirklich so heiß, oder bist nur du das?

„*Tu sei il mio sogno proibito.*" Du bist mein verbotener Traum.

Und das, was sie aus dem Mund dieses Mannes zu hören bekam, war genauso schlecht, wie zu erwarten war.

„War Ihr Vater ein Dieb?", sprach er sie auf Englisch an.

„Ja. Er hat die Sterne vom Himmel gestohlen und sie in meine Augen gelegt", antwortete sie und verdrehte dabei die Augen gen eben diesen Himmel.

„Aber Sie sind auch eine Diebin, *bellissima*. Sie haben mir meinen Spruch geklaut."

„Wir Venezianer sind im tiefsten Inneren alle Diebe." Sie beugte sich nach vorn und eröffnete dem Mann so einen Blick auf ihr tief ausgeschnittenes Dekolleté. Sie sah ihn mit großen Augen an und fügte mit honigsüßer Stimme hinzu: „Die Hälfte unserer Kunstschätze haben wir während verschiedener Religionskriege irgendwo geplündert. Die Fassade unserer berühmten *Basilica di San Marco* ist ein *miscuglio* … eine Mischung aus von fremden Tempeln gestohlenen Säulen. Die Altäre in ihrem Inneren sind mit Edelsteinen geschmückt, die aus anderen Städten und Kirchen entwendet wurden. Selbst die berühmte Quadriga, das antike bronzene Vierergespann, stammt ursprünglich aus Konstantinopel und wurde als Kriegsbeute nach Venedig gebracht. *Sì,* selbst der Heilige Markus wurde gestohlen, seine angeblichen Gebeine im neunten Jahrhundert von venezianischen Kaufleuten aus Ägypten entwendet.“

Die Touristen liebten diese Geschichten. So wie sie es liebten, echte Venezianer kennenzulernen.

Und wie alle anderen glaubte auch dieser Mann ihre Story.

Er zog sich einen Stuhl heran. „Darf ich?“

„Nur, wenn Sie Ärger kriegen wollen“, sagte sie und streichelte sich verführerisch mit einem Finger über den Saum ihres Ausschnitts, gleich oberhalb ihrer perfekten Brüste.

Der Mann lachte; gleichzeitig fielen ihm fast die Augen aus dem Kopf. „Im Gegenteil. Ich wähne mich schon jetzt im Himmel.“

„Nicht ganz. Aber die Reise in die andere Richtung könnte ich leicht arrangieren.“

Wieder lachte er. Natürlich hielt er es für einen Witz.

Tja, dachte sie lächelnd. Hinterher kann er nicht sagen, ich hätte ihn nicht gewarnt.

Er winkte den Kellner heran und bestellte zwei Cinzano. Als die Getränke kamen, dachte sie kurz, wie einfach es sein würde, ihn zu vergiften – es bedurfte nur einer flinken Handbewegung. Ein winziger Tropfen Gift, den sie blitzschnell in seinen Drink gab, ohne dass dieser stumpfe Mensch es überhaupt bemerken würde.

Unter dem Tisch hatte er seine Hand auf ihren Oberschenkel gelegt. Am liebsten hätte sie ihn getreten. Oder ihn gleich hier, auf dem Platz, vergiftet. Doch dieses Risiko durfte sie nicht eingehen. Nicht jetzt.

Stattdessen zwang sie sich zu einem Lächeln.

„Venedig ist so viel mehr als das Klischeebild, das Touristen von unserer Stadt haben. Sie kommen wegen unserer vielen Feste hierher, kaufen sich eine Karnevalsmaske und trinken Prosecco, betrachten sich die Kirchen und Palazzi. Und wer sich für ganz besonders weltmännisch hält, trinkt in *Harry's Bar* einen Bellini. Und dabei lernen sie nie das Venedig der Einheimischen kennen. Den Teil der Stadt, den kaum ein Tourist je zu sehen bekommt."

Das war nicht einmal gelogen.

Noch bevor die Nacht vorbei war, würde dieser Mann eine Tour auf den Grund des Kanals machen.

Und wie viele Touristen kamen da schon hin?

„Nehmen Sie eine der gemächlichen Routen", sagte sie jetzt zu dem Gondoliere, der mehrere Routen herunterrasselte, die in der Nähe ihres Zuhauses vorbeiführten. „Hören Sie doch mal, dieses Lied." Luciana lehnte sich über den Rand des Bootes. „Die Gondoliere singen *barcarole*, traditionelle Volkslieder. Sie singen aber vor allem auch die populären Lieder aus dem Süden wie ‚O sole mio'. Dieses Lied hört man in den Kanälen so oft, dabei stammt es nicht einmal aus Venedig. Doch ab und zu findet man einen Gondoliere, der sich noch auf die alten venezianischen Weisen versteht. Ist das nicht schön?"

Doch der Mann, der sich nur allzu gerne auf eine Gondelfahrt mit ihr eingelassen hatte, hörte ihr nicht zu. Er hatte angefangen, sie zu befummeln, und betatschte sie plump. Es widerte sie an.

Bald, dachte sie bei sich. *Bald wird das vorbei sein und er unter Wasser.*

Und dann kam ihr ein verstörender Gedanke in den Sinn.

Auf einmal wünschte sie sich, es wären Brandons Hände, die ihren Körper erkundeten.

Es wären Brandons muskulöse, tätowierte Arme, die sie festhielten. Seine hübsch geformten Lippen, die ihren Mund zärtlich berührten – und nicht die dieses verblödeten Touristen.

Und als sie ihre Augen öffnete, war er da.

Er stand auf dem Dach eines alten Palazzo, hoch über ihnen, und blickte auf Luciana herab. Seine mondbeschienene Silhouette hob sich deutlich vor dem klaren Nachthimmel an. Es bestand kein Zweifel, weswegen er gekommen war.

Luciana seufzte laut auf.

„Was ist?"

„Nichts." Ohne dass dieser Trottel von Tourist etwas merkte, blickte sie verstohlen nach oben.

Der Engel spazierte so lässig über das Dach wie ein Mensch beim Einkaufen über die *Mercerie*, die Shoppingmeile Venedigs.

Keiner der beiden Menschen, weder der Tourist noch der Gondoliere, schenkten dem Engel Aufmerksamkeit.

Das Boot war nahe ans Ufer gekommen, und plötzlich, wie aus dem Nichts, stand Brandon neben ihnen und riss den Mann von Luciana fort. Er packte ihn am Hemd und sah ihm tief in die Augen. „Steigen Sie sofort aus der Gondel. Vergessen Sie, dass Sie diese Frau getroffen haben. Ihr kleines Abenteuer ist vorbei. Sie werden sich an nichts erinnern. Sollten Sie jemals versuchen wollen, sich an den heutigen Abend zu erinnern, wird Ihnen nur einfallen, wie sie sich in den Gassen von Venedig verlaufen haben."

Der Mann erstarrte, als der Engel leise auf ihn einredete.

„Und jetzt gehen Sie!" Brandon stieß ihn beinahe aus der Gondel.

Das Boot begann im ruhigen Wasser gefährlich zu schwanken.

Luciana befürchtete einen Moment lang, sie alle würden im schmutzigen Wasser des Kanals landen. Der Tourist kletterte hastig aus dem Boot auf die *fondamenta* und rannte davon, ohne sich noch einmal umzusehen.

Dem erfahrenen Gondoliere gelang es, sein Boot wieder zu stabilisieren. Er warf den beiden Passagieren einen fragenden Blick zu und hatte bereits den Mund geöffnet, um sich zu beschweren. Doch Brandon war schneller.

„Es ist nichts passiert." Der Engel sah dem Sterblichen tief in die Augen. „Bitte rudern Sie weiter und kümmern Sie sich nicht um uns."

Nach einem Zögern wurden die Augen des Gondoliere leer,

als die Suggestion des Engels wirkte. Schließlich gehorchte er, und sie glitten weiter mit dem Boot über den Kanal.

„Sie schon wieder", zischte die Dämonin Brandon zu. Sie runzelte die Stirn und lehnte sich verärgert in die Samtkissen der Gondel zurück. Plötzlich war ihr kalt. Das Adrenalin, das während ihrer Jagd in ihren Adern getobt hatte, hatte sich wieder gesenkt. „Sie ruinieren mir sämtliche Vergnügen."

„Tue ich das? Dabei sind Sie es doch, die in meine Träume eindringt."

„Sie sind ja vollkommen verrückt. Ich bin kein Albträume verursachender nachtaktiver Dämon. Wieso sollte ich mich so kleinmachen und Männer nur in ihren Träumen verführen, wenn ich bestens dazu geeignet bin, dies auch in ihrem wachen Zustand zu schaffen?"

„Was hatten Sie dann in meinem Traum zu suchen? Wie konnten Sie ihn steuern?"

Luciana runzelte die Stirn. „Ich weiß nicht, wovon Sie reden."

„Sie wissen ganz genau, wovon ich rede!"

„Was Sie träumen, ist ihre Angelegenheit." Sie stieß einen erschöpften Seufzer aus. „Wenn Sie mich in einem Ihrer Träume gesehen haben, dann, weil Sie mich begehren. Ihr Unterbewusstsein geht offensichtlich mit Ihnen durch. Aber wir können gerne da weitermachen, wo Sie uns das letzte Mal unterbrochen haben …"

Sie ließ eine Hand über seinen Schenkel wandern. Und spürte die Anspannung in seinem Körper. Doch er machte keinerlei Anstalten, sie zu berühren.

„Es sind auch Ihre Träume. Ich sehe Details, die ich vorher nicht gesehen habe."

„Vielleicht bilden Sie sich einfach ein, wie es in meiner Welt aussehen könnte."

Jetzt packte er sie am Handgelenk. Sie wich nach hinten aus, entzog sich ihm. Dann lehnte sie sich über den Rand der Gondel und ließ die Finger ins kühle Wasser baumeln. Sie musste Zeit gewinnen.

„Meinen Sie, ich lasse mich noch einmal von Ihnen schnappen, Sie Barbar? Denken Sie doch mal nach! Ich würde Ihnen nur wieder entkommen, so wie beim ersten Mal." Sie senkte die Stimme zu einem Flüstern, damit der Gondoliere sie nicht hören konnte. „Außerdem habe ich seit unserer letzten Begegnung eine kleine Versicherungspolice abgeschlossen. Wenn ich nicht zu einer bestimmten Zeit nach Hause zurückkehre, haben meine Türhüter den Auftrag, eine große Menge eines bestimmten Gifts innerhalb der Dämonenhierarchie zu verteilen. Mit möglicherweise verheerenden Folgen."

Sie lächelte, blieb dabei aber ganz ruhig.

Das war der Trick beim Bluffen. Man musste seine eigene Lüge selbst glauben.

Zum Teil stimmte es ja sogar, überlegte Luciana. Falls sie nicht zurückkehren sollte, würde Massimo wahrscheinlich genau das tun. Er hat alle nötigen Kenntnisse, um die Kunst des Giftmischens selbst auszuüben. Auch wenn er noch nicht wirklich bereit dazu ist.

„Sie bluffen", sagte der Engel. „Wenn Sie eine solche Menge Gift besäßen, hätten Sie es schon längst benutzt."

„Ach ja? Riskieren Sie es! Gehen Sie das Risiko ein! Wenn Sie mir nicht glauben, probieren Sie es einfach aus! Legen Sie mir die Handschellen an! Bringen Sie mich fort!"

„Sie würden es nicht wagen, dieses Gift einzusetzen. Sie wissen, dass die Spielregeln zwischen Engeln und Dämonen nicht verletzt werden dürfen."

„Regeln sind dazu da, um gebrochen zu werden. Oder zumindest, um sie zu umgehen. Also, fordern Sie mich heraus!"

„Was schlagen Sie vor?"

„Denken Sie doch mal darüber nach, die Seiten zu wechseln." Luciana schob ihre Hand auf seinem Oberschenkel weiter nach oben. „Ich spüre, dass da etwas in Ihnen ist, das anders ist als bei den anderen. Etwas Dunkles."

Sie sah ihn an. Ihr entging nicht, wie er gegen seine Lust ankämpfte, las die Qual in seinen regengrauen Augen, bemerkte den angespannten Kiefer, obwohl er versuchte, nach außen weiter cool und abgeklärt zu wirken.

„Wie kann man Sie dazu bringen, zu kooperieren?"

„Wieso sollte ich kooperieren?"

„Weil Sie die Macht haben, das Richtige zu tun."

„Erzählen Sie mir nichts davon, was richtig ist. Sie haben keine Vorstellung, was ich ertragen musste, um dahin zu kommen, wo ich jetzt bin. Sie glauben, Venedig ist schön und eine heilige Stadt. Sie kennen das wahre Venedig nicht." Sie spuckte die Worte verächtlich aus. „Merken Sie das nicht? Diese Stadt versinkt in Elend und Tod. Keine zweihundert Meter von hier wurden Gefangene gefoltert. Es gibt ein ganzes Museum voll mit Waffen und Folterinstrumenten. Ich kann Sie gerne einmal in die Gefängniszellen unter dem Dogenpalast führen. Eine Reise in die Hölle, ohne Venedig zu verlassen."

„Nein danke", erwiderte er und zwang sie, den Blick abzuwenden.

„Wenn Sie genau hinsehen, entdecken Sie die Unterwelt mitten in der Stadt. Eingemeißelt in die Architektur. Wasserspeier und Kobolde, die in Ecken kauern, auf Vorsprüngen hocken, sich in den Schatten unter den Dachtraufen verbergen. Es gibt sogar einen satanischen Löwenkopf aus Stein, der einen Palazzo in der *Calle Diedo* ziert. Und auf der Fassade des *Ospedale Civile*, des städtischen Krankenhauses, prangt eine Wandmalerei aus dem sechzehnten Jahrhundert, die einen Mörder darstellt, der ein menschliches Herz in der Hand hält. Er selbst hat es seiner Mutter herausgerissen."

„Wer Hass sucht, wird ihn finden."

„Sie sollten niemals die Anwesenheit des Bösen unterschätzen. Das Böse existiert. Hier. Es ist real. Wenn Sie mir nicht glauben, kann ich es Ihnen zeigen. Die Venezianer glaubten einst, in der Lagune würde ein Drache leben, der nur durch die Ruder der Gondoliere beschwichtigt werden konnte. Glauben Sie, dieser Mythos gründet sich eher auf abergläubische Ängste, oder glauben Sie, dass etwas Wahres daran ist?“

Beim nächsten Ruderschlag des Gondoliere begann sich das Wasser um das Boot herum zu kräuseln. Das Gewässer wurde aufgewirbelt, und etwas kam an Oberfläche.

Es war der lange, echsenähnliche Rücken eines Wesens, das aussah wie eine riesige Schlange.

Brandon blinzelte. Er wollte seinen Augen nicht trauen.

Er griff nach der Pistole in seinem Holster, doch beides war nicht da.

Seit zehn Jahren war beides nicht da.

Was immer das ist, ein Traum ist es nicht, schoss es ihm durch den Kopf.

Da stieg der Drache auf, riesenhaft und wütend. Wasser rann von seinem Leib, als er sich aus dem Kanal und über die Gondel erhob. Sein massiger Körper, so groß wie der eines Nashorns und dennoch so geschmeidig wie der einer Anakonda, schwebte über ihnen. Das Wesen hatte die gleichen grün funkelnden Augen wie Luciana und starrte Brandon zornig an.

Obwohl sein Herz wie wild hämmerte und er nur einen Wunsch hatte: vor diesem Wesen aus der Unterwelt zu fliehen.

Brandon musste nicht überlegen, was er zu tun hatte. Nicht den Drachen, sondern die Dämonin sah er an und sagte dann vollkommen gefasst: „Schicken Sie ihn zurück! Aus welchen Tiefen der Hölle Sie das Vieh hervorgezaubert haben mögen – schicken Sie es dorthin zurück!“

„Wieso sollte ich?“

Der Engel wandte den Blick nicht von ihr ab. „Weil es nicht in diese Welt gehört.“

Drei Meter über ihnen öffnete das Monster sein Maul und stieß einen Feuerstrahl aus, der die Luft neben Brandons Kopf in Flammen setzte. Der Gondoliere krümmte sich vor Angst.

Aber Brandon wich nicht zurück. Er konnte nicht zurückweichen. Mit seinen grauen Augen schaute er immer noch ganz ruhig Luciana an. Eine ganze Weile lang.

„Sie können mich hier und jetzt zerstören, wenn Sie wollen. Allerdings wissen Sie, dass Sie damit einen Krieg entfachen werden, den Sie nicht mehr beenden könnten."

Es entging ihm nicht, dass sie frustriert den Mund verzog.

Noch einmal stieß der Drache Feuer aus, dann verschwand er wieder in den Tiefen des Kanals.

Der Gondoliere kauerte zitternd im hinteren Teil des Bootes.

„Bitte fahren Sie weiter." Brandon half dem Mann auf die Füße. „Das war nur eine Illusion. Ein Schreckgespinst der Nacht."

Einen Moment lang überlegte er und wollte die Erklärung nicht so recht akzeptieren.

„Wer würde Ihnen schon Glauben schenken, dass Sie einen echten Drachen gesehen haben? Es war nur ein Trick meiner Freundin hier. Sie ist Illusionistin", erklärte Brandon.

Nun begann auch Luciana, auf den Mann einzureden – auf Italienisch.

Unsicher lächelte der Gondoliere, doch dann stellte er sich wieder an seinen Platz und ruderte weiter.

„Sind Sie jetzt zufrieden?", fragte Luciana und lehnte sich in die Kissen. „Ich hätte der Kreatur befehlen sollen, Sie in die Vergessenheit zu befördern, wo Sie hingehören. Warum bestehen Sie nur darauf, mir jeden Spaß verderben zu müssen?"

„Weil das mein Job ist. Es ist meine Bestimmung, zu glauben, dass alles und jeder auf dieser Welt, wenn die Wahl besteht, sich für das Gute entscheiden würde. Sogar Sie. Sie können von mir aus jeden Trick aus dem Ärmel zaubern, den Sie auf Lager haben, doch nichts von alledem wird mir Angst einjagen."

„Ich vermag es vielleicht nicht, Ihnen Angst einzujagen. Aber trotzdem lauert etwas Dunkles in Ihnen. Das ist der Punkt, an dem Sie verwundbar sind. Davor sollten Sie sich fürchten."

Sein Herz begann zu rasen. Vor dieser Wahrheit hatte er tatsächlich mehr Angst als vor der mythischen Kreatur, die sich gerade aus den Gewässern dieser trügerischen Stadt emporgehoben hatte.

Luciana beugte sich zu ihm. „Ich kann mich um diese Dunkelheit kümmern. Ich kann Ihnen geben, was Sie haben wollen."

Du kannst mir nicht geben, was ich haben will. Das kann niemand, dachte Brandon wehmütig.

„Junge Liebende." Der Gondoliere hatte inzwischen seinen Schock überwunden und deutete das Flüstern seiner Passagiere als Intimität. „Venedig ist eine Stadt für Liebende. Sehen Sie, da vorne ist die Seufzerbrücke. Hier heißt es, wenn sich ein Liebespaar unter dieser Brücke küsst, wird ihre Liebe ewig halten."

Die Dämonin legte ihre Hand auf Brandons Schulter. Ihre Berührung war so zart wie die Berührung eines Schmetterlingsflügels. Diese Zartheit überraschte Brandon.

Wie kann eine Frau, die gerade erst einen wütenden Drachen aus der Lagune von Venedig heraufbeschworen hat, so sanft sein?

Mit der anderen Hand deutete sie nun auf die Brücke, die sich über ihnen spannte, sodass Brandon einen Moment von Luciana abgelenkt war. Als er sich ihr wieder zuwandte, erhellte ein Streifen Mondlicht ihr Gesicht, bevor sie kurz darauf im Schatten unter der Brücke verschwanden. Ohne nachzudenken, rückte er näher an sie heran. Behutsam drehte er ihren Kopf zu sich.

Du bist hier auf einer Mission, dröhnte sein Verstand. *Du musst alle deine sieben Sinne beisammenhalten.*

Küss sie, forderte sein Bauchgefühl.

Und das tat er.

Es war nicht mehr als eine leichte Berührung ihrer Lippen, ein flüchtiger Kontakt, so sanft wie ihre schmetterlingshafte Berührung. Und dennoch durchfuhr ihn ein Schock, sowie Haut auf Haut traf. Ein Schock, der ihn bis ins Innerste erschütterte. Es fühlte sich an, als wäre er in eine andere Welt hinübergedriftet, die so ätherisch und vergänglich war wie ein Traum.

Brandon spürte, wie ihre Lippen sich öffneten, spürte, wie sie Luft holten. Spürte ihren Mund bebend auf seinem, um dort vollkommen reglos zu verharren. Nach einer Weile, die ihm endlos erschien, entfuhr ihr ein sachtes, kaum merkliches Seufzen.

Bin ich wach oder träume ich? Er konnte keinen klaren Gedanken fassen.

Der Schmetterlingseffekt fiel ihm ein: Geringfügige Änderungen können langfristig zu einer völlig anderen Entwicklung führen, das war die Kernaussage dieser Theorie. Die schiere Anwesenheit eines kleinen Insekts konnte ganze Wetterlagen verändern. Konnte zur Entstehung oder zur Nicht-Entstehung eines Hurrikans führen.

Wie verhält sich das wohl mit Glühwürmchen?

In ihm selbst brandete jedenfalls, ausgelöst durch diesen sachten Kuss, ein Hurrikan der Begierde auf. Ihre zarte Berührung hatte einen Funken in ihm entfacht, der nun loderte und zischte und sich in einem Flächenbrand Bahn brechen wollte. Er versuchte, seine Lust, diese unangemessene Leidenschaft, mit all seiner Disziplin zu bekämpfen.

Doch tief in ihm drin sagte eine leise Stimme zu ihm: Vielleicht könnte dieser Kuss alles verändern …

Nein, sein Verstand übernahm sofort wieder die Kontrolle, und er schüttelte diese Vorstellung ab. Der Gedanke war so lächerlich, dass er fast lachen musste.

Und dann wurde er ins Hier und Jetzt zurückgeholt durch Lucianas Hand, die von seiner Schulter herabfiel, als wäre die Dämonin in einen plötzlichen Schockzustand verfallen.

„Wieso haben Sie das getan?“

Ihr Gesicht war kreidebleich, noch viel bleicher als sonst.

Verwirrt, geradezu verschüchtert, blinzelte sie ihn an.

Sie sah nicht nur aus, als hätte sie einen Geist gesehen, sondern als wäre sie selbst ein Geist. Eine Erscheinung, die darum rang, ihre irdische Form zu bewahren, und trotzdem im Begriff war, sie zu verlassen. Aber Luciana konnte sich nicht entmaterialisieren, das wusste Brandon. Sie war – so wie auch er – an einen menschlichen Körper gebunden.

Anstatt ihr zu antworten, küsste er sie noch einmal. Sein Verstand verlor die Oberhand. Jetzt ließ er sich von seinen Gefühlen leiten.

8. KAPITEL

Luciana bekam Panik.

„Anhalten!“, befahl sie den Gondelfahrer scharf. „Ich will sofort aussteigen!“

Sie griff in ihre Handtasche und warf ihm eine Handvoll Euro hin, kaum dass er angelegt hatte.

Dann rannte sie durch die Straßen davon. Sie musste so schnell wie möglich weg von Brandon. Wollte diesen Kuss von ihren Lippen löschen, die Erinnerung daran, die Tatsache, dass er sich überhaupt ereignet hatte. Sie musste das Gefühl auslöschen, von ihm in den schlimmsten Zustand versetzt worden zu sein, der einer Frau wie ihr wiederfahren konnte.

Liebe.

Brandon folgte ihr, gemäßigten Schritts und ohne Eile. Er konnte leicht mit ihr mithalten, während sie durch die Gassen huschte.

Luciana passierte das steinerne Relief eines Drachentöters mit Lanze.

In diesem Moment bekam er ihren Arm zu fassen und hielt sie fest.

„Der heilige Georg.“ Ihre Stimme klang verächtlich. „Er ist überall in Venedig. Aber wo ist er jetzt? Wird er dir helfen, den Drachen zu töten und die Jungfrau zu retten? Weißt du überhaupt, wer von beiden wer ist?“

Weiß ich, wer von beiden ich bin? Drache oder Jungfrau? Oder bin ich beides? Luciana wusste nicht mehr, was sie denken sollte.

„Wenn ich dir in die Augen schaue, weiß ich, was du von mir hältst“, sagte sie mit fester Stimme. „Dass da etwas Zerbrechliches und Unschuldiges in mir ist, das gerettet werden muss. Doch du irrst dich. Und zwar vollkommen.“

Er gab keine Antwort.

„Vielleicht bist du es, der gerettet werden muss“, fuhr sie fort.

„Denn in dir ist etwas Dunkles. Das spüre ich. Etwas, das danach schreit, befreit zu werden."

Es war sehr still in dieser Straße. Die Ruhe des schlafenden Venedigs umgab sie.

Brandon drängte sie in einen dunklen Türeingang, unterhalb eines steinernen Bogens, der zu einem Privathaus, einem Geschäft oder Restaurant gehören mochte – es war ihm egal. Aber sie war ihm nicht egal. Er presste sich an sie, hielt ihren Körper gefangen.

Ein Beben erfüllte ihr Innerstes, sowie seine Lippen ihre berührten.

Dann nicht mehr so sanft.

Fordernd, drängend begann er, ihren Mund zu erobern. Er brannte vor Begierde.

Sie war zwischen ihm und der Tür eingeklemmt. Es gab kein Entrinnen.

Sie konnte sich nirgends hinflüchten.

Jetzt hob er sie hoch – war er es mit seinen starken Armen, oder war es seine wilde Leidenschaft? Sie öffnete die Schenkel für ihn, schlang ihre Beine um seine Hüfte. Seine Finger gruben sich in ihre Schenkel, während er seinen steifen Schwanz gegen sie drückte. Das Einzige, was ihre intimste Stelle nun von ihm trennte, waren seine Jeans und ihr dünner Seidenslip.

Dunkelheit. Ihr Territorium.

Und doch betrat sie auf diesen ihr so vertrauten Straßen von Venedig plötzlich Neuland – in den Armen dieses Mannes. Dieses Engels.

Mit den Fingern begann sie, seine harte Männlichkeit zu massieren, die in der Hose eingezwängt war.

Sie wollte ihn in sich spüren.

Er stöhnte und pulsierte in ihrer Hand so stark, als würde er jede Minute explodieren.

Macht. Sie hatte sie wiedererlangt. Das Epizentrum der Kontrolle lag in ihrer Hand, in ihren Fingern, die sie um seine herrliche Erektion geschlossen hatte.

Sein Kuss, der nun folgte, hätte inniger nicht sein können. Ein Stöhnen entfuhr ihr, während Brandon ihr über den Hals strich.

Wie einfach wäre es jetzt, seinen Reisverschluss zu öffnen und seine harte Männlichkeit zu befreien. Ihn zwischen ihre Beine zu führen und ihn in sich aufzunehmen. Um die starke Verbindung zwischen ihnen auf die intimste Weise, die es gab, zu manifestieren.

Sie öffnete die Augen.

Wahnsinn. Absolut und unbestritten.

Ja.

Sie standen in der dunklen Türöffnung, aneinandergepresst, und empfanden ihre neue und unbekannte Verbindung als so stark, als hätten sie eine andere Welt betreten.

Ihre geheimnisvolle, dunkle Anziehungskraft löste bei Brandon Bilder aus, die er sich nie zuvor vorgestellt hatte. Sinnliche Bilder von ihnen beiden tauchten vor seinem geistigen Auge auf. Ihre schweißgebadeten Körper in der Hitze des Gefechts, vereint im intimsten und heiligsten Akt, ihre Körper gemeinsam dem Zustand der Ekstase entgegenfiebernd.

Sie küssten sich wieder, doch er widerstand dem Drang, weiterzugehen. Brandon sehnte sich schmerzlich danach, in sie einzudringen, jetzt gleich, hier vor diesem Türeingang. Heute Nacht würde es kein Feuerwerk geben, dafür eine Explosion der Lust.

Heiß und pur loderte das Begehren in ihm, infizierte seinen Blutkreislauf schneller als jedes Gift. War stärker als jede Droge. Gefährlicher als der Tod.

Und dann hörte Brandon auf.

Denn in den Schatten sah er plötzlich eine Gestalt, die hoch über ihnen war. Ihre Silhouette wurde vom Mondlicht erhellt. Es war eine der Statuen auf dem Dach des Markusdoms. Der Erzengel Michael.

Brandon konnte ihn jetzt deutlich erkennen. Und Luciana auch.

Der Erzengel schwebte vom dunklen Himmel herab, mit ausgestreckten Flügeln, beeindruckender als jede Statue, glanzvoller als jedes Gemälde, mit dem man ihn je versucht hatte darzustellen. Eine Myriade Farben ließen seine Flügel glänzen, und ein verwirrendes Lichterspiel umgab ihn, während er sich ihnen näherte.

Brandon ließ Luciana los, die augenblicklich davonrannte. Ihre dunklen Haare wirbelten um sie herum, als sie sich noch einmal zu ihm umdrehte, und ihre grünen Augen glänzten in der Dunkelheit. Dann verhallte der Klang ihrer Schritte, das schnelle Klackern ihrer Absätze auf dem unebenen Pflaster, sowie sie um eine Ecke bog und verschwand.

Brandon drehte sich um und beobachtete, dass der Erzengel Michael in der leeren Straße landete.

Dieses Wesen war das einzige, außer Gott selbst, das ihm übergeordnet war.

Das Wesen, dem Brandon am meisten Widerstand leistete.

In der Nacht, als Brandon gestorben war, hatte Michael sein Gebet erhört. Brandon hatte in der schmutzigen Gasse gelegen und war auf dem Bürgersteig verblutet, und dann war Michael gekommen, um ihn zu holen. Nicht in seiner üblichen Montur, mit Rüstung, Schwert und Schild, wie er auf den Statuen in dieser Stadt oder auf alten Gemälden immer abgebildet wurde. Nein, er tauchte in Lederjacke und Jeans auf.

Und es gab einen Grund dafür, warum sie normalerweise per SMS kommunizierten und nicht von Angesicht zu Angesicht.

Du hast mich ins Jenseits geführt und meine Seele in den Orden der Engel aufgenommen. Und das habe ich dir nie verziehen.

„Lange nicht gesehen“, begrüßte Brandon ihn. „Was ist denn der Anlass?“

Michael blickte in die Richtung, in die Luciana geflohen war. „Du brauchst Hilfe."

„Ich hatte sie in meiner Gewalt. Ich war kurz davor, sie zu ergreifen."

„Nein, Brandon." Michael korrigierte ihn fast beiläufig und faltete unterdessen seine Flügel zusammen, sodass er ein beinahe menschliches Aussehen annahm. Ein leuchtender himmlischer Mensch. „Sie hatte dich beinahe."

„Jetzt werde bitte nicht albern."

„Ich bin nicht nur als Erzengel hier. Nicht nur als dein Boss. Sondern als jemand, der sich um dich sorgt und dem dein Wohlergehen am Herzen liegt."

„Das wusste ich bisher gar nicht."

Wenn du so um mich besorgt bist, wieso hast du mich dann sterben lassen?

Wenn du so um mich besorgt bist, wieso lässt du mich jede Nacht leiden?

Diese Fragen standen zwischen ihnen – wie immer, wenn Brandon und Michael einander begegneten.

„Doch, ich sorge mich. Ich sorge mich um dich und um diese Mission. Du musst Hilfe annehmen. Du hast den Punkt überschritten, an dem du diesen Auftrag allein erledigen kannst."

„Sie ist nur ein Dämon."

Aber da waren sie wieder, die Zweifel, angefacht durch das, was Luciana heute Nacht gesagt hatte.

„Vielleicht bin ich nicht gut genug." Es war ihm zuwider, diese Worte vor Michael auszusprechen. Doch es gab niemanden sonst, den er um Führung und Hilfe bitten konnte. „Ein Teil von mir begehrt sie. Begehrt die Dinge, die ich aufgegeben habe, seit ich ein Engel wurde. Aber selbst ein göttlicher Auftrag kann nicht die Dinge ersetzen, die ich zurückgelassen habe."

„Ich verstehe, dass du über deinen menschlichen Tod nicht hinwegkommen kannst. Aber siehst du denn immer noch nicht, dass der Tod nicht das Ende ist? Ich habe immer und immer wieder versucht, dir das zu zeigen. Jeder deiner Aufträge führte dich an ein Ziel – dem Ziel, dir mehr Weisheit zu verleihen. Um die Welt zu verstehen. Nicht alles ist so, wie es auf den ersten Blick scheint. Nichts ist statisch."

„Was zum Teufel soll das bedeuten?"

„Es bedeutet, dass du nicht alle Informationen hast. Du bist noch nicht so weit, dass du alles über die Umstände deines menschlichen Todes erfahren kannst. Seit deiner Berufung hat man dir das unzählige Male gesagt. Also beschäftige dich nicht länger damit!"

„Was soll das alles? Wieso muss ich in diesem Körper gefangen sein?"

„In einer menschlichen Hülle zurück zur Erde geschickt zu werden gestattet dir, die Menschen verstehen zu lernen. Ich zum Beispiel, der ich so weit entfernt bin von der Erde und von einem menschlichen Körper, kann den Menschen nicht auf dieselbe Weise helfen, wie du es kannst."

„Das ist doch eine Scheißbegründung. Im Grunde haben deine Antworten mich nur eins gelehrt: dir nicht zu trauen. Und auch, dass du mir nicht traust."

„Du weißt, dass das nicht stimmt. Wir vertrauen dir bedingungslos. Und im Moment geht es auch gar nicht darum. Ich bin gekommen, um dich zu warnen. Luciana Rossetti steht kurz davor, ein Loch in dein Bewusstsein zu reißen. Du scheinst nicht zu begreifen, wie viel Macht sie ausüben kann, wenn man ihr die Gelegenheit dazu gibt."

„Warum hast du dann ausgerechnet mich auf diesen Fall angesetzt?"

„Weil es eine Möglichkeit für euch beide ist, zu wachsen, für dich und Luciana."

„Dann lass mich die Sache auf meine Art erledigen. Du musst mir erst einmal beweisen, dass das nicht funktioniert."

„Es bist nicht du, der bestimmt, wo es langgeht, Brandon.

Pass auf, dass dir dein Ego nicht in deine Mission hineinfunkt", rügte Michael ihn. „Ich werde dir keine genauen Anweisungen geben. Aber Luciana ist ein sehr manipulatives Wesen, und du läufst ernsthaft Gefahr, ihr nichts entgegensetzen zu können. Ich gebe dir noch zwei Tage, um die Sache auf deine Art zu erledigen. Aber dann werden die Erzengel eingreifen und übernehmen."

Brandon gab keine Antwort, sondern drehte sich einfach um und ging davon. Er ließ den Erzengel stehen.

Luciana kam zu Hause an und knallte die Tür hinter sich zu. Atemlos lehnte sie sich dagegen, dankbar, einmal mehr entkommen zu sein.

Einem Erzengel. Unmöglich.

Man konnte in dieser Stadt kaum einen Meter gehen, ohne ein Heiligenbild zu passieren, aber einen leibhaftigen Erzengel bekam man nur selten zu Gesicht. Sie jedenfalls.

Offen gestanden hatte sie nie zuvor einen leibhaftigen Erzengel gesehen.

Die Türhüter hatten sich im vorderen Zimmer versammelt und schienen eine erhitzte Diskussion zu führen. Als Luciana hereinkam, verstummte die Unterhaltung. Alle sahen sie an.

„Violetta ist noch nicht wieder zurückgekehrt", eröffnete Massimo ihr, während er rastlos durchs Zimmer lief. „Es war ein Fehler, das Mädchen loszuschicken. Sie ist keine von uns. Wir hätten sie niemals hier festhalten dürfen. Wir hätten einen Weg finden müssen, ihr sofort zu helfen."

„Hör auf, dich um sie zu sorgen", zischte Luciana. „Sie ist ein Geist, kein verloren gegangener Welpe. Es gibt wichtigere Dinge, um die wir uns kümmern müssen."

„Wo waren Sie heute Nacht?"

„Ich bin den Engeln begegnet."

„Den Engeln? Plural?" Massimo riss die Augen auf.

Sie dachte an ihre Flucht vor Brandon, den Kuss und die Begegnung mit dem Erzengel.

Die Türhüter würden nie wagen, ihr diese Frage zu stellen, und doch beschäftigte sie alle nur eins.

Wieso haben Sie ihn heute Nacht nicht getötet?

„Sie müssen einen Weg finden, ihn rasch zu vernichten", sagte Massimo leise. „Ohne zu zögern."

„Ja, das weiß ich." Luciana schloss die Augen, um das Gefühl ihres eigenen Versagens zu verdrängen.

„Sie selbst haben mir viele Male erzählt, dass Dämonen nicht lieben können."

„Liebe hat mit alldem nichts zu tun. Wage ja nicht, zu denken, es wäre so."

„Natürlich, *baronessa*."

Dann verabschiedete er sich mit einer leichten Verbeugung, und sie hörte, wie er nach unten in seine eigenen Gemächer ging. Seine Tür schlug mit einem leisen Geräusch zu. Die anderen Türhüter, die ohne seine Führung verunsichert waren, zogen sich ebenfalls in ihre Räumlichkeiten zurück, leise miteinander murmelnd, während sie das Zimmer verließen.

Sofort bereute es Luciana, dass sie Massimo so angefahren hatte.

Im unteren Stockwerk ertönte mit einem Mal eine Arie, deren Klang durch die Gemäuer nach oben drang. Geisterhaft, aber schöner als jede menschliche Stimme, die Luciana je gehört hatte. Violetta ist also doch wiedergekommen. Ein merkwürdiges Gefühl der Erleichterung erfüllte die Dämonin, obwohl ihr selbst nicht klar war, woher es rührte.

Massimo hat recht, dachte sie gequält. *Meine Entschlossenheit ist dahin.*

Seit über zweihundertfünfzig Jahren bewegte sie sich mit einzigartiger Finesse durch diese Stadt. Sie glitt durch die Straßen wie ein Schatten und besorgte sich, was sie brauchte, kostete jede ihrer Taten im Schutz der Dunkelheit aus. Sie hatte sich aus der Hölle befreit und ihren Haushalt neu gegründet.

Diesen Haushalt hatte sie mit der Würde geführt, die ihrem noblen Namen angemessen war.

Niemals zaudernd, niemals zögernd, niemals bedauernd.

Allerdings hatte sich mit dem Auftauchen dieses verdammten Eindringlings von Engel alles geändert.

Luciana verabscheute Veränderung. Sie musste etwas gegen diesen Engel unternehmen.

Und zwar schnell, denn ihr lief die Zeit davon.

„Irgendwann musst du auch mal schlafen", murmelte sie und spähte aus dem Fenster hinaus in die Dunkelheit, wohl wissend, dass er da draußen war. „Und wenn du schläfst, werde ich da sein."

Auf der anderen Seite des Kanals war Brandon mittlerweile in das baufällige Gebäude zurückgekehrt. Es war sinnlos, sich weiterhin vor Luciana verbergen zu wollen – sie wusste ohnehin genau, wo er war. Nur musste er sich jetzt überlegen, an welcher anderen Front er die Dämonin angreifen konnte.

Wo er ihre Verteidigungslinien durchbrechen konnte, ohne dass sie seine durchbrach.

Als er auf seinen Beobachtungsposten zurückkehrte, kam ihm plötzlich eine Idee.

Er brauchte eine gute Gelegenheit. Einen Türöffner.

Einen ihrer Türhüter.

Nach allem, was er bisher gesehen hatte, gab es sechs Türhüter, alles stattliche junge Männer. Da sie sich alle recht ähnlich sahen und die gleiche Kleidung – Jeans und T-Shirt – trugen, konnte er allerdings nicht mit Sicherheit sagen, wie viele von ihnen sich im Moment in Lucianas Nähe aufhielten. Durch die großen Fenster ihres Palazzo sah Brandon, wie Luciana und ihr Personal auf und ab liefen, offensichtlich in eine unerfreuliche Diskussion verwickelt. Schließlich zerstreuten sich alle und verschwanden in verschiedenen Zimmern.

Wahrscheinlich hat sie ihnen von ihrer kleinen Begegnung

mit mir berichtet, überlegte er.

Alle hatten ziemlich zerknirscht ausgesehen während dieser Unterhaltung.

Genau das war seine Chance.

Ihr ausgeklügeltes Sicherheitssystem stand womöglich kurz vor dem Kollaps.

Eilig verließ er sein Versteck. Nicht weit entfernt fand er an einer Anlegestelle ein rumpeliges altes Holzboot, das er sich kurz für seine Zwecke ausleihen würde. Leise ruderte er über den Kanal und befestigte das Boot am Anlegesteg von Lucianas Nachbarn.

Der kleine Vorgarten, der zu ihrem Palazzo gehörte, war wunderbar gepflegt. Die unzähligen Rosen verbreiteten nach der Sommerglut des Tages einen überwältigenden Duft.

In einer Ecke des Vorgartens stand ein kleiner Schuppen. Das hübsch verzierte Schloss hatte er rasch aufgeknackt. Er betrachtete die Gartengeräte und schnappte sich eine Heckenschere, die er sich in den Gürtel steckte.

Dann umrundete er in der Dunkelheit leise das Gebäude. Auf halber Höhe entdeckte er auf der Seitenwand einen Kasten in Dachnähe; das musste der Stromkasten sein.

Er erklomm die verzierte Fassade und hielt sich an einem Balkon fest, der sich gleich unterhalb des Kastens befand. Mit der Heckenschere öffnete er den Kasten und sah die bunten Elektrokabel, in einem dicken Knäuel verknotet.

Kurz entschlossen durchtrennte er die Kabel und kletterte wieder nach unten.

Und prompt gingen im ganzen Haus die Lichter aus. Die Lichtspiegelungen auf der Oberfläche des Kanals waren verschwunden. Jetzt beleuchtete nur noch das Mondlicht das dunkle Wasser.

Brandon wartete. Stille.

Dann hörte er die ersten Rufe und Stimmen im Haus.

Zuerst die leicht erkennbare, honigweiche Stimme der Dämonin. „Massimo! Giancarlo!"

Dann die tiefen Stimmen der Türhüter, die hektisch auf Italienisch miteinander sprachen.

Die Seitentür ging auf.

Zwei Türhüter traten heraus, um nachzusehen, was los war. Einer von ihnen hatte einen Werkzeugkasten dabei.

Auch wenn die beiden nicht die Schnellsten waren – Brandon wusste, dass sie sofort seine Anwesenheit spüren würden. Sie lauschten in die Dunkelheit und starrten prüfend in die Nacht hinein.

Schließlich waren es aber die Kobolde unter dem Haus, die ihn verrieten. Die fiesen kleinen Kreaturen mit den hohen Stimmen begannen wie kämpfende Katzen schrill zu kreischen, als sie ihn entdeckten. Die beiden Türhüter wandten sich in Richtung des Gekreisches. Der mit dem Werkzeugkasten in der Hand riss einen großen Schraubenschlüssel heraus und schleuderte ihn wie einen Amboss auf Brandons Kopf zu. Der andere ging zum Angriff über, mit gesenktem Kopf wie ein Bulle.

Brandon gelang es, den Schraubenschlüssel aufzufangen, und drehte sich wie ein Stierkämpfer, um dem angreifenden Dämon auszuweichen. Dann schlug er seinem Angreifer mit der Drehung das schwere Werkzeug in den Nacken. Der Dämon ging sofort zu Boden.

Im nächsten Augenblick schmiss Brandon den Schraubenschlüssel nach dem anderen Türhüter und rannte auf ihn zu. Er schlug ihm die Beine weg und nahm ihn in den Schwitzkasten. Der Mann stöhnte, dann wurde er ohnmächtig.

Anschließend schleppte der Engel die beiden bewusstlosen Männer zu seinem Boot, wo er sie mit Handschellen fesselte. Mit seiner Fracht ruderte er zurück auf die andere Seite, zu seinem momentanen Domizil.

Er schleppte die Türhüter in den Palast und legte sie in einen kleinen fensterlosen Raum im hinteren Teil des Gebäudes. Erst dann sah er nach, was sich auf der anderen Seite des Kanals tat.

Die Dämonin stand mit einer Kerze am Fenster und starrte hinaus in die Nacht.

Komm doch raus, spielen! hätte er am liebsten gerufen.

Luciana arbeitete nun bei Kerzenlicht weiter an der neuen Rezeptur.

Massimo klopfte an die Tür. Er klang außerordentlich gestresst, als er jetzt rief: „*Baronessa*, wir haben einen Notfall!"

Luciana öffnete die Tür und zog die Handschuhe aus, um sich die müden Augen zu reiben.

„Das sehe ich", sagte sie und blinzelte in die Dunkelheit. „Schaffen es die Türhüter nicht, den Strom wieder anzuschalten?"

„Nein, *baronessa*. Wie Sie sehen, haben wir immer noch kein Licht. Aber was noch wichtiger ist …", Massimo machte ein äußerst unglückliches Gesicht, „… zwei der Türhüter sind verschwunden."

„Wer?"

„Giancarlo und Antonio. Sie waren nach draußen gegangen, um den Stromausfall zu beheben."

Keiner von ihnen sagte ein Wort. Giancarlo und Antonio waren beides starke junge Männer und durchaus in der Lage, sich gegen einen Angreifer zu verteidigen.

„Auch wenn wir nicht wissen, was mit ihnen passiert ist, ist es sinnlos, gleich das Schlimmste zu befürchten. Falls nicht die Kompanie der Engel dahintersteckt, vögeln die beiden vermutlich gerade eine Frau in die Besinnungslosigkeit. Das scheint ja ohnehin ihr Hauptbetätigungsfeld zu sein."

Massimo brachte ein schwaches Lächeln zustande. „Wohl wahr."

„Wir können uns jetzt nicht um sie kümmern. Wir müssen uns auf wichtigere Dinge konzentrieren. Uns rennt die Zeit davon. Wir haben nur noch ein paar Tage Zeit, um Satan unser Opfer zu bringen. Und wenn uns das nicht gelingt …"

Sie presste die Lippen zusammen und schluckte. Es war sinnlos, über die Konsequenzen nachzudenken. Sie wussten beide, was dann geschehen würde.

„Hab keine Angst, Massimo. Sieh zu, ob du den Kurzschluss beseitigen kannst. Ich muss hier weitermachen."

Schon beugte sie sich wieder über ihren Arbeitstisch, um sich im flackernden Licht einer Kerze an die Arbeit zu machen. Sie war wütend.

Brandon wandte jede ihm bekannte Verhörmethode an – bis auf Folter.

Doch auch nach mehreren Stunden der Befragung war er genauso klug wie zuvor. Er hatte die Türhüter in verschiedenen Räumen getrennt voneinander befragt und nichts von ihnen erfahren. Jetzt beugte er sich drohend über einen von ihnen, der ihm in puncto Körpergröße ebenbürtig war. Er hatte ihn sorgfältig an ein verrostetes Bettgestell gefesselt. Der Mann sah ihn wütend an. In seinen entschlossen funkelnden Augen stand die Loyalität zu seiner Herrin geschrieben.

„Warum sind Sie ihr so ergeben?" Brandon ging in die Hocke, um auf Augenhöhe mit dem Dämon zu sein. „Sie würde für Sie nicht dasselbe tun."

„Sie haben keine Ahnung, wie die *baronessa* in Wirklichkeit ist", knurrte ihm der Türhüter entgegen. Es waren die ersten Worte, die er überhaupt sprach. „Sie schätzen sie vollkommen falsch ein."

„Dann stellen Sie es richtig."

„Ihre Art versucht immer, über die Wahrheit zu richten."

„Geben Sie mir eine Chance." Brandon verschränkte die Arme vor der Brust.

Schweigen.

Der Engel ging durch das Zimmer und betrachtete dabei den Mann. Er wusste, dass es keinen Zweck hatte, ihn zu schlagen. Gewalt konnte ihm nichts anhaben – nicht in dieser Situation. Eigentlich war er ohnehin schon zu weit gegangen. Er beschloss, es auf andere Weise zu probieren. Und zwar, indem er die schlimmsten Dinge über Luciana Rossetti sagte.

„Sie ist eine Hure. Sie ist schwach. Sie ist geistig nicht voll auf der Höhe. Sie würde ihre eigene Großmutter an den Teufel verhökern – und hat es wahrscheinlich auch getan. Sie würde jeden Einzelnen ihrer Türhüter an ihn verkaufen, falls nötig." So machte er weiter, ging im Zimmer umher und brachte jede Beleidigung an, die ihm einfiel.

„Es reicht!" Der Türhüter wollte sich auf ihn stürzen, wurde aber von seinen Fesseln zurückgehalten. „Die *baronessa* ist vollkommen anders!"

„So kommen wir doch nicht weiter. Warum sprechen Sie nicht einfach mit mir? Es kann doch nicht so schlimm sein, wenn Sie mir verraten, warum Sie ihr gegenüber so loyal sind."

Der Türhüter ballte die Hände zu Fäusten und stieß einen frustrierten Schrei aus. Dann überlegte er einen kurzen Moment. „Wir sind alle Waisen, wir Türhüter. Verlorene Seelen, die auf der Straße hausten. Wir waren nicht besser dran als das Ungeziefer, das man durch die Gassen rennen sieht, nicht besser als die Kobolde, die unter den Häusern leben. Die *baronessa* hat uns ein Dach über dem Kopf gegeben, und sie gibt uns zu essen. Dank ihr haben wir einen Lebenszweck."

„Menschen zu töten."

„Das ist ein kleiner Preis, den wir für unsere Freiheit zahlen. Zumindest haben ihre Opfer eine Chance auf Erlösung. Was mit ihnen geschieht, bindet sie nicht für immer – sie können nicht in ewiger Verdammnis festgehalten werden. Nicht, wenn sie nicht von Grund auf böse sind."

„Erzählen Sie sich das gerade selbst, um Ihr Gewissen zu erleichtern?"

„Glauben Sie etwa, dass Satan die Seelen der wahrhaft Unschuldigen für immer behalten kann? Wenn Sie das glauben, sind Sie kaputter als ich, Mann", knurrte der Dämon.

„Sieh an, Sie haben also ein Gewissen. Wie schön! Ich kann Ihnen helfen. Sagen Sie mir nur, wie viel Gift Luciana besitzt. Und Sie wissen, von welchem Gift ich spreche."

„Ich habe keinen Schimmer", erwiderte der Türhüter.

„Spielen Sie nicht den Dummen. Sie ist im Besitz eines Giftes, das Unsterbliche töten kann. Damit hat sie bereits in Las Vegas einen niederen Dämon getötet, einen Hotelpagen. Also – wie viel hat sie davon?"

Der Türhüter starrte ihn hasserfüllt an. „Das werden Sie niemals von mir erfahren. Ich werde Ihnen nur eins sagen: Die *baronessa* hat die Macht, sich an Ihnen und Ihrer ganzen Art zu rächen. Und wenn sie das tut, werden Sie bereuen, dass Sie jemals hierhergekommen sind!"

Brandon durchschritt das Zimmer.

„Ich habe Ihre Sorte in dieser Stadt schon einmal erlebt", erwiderte der Türhüter verächtlich. „Im sechzehnten Jahrhundert nannte man das die Inquisition. Ihr glaubt, ihr könntet Folter rechtfertigen, nur weil ihr angeblich auf der ‚richtigen' Seite steht. Dabei steht gar nicht fest, ob ihr das Recht dazu habt! Schauen Sie sich doch an! Was unterscheidet Sie von mir?"

„Die Tatsache, dass ich Sie nicht in einen blutigen Haufen verwandelt habe, so wie Sie es an meiner Stelle getan hätten", stellte Brandon fest.

„Dann beten Sie, dass es nie dazu kommen wird."

Brandon knebelte den Dämon und verließ dann rasch den Raum, schweigend. Er war kurz davor, dem Mann körperlichen Schaden zuzufügen.

Aber vielleicht hatte der Türhüter ja recht.

Vielleicht war es nur ein schmaler Grat, die den Engel vom Dämon trennte, und zwischen dem, was eine Person im Namen der richtigen Sache zu tun bereit war.

Vielleicht.

Draußen im Flur lehnte sich Brandon für einen Moment an

die Wand. Er schüttelte den Kopf, um die Erschöpfung zu vertreiben. Doch er glitt an der Wand nach unten, und die Augen fielen ihm zu.

Nur kurz mal die Lider entspannen. Nur einen Moment.

Als er sie öffnete, griff er in seine Tasche, und da war seine Uhr.

Er stand neben einem Swimmingpool. Der Mond spiegelte sich im Wasser, und das Wasser war von einem so verlockenden Blau, dass Brandon am liebsten hineingesprungen wäre. Dieser Pool war fast noch verlockender als die Dämonin.

Fast.

Und dann entdeckte er sie und musste sich eingestehen, wie lächerlich dieser Gedanke gewesen war. Sie hatte ihr langes, dunkles Haar zu einem Pferdeschwanz zusammengebunden. Ihr perfekt geformter Körper im silbernen Bikini kam Brandon vor wie ein sichtbarer Beweis des Göttlichen. Das minimalistische Kleidungsstück war wie gemacht dafür, das Mondlicht aufzufangen. Es zog das Licht regelrecht an. Und was das Licht anzog, zog auch den Blick auf sich.

„*Buona sera!* Es war so furchtbar heiß in der Stadt in den letzten Tagen, nicht wahr? Warum machen Sie nicht ein kleines Päuschen mit mir?“ Lucianas grüne Augen funkelten berechnend verführerisch. Ihr Gesicht war so grausam schön, jede Bewegung von ihr schlicht und fesselnd zugleich.

Alles, was Luciana tat, war exakt einstudiert. Jede Geste perfekt choreografiert. Jeder Blick perfekt zeitlich abgestimmt. Was so natürlich aussah, sagte er sich, hatte sie in Wirklichkeit jahrhundertelang an Hunderten von Männern ausprobiert. *Oder gar Tausenden. Und so zur Vollendung gebracht.*

Schönheit kann teuflisch sein, erinnerte er sich selbst zum hundertsten Mal. Und zum hundertsten Mal war die Antwort seines Körpers: Aber nicht solche Schönheit!

Jetzt stellte sie sich vor ihn. Ihre Haut glitzerte im Mondlicht.

Schau woandershin, befahl ihm der Verstand.

Das wäre Verschwendung, schien ihm sein Körper zu antworten.

Es war ihm einfach nicht möglich, seinen Blick von ihr zu lassen. Wie konnte er nur glauben, dass er ihr widerstehen könnte, bei all den Träumen, die er sich mit ihr ausmalte! Er war ein Narr, voller guter Vorsätze und Absichten.

Absichten, die, wie er nun feststellte, nichts anderes waren als Trittsteine zur Hölle.

Aber welche Wahl hatte er?

„Gefällt dir, was du siehst?", fragte sie und neigte den Kopf, während sie sich nun umdrehte und auf den Pool zuging. „Und falls du es dich fragst: Ja, sie sind echt."

Er errötete, denn in der Tat hatte er genau darüber gerade nachgedacht.

Sie fuhr mit dem Finger über den Saum ihres silbernen Stoffdreiecks, anschließend setzte sich auf den Beckenrand und tauchte einen Zeh ins Wasser. „*Cosi buono* – das Wasser fühlt sich herrlich an!"

Er schaute hoch.

Irgendwo da oben im Himmel waren der Erzengel Michael und all die anderen und lachten sich über ihn kaputt.

„Willst du nur dastehen und glotzen? Komm doch mit mir schwimmen! Dir ist doch sicher auch ganz heiß. So eine kleine Erfrischung wäre nicht zu verachten, oder?" Sie lockte ihn, hielt ihm ihre Hand hin. „Komm schon. Du weißt, dass du es möchtest. Wir könnten sogar *senza vestiti* schwimmen."

„Was heißt das?" Brandon fühlte sich wie ein absoluter Idiot, denn es war ja mehr als offensichtlich. Doch er konnte einfach nicht mehr klar denken. Es war, als spräche jemand anderer an seiner Stelle, als hätte ein anderer hier in dieser Traumwelt die Kontrolle über seine Zunge.

Luciana gewinnt immer mehr die Kontrolle über mich.

Sie lächelte, als würde sie alles genau verstehen.

„Ich könnte es dir verraten. Aber ich zeige es dir lieber."

Sie griff nach hinten und zog zweimal kurz an den Bändern, dann löste sich ihr Bikini-Oberteil. Als er ihre großen, dunklen Brustwarzen erblickte, bekam er eine Erektion. „Siehst du? Italienisch lernen macht Spaß."

Sein Mund war trocken. Er versuchte gar nicht erst, etwas darauf zu erwidern.

„Komm."

Ihr zu widerstehen war völlig unmöglich.

Also ging er zu ihr hinüber, entledigte sich auf dem Weg zu ihr seiner Kleidung und ließ sie einfach auf den Boden fallen. Er setzte sich neben Luciana und streckte die Beine ins Wasser. Nach den heißen Tagen in dem verlassenen Gebäude würde er sich am liebsten sofort ins erfrischende Nass stürzen.

Sie begann, seine Wange zu streicheln, und Brandon wandte sich ihr zu, um eine ihrer wohlgeformten Brüste zu berühren. Als er über ihren Nippel strich, wurde sie sofort hart.

Luciana küsste ihn. Und ihr Kuss war so zart, so süß! Er tauchte mit ihr ins hüfthohe Wasser ein, und sie schlang ein Bein um seinen Oberschenkel. Er war kurz davor, in sie einzudringen und ihre herrliche Süße zu erkunden …

… als eine Stimme erklang, die diesen Augenblick intensivster Lust auf einen Schlag zunichtemachte.

9. KAPITEL

Brandon, wach auf!" Es war die Stimme einer Frau, flüsternd, und die sachte Berührung ihrer Haarsträhnen in seinem Gesicht, die ihn aus seinem Traum aufschreckte. „Luciana?"

Es roch nach einem erlesenen Parfum. Diesen Duft kannte er. Rosen und eine Spur Vanille.

Nicht der Duft, den er mit der Dämonin in Zusammenhang brachte.

Im frühen Morgenlicht musste er blinzeln; einen Augenblick lang war er verwirrt.

Die Augen, die ihn anschauten, waren hellblau. Nicht grün. Und sie blickten ihn voller Sorge an. Das Sonnenlicht erhellte einen Heiligenschein aus goldblondem Haar. Die Frau war so nah über ihm, dass er erschrak.

„Du musst einen Albtraum gehabt haben." Arielle musterte ihn eindringlich.

Sie ließ ihren Blick über ihn schweifen, erkannte seinen derangierten Zustand sofort. Was musste er für einen Anblick liefern, unrasiert, ungewaschen, verschwitzt. Ihre empfindsame Nase zuckte, den Mund hatte sie zu einer schmalen Linie zusammengepresst.

Und trotzdem kniete sie ein bisschen zu lange neben ihm.

Als sie sich wieder erhob, war es ihm, als würde das Sonnenlicht verblassen, so hell und strahlend war ihre Erscheinung. Sie trug einen ihrer perfekt geschneiderten Anzüge und wirkte in dieser staubigen venezianischen Ruine völlig fehl am Platz.

Luciana ist … kein gewöhnlicher Albtraum, dachte Brandon. Er rieb sich die Augen und versuchte, die letzten Reste des Traums aus seinem Gedächtnis zu vertreiben. *Aber das brauchst du nicht zu wissen, Arielle.* Er hatte seiner ehemaligen Supervisorin und Exgeliebten nie von seinen Träumen erzählt, wollte sie nicht mit ihr teilen.

Nicht in der Vergangenheit. Und erst recht nicht jetzt.

Zu allem Unglück errötete Brandon. Dabei wurde er nie rot. Doch gerade fühlte er sich versetzt in sein Kinderzimmer in Detroit, als seine Mutter ihn dabei ertappt hatte, wie er ein Nacktmagazin ansah. Er rutschte unbequem hin und her und fragte sich, ob Arielle seine Erektion bemerkt hatte. Allerdings hatte die in ihrer Anwesenheit sogleich nachgelassen.

„Ich bin gekommen, weil ich dir helfen will. Es scheint, als könntest du etwas Beistand gebrauchen."

„Ich bin seit zweieinhalb Tagen in Venedig." Irritiert richtete er sich auf. Sein Körper schmerzte vom Liegen auf dem harten Betonfußboden. Er drehte sich, versuchte, sich zu strecken – und bemerkte, wie sie seinen nackten Oberkörper musterte. „Ich bin kein Anfänger. Ich brauche niemanden, der mir über die Schulter guckt."

„Ich bin zu deinem eigenen Wohl hier."

Vielleicht zu deinem eigenen Wohl, sagte Brandon im Stillen.

Immer war alles, was Arielle tat, zum Wohle eines anderen.

Das hatte er zum ersten Mal vor zehn Jahren zu spüren bekommen, nachdem er zu ihrer Einheit in L. A. gestoßen war. Arielle hatte ihm eine Menge beigebracht, das war unbestritten. Er durfte überallhin mitgehen, und sie hatte ihm jede Frage beantwortet, die ihm zum Thema Schutzengel eingefallen war. Und vor allem hatte sie ihm beigestanden, als er in Trauer über seinen menschlichen Tod und den Verlust seiner Frau versunken war. Arielle war da gewesen, um ihn aufzufangen.

Aber seitdem hatten die Dinge sich verändert. Anfangs wusste er gar nicht so recht, was ihn störte. Da war nur ein unbestimmtes Bauchgefühl, dass irgendetwas mit Arielle nicht ganz stimmte. Und dann hatte ihr Kontrollgehabe begonnen. Jeden seiner Schritte hatte sie überprüft und ihn mit Spitzfindigkeiten genervt. Und dabei immer ihren neutralen Tonfall beibehalten. Hatte ihre Kritik mit unerschütterlicher Fassung vorgebracht.

Ganz egal, was er vorbrachte, immer hatte sie darauf bestanden, dass alles zu seinem Besten war.

Nach drei Jahren hatte er genug davon gehabt und sich um eine Versetzung bemüht.

Nachdem sie nun ihren Lieblingssatz losgeworden war, presste sie die Lippen noch fester zusammen.

„Die Dinge sind vollkommen aus dem Ruder gelaufen. Was ist los mit dir, Brandon?“

„Ich mache nur meinen Job. Falls du dich erinnerst, hatte sich die Kompanie darauf geeinigt, dass ich diese Mission allein durchführe.“

„Ich weiß, dass du einen intensiven Kontakt mit der Dämonin hattest und ihr gestattet hast, zu entkommen. Das haben mir die Mitglieder der venezianischen Einheit berichtet.“

Wahrscheinlich war es der grauhaarige, ehrwürdige Concierge in der Pension, der mich verraten hat. Aber wieso?

„Venedig ist eine kleine Stadt“, erklärte Arielle. „Neuigkeiten verbreiten sich hier schnell.“

Sie hob zu einer Belehrung an, und prompt bekam er Kopfschmerzen. Während sie durchs Zimmer ging, listete sie eine lange Reihe von Gründen auf, warum sie sich dazu genötigt sah, vor Ort sein zu müssen. Statt ihr zuzuhören, studierte Brandon ihr Gesicht. Ihm entging deshalb nicht, wie sie ihn anstarrte, als er sich ein Hemd überzog. Da war etwas Hungriges in ihrem Blick, das ihn ärgerte. Und was ihn noch mehr ärgerte, war dieses Fünkchen Emotion, das er in ihren Augen aufflackern sah, wenn sie von Luciana sprach. Wüsste er es nicht besser, könnte man es als ein Fünkchen Hass bezeichnen.

Aber er wusste es besser.

Arielle ist ein Engel, sagte er sich, und Engel hassen nicht.

„Wir müssen diese Dämonin zur Strecke bringen“, fuhr Arielle gerade unbeirrt fort. „Um dieses Ziel zu erreichen, müssen wir die örtliche Einheit um Unterstützung bitten. Ich habe bereits Kontakt zu Israel Infusino aufgenommen, dem Supervisor hier in Venedig. Er und einige Mitglieder seines Teams werden in Kürze hier sein. Wir sind hauptsächlich hier, um …"

„… mich zu kontrollieren", ergänzte Brandon.

Sie schüttelte den Kopf. „Ich bin nur gekommen, weil diese Mission von größter Wichtigkeit für die Kompanie ist. Es steht sehr viel auf dem Spiel. Wir müssen das tun, was im Interesse aller das Beste ist."

„Was war das?" Arielle drehte ruckartig den Kopf in die Richtung, aus der sie das Geräusch gehört hatte. Es kam aus einem der anderen Zimmer.

„Ich habe zwei ihrer Türhüter einkassiert und bereits befragt, aber bisher noch nichts Nützliches aus ihnen herausbekommen."

„Einkassiert? Du hast einfach so Türhüter festgesetzt? Ohne dem Protokoll der Kompanie zu folgen?" Arielle schüttelte den Kopf. „Das ist absolut inakzeptabel. Wir müssen sofort Verstärkung anfordern."

„Gut." Mehr sagte er nicht. „Wahrscheinlich hast du recht."

Sie stand auf und sah sich ungläubig um, als wollte sie versuchen, alles zu begreifen.

„Was ist uns nur dazwischengekommen, mir und dir?", fragte sie unvermittelt. „Es könnte doch alles wieder gut sein zwischen uns, Brandon."

Gut? Wieder? Es war nie gut gewesen zwischen ihnen. Am liebsten hätte er sie gefragt, ob sie unter Drogen stand.

Aber er behielt seine Gedanken besser für sich.

Wir sind einfach zu unterschiedlich, Arielle."

„Du bist ein komplizierter Mann, Brandon, mit komplizierten Wünschen."

„Lass gut sein. Und ruf von mir aus die örtliche Einheit zu Hilfe. Du und ich werden einander in Stücke reißen, wenn wir allein zusammenarbeiten müssen."

Wenige Stunden später kehrte Arielle mit der venezianischen Einheit zurück, die sich mit ihrer gesamten Ausrüstung im Palast einquartierte.

„Das ist Infusino, der Supervisor der Einheit", stellte Arielle den grauhaarigen Mann vor, den Brandon sofort wiedererkannte. Es war der Concierge aus der Pension. „Er und sein Team werden uns ab sofort unterstützen."

„Sie haben mir gar nicht gesagt, dass Sie Supervisor sind." Brandon musterte den Mann.

„Sie haben nicht gefragt", erwiderte Infusino knapp.

In Venedig wurden die Dinge offensichtlich anders gehandhabt.

Picknickdecken wurden auf dem Boden ausgelegt, Essen und Wein ausgepackt, Kerzen im ganzen Raum aufgestellt und angezündet – und schon war die Unheil verkündende Atmosphäre des alten Gemäuers verschwunden. Das venezianische Team plapperte munter auf Italienisch drauflos. Man lachte unbeschwert.

Luciana war eine lebende Legende.

Im Schein der Kerzen sprachen die Venezianer von ihr nur im Flüsterton. Die Geschichten, die sie einander erzählten, waren die Geschichten von einer mythischen Frau, die nicht wirklich zu existieren schien. Dabei gab es sie, die fleischgewordene Inkarnation einer Frau. Sie befand sich auf der anderen Seite des Kanals und plante dort die Vernichtung der Kompanie und all derer, denen sie zur Seite stand.

„… sie badet im Blut von Jungfrauen …"

„… sie isst Menschenfleisch zum Frühstück …"

„… sie hat die Hälfte der venezianischen Männer verführt …"

Es machten so viele Gerüchte über Luciana Rossetti die Runde, dass Brandon nicht wusste, was er noch glauben sollte.

„Eins wissen wir zumindest sicher: Nämlich dass Luciana in den vergangenen zweieinhalb Jahrhunderten immer wieder unserer Einheit entkommen konnte", stellte Infusino klar.

„Niemand wusste, wo sich ihr Palazzo befand. Es war alles ein großes Geheimnis – bis Sie auftauchten, Brandon."

Die Engel erhoben die Gläser auf ihn, ihre Augen leuchteten im Kerzenschein.

Warum laden wir nicht gleich die gesamte Nachbarschaft zur Party ein, dachte Brandon. Wen interessiert es schon, dass die Leute genau gegenüber unsere eingeschworenen Feinde sind?

Dennoch war er dankbar für das bisschen Komfort, das die Engel mitgebracht hatten, und freute sich über ihre Gesellschaft. Trotzdem: Er musste seine Mission beenden. Also trank er sein Glas Wein leer und setzte sich abseits von der Gruppe auf seinen angestammten Platz ans Fenster.

Unruhig rutschte er herum, während er nach draußen sah.

Und wartete.

„Warum schlafen Sie nicht ein bisschen, Brandon." Infusino war zu ihm herübergekommen und legte ihm freundschaftlich eine Hand auf die Schulter.

Brandon schüttelte den Kopf. „Wenn ich einschlafe, geht die ganze Mission vor die Hunde."

Die Zeit rennt mir davon, dachte Luciana. Sie spürte, wie sie ihr durch die Finger rann. Noch vor Sonnenaufgang war sie aufgestanden und hatte sich an ihren Arbeitstisch gesetzt. Jetzt begutachtete sie, was sie bisher zustande gebracht hatte. Nicht genug. Das Gift war nicht stark genug. Wirkte nicht schnell genug. War nicht tödlich genug. Alles in allem ... nicht genug, stellte sie fest.

Sie senkte den Kopf auf die Tischplatte und schloss für einen Moment die Augen. Sofort wurde sie von einer Welle von Gedanken erfasst, die sie davonzureißen drohte. Wenn ich nur mehr Zeit hätte ... Wenn nur Corbin nicht die verdammte Phiole mit Gift an sich genommen hätte ... Wenn ich doch nur niemals in der Erlöserkirche diesem Brandon begegnet wäre ...

Wenn doch nur Julian Ascher nicht vor über zweihundert Jahren in mein Leben getreten wäre, damals, in der Nähe der Rialto-Brücke … Wenn doch nur …

Ein Geräusch hinter ihr ließ sie zusammenfahren.

„Ich bitte um Entschuldigung, *baronessa*." Massimo war hereingekommen und verbeugte sich nun leicht.

Luciana runzelte die Stirn. Langsam hatte sie das Gefühl, verrückt zu werden. Sie fühlte sich, als hätte sie Jahre in diesem Labor zugebracht, um ein Gift zu kreieren, das einen so mächtigen Engel zerstören konnte wie den, dessen Anwesenheit in nur ein paar Hundert Metern Entfernung sie deutlich spüren konnte.

„Einen Moment, Massimo. Ich brauche deine Hilfe."

„Ja, *baronessa*. Gerne."

„Fang einen der Kobolde! Ich muss meinc Rezeptur ausprobieren."

Binnen kürzester Zeit war ihr Diener zurück. Sie verabreichte der Kreatur eine Spritze, und der Kobold fiel um. Er hatte Schaum vor dem hässlichen Mund. Doch kurze Zeit später stand er wieder auf und würgte nur noch ein bisschen. Immer noch bedeckte weißer Schaum seine Mundwinkel, aber er war noch am Leben. Jetzt begann er zu keckern, sprang dann vom Tisch und versteckte sich unter der Werkbank.

Das Gift hatte ihn nicht töten können.

Luciana ließ wieder den Kopf auf den Arbeitstisch sinken und schloss erschöpft die Augen. Wenn nur …

„Was ist schiefgegangen, *baronessa*? Egal. Wir werden es sicher beheben können."

Luciana öffnete die Augen und seufzte. „Wahrscheinlich war Violettas Blut nicht stark genug. Sie starb so vollkommen gefasst – normalerweise fange ich solches Blut gar nicht erst auf. Es ist gut möglich, dass der Kobold erst in den nächsten Tagen stirbt. Und wenn ja, wird es vermutlich ein sanfter Tod sein. Aber das ist alles reine Spekulation. Was genau mit dem Gift nicht stimmt, ist mir nicht ganz klar."

Noch viel bedenklicher war, dass mit ihr selbst etwas nicht stimmte.

Den Grund dafür kannte sie nur zu gut.

Er war groß, dunkelhaarig und Amerikaner.

Luciana konnte ihn spüren. Näher und stärker als jemals zuvor.

Wo bist du? fragte sie sich.

„Wie dem auch sei, Massimo. Wir müssen eine Lösung finden. Entweder finden wir ein anderes Opfer, oder wir peppen die Mixtur mit einer weiteren Zutat auf. In jedem Fall müssen wir schnell sein. Es gilt, in Windeseile zu handeln."

Massimo spähte durch einen Schlitz im Fensterladen. Als er sich wieder zu ihr umdrehte, war er kreidebleich.

„Was ist denn los?" Luciana stand auf, um selbst nachzusehen, was der Grund für Massimos Verhalten war.

Der verlassene Palazzo auf der anderen Seite des Kanals war nicht länger verlassen.

Luciana sah das flackernde Licht von Kerzen und Gestalten, die sich bewegten.

Massimo brachte es auf den Punkt. „Er ist nicht mehr allein."

Nicht einschlafen, ermahnte Brandon sich zum wiederholten Mal. Er hatte seinen Beobachtungsposten bezogen und schaute zum gegenüberliegenden Palazzo hinüber. Die Casa Rossetti kam ihm vor wie ein Mausoleum. Nicht schlafen. Nicht jetzt.

Nicht nur wegen der Träume selbst.

Sondern auch, weil jetzt eine ganze Einheit Engel da war, um seine Träume zu überwachen. Inklusive Arielle.

„Sie müssen schlafen." Infusino schüttelte den Kopf, als er sah, wie Brandon sich abmühte, wach zu bleiben. „Ihr Körper ist vollkommen erschöpft."

Brandon schloss die Augen und lehnte den Kopf an den Fensterrahmen. Nur einen Moment.

„Lassen Sie mich nirgendwo hingehen und nichts tun …“, murmelte er gegen Infusinos Schulter, als der Mann ihn zu einer Pritsche führte, die die venezianische Einheit mitgebracht und in einer Ecke des großen, staubigen Raums aufgestellt hatte. „Und wenn ich anfange, im Schlaf zu sprechen, wecken Sie mich auf.“

Brandon legte sich hin, den Blick zur Decke gerichtet, auf die abblätternden Überbleibsel der Gemälde von Engeln, die ihn auszulachen schienen.

Während er in den Schlaf hinüberglitt, begann sich um ihn herum ein Schleier zu formen …

Der sich aber nicht in seinen üblichen Albtraum verwandelte. Da war nur Schwärze, in dichten Nebel gehüllt.

Er fasste in seine Tasche, berührte seine Uhr.

Im Nebel war sie. Schneller als je zuvor nahm sie Gestalt an. Wie ein Blitz raste sie vom Himmel und landete auf festem Boden, keine drei Meter von ihm entfernt. Sie kam auf ihn zu, umgeben von einem tosenden Sturm. Sie schien nur aus langen Beinen, flatterndem Haar und den stechenden grünen Augen zu bestehen.

„Du. Wo zum Teufel sind meine Türhüter? Ich will sie zurückhaben.“ Luciana packte ihn am Kragen und starrte ihn wütend an.

„Vergiss es.“

„Du glaubst mir also nicht, dass ich es wahr machen kann?“, fragte sie und hob trotzig ihr Kinn. „Du hast keine Ahnung, wozu ich in der Lage bin, Engel. Du wirst kommen, wie du noch nie gekommen bist – nicht einmal in deinen wildesten Träumen.“

Er machte sich von ihr los. „Danke für das Angebot, aber ich verzichte.“

Sie fuhr mit der Hand über seinen Oberkörper, nach unten bis zu seinem Hosenbund.

„Du weißt wohl selbst nicht, was du willst.“ Ihre Stimme

war jetzt nicht viel mehr als ein Schnurren. „Ein Mann wie du hatte wahrscheinlich noch nie Gelegenheit dazu, seine geheimsten Wünsche auszuleben. Ich habe dir so viel zu bieten, weißt du. Du kannst von mir haben, was du willst. Du könntest in einem Haus leben, das größer ist als mein Palast, wenn du magst. Eine ganze Flotte exotischer Wagen fahren. Eine Segeljacht besitzen. Ständig von Frauen umringt sein. Frauen wie mir."

Bei ihrem letzten Wort zuckte er leicht zusammen und hoffte sofort, dass sie es nicht bemerkt hatte. Aber natürlich war ihr seine Reaktion nicht entgangen.

„Was ist los, großer Junge? Ist ein Monster unter dem Bett? Soll ich es wegjagen?"

„Mach, was du willst. Ich gehe nirgendwo mit dir hin."

„Stattdessen stehst du lieber herum und wartest auf deinen immer wiederkehrenden Albtraum. Wie du willst." Sie winkte ab. „An deiner Stelle würde ich mich lieber auf das Unbekannte einlassen, anstatt darauf zu warten, wieder erschossen zu werden."

„Woher weißt du das?"

„Nur so eine Vermutung. Aber *vediamo* … Wir werden sehen. Ich habe ja schon während des Feuerwerks vermutet, dass du mal Opfer einer Schießerei wurdest. So, wie du zögerst und dich kleinmachst, wenn du bestimmte Gassen betrittst … Na ja."

„Und der Traum?"

Sie schloss die Lider. „Das war ein Schuss ins Blaue, sozusagen."

„Du bist die Erste, die das herausgefunden hat." Brandon wusste nicht, wieso er ihr das erzählte. „Außer dir weiß es nur Michael."

„Vielleicht bin ich auch die Einzige, die sich Gedanken darüber macht. Komm, ich helfe dir, deinen Schmerz zu lindern." Sacht strich sie mit den Fingerspitzen über seinen Unterarm.

„Komm mit mir!"

„Ich will meinen Schmerz lieber behalten, vielen Dank." Seine Worte waren der reinste Hohn, denn am liebsten hätte er sie gepackt und sofort genommen.

„Wenn du nicht kooperieren willst, auch gut. Ich brauche deine Erlaubnis nicht. Wo waren wir stehen geblieben, als wir das letzte Mal zusammen waren?" Luciana drängte sich eng an ihn. „Wenn ich mich richtig entsinne, standen wir in einem Türeingang in der Nähe des Markusplatzes, als dein Boss uns unterbrach."

Der dunkle Nebel um sie herum begann sich zu verdichten, und die Kulisse wurde zu dem Ort, an dem sie in der Nacht zuvor gewesen waren. Sie presste sich an ihn, und diesmal war sie es, die ihn gegen die Tür drängte.

„So war es doch, nicht wahr?", sagte sie verführerisch und streichelte seinen Oberkörper mit der flachen Hand.

„Lass mich", knurrte er, schnappte sich ihr Handgelenk und zerrte sie von sich weg. Michaels Warnung fiel ihm wieder ein. „Nicht so."

Sie zögerte, ließ von ihm ab. „Was willst du dann? Ihr Engel seid so langweilig! Deine geheime sexuelle Fantasie ist wahrscheinlich ein Dreier im Heu mit zwei Cowgirls! Lass mich dir doch einfach zeigen, welche Möglichkeiten sich dir auftun könnten!"

Um sie herum veränderte sich wieder die Kulisse, die Farben von Venedig verschwanden in einem Wirbel.

Als die Szene wieder konkreter wurde, sah man einen Strandabschnitt, der sich zu einer langen, weiten, von Palmen gesäumten Bucht öffnete. Zwei junge Frauen, eine blond, die andere rothaarig, tollten oben ohne im Meer und winkten Brandon zu, hereinzukommen. Als er keine Anstalten machte, sich zu ihnen zu gesellen, kamen sie aus dem Wasser. Kichernd liefen sie auf ihn zu. Auf ihrer nackten Haut glitzerte in der Sonne das Salzwasser.

„Das ist keine meiner Fantasien.“

Luciana neigte den Kopf und beäugte ihn neugierig. „Ach nein? Was willst du dann? Mehr Frauen?“

Aus dem Nichts tauchten plötzlich weitere Frauen in der Brandung auf.

Brandon verschränkte die Arme. Er wollte nichts von diesen Frauen.

Wieder veränderte sich die Szenerie. Diesmal hatte Luciana ihn in ein üppig dekoriertes Schlafzimmer gebracht, in dem eine Frau und zwei Männer auf einem Bett lagen. Die Männer waren durchtrainiert und knackig, und als sie Brandon sahen, lächelten sie einladend.

„Willst du mitmachen?“, fragte einer der beiden.

„Oder soll ich euch Jungs alleine lassen?“

Luciana stand im Hintergrund und hob fragend die Brauen.

„Tut mir leid, schon wieder falsch.“

„Was ist es denn dann?“ Luciana blickte ihn frustriert an. „Sag es mir!“

Alles, was ich will, bist du.

Die unausgesprochenen Worte hingen zwischen ihnen, so sichtbar, als hätte er sie schwarz auf weiß niedergeschrieben. So laut, als er hätte er sie durch ein Megafon gebrüllt. Er wusste, dass diese Worte ihr Angst einjagten. Nur deshalb hatte sie ihm so viele Personen präsentiert, die ihm Lust bereiten sollten.

„Hast du solche Angst vor dem, was passieren könnte, wenn wir zwei miteinander allein sind? So wie beim letzten Mal?“

Als du davongelaufen bist?

„Nein, natürlich nicht.“ Doch ihr Zittern sagte das Gegenteil.

„Mir reicht es. Bring mich zurück nach Venedig!“

„Va bene.“

Sie schluckte. Ihre Entschlossenheit schien zu wanken, das konnte er in ihren Augen lesen.

Ein letztes Mal wandelte sich die Szenerie. Als der Nebel

verschwunden war, begann Brandons Herz so stark zu klopfen, dass es fast in seiner Brust zersprungen wäre.

Denn er hatte nach unten geblickt, und der Boden befand sich mindestens neunzig Meter unter ihm.

Und er hing in der Luft.

10. KAPITEL

Der Blick vom Campanile um Mitternacht war immer beeindruckend.

„Du bist wohl immer für eine Überraschung gut?" Brandon schaute sich etwas irritiert um.

Doch mittlerweile hatte sich der Backsteinsims des Glockenturms materialisiert, auf dem sie jetzt standen.

„Wo sind wir?"

„Zurück in Venedig." Luciana hielt ihr Gesicht in die Brise. Und Venedig ist selbst die halbe Verführung.

Unter ihnen glänzten die fünf Kuppeln des Markusdoms hell im Mondlicht. Im Umkreis von mehreren Kilometern erstreckte sich ein Gewirr aus braunen Dächern und mäandernden Sträßchen. Wo die Stadt endete, begann das Meer. Die dunkle Adria erstreckte sich in die Unendlichkeit der Nacht. Über ihnen funkelten die Sterne und bildeten einen leuchtenden Kontrast zum dunklen Samtblau des Himmels.

Venedig von oben, das war beeindruckender als jede Kirche und jeder Palast, ganz egal, welche architektonischen und kunsthistorischen Schätze sie waren. Das hier war schöner als jedes Gemälde, als jede Skulptur, als jeder Edelstein. Großartiger als jedes Violinkonzert, jeder Tanz, jedes Glas Wein und jeder Teller Risotto.

„Wir befinden uns auf dem berühmtesten Glockenturm der Stadt", erklärte Luciana. „Hier hat Galileo Galilei dem Dogen zum ersten Mal sein Teleskop vorgeführt. Das war vor über vierhundert Jahren."

Brandon sah alles andere als beeindruckt aus. Er lehnte sich über die Brüstung des Backsteinbauwerks und sah hinunter. „Und wie kommen wir hier wieder runter?"

„Im Moment gar nicht. Genieß einfach den Blick. Um diese Uhrzeit kommt so gut wie niemand hier herauf."

Nur einige von Lucianas wertvollsten Opfern hatten diesen mitternächtlichen Ausblick genießen dürfen. Und bisher war jedes dieser Opfer beeindruckt gewesen von der Aussicht und den riesigen Glocken, die über ihnen hingen. So waren sie alle aus dem Leben geschieden und hatten davor noch ein einzigartiges Erlebnis gehabt, das Luciana ihnen ermöglicht hatte.

Brandon schien dieses Privileg nicht zu schätzen.

Egal. Sie würde schon dafür sorgen, dass es auch ihm hier oben gefallen würde.

Also begann sie, dieselbe Geschichte zu erzählen, die sie allen ihren Opfern hier oben erzählte.

„Das ist mein Lieblingsort. Hier komme her, wenn ich allein sein will. Wenn ich der Welt um mich herum entfliehen will." Sie bedachte ihn mit einem scheuen Blick. „Um den Kopf freizubekommen und um die Schönheit Venedigs zu genießen."

„Du warst also noch nie mit einem anderen Mann hier oben?"

„Selbstverständlich nicht", log sie und klimperte dabei effektvoll mit den Wimpern.

„Selbstverständlich doch." Er begann zu lächeln. „Die Frage ist nur: Wie viele waren es?"

„Wieso fragst du eigentlich, wenn du die Antworten ohnehin schon kennst?"

„Immerhin sind jetzt nur wir beide hier." Brandon grinste. „Ich hatte schon befürchtet, hier erwartet uns die nächste Orgie."

„Nein, hier sind nur wir beide."

Engel und Dämonin schwiegen, und Luciana dachte an die goldene Wetterfigur auf der Spitze des Campanile. Sie stellte den Erzengel Gabriel dar. Es hatte ihr immer einen besonderen Kick verschafft, ihre Opfer unter den Augen der Engel und Heiligen zu verführen. Aber das brauchte Brandon nicht zu wissen. Noch nicht.

Wir können nicht Feinde und Liebende zugleich sein, wurde ihr plötzlich bewusst. Entweder – oder. Wir müssen uns entscheiden.

„Denk doch nur, wie schön dein Leben sein könnte! Du

könntest immer in absolutem Prunk leben." Sie ließ ihre Fingerspitzen über seine Brust gleiten. „Du könntest um die Welt reisen. Eine Zweitwohnung in London oder Paris besitzen, in Hongkong oder Dubai. Du könntest Maserati oder Ferrari fahren. Die Möglichkeiten sind endlos. Du könntest so viel mehr sein als nur ein Supervisor in der Kompanie der Amateure. Du könntest ein Erzdämon sein."

Sie spürte, wie sich sein Körper unter ihrer Berührung verkrampfte.

„Versuch gar nicht erst, mir das einzureden. Nichts auf dieser Welt kann mich locken."

„Tatsächlich nicht?"

Er schüttelte den Kopf, aber sie konnte die Lüge in seinen Augen lesen.

„*Mi arrendo* – ich gebe auf. Dann sag mir, was du willst! Flüstere es mir ins Ohr!"

Er beugte sich zu ihr, doch er zögerte kurz, bevor er ihr ein einziges Wort zuflüsterte: „Genug."

Und dann begann er, an ihrem Ohrläppchen zu knabbern. Sie war überrascht von seiner Zärtlichkeit. Sie drängte sich an ihn heran, spürte seine harten Brustmuskeln unter ihren weichen Handflächen. Sein Atem brannte heiß auf ihrem Ohr.

Die Lippen dicht an ihrem Hals, murmelte er: „Keine Spielchen mehr."

Arielle saß vor der Tür zu dem Zimmer, in dem Brandon schlief.

Schlafen. Das war das Einzige, was er sich zu tun geweigert hatte, als sie beide zusammen gewesen waren. Während sie jetzt darauf wartete, dass er aufwachte, dachte sie an den Tag, als sie ihn zum ersten Mal im Hauptquartier in Los Angeles gesehen hatte.

Es war so heiß gewesen an diesem Tag, dass das Außenthermometer geplatzt war.

Brandon Clarkson war anders als alle anderen frischgebackenen Engel gewesen. Ab dem Augenblick, als er durch die Türen der Rechtsberatungsstelle getreten war, war nichts mehr wie vorher. Die Büroräume kamen ihr plötzlich viel zu klein vor – als wollten sie platzen wie das überhitzte Quecksilber in ihrem Thermometer.

„Michael schickt mich", sagte er beim Anklopfen. „Ich bin hier, weil ich der Kompanie beitreten soll."

Er war so anders als jeder andere Mann, den sie bisher gesehen hatte. Sein rasierter Kopf und seine beeindruckende, muskulöse Gestalt schüchterten sie zwar nicht ein, machten sie aber neugierig. Damals hatte er erst ein Tattoo. An diesem ersten Tag hatte sie nur die eintätowierte Spitze einer Feder gesehen, die unter dem Kragen seines T-Shirts hervorschaute. Sie hatte vermutet, dass es sich dabei um den amerikanischen Adler handelte – den ließen sich viele Soldaten und Polizisten eintätowieren.

„Die Klimaanlage ist leider kaputtgegangen. Deshalb bin ich alleine hier", erklärte sie ihm zur Begrüßung und setzte sich aufrecht hin. Sie tupfte sich den Schweiß von der Stirn und versuchte, bei seinem Anblick nicht auf den Stapel Papiere zu sabbern, der vor ihr auf dem Schreibtisch lag. „Alle anderen sind nach Hause gegangen beziehungsweise befinden sich auf einer Mission. Der Mensch, der die Klimaanlage reparieren soll, kann erst in ein paar Tagen kommen. Das heißt, wir werden mit Ihrer Einweisung erst gegen Ende der Woche beginnen."

Nach dieser Mitteilung wandte sie sich wieder ihrer Arbeit zu und erwartete, er würde das Haus verlassen.

Ein paar Minuten später spürte sie einen kühlen Luftzug im Nacken.

Er hatte tatsächlich die Klimaanlage repariert.

„Ich würde gerne so schnell wie möglich anfangen." Brandon hatte lässig im Türrahmen gelehnt. „Wenn es etwas gibt, mit dem ich Ihnen behilflich sein kann, würde ich gerne hierbleiben und Ihnen über die Schulter gucken."

Also gab sie ihm etwas zu tun.

Brandon tat alles, was sie ihm auftrug, und nichts musste man ihm zweimal sagen, wie sie bald feststellte.

Eine Woche später hatte er bereits seinen ersten offiziellen Auftrag als Schutzengel erfolgreich abgeschlossen – das war neuer Rekord für einen frischgebackenen Engel.

Er kam in ihr Büro und schloss die Tür.

„Darf ich Ihnen etwas zeigen?“, fragte er und ließ die Jalousie herunter. „Es ist etwas Persönliches.“

„Selbstverständlich“, hatte sie geantwortet und versucht, keine Miene zu verziehen, als er plötzlich sein Hemd ablegte.

Und ihr den kleinen Stern zeigte, der auf seine Brust tätowiert war. Das Symbol für seinen ersten Schutzbefohlenen, einen kleinen Jungen mit Krebs im Endstadium, den Brandon auf dem Weg ins Jenseits begleitet hatte.

„Passiert das nach jedem Auftrag?“, wollte Brandon von ihr wissen. „Das muss letzte Nacht passiert sein. Als ich heute Morgen aufwachte, war es plötzlich da.“

Dann drehte er sich um und zeigte ihr den riesigen Engel, der auf seinen muskulösen Rücken tätowiert war.

„Nein“, antwortete sie. „Von solchen Tattoos ist mir bei anderen Schutzengeln nichts bekannt.“

Ein Geschenk. Von Gott. Das wusste sie in dem Moment, als sie die Tätowierungen sah.

Und da war es bereits um sie geschehen … Doch es waren nicht die Tattoos, die sie so anmachten, auch nicht sein beeindruckendes Aussehen. Es war der Mann selbst.

Zwei Engel verlieben sich. So fangen Märchen an …

Woran ihre Liebe gescheitert war, hatte Arielle nie so richtig begriffen.

Sie saß in diesem heißen, baufälligen Palazzo und spürte plötzlich, wie er erwachte.

Und wurde dadurch aus ihrer Schwelgerei gerissen.

Als sie die Tür öffnete, lag er ausgestreckt und mit freiem

Oberkörper auf der Pritsche. Er war über und über von großartigen Tätowierungen bedeckt. Jetzt drehte er den Kopf in ihre Richtung, als das Licht durch die geöffnete Tür hereinschien. Er fixierte sie mit seinem Blick, der so weit und unentrinnbar war wie der Himmel vor einem Regenguss.

Er ist so schön.

Er blinzelte und schien immer noch das – oder die Person – zu sehen, von der er geträumt hatte. Arielle las die blanke Begierde in seinen Augen. Und sah, wie sie im selben Moment verschwand, wie ein Wassertropfen, den die Sonne aufsaugt. Sie sah, wie er den Blick abwandte und errötete.

Wovon hat er bloß geträumt? fragte sie sich. Und als sie ihn ansah, wusste sie: Was immer es war, von mir hat er nicht geträumt.

Er streckte sich und setzte sich auf. Hinter ihr huschten ein paar Mitglieder der Einheit ins Zimmer, um Brandon ein Glas Wasser und einen sauberen Waschlappen zu bringen. Sie waren froh darüber, dass er nach so langer Zeit des Wachens endlich Schlaf gefunden hatte. Arielle bemühte sich, seine perfekt geformten Bauchmuskeln und seine Tattoos nicht allzu sehr anzustarren, von denen sie viele noch nicht gesehen hatte, weil sie offensichtlich neu waren.

Sie hatte nicht mehr das Recht, ihn anzuschauen. Doch vielleicht würde sie dieses Recht ja wiedergewinnen …

Irgendwie. Vielleicht, dachte sie, als er sich sein Hemd über den Kopf zog.

Sie drehte sich um und ging zurück in das große Zimmer, in dem die Venezianer zusammensaßen und sich unterhielten. „Wir haben uns besprochen, während du geschlafen hast. Die Kompanie ist zu einer Entscheidung gelangt. Und unsere Entscheidung ist im besten Interesse aller Beteiligten“, erklärte Arielle ihm, als er jetzt aus seinem Zimmer kam.

„Nämlich?“, fragte Brandon.

„Wir müssen Luciana zurückführen“, antwortete Infusino,

ohne zu zögern. „Wir müssen Venedig endgültig von der Dämonin befreien."

„Sie zurückführen? Sind Sie sicher, dass das wirklich die richtige Entscheidung ist?", fragte Brandon leise.

Der Venezianer nickte. „Seit zweihundert Jahren kämpfen wir gegen diese Frau. Sie sind erst vor ein paar Tagen dazugestoßen, und darum sage ich Ihnen: Es ist unmöglich, sie zu besiegen. Luciana muss zum Ursprung allen Lebens zurückgeführt werden. Damit sie endlich in Frieden ruhen kann."

Brandon warf Arielle einen Blick zu. „Ich dachte, du glaubst, jeder verdient eine Chance auf Erlösung? Oder nicht?"

Eine leichte Röte überzog Arielles Gesicht. Sie gab keine Antwort.

„Vielleicht sind Sie zu sehr persönlich in die Angelegenheit verwickelt." Infusino blickte ihn verständnisvoll an. „Es ist schwierig, klar zu sehen, wenn man von einer Sache so eingenommen ist. Das verstehen wir alle."

„Nein, Sie verstehen nicht. Sie wissen sehr genau, dass Sie die Genehmigung der Erzengel brauchen, bevor Sie von Rückführung auch nur sprechen! Sie werden niemals ohne die einstimmige Unterstützung der Kompanie zustimmen. Und ich werde das niemals zulassen."

„Das werden wir sehen", war alles, was Infusino ihm erwiderte.

Die anderen Engel kümmerten sich um ihre eigenen Angelegenheiten, leise und mit gesenktem Kopf.

Brandon ging hinüber zu Arielle und beugte sich zu ihr herunter. „Ich weiß genau, wessen Idee das Ganze ist. Mach nur keinen Fehler. Du und ich werden niemals zusammen sein. Ganz egal, wen du zurückführen willst."

„Aber Brandon, ich ..."

„Kapierst du das nicht? Es wird niemals funktionieren mit uns beiden! Selbst wenn Luciana nie geboren worden wäre, gäbe es keine Chance für dich, mit mir zusammen zu sein!"

Und dann stürmte er zur Tür.

„Warte!", rief sie. „Hör mir zu! Diese Schutzengel haben schon viel länger mit der Dämonin zu tun als du oder ich. Sie ist wirklich gefährlich, Brandon. Du musst wissen, dass die Rückführung im besten Interesse aller Beteiligten ist! Im besten Interesse der Menschheit! Luciana darf nicht länger ihr teuflisches Werk treiben!"

Er sagte nichts. Stand einfach nur da und sah sie mit kalten Augen an.

„Du merkst ja nicht einmal, wie sehr sie dich schon im Griff hat!"

Brandon knallte stumm die Tür hinter sich zu.

Arielle wusste, wann sie verloren hatte. Und genau das war der Moment, in dem ihr alles entglitt, in dem die Welt zusammenstürzte. Es war der Moment, in dem sie ihren Zorn an den Türhütern ausließ.

„Schafft sie weg", befahl sie den venezianischen Engeln, die schweigend danebenstanden und sie mit ihren glänzenden Augen betrachteten. „Wir werden uns auch um ihre Rückführung bemühen."

Sie erschauderte, als sie die Saat dessen bemerkte, was schon seit längerer Zeit in ihr gekeimt hatte.

Rache.

Das, was sie so sehr an Luciana verachtete, wuchs nun in ihr selbst.

Arielle sah es, aber sie wusste nicht, was sie dagegen tun sollte.

Brandon hoffte insgeheim, das baufällige Gebäude würde einstürzen und sie alle unter sich begraben.

Er war noch nicht weit gekommen, als ein Schrei aus dem Palazzo erklang, den er gerade verlassen hatte. Kein menschlicher Schrei, sondern ein animalischer.

Der Schrei von etwas oder jemandem, der gefoltert wurde.

Er rannte zurück in das Gebäude, die Treppe hoch, zu dem Raum, in dem die Türhüter gefangen waren. Arielle war offensichtlich gerade fertig. Sie wischte sich ihre blutverschmierten Hände an einem Handtuch ab.

„Der Große wird nichts mehr sagen."

„Wieso nicht?"

Arielle schwieg, ihre Miene war unergründlich. Der Fußboden war voller Blut, und Blut rann auch vom Kinn des Türhüters. Er ging zu dem Dämon und öffnete ihm den Mund.

Der Türhüter hatte keine Zunge mehr.

Außer sich vor Zorn starrte er Arielle an, die hinaus auf den Kanal blickte, der im frühen Morgenlicht schimmerte.

„Ich war vielleicht etwas übereifrig. Aber manchmal sind solche Dinge nötig."

„Nötig." Mehr konnte er nicht sagen.

„Er ist ja kein Mensch. Wenn du mit diesen Dämonen Mitleid hast, wirst du deinen Auftrag nie zu Ende bringen."

Auch gegenüber in der Casa Rossetti hörten alle den Schrei.

„Das war Giancarlo!", sagte Luciana zu Massimo und sah von ihrer Arbeit auf. „Das weiß ich."

„Giancarlo und Antonio sind alte Seelen in starken, jungen Körpern", versicherte Massimo ihr. Doch sein Gesicht war so weiß wie das Arsen, das er gerade abmaß. „Sie können sich verteidigen. Die Wahrscheinlichkeit, dass ihnen etwas zugestoßen ist …"

„Vergiss die Wahrscheinlichkeit, Massimo! Ich weiß, was ich gerade gehört habe."

Wut stieg in ihr auf. Sie stellte das Fläschchen hin, das sie in der Hand hielt.

Sie standen da und sahen einander an, ohne ein Wort zu sagen. Ein Mitglied ihrer Türhüterfamilie, die sie sich über Jahrhunderte mühsam zusammengesucht und jahrzehntelang ausgebildet hatte – verloren. Unbrauchbar gemacht von diesem verdammten Engel.

Massimos Sorgenfalten wurden tiefer. „Vielleicht wäre es jetzt an der Zeit …“

„Geh! Nimm die anderen mit und geht in die Toskana oder nach Neapel. Geht irgendwohin, nur sagt mir nicht, wohin.“

Massimo schwieg für einen Augenblick. „Ich werde Sie nicht verlassen. Sie brauchen Schutz, mehr als jeder von uns. Wir haben einen Eid geschworen.“

„Hier seid ihr mir nur im Weg und nichts weiter als Zielscheiben für diese verdammten Engel. Wir können nicht hierbleiben, alle eingesperrt in diesem Haus. Ich würde auch gehen, wenn ich könnte. Aber ich habe Verpflichtungen. Ich muss in Venedig bleiben. Geh jetzt, Massimo!“

„Nein, *baronessa*. Nicht, bis Sie mich davon überzeugt haben, dass es absolut notwendig ist.“

Eine schreckliche Stille entstand zwischen ihnen. Da war etwas, über das sie noch nie gesprochen hatten.

„Das kann ich dir nicht zumuten, Massimo. Nicht im Moment.“

„Dann bleibe ich.“

Der Tod war nicht das Ende. Das wussten sie beide. Die Seele war unzerstörbar.

Sie waren beide schon ihren menschlichen Tod gestorben.

Aber Folter durch die Kompanie der Engel … Keiner von ihnen wusste, was das genau bedeutete. Außer dem Schrei, den sie beide gehört hatten, dieses wortlose Geräusch, das nichts Gutes verhieß.

11. KAPITEL

Brandon stürmte an Arielle vorbei und knallte zum zweiten Mal an diesem Morgen die Hintertür des einsturzgefährdeten Palazzo hinter sich zu.

Nicht viel später erklomm er die Seitenwand von Lucianas Stadthaus, indem er Säulen und Simse als Leiter benutzte. Er wusste nicht genau, was ihn zu dieser Aktion veranlasste, aber es war ihm auch egal. Er wusste nur, dass er nicht mehr nachdachte.

Er folgte einzig und allein seinem Bauchgefühl.

Lucianas Zuhause ist wie sie selbst, dachte Brandon, als er ihr Schlafzimmerfenster aufbrach und hineinkletterte. *Opulent. Luxuriös. Sinnlich.*

Die Fresken an den Wänden zeigten nackte Gestalten, Sartyre und Nymphen in eindeutigen Positionen. Ihre nur teilweise bekleidete Haut war in sinnlichen Farben gestaltet, die zum Anfassen reizten. Dicke Vorhänge aus Seide und Samt flankierten die Fenster und das große, schmiedeeiserne Bett, das in der Mitte des Raumes stand.

Aber wo ist die Dämonin? fragte er sich.

Dass es vielleicht noch weitere Türhüter hier gab, die ihn gefangen nehmen konnte, diesen Gedanken hatte Brandon weit fortgeschoben.

In diesem Moment betrat Luciana das Schlafzimmer. Offensichtlich hatte sie ein Bad genommen. Sie trug einen schwarzen Morgenmantel und hatte ein dickes weißes Handtuch um den Kopf geschlungen. Als sie Brandon sah, ließ sie vor Schreck das Handtuch fallen und lief stolpernd zur Tür.

„Warten Sie! Rufen Sie nicht Ihre Türhüter!“

„Wieso nicht?“ Luciana sah ihn misstrauisch an. „Woher soll ich wissen, ob Sie uns nicht alle foltern werden?“

Jede Erklärung, jedes Wort blieb ihm im Halse stecken.

Die Botschaft, die er ihr hatte überbringen wollen, blieb deshalb ungesagt.

Die Kompanie hat vor, Sie zu vernichten.

Es war bereits zu spät. Er war vom Kurs abgekommen und vollkommen besinnungslos, allein durch ihre Anwesenheit. Er war nicht mehr er selbst und wagte sich auf gefährliches Gebiet. Sie hatte eine seltsame Macht über ihn, die er sich nicht erklären konnte.

„Was wollen Sie?" Diese Frage stand schon so lange im Raum. „Keine Spielchen mehr, haben Sie gesagt. Wir könnten ewig so weitermachen, darauf warten, dass der andere nachgibt. Aber dann werden wir noch hundert Jahre hier sitzen, in dieser aussichtslosen Situation. Oder wir geben einander einfach, was wir begehren. Nur müssen Sie mir sagen, was das ist."

Anscheinend nahm sie an, er wäre hier, um sich von ihr verführen zu lassen. Vielleicht stimmte das sogar.

War er wirklich gekommen, um sie zu warnen?

Er wusste nicht mehr, weshalb er hier war, aber in seinem tiefsten Inneren schlummerte die Antwort auf ihre Frage. Was er wollte, war ganz einfach.

Ich will dich.

In diesem Augenblick wollte er nichts mehr als Luciana.

Sie war es, die er begehrte und doch nicht haben konnte.

„Sag es mir."

Doch Brandon war in diesem Moment sprachlos. Ein seltsames Schweigen hielt ihn gefangen, das nichts zu tun hatte mit bloßer Schüchternheit.

Nein, ihm fehlten die Worte, weil sein eigenes Begehren ihn so sehr schockierte.

Er wollte sich in sie versenken.

Sie an die Wand drängen und sie nehmen wie ein wildes Tier. Nie mehr aufhören. Er wollte sie nehmen auf jede Art, die er kannte, und auf jede Art, die er sich bisher nicht einmal vorzustellen gewagt hatte. Er wollte seine Engelsnatur ablegen und sich den Begierden seines Körpers hingeben. Begierden, die seit sehr langer Zeit nicht mehr befriedigt worden waren.

„Genug geredet. Ich zeige dir, was ich will.“

Er küsste sie, drängender, fordernder als jemals zuvor.

Und sie reagierte auf seinen Kuss genauso verlangend und ungeduldig.

Er öffnete den Gürtel ihres seidenen Morgenmantels und begann, mit den Händen ihren Körper zu erforschen, ließ die Finger über ihre noch feuchte Haut wandern. Mit einer Hand umschloss er eine ihrer Brüste, liebkoste sie, wog sie zärtlich. Streichelte sie und spürte, wie ihre Nippel hart wurden. Sein Schwanz pochte in seiner Hose. Für eine Explosion fehlte nur noch ein Funke.

Sie stöhnte, und dieses Geräusch ließ alles in ihm vibrieren. Sie reckte sich ihm entgegen, presste sich eng an ihn. Bot sich ihm dar.

In diesem Moment sah er unendliche Chancen vor sich. Als täte sich das Universum vor ihm auf und böte sich ihm gemeinsam mit ihr an. Er schaute in die grünen Tiefen ihrer Augen und erkannte, dass alles möglich sein könnte.

Und wenn alles anders zwischen ihnen wäre? Dieser Gedanke kam ihm zum ersten Mal.

Was, wenn? fragte er sich. *Was, wenn die Frau, die vor mir steht, keine Dämonin wäre? Was, wenn wir keine Feinde wären in diesem Krieg, der niemals enden wird?*

Julian Ascher war auch ein Dämon gewesen. Er hatte Erlösung gefunden in den Armen seiner Geliebten.

War es möglich? Brandon begann, im Geiste alle Optionen durchzuspielen, überlegte sich, wie er Luciana zur Umkehr bewegen könnte. Es würde ihn keine große Mühe kosten, davon war er überzeugt.

Sie schien zugänglich dafür zu sein, positiv auf ihn zu reagieren.

Jetzt fuhr sie mit der Hand über seine Jeans und öffnete seinen Reißverschluss.

Was wären die Konsequenzen, wenn ich mit ihr schliefe?

überlegte er geistesabwesend. *Serena St. Clair hat es überlebt, wenn auch nur knapp.*

Aber er war nicht Serena. Und er wusste, dass diese Frau, falls sie ihn in seinem schwächsten Moment erwischte und es ihr in den Sinn kam, ihn erledigen würde. Ein für alle Mal.

„Das ist es. Du musst es nur zulassen“, flüsterte sie ihm zu.

„Was zulassen?“ Er löste sich ein wenig von ihr, und sein Blick tanzte nervös über ihren halb nackten Körper.

Verführerisch strich sie mit einem Finger über seine Brust. „Dass du eine dunkle Seite in dir hast. Du bist nicht wie die anderen Engel. Du gibst vor, deinen Seelenfrieden gefunden zu haben, doch in dir tobt ein Sturm. Das ist mir nicht entgangen.“

Damit traf sie genau den richtigen Punkt – das war ihm anzumerken. Ein Muskel in seiner Wange zuckte, und er schaute sie unverwandt an. Auch seine Stimme verriet ihn. „Luciana, du bewegst dich auf gefährlichem Grund.“

„Warum lässt du sie nicht heraus, diesen Zorn, der in dir wütet?“, wisperte sie. „Du ahnst nicht, wie viel Vergnügen dir diese dunkle Seite verschaffen kann. Und wie schön ein Sturm sein kann.“

Ihre Hände berührten ihn tiefer. An seinem Oberschenkel. Einmal, zweimal.

Einen Moment lang schien er nachzudenken. Sie sah, dass er zögerte. Sah sein Verlangen. Seine Gier.

Sanft, oh, so sanft, legte er seine Hand auf ihre.

Und schob sie weg.

„So geht es nicht. Ich bin es, der gekommen ist, um dich zu retten. Das muss dir endlich klar werden. Das ist die einzige Möglichkeit, dass es zwischen uns funktionieren könnte.“

„Oh, wie sehr du dich irrst!“ Luciana führte ihn zu ihrem Bett. „Komm, ich zeige dir, wie sehr du dich irrst.“

Brandon schwieg. Sie beobachtete, wie er schluckte, diese herrliche Bewegung seines Adamsapfels. Man konnte hören, wie trocken sein Mund war.

In diesem Moment wurde ihr klar, dass sie gewonnen hatte.

In der Ecke befand sich ein verzierter Spiegel, fast so hoch wie der Raum, in einem goldenen Rahmen.

Er erhaschte ihren Blick im Spiegel, grün und funkelnd im Halbdunkel. Und betrachtete sein eigenes Spiegelbild. Gebeugt stand er über ihr, sie ihm halb zugewandt, ihn über die Schulter hinweg anschauend. Er drehte sie um, sodass ihr spektakulärer Körper von vorne reflektiert wurde, während er hinter ihr war.

„Pass auf", sagte sie und nickte in Richtung ihres Spiegelbilds. „Sieh uns zu. Du wirst erkennen, wir sind gleich. Wir sind beide Geschöpfe der Lust. Du bist nicht anders als ich."

Er streichelte ihren heißen, üppigen Körper. Hielt sie vor dem Spiegel fest und schaute ihr in die Augen, während sie sich langsam an ihm rieb.

„Mach nichts Hässliches daraus. Ich möchte, dass du siehst, wie schön du bist."

„Ich habe einen schönen Körper. Allerdings keine schöne Seele."

„Du hast beides. Jede Seele ist schön." Brandon betrachtete sie hingebungsvoll. „Nur wissen das nicht alle."

Luciana öffnete den Mund, um zu protestieren, doch er kam ihr mit einem Kuss zuvor.

„Nicht mehr diskutieren. Lass uns miteinander schlafen."

Im Spiegel verfolgte er ihre Reaktion und schaute ihre beiden Körper an, als er sich hinter sie aufs Bett kniete. Aus dieser Position heraus sah er ihren wohlgeformten, perfekten Rücken. Sanft, bewundernd, andächtig ließ er eine seiner großen Hände zu ihren Brüsten wandern und nahm sie in seine Hände. Wog sie, drückte sie.

Luciana fühlte sich so gut an.

Er drückte sich an sie und spürte, dass seine Erektion sich noch verstärkte.

Sie drehte sich in seinen Armen um, seine Partnerin in diesem komplizierten Tanz, und sie beobachten sich immer noch im Spiegel. Sie wanden sich, umschlangen einander, und plötzlich war sie auf ihm.

Und dann, endlich, drang Brandon in sie ein und spürte, wie sie bereitwillig die Oberschenkel für ihn öffnete.

Das Spiel begann langsam, nur millimeterweise tauchte er tiefer in sie ein, hielt sich zurück, ermahnte sich, nicht zu schnell zu werden. Um sie ganz auszufüllen, brauchte es nichts weiter als eine schnelle Bewegung, ein rascher Stoß – aber so sollte es nicht sein. Er würde sich dann nicht beherrschen können und sofort den Höhepunkt erreichen.

Allmählich wurden seine Stöße kräftiger, und das schien ihr zu gefallen. Sie gab sich ihm hin, verschmolz mit ihm.

In diesem Moment erkannte er die absolute und totale Richtigkeit dieser sexuellen Verbindung, der reinen und unverfälschten Lust, diese Verehrung des Göttlichen. Dämonin oder nicht, im Grunde genommen war sie immer noch ein Teil der göttlichen Ordnung, ganz unabhängig von allem, was sie zu sein glaubte.

Und bei diesem Gedanken kam er gewaltig, verströmte sich in ihr.

Brandon sah die Dämonin plötzlich als weibliche Inkarnation eines ganz und gar ursprünglichen Triebs, den es seit Anbeginn der Zeiten gab. Sie stand mit ihrer Existenz über dem Kampf von Engel und Dämon, von Gut und Böse. Sie war eine Feuersbrunst von Unschuld und Versuchung, die um ihn herum loderte und mit seinem Verstand eins wurde.

Sie war die Eva im Paradiesgarten.

Sie war die verbotene Frucht, reif und verführerisch am Ast des Apfelbaumes.

Und sie war die grünäugige Schlange. Alles in einem.

Er spürte, dass Luciana auf ihm erbebte. Dieses Gefühl brachte ihn zurück, ließ ihn in sein Bewusstsein zurückkehren, zurück auf die Erde und zurück zu dem Wissen, dass sie – egal, was sie sonst noch sein mochte – zuallererst eine Frau war.

Aus Fleisch und Blut, mit einem Herz, das unter diesen perfekten Brüsten schlug, die er mit seinen Fingern umschloss.

Luciana hatte den Moment ihres Orgasmus zu einer Kunstform erhoben. Sie wusste genau, wann sie stöhnen musste, wie sie sich wann zu winden hatte, welche Muskeln sie wann anspannen und wieder entspannen musste, und wann sie in sich zusammensinken musste, als wäre sie vom Liebesakt vollkommen erschöpft.

„*Mio caro*, ich komme", schnurrte sie daher genau im richtigen Augenblick.

Hinterher lag er halb über ihr, vollkommen fertig, mit einem kleinen, befriedigten Lächeln im Gesicht. Einen Moment lang widerte er sie an, denn es war eindeutig, dass der Akt für ihn viel schöner gewesen war als für sie.

Und während Brandon an Eva dachte, dachte Luciana an Lilith.

Denn vor Eva war Lilith gewesen. Die Arme tauchte allerdings in keiner offiziellen Version der heiligen Schriften irgendeiner Religion auf. Ihr Leben war nichts weiter als volkstümliche Überlieferung geblieben, ihre Geschichte nur weitergegeben durch Hörensagen und heimlich geflüsterte Erzählungen. Glaubte man diesen Erzählungen, war Lilith Adams erste Frau, zur selben Zeit erschaffen wie er, aus demselben Lehm. Sie wurde geschaffen als ein ihm ebenbürtiges, nicht ihm untergeordnetes Wesen. Lilith war schließlich des monogamen Sexlebens überdrüssig geworden und hatte den Garten Eden verlassen, um sich den spannenderen Dämonen zuzuwenden.

Lilith hatte keine Angst davor, das zu tun, was sie tun wollte, und mit jedem zu vögeln, den sie vögeln wollte.

Lilith war bekannt dafür, dass sie Männer in ihren Träumen überfiel.

Was würde Lilith jetzt tun? überlegte Luciana.

Ohne Zweifel würde sie Brandon beseitigen. Schnell und ganz ohne Reuegedanken. Sie würde unter das Bett greifen, wo Luciana immer ein kleines Fläschchen Gift aufbewahrte, genau für solche Fälle.

Wenn der Mann schließlich schlief oder kurz davor war, einzuschlafen auf ihrer seidenen Bettdecke, würde sie ihm das Gift injizieren.

Und wenn der Mann nicht starb, würde Lilith ihn so lange behalten, bis sie ihr Ziel erreicht hatte. Bis sie gefunden hatte, was sie brauchte, um ihn für immer auszuschalten.

Das würde Lilith tun.

Aber Luciana war nicht Lilith. Trotz aller Morde, die sie in den vergangenen Jahrhunderten begangen hatte, empfand sie immer noch Reue.

Nun lag Brandon neben ihr in ihrem Bett und schlief. Das Mondlicht fiel auf seinen Körper, und im fahlen Licht wirkte er wie ein junger Gott, der aus dem Himmel auf die Erde gesandt worden war.

Und doch hatte er etwas so Irdisches an sich, etwas, das so absolut menschlich war.

Er war nicht der Rohling, für den sie ihn bei ihrer ersten Begegnung gehalten hatte.

Was ist bloß los mit mir? Luciana ärgerte sich über ihre Sentimentalität.

Sie griff unters Bett und tastete mit den Fingern nach dem Plastikröhrchen der Spritze, die sie dort angebracht hatte.

In dieser Sekunde zog er sie an sich.

„Das war so intensiv." Brandon vergrub sein Gesicht in ihrem Haar. „Überwältigend."

„Hmmm, ja", gab sie vage Laute der Zustimmung von sich und versuchte, ihre Zwiegespaltenheit zu verbergen. Sie musste an das Gift gelangen. „Wie ein zweites Feuerwerk."

Er setzte sich auf, und seine grauen Augen glänzten silbern im Mondlicht. „Aber du bist nicht gekommen."

Wenn dem so war, war es nicht seine Schuld.

Nach ihrer Erfahrung rangierte Sex maximal zwischen ziemlich ungemütlich bis hin zu schmerzhaft. Sie hatte gehofft, mit Brandon wäre es anders. Doch das war nicht der Fall gewesen – es war enttäuschend, allerdings keine große Überraschung.

„Natürlich hatte ich einen Orgasmus. Du bist ein phänomenaler Liebhaber."

„Darum geht es nicht. Lüg mich nicht an!"

Sie zuckte mit den Schultern und rollte sich auf die Seite, um wieder unters Bett zu greifen.

Aber er hielt sie fest und fragte mit einer seltsamen Dringlichkeit in der Stimme: „Warum hast du ihn vorgetäuscht?"

Weil ich es immer mache, dachte Luciana.

„Ob ich vorgetäuscht habe oder nicht, spielt keine Rolle. Ich weiß nicht, warum du darauf herumreitest." Sie seufzte. „Es war sehr schön, *mio caro*."

„Was soll denn das heißen? Wir sind hier zu zweit! Sex hat etwas mit der Verbindung von zwei Menschen zu tun. Wenn du keinen Spaß hattest …"

„Ich hatte Spaß, *amore mio*. Dank dir dafür."

Was ist mit dem Gift? Sie lag einen Moment still auf der Seite, den Blick von ihm abgewandt. Wenn sie die Hand nur ein wenig weiter ausstreckte, könnte sie die Spritze zu fassen kriegen und …

„Du weißt ja, was man sagt", unterbrach er ihre Gedanken. „Wenn es beim ersten Mal nicht gelingt, versuch es noch mal."

„Nicht nötig."

„Nötig? Eben hast du selbst doch noch von Lust und Sich-gehen-Lassen gesprochen. Vielleicht bist du aber in Wirklichkeit nur eine Schwätzerin."

„Ich könnte gar nicht …"

„Pst", flüsterte er ihr ins Ohr und knabberte an ihrem Ohrläppchen. Sie spürte seinen heißen Mund, das sanfte Kosen seiner Zähne. Spürte seinen Atem in ihrem Ohr. Sie erschauerte, während er murmelte: „Ob du kommst oder nicht, wir können so viel Lust miteinander entdecken."

Als er seine Fingerspitze von ihrem Ohr herunter zu ihrem Hals wandern ließ, war seine Berührung so leicht wie die einer Feder. Er streichelte ihr Schlüsselbein und die Stelle zwischen ihren Brüsten, bis sie vor Erregung zu zittern begann. Sowie sie seine Hand langsam ihrer Brustwarze näherte, konnte sie an nichts anderes mehr denken als an seine Liebkosung.

Sie wagte es nicht, sich zu rühren, sondern lag still auf dem Bett, ohne ihm zu signalisieren, ob seine Taktik aufging.

Seine Finger strichen jetzt über die Unterseite ihrer Brüste, kniffen sie sacht. Sein heißer Atem streifte ihren Hals und schien dabei jedes einzelne Nervenende in ihrem Körper zu entzünden, jede einzelne Nervenzelle unter Strom zu setzen.

Nicht bewegen, ermahnte sie sich. Er darf nicht siegen.

Der Mund wurde ihr trocken, und sie öffnete unwillkürlich die Lippen. Sie hörte, wie ihr Herzschlag sich beschleunigte, und feuchtete mit der Zunge ihre Lippen an. Biss sich auf die Unterlippe, damit ihr nur ja kein Geräusch der Lust entfuhr. Ein weiches, schmelzendes Gefühl durchfloss unterdessen ihren Körper, ausgehend von der Stelle, an der seine Finger sie berührten. Von der Brustwarze, die er jetzt anfasste. Und die hart wurde.

Ihr Körper verriet sie jedoch und reagierte auf die Verlockungen des Feindes.

Sie biss sich fester auf die Lippe. Aber selbst diese Maßnahme konnte nicht verhindern, dass ein leiser Laut der Lust aus ihrer Kehle drang. Ein Laut so schwach, dass er nicht einmal als Stöhnen durchging. Doch dieser Laut war ehrlicher und bedeutete mehr als jeder einzelne Lustschrei, den sie je von sich gegeben hatte.

„Siehst du, was ich meine?"

Luciana hörte die Selbstgefälligkeit in seinen Worten und schüttelte den Kopf. Blinzelnd setzte sie sich auf, ganz außer

Atem. *Ich muss verschwinden. Es ist unerlässlich, dass ich jetzt gehe.*

„Oh, ich sehe, du verstehst“, murmelte er und schlang wieder die Arme um sie. Er schob ihr das Haar aus dem Nacken, um sie genau dort zu küssen, um mit seinen Lippen dieses sensible Stückchen Haut zu streicheln, unter dem ihr Puls so wild raste. „Du weißt genau, was ich meine.“

Seine Hände erkundeten die hinreißenden Kurven ihres Körpers, wandernd, suchend. Jetzt folgten seine Lippen, sein neugieriger Mund. Brandon glitt mit seiner Zunge erst über eine Brustwarze, dann über die andere. Wieder biss sie sich auf die Lippe, damit sie sich nicht völlig dem Gefühl hingab.

Er zog sie zurück aufs Bett. Verzweifelt versuchte sie, seinem Griff zu entkommen, krallte sich in der seidenen Bettwäsche fest. Doch seine Hand war wie der Fels in der Brandung, der Anker im Sturm, während die Wellen der Leidenschaft über sie schwappten und drohten, sie zu ertränken.

Dann änderte er seine Position, streichelte und küsste ihren Bauch. Und so arbeitete er sich immer weiter nach unten, bis zu ihrer sensibelsten Stelle, die er schon erforscht hatte. Diesmal allerdings hielt er inne und strich über ihre geschlossenen Schamlippen, bevor er ihr sanft die Schenkel spreizte. Mit Fingern und Zunge begann er sie so zärtlich zu verwöhnen, dass sie schließlich nicht anders konnte, als sich gehen zu lassen.

Erst nach einer Weile merkte Luciana, wie lustvoll sie sich auf dem Bett hin und her wandte, und sie seufzte tief angesichts ihrer Niederlage.

Er hob den Kopf, und sie meinte in seinen Augen so etwas wie Triumph aufblitzen zu sehen. „Soll ich immer noch aufhören?“

„Ich will, dass du …“, sagte sie, nach Atem ringend. An das Gift verschwendete sie keinen Gedanken mehr.

Und als er seinen Kopf wieder senkte und sich wieder dem empfindlichen Punkt zwischen ihren Beinen widmete, hörte sie ganz auf zu denken. Nach all seinen zarten und doch so eindringlichen Liebkosungen glitt er nun mit seinen Fingern in sie. Sie umklammerte ihn mit ihren Muskeln und war zum ersten Mal in ihrer Existenz davor, einen Orgasmus zu haben.

Brandon merkte, wie kurz davor sie war, zu kommen. Rasch schob er sich auf sie und drang in sie ein. Ganz behutsam, so wie zuvor. Nur mit dem Unterscheid, dass er diesmal dabei aufreizend ihre Klitoris massierte, während er in sie tief eintauchte. Jeder Stoß beförderte sie tiefer in eine Unendlichkeit der Lust.

Und plötzlich war sie erfüllt von ihm, nahm seinen Rhythmus auf, erwiderte seinen Blick, als er sie ansah, ohne langsamer zu werden.

Er war ein Mann mit einer Mission. Ein Mann im Auge des Sturms, unbeeindruckt von dem Sturm, den er in ihrem Inneren entfesselt hatte. Ein Sturm, den er zu meistern bereit war.

Sein muskulöser, tätowierter Körper glänzte feucht. Seine Muskeln zeichneten sich deutlich ab, während er sich in ihr bewegte und sie grandios und sündhaft göttlich nahm.

Und dann kam sie. Wie Wellen breitete sich der Orgasmus in ihr aus, entfacht von dieser wilden Süße, die er ihn ihr geweckt hatte.

Sie hatte ihn immer als ihren Feind betrachtet – denn das war alles, was sie über ihn wusste: Er war ein Schutzengel. Doch in der Ekstase ihres Hohepunktes sah sie ihn zum ersten Mal wirklich. Erkannte ihn als den, der er war. Blickte in seine Seele hinein und sah die helle Flamme darin leuchten, die nur eines bedeuten konnte: *Göttlichkeit*.

Und als er jetzt kraftvoll in sie stieß und sie ihm in die Augen schaute, wurde ihr klar, dass er sie mitgenommen hatte an diesen Ort ungezügelter Entrückung, der ihr bisher verschlossen geblieben war.

Nach diesem wundervollen Akt lagen sie vereint nebeneinander, nach Luft ringend, und der Sturm flaute ab und machte einer unendlichen Ruhe Platz.

Sie begann zu zittern, als sie da in ihrem Nest aus Seide lag, in dem sie so viele Nächte einsam und unerfüllt verbracht hatte, und sie war unfähig, dieses Zittern zu unterdrücken. Denn sie wusste, dass Satan selbst einen Weg finden würde zu intervenieren.

Brandon zu verführen hätte ihr großer Erfolg werden müssen. Nie war sie der Chance, Satan das gewünschte Opfer zu bringen, so nahe gewesen. Nur eine Berührung entfernt. Und doch, wie er nun neben ihr lag, seine Hand mit ihrer verschlungen, wollte sie den Plan plötzlich nicht mehr ausführen.

Die Spritze mit dem Gift blieb unangetastet.

Als er in ihrem Bett lag, in diesem Meer aus Seide, und immer noch das Nachbeben ihres Liebesspiels spürte, wurde ihm mit einem Mal etwas klar. Wenn er sich in die Dämonin verliebte, konnte sie etwas Dunkles, Böses in ihm heraufbeschwören, das bereits in ihm war und das er nicht würde kontrollieren können. Genau, wie Luciana es ihm prophezeit hatte.

Er war nur einen Millimeter davon entfernt, ein gefallener Engel zu werden.

„Denk doch mal nach! So könnte es immer sein."

„Wie kannst du nur glauben, dass ich mich ändere. Nur weil du mit mir schläfst?" Luciana lächelte schwach in der Dunkelheit. „Du hast keine solche Macht über mich. Nicht so wie diese fade kleine Serena über Julian. Dein Herz ist so viel dunkler, als ihres je sein könnte."

Und Brandon wusste, dass sie recht hatte.

Er war vielleicht kein Anfänger-Engel wie Serena St. Clair.

Aber er trug so viel mehr Verbitterung in sich. So viel mehr Wut.

Irgendwie hatte er erwartet, dass Luciana weicher werden würde, doch sie zeigte noch immer keinerlei Anzeichen davon. Im Gegenteil.

„Raus!“

Brandon sah plötzlich die Spritze in ihrer Hand. Sah, wie ihr Daumen auf dem Kolben lag, bereit, herunterzudrücken. Eine Giftspritze, zur Injektion fertig.

„Was immer du heute Nacht erreichen wolltest, es wird niemals geschehen. Geh, bevor ich dich mit Gift vollpumpe! Geh, solange du noch auf deinen eigenen Füßen stehen kannst!“

Nachdem er verschwunden war, verschloss Luciana die Spritze wieder und platzierte sie unter dem Bett. Das Gift hatte sie nicht angebrochen.

Sie starrte in die Dunkelheit und lauschte auf ihren eigenen, immer noch beschleunigten Herzschlag. Dann hörte sie auf dem Balkon vor ihrem Fenster das Flattern von Flügeln und das Gurren einer Taube. Da wusste sie, dass sich das Gefühl von Frieden, das er mit zu ihr gebracht hatte, ebenfalls wieder von ihr verabschiedete.

Doch immerhin wurde es nicht sofort ersetzt durch ihre jahrhundertealte Verbitterung.

Auch der Wunsch zu töten war nicht länger vorhanden in ihr. Ihre Rachegelüste waren dumpf und schwer, wie eine ferne Erinnerung. Noch vor ein paar Tagen hatten diese Gelüste ihr Blut zum Kochen gebracht. Jetzt waren sie nicht mehr als ein sanftes Plätschern.

Und alles nur wegen Brandon.

Sie fröstelte, als ihr das Ausmaß dieser Veränderung bewusst wurde.

Ich kann nicht Abschied nehmen von dem, was mich am Leben erhält, dachte sie. *Es gibt nur noch einen Ort, an den ich gehen kann. Zu der einzigen verbliebenen Person in Venedig, die mir vielleicht helfen kann.*

Luciana stand auf, kleidete sich an und schnitt rasch im Garten ein paar Rosen ab – als Opfergabe für die Gestalt der Finsternis, die sie jetzt besuchen würde.

Brandon kletterte an der dunklen Fassade der Casa Rossetti herab und verschwand in der Nacht.

Glück gehabt.

Das war alles, was er denken konnte. Allerdings hatte er nicht den blassesten Schimmer, wieso sie ihn rausgeworfen hatte.

Aber das war es, was ihn gerettet hatte.

Zum Hauptquartier der Kompanie in dem verlassenen Palast wollte er nicht zurückkehren. Er hatte schon viel zu lange dort gehockt. Nachdem er mit der Dämonin geschlafen und sie ihn danach abserviert hatte, war es ihm nicht möglich, Arielle gegenüberzutreten.

Nicht jetzt. Solange er noch die Haut der Dämonin auf seiner spürte. Solange sein Körper noch von ihrer Nähe zehrte.

Brandon wanderte lange durch die Straßen. In seinem Kopf rumorten die Gedanken, während er Brücken überquerte und durch enge Gassen lief, bis er sich in dem Gewirr aus Straßen und Kanälen verirrt hatte.

Jemand, der mir so viel Vergnügen bereitet hat, wenn auch nur für einen kurzen Augenblick … Wie kann sie böse sein?

Er blickte hinauf in den Himmel, wo die Sterne funkelten. Nichts hatte sich geändert. Wenn überhaupt, hatte sich durch ihre intime Begegnung alles noch mehr verkompliziert. Die geträumte Qualität ihrer Begegnungen war fleischgeworden, war nun Realität.

Und die Dämonin selbst. Er hatte Schwierigkeiten, sie sich vorzustellen. Der Gedanke an sie war flüchtig, veränderlich, kurzlebig. Jungfrau, Drache, Verführerin, Madonna. Ihm war, als wäre alles, was er jemals mit Frauen in Verbindung gebracht hatte, in Luciana vereint. All die verschiedenen Bilder und Gefühle, die sich unter der Oberfläche ihrer Haut verbargen und immer wieder veränderten.

Zum Verrücktwerden.

Ihm sprang ein altes Eisentor ins Auge. Es schien aus der

kleinen Gasse hervorzustechen, wobei das dekorativ geschmiedete Metall irgendwie zu glühen schien. Es kam ihm vor, als würden die dargestellten Weinranken, die sich sachte im Wind bewegten, ihm zuwinkten. Er ging auf das Tor zu und sah darüber, konnte aber nichts sehen.

Also stieß er es auf – die alten Scharniere quietschten laut – und betrat einen Garten.

Dort umschwärmten Glühwürmchen eine Statue, die in der Mitte des Gartens stand.

Bei näherer Betrachtung stellte sie sich als eine Statue des Heiligen Georgs heraus, des Drachentöters.

Was hatte das nur alles zu bedeuten?

Das Absurdeste an der ganzen Situation war, dass er viel näher davor war, vom Drachen verschlungen zu werden, als ihn zu töten.

12. KAPITEL

Massimo lenkte das Boot hinaus auf die dunkle Lagune, in die sumpfigen Gewässer nahe der Insel Sant'Ariano. Die verwunschene kleine Insel war seit Jahrhunderten verlassen, seit dem sechzehnten Jahrhundert schon, seit die Stadtväter Venedigs beschlossen hatten, die Insel als *ossario*, als Beinhaus, zu benutzen.

Als Lagerstätte für die Gebeine der toten Venezianer.

Luciana war zum ersten Mal noch als Mensch hier gewesen, als junge Frau hier gewesen, und zwar auf der Suche nach Schlangen, von der es auf der Insel wimmeln sollte. Schlangen waren unverzichtbar für die Giftrezepturen, die sie in alten Apothekerbüchern gefunden hatte. Doch statt der Schlangen hatte sie hier etwas anderes gefunden.

Jemand anderen, um genau zu sein. Jemanden, der ihr geholfen hatte, die Kunst des Giftmischens zu erlernen – weit über das Maß hinaus, wie sie es selbst sich hätte beibringen können.

„Warte hier auf mich“, sagte sie zu Massimo, als sie aus dem Boot stieg und die Blumen mitnahm. „Diese Angelegenheit muss ich alleine erledigen.“

Ein seltsamer Nebel driftete über die Lagune, sehr ungewöhnlich für diese Jahreszeit, mitten im Hochsommer. Lucianas Schuhe knirschten auf dem erdigen Untergrund. Sie dachte ungern daran, was sich unter ihren Schuhsohlen befand. Noch bis vor etwa hundert Jahren hatte man die Leichen einfach hier abgeladen, als Haufen von Knochen. Dann hatte die Stadt Venedig beschlossen, die Haufen abtragen zu lassen, und dadurch waren die Knochensplitter jetzt überall auf der Insel verteilt. Dann hatte man eine Mauer rund um die Insel errichtet, sodass sie von außen nicht einsehbar war.

Als sie über den unebenen Boden lief, konnte Luciana die energetischen Spuren Tausender Menschen spüren, die gelebt hatten und gestorben waren und deren Gebeine nun zerbröckelt herumlagen. Etwas von ihnen war übrig geblieben. Etwas, das nicht einmal geisterhaft war. Nur ihre bloße Essenz war noch da, eine feine Art Erinnerung, die in der Luft hing.

Die Dämonin lief weiter, bis sie zu einem kleinen, verfallenen Gebäude kam. Das Dach war schon lange verschwunden, stattdessen bildeten jetzt tief hängende Äste eine Art natürliches Dach, durch dessen Lücken das Mondlicht schien. Spinnen hatten sich hier eingenistet, deren Netze an Lucianas Fingern und Haaren kleben blieben.

Widerlich, dachte sie, als sie sich dem kleinen Haus näherte. Was für eine absurde Idee, sich hier niederzulassen!

„Zitella?"

Vielleicht gab es die alte Schrulle gar nicht mehr. Schließlich war es – im wahrsten Sinne des Wortes – Ewigkeiten her, seit sie zum letzten Mal hier gewesen war und die Hilfe der alten Frau in Anspruch genommen hatte. Vielleicht lebte sie gar nicht mehr hier.

Doch zwischen den verrottenden Mauern entdeckte sie ihre Mentorin.

Die Meister-Alchemistin. Die Meister-Giftmischerin.

Sie saß in einem Sessel, wie damals vor über zweihundert Jahren schon. Ihr weißes Haar hatte sie im Nacken zu einem Knoten gebunden, und auch ihre schwarze Witwenkleidung war dieselbe wie damals, formlos hing sie an ihrem gebrechlichen Körper herunter. Hinfällig. Sie zeigte mit ihren knochigen Fingern, die im Mondlicht besonders dürr und spirrelig wirkten, auf Luciana und bedeutete ihr, näher zu kommen.

Zitellas Alter konnte man unmöglich schätzen. Selbst vor über zweihundert Jahren hatte die Alte schon so hinfällig auf sie gewirkt. Vor langer Zeit, als Luciana sie als junge Frau um Hilfe gebeten hatte, um sich aus einer schrecklichen Situation befreien zu können.

Damals hatte Zitella menschliche Knochen zu feinem Mehl zermahlen, das sie zum Raffinieren von Zucker verkaufte. Was sie jetzt machte, wusste Luciana nicht. Als was sie jetzt existierte, war ihr ebenfalls ein Rätsel. Ob Dämon oder Geist oder irgendetwas dazwischen – lebendig war Zitella jedenfalls nicht. Die Alte hörte auf zu summen und sah auf. „Luciana Rossetti? Bist du das, Kind?"

Luciana trat vor.

„Komm näher, mein Kind. Wie lange ist das her? Jahrhunderte ..."

Luciana legte Zitella die Rosen auf den Schoß.

Die Alte hob sie hoch, schnupperte kurz an ihnen und warf sie dann hinter sich in die Dunkelheit. „Versuch nicht, mich mit derart geringfügigen Geschenken zu bestechen."

„Ich habe noch etwas für Euch, Zitella", beeilte sich Luciana zu sagen. „Noch ein anderes Geschenk."

Sie legte der alten Frau die Phiole in die Hand.

Zitella umschloss sie mit ihren knochigen Fingern. Im fahlen Licht hielt sie die Phiole hoch, entkorkte sie und roch daran. Dann sagte sie: „Ja, das ist schon besser. Das Blut einer Unschuldigen, die Essenz einer Frischverstorbenen. Ja, ich bin erfreut. Wogegen möchtest du das eintauschen?"

„Was immer Ihr mir geben möchtet, Ma'am." Luciana wusste, dass es besser war, keine Forderungen zu stellen.

Vorsichtig stöpselte Zitella die Phiole wieder zu und steckte sie in eine Falte ihres schwarzen Kleides. Dann fischte sie aus den Tiefen ihrer Gewänder etwas hervor und reichte Luciana ein kleines Fläschchen aus braunem Glas, mit einem unauffällig wirkenden Pulver darin. Luciana hatte sich nicht bei der Alten angemeldet, und doch wusste sie, was die Dämonin benötigte. Sie war offensichtlich besser über Lucianas Leben informiert, als der Dämonin recht war. „Das ist es, wonach du suchst. Die gemahlenen Knochen der bösartigsten Wesen, die jemals durch die Straßen von Venedig wandelten. Die Knochen von Mördern und Vergewaltigern, von Kinderhändlern und Seelenhändlern, zu feinem Pulver zermahlen. Bereite einen Grundstock aus Gift zu, aus Schierling und Zyanid. Dann gib das Blut der Unschuldigen dazu und zuletzt dieses Pulver. Damit wirst du erreichen, wonach du suchst – die Formel, die Körper und Seele töten kann."

Luciana nahm das Fläschchen entgegen und bedankte sich – aus Gewohnheit – mit einem Knicks. „Danke, Zitella."

„Mach alles genau so, wie ich es dir vor so vielen Jahren beigebracht habe. Dann wirst du jeden Dämon auf der Erde töten können."

Und wenn ich damit einen Dämon töten kann, dann sicher auch einen Engel, hoffte Luciana.

„Ich werde Euch ewig dankbar sein für alles, was Ihr mir beigebracht habt, damals wie heute." Die Dämonin neigte noch einmal ehrerbietig den Kopf, dann drehte sie sich um, um zu gehen.

Doch die Alte hielt sie fest, hielt mit überraschend festem Griff ihr Handgelenk umklammert. Das fühlte sich so seltsam an, dass Luciana zusammenzuckte. Die Haut der Alten war selbst schon so hart wie Knochen.

Zitella zog sie so dicht an sich heran, dass sie einander in die Augen sehen mussten. „Warte noch! Ich habe eine Frage an dich. Wer ist der Mann, der zu dir gekommen ist? Dein Liebhaber?"

„Ich habe keinen Liebhaber, Zitella. Nicht anders als sonst. Ihr fantasiert ja." Luciana versuchte, sich loszumachen.

„Lüg mich nicht an, Luciana Rossetti! Jemand ist in dein Leben getreten."

„Mag sein, dass es einen Mann gibt. Aber diese Tatsache bleibt ohne Folgen. Die Beziehung ist zum Scheitern verurteilt. Wir sind zu unterschiedlich."

„Lass dich nicht auf Engel ein! Ja, ich weiß es. Ich kann ihn an dir riechen. Er hat in dich hineingesehen." Die Alte bohrte ihr einen Finger in die linke Seite der Brust. „Er kennt dein Herz. Er weißt, dass du eins besitzt."

Und dann fing sie an zu lachen. Ihr lautes Keckern störte sogar die Äste, die das Dach über ihrem Haus bildeten. Sie wichen zurück, sodass eine Lücke entstand, durch die das Mondlicht hereinströmte und Zitellas runzliges altes Gesicht erhellte.

„Geh jetzt! Was du mit dieser Substanz tun wirst, liegt außerhalb meiner Kontrolle. Doch sei achtsam, wenn du sie benutzt. Und vergiss eins nicht: Manchmal ist das, was wir am meisten fürchten, das, was wir am meisten brauchen."

Verrückte alte Schrulle, dachte Luciana, als sie durch die Dunkelheit zurück zu ihrem Boot stolperte. Etwas hatte sich in ihren Haaren verfangen, wahrscheinlich ein ekliges, klebriges Spinnennetz aus Zitellas Hütte oder vielleicht ein kleiner Zweig, der vom Dach heruntergefallen war. Luciana zog es heraus.

Aber es war eine Feder.

„Bring mir einen der Kobolde", wies die Dämonin Massimo Stunden später an. Es war bereits kurz vor Sonnenaufgang.

Sie setzte gerade die letzte Essenz an, die sie nach Zitellas Vorgaben destilliert hatte. Endlich hatte die Mixtur eine gewisse Struktur. Sie portionierte eine kleine Menge des neuen Gifts und zog sie mit zitternden Fingern auf eine Spritze.

Dann injizierte sie es dem Kobold.

Massimo ließ die Kreatur los und setzte sie auf den Boden, wo sie wie irre herumzuscharren begann.

„Vielleicht passiert gar nichts", murmelte Luciana. „Zitella ist steinalt und mittlerweile offensichtlich ziemlich verrückt. Vielleicht hat sie mir nur ein Fläschchen Staub gegeben."

Doch mit einem Mal begann der Kobold zu husten, und ein Schwall roten Blutes ergoss sich aus seinem Mund und hinterließ eine fürchterliche Schweinerei auf dem Fußboden. Die Kreatur kippte zur Seite, während sich um seinen Mund ein roter Schaum bildete.

„Vielleicht ist die Alte doch nicht so verrückt."

„Das sieht in der Tat vielversprechend aus." Massimo beobachtete den Vorgang hoch konzentriert. „Noch keines Ihrer Gifte hat je so schnell und so heftig gewirkt."

„Aber hat dieses Gift auch die Kraft, einen so starken Engel zu töten wie den, der uns beobachtet? Das können wir wohl nur durch Ausprobieren herausfinden. Es gibt keine Garantien. Ich würde es gern erst noch an jemand anderem ausprobieren, bevor ich es an dem Engel anwende."

„Wie sollen wir das machen?"

„Vielleicht kann Carlotta uns behilflich sein. Sie weiß immer, wo man Türhüter findet, die billig zu haben sind. Wir sollten ihr einen Besuch abstatten."

„Und was ist mit der Kompanie? Besteht nicht das Risiko, dass man uns schnappt?"

„Dieses Risiko müssen wir eingehen, Massimo. Wir werden uns bewaffnen."

Sie drückte ihm eine Giftspritze in die Hand, die sie mit einer Plastikkappe verschloss. „Sei bitte sehr vorsichtig! Versprich mir, dass du mit dem Gift keinen Missbrauch treiben wirst! Es ist vermutlich das gefährlichste Gift, mit dem wir je zu tun hatten. Es könnte alles verändern."

Die Party in Carlottas Bordell näherte sich langsam dem Ende – nach fünf vollen Tagen wilder Ausschweifungen.

In Carlottas Privaträumen feierte sie gerade mit Corbin ihre eigene kleine Privatparty. Auf dem Fußboden verstreut lagen Wäsche und High Heels der Frauen, die Corbin in den letzten Tagen flachgelegt hatte, sowie leere Magnumflaschen Champagner und ein halb voller Teller mit Kaviar und Foie gras.

„Ich hatte eine geile Zeit mit euch", sagte Corbin. „Aber jetzt muss ich mich leider verabschieden."

„Wo ist mein Geld?" Carlotta streckte die Hand aus. „Du hast gesagt, du würdest alles bezahlen."

„Habe ich das?" Corbin durchdrang sie förmlich mit seinen

bernsteinfarbenen Augen. „Niemand mag gierige Nutten."

„Und niemand mag abgehalfterte Dämonen", schleuderte sie ihm entgegen.

„Ich habe schon Leute für geringfügigere Beleidigungen getötet."

In ihm stieg Wut auf. Er griff in seine Hosentasche, in der er die Phiole mit Lucianas Gift bei sich trug. Dann öffnete er eine neue Flasche Champagner und schenkte Carlotta und sich selbst ein Glas ein.

In ihres kippte er rasch das Gift.

„*Cincin*, Schätzchen", sagte er und hob das Glas.

„Ich möchte jetzt nicht."

„Komm, verdirb mir nicht die Laune! Ein letztes Glas auf unsere sehr vergnügliche Party!"

Und sie trank.

Dann stellte sie das Glas auf dem Tisch ab und drehte sich um. Corbin beobachtete sie genau, sah, wie sie sich plötzlich an den Hals griff. Sie wirbelte herum, starrte ihn mit schreckgeweiteten Augen an. „Was zum Teufel hast du da reingemischt?"

Er machte sich nicht die Mühe, ihr zu antworten, sondern setzte sich in einen Sessel und trank genüsslich sein Glas leer.

Carlotta fiel auf den dicken, gemusterten Teppich, und ihre Gliedmaßen fingen spastisch an zu zucken.

Irgendwann wurde sie ruhig. Corbin stand auf und begutachtete die Überreste der Party.

Zwischen all dem Unrat lag Carlottas Leiche.

Mit Gift ließ sich so sauber töten. Zu sauber.

Und dann machte er sich an die Arbeit.

Nachdem er ihren Körper zerstückelt hatte, war auf dem Teppich ein großer, dunkler Blutfleck. Er öffnete die Tür und rief ein paar seiner Türhüter zu sich.

„Was ist mit ihr passiert?", fragte einer von ihnen, als er ihre Überreste auf dem Teppich liegen sah.

Corbin hatte neue Türhüter engagiert; seine alte Crew hatte

ihn in Las Vegas im Stich gelassen. Doch offensichtlich hatten noch nicht alle gelernt, den Mund zu halten. Aber das kam schon noch. Zur Not musste Corbin es ihnen auf die harte Tour beibringen.

„Nichts, was du wissen müsstest“, sagte der Erzdämon und goss sich ein weiteres Glas Champagner ein.

Er hatte das Gefühl, sich selbst zuprosten zu müssen. Es war sein erster Mord seit seiner spektakulären Niederlage gegen Julian Ascher, und er genoss diesen Triumph sehr. Selbst wenn Carlotta nur eine zweitrangige Dämonin gewesen war, verschaffte ihm ihr Tod ein wiedererstarktes Machtgefühl.

„Wenn ich Lust habe zu töten, töte ich“, erklärte er nur. „Ich brauche keinen besonderen Grund.“

Er wünschte, dasselbe könnte er auch behaupten, wenn es um Engel ging.

Doch wenn er einen Engel tötete, würde das ernste Konsequenzen nach sich ziehen – und nicht einmal er war bereit, dieses Risiko einzugehen.

Die beiden Türhüter betrachteten grimmig Carlottas Leiche, während Corbin an seinem Champagner schlürfte. Er konnte es ihnen ansehen – sie erinnerten sich wohl gerade an die Gastfreundlichkeit der Bordellbesitzerin, und ganz sicher waren sie der Meinung, dass Carlotta diese Behandlung nicht verdient hatte.

Doch das war Corbin egal.

„Entsorgt die Leiche“, befahl er ihnen. „Oder besser gesagt: Helft mir, sie alle zu entsorgen!“

„Was? Gibt es noch mehr?“

„Noch nicht. Aber wenn wir hier fertig sind.“

13. KAPITEL

Chiuso. Geschlossen.

Das stand auf dem Türschild der Glasgalerie, als Luciana und Massimo am nächsten Morgen dort eintrafen. Um zehn Uhr morgens an einem ganz normalen Werktag.

„Seltsam“, murmelte Luciana.

Als sie den Türknauf drehte, ging die Tür auf. Die Türglocke bimmelte, doch der Laden war verlassen und leer. Die bunten Glasobjekte standen in Reih und Glied auf den Regalen und glitzerten im Morgenlicht.

Nirgends war eine Verkäuferin zu sehen. Und keine Kunden, die sich in der Galerie umsahen.

Luciana sah Massimo an, der nur mit den Schultern zuckte, als er ihr nach hinten folgte. Sie führte ihn zu dem Hinterzimmer, durch die Tür und dann den dunklen Treppenaufgang hinauf.

„Mädchen? Carlotta?“, rief sie, als sie die Treppe hinaufstieg. „Ich bin's, Luciana.“

Nichts.

Keine fiesen Spitznamen wurden von Flur zu Flur gerufen. Kein Frauenlachen war zu hören, kein wollüstiger Partylärm wie neulich nachts. Kein leises Gemurmel der Huren und ihrer Freier. Nicht einmal ein Flüstern.

„Wie merkwürdig ruhig es hier ist!“ Luciana schüttelte irritiert den Kopf.

Zu ruhig.

Auf dem obersten Treppenabsatz angekommen, blieb sie so abrupt stehen, dass Massimo fast in sie gelaufen wäre.

Überall auf dem Flur lag Zeug herum, offensichtlich die Überreste einer wilden Party. Leere Flaschen, Glasscherben, die sich in den Teppich gedrückt hatten. Umgeworfene Tische, zerbrochene Stühle. Überall lagen Kleidungsstücke, sogar über der Brüstung hing Wäsche. Die Kronleuchter waren zerbrochen, ihre gläsernen Prismen bedeckten den Fußboden wie die Überreste einer geplünderten Schatztruhe.

Aber zu sehen war niemand.

Niemand. Nicht einmal ein einzelnes Haar von einem der Mädchen.

Kein Geist hing herum, keine Seele war mehr hier.

„Vielleicht ist oben jemand." Das alles war so merkwürdig, dass Luciana sich an diese vage Hoffnung klammerte, während sie die Stufen erklomm. In Carlottas Büro angekommen, musste sie über noch mehr Flaschen, umgestürzte Möbel und halb volle Tabletts mit den Resten erlesener Speisen steigen, die auf dem Boden lagen.

In der Mitte des Teppichs war ein großer roter Fleck.

Darüber lag ein zerrissenes Seidenkleid, rot von Blut.

In den Falten des Kleidungsstücks lag ein einzelner Smaragdohrring, eine hellgrüne Träne, ebenfalls blutbeschmiert.

Luciana fischte ein Taschentuch aus ihrer Tasche. Sie bückte sich und hob den Ohrring auf, dann wickelte sie ihn sorgsam in ihr Taschentuch ein. Sie hielt ihn fest in der Hand, als könnte sie Carlotta aus dem harten Edelstein herauspressen.

Eine Träne rann ihr über die Wange.

„Ich wollte die Ohrringe zurückhaben. Aber doch nicht so."

So widerlich und falsch Carlotta gewesen war – das hatte sie nicht verdient.

Luciana fiel auf die Knie. Ihr war schlecht, sie hatte das Gefühl, sich übergeben zu müssen.

„Lassen Sie uns verschwinden", ermahnte Massimo Luciana und zog sie am Arm hoch. „Wir können es nicht riskieren, auch denjenigen zum Opfer zu fallen, die das ganze Etablissement vernichtet haben." Auch wenn sein Name unausgesprochen blieb: Sie beide wussten eins ganz sicher, nämlich, dass hier Corbin Ranulfson am Werk gewesen war.

Luciana zitterte am ganzen Leib, als sie den Ohrring in die Tasche steckte. Massimo hatte recht. Sie durfte nicht länger hierbleiben und trauern. „Ich werde das Einzige, was von ihr übrig ist, bestatten. Und ihrer gedenken, wie es sich gehört."

Sie warteten bis nach Sonnenuntergang, um sich im Schutz der Dunkelheit zu bewegen. Spritzer von Salzwasser benetzten Lucianas Gesicht, als Massimo sie mit dem Boot wieder zu den vorgelagerten Inseln brachte.

Doch diesmal war ihr Ziel nicht Sant'Ariano, sondern der Ort, an dem die Venezianer auch heute noch ihre Toten begruben. Wo sie seit Napoleons Zeiten die Leichen bestatteten, nachdem dieser ihre traditionelle Praxis, die Toten in der Stadt zu begraben, als unhygienisch erachtet hatte.

Sie fuhren zur Insel San Michele.

Der nach dem Erzengel Michael benannte *cimitero* hatte noch nicht existiert, als Lucianas Familie gestorben war. Nicht beim ersten Mal zumindest. Fünfzig Jahre nach ihrem Tod hatte Luciana hier ein Grundstück erworben und ihren verstorbenen Angehörigen ein Grabmal errichtet. Mit ihrer persönlichen Botschaft an Gott.

Nichts ist heilig.

„Die ewige Ruhe ist ein Mythos", sagte sie nun zu Massimo, als er das Boot beim Eingang zum ummauerten Friedhof festmachte. „Und jeder, der daran glaubt, ist ein Idiot."

Nachts lag der Friedhof still und leise da. Die stattlichen Zypressen schienen über die Ruhe der Toten zu wachen. Luciana passierte Grabsteine, eine Reihe von weißen Kreuzen und eine Grabwand. Bei den Grabdenkmälern hielt sie inne, einen Moment lang überwältigt von vielen Blumen, die die Gräber schmückten, von dem Duft der verblühenden Blütenblätter und dem feuchten Geruch von Laub, das in der Hitze des Sommers verdorrte.

Beinahe wäre sie ohnmächtig geworden. Sie strauchelte und wäre fast gestürzt, doch es gelang ihr, sich an einem Grabstein aus kühlem Marmor festzuhalten. Ihre Finger umklammerten den weichen Stein. Sie riss sich zusammen und lief weiter.

Massimo folgte ihr jetzt dichtauf, um bei ihr zu sein, wenn es nötig war.

Dann endlich erreichte sie die Stelle, zu der sie wollte.

Vom Mondlicht beschienen stand er da, der Block aus altem weißem Marmor, mit der geflügelten Figur, die ein Engel oder ein Dämon sein konnte und der die Erosion mittlerweile ein groteskes Aussehen verliehen hatte. Sie bückte sich und fuhr mit den Fingern über die in den Stein gemeißelten Namen.

Lorenzo Rossetti, 1727–1784. Padre.
Maria Elena Rossetti, 1732–1787. Madre.
Carlotta Rossetti, 1761–1783. Sorella.
Vater, Mutter, Schwester.

Ein leeres Grab, ein leeres Monument – das war der einzige Hinweis auf die Existenz der drei Seelen, deren menschliche Überreste verloren gegangen waren. Vielleicht lagen sie unter den Pflastersteinen der Stadt begraben, vielleicht in einem der öffentlichen Brunnen, zu denen man früher häufig die Leichen armer Leute gebracht hatte. Die Existenz von drei Menschen, an die die Erinnerung durch die Hand Satans ausgelöscht worden war.

Luciana grub ein kleines Loch in die Erde und legte den Ohrring hinein.

Sie sprach einen stummen Abschiedsgruß und schüttete dann das Loch wieder zu.

„Jetzt wird der Ohrring bei den beiden Frauen ruhen, die ihn trugen“, erklärte sie Massimo. „Bevor ich sie erbte, gehörten sie meiner Mutter. Und dann trug Carlotta sie. Immerhin blieben sie in der Familie.“

Er gab keine Antwort, sondern stand nur stumm da, sein Gesicht so weiß und starr wie Stein.

„Ich werde ihren Tod rächen“, schwor Luciana. „Diese Tat wird nicht ungesühnt bleiben.“

„Glauben Sie wirklich, Sie können sich mit Corbin messen, *baronessa*?“

„Ich muss es versuchen.“

„Die Frage ist: Wen hassen Sie mehr? Corbin oder die Kompanie der Engel?“

„Ich hasse sie alle gleich viel. Und daher muss ich meine Rache auch gleichmäßig auf alle verteilen. Aber du hast recht. Wir müssen unsere Schlachten klug planen, Massimo. Und da die Kompanie unsere drängendste Sorge ist, sollten wir unsere Anstrengungen zunächst auf sie konzentrieren. Aber denk an meine Worte! Die Zeit wird kommen, wenn ich mich an Corbin rächen werde!“

Massimo und sie drehten sich gleichzeitig um.

Hinter ihnen stand der Engel. Er hatte seinen Blick auf die frische Erde am Fuß des Grabmals gerichtet. Jetzt las er die Inschriften auf dem Stein.

„Welche Ironie! Die Dämonin begräbt ihre Familie in geweihter Erde.“

„Ihr Engel seid solche Schwachköpfe! Keiner von euch hat in den letzten Jahrhunderten auch nur ein Flüstern über all das verloren. Und wo ist dein wertvoller Michael jetzt?“, zischte sie ihm entgegen.

„Er ist vielleicht nicht hier“, sagte Brandon. „Aber ich.“

„Wieso bist du hergekommen? Um mich noch mehr zu quälen? Das ergibt keinen Sinn. Reicht es nicht, dass sie tot ist?“

„Was ist passiert?“

Sie streckte die Hand aus und berührte den untersten der eingemeißelten Namen. Anstatt zu antworten, gelang ihr nur ein schwaches Kopfschütteln, und eine einsame Träne lief ihr über die Wange. Sie wischte sie ab.

„Du kannst alldem ein Ende setzen, Luciana. Und ich kann dir dabei helfen.“

Sie war so müde, so schwach. Wie gerne würde sie Brandons Worten glauben!

„Komm jetzt mit mir, nur für eine Weile. Irgendwo muss es einen Ort geben, an den wir gehen können, um zu reden. Nur wir beide."

Sie sackte nach vorn, stützte sich am Grabmal ab und lehnte sich gegen den mächtigen alten Stein. Sie, die sich immer ihrer Stärke und ihrer Überlebensfähigkeit gerühmt hatte, fühlte sich mit einem Mal so zerbrechlich. Vertrocknet wie die Blütenblätter auf den Gräbern um sie herum. Als würde sie bei der leisesten Berührung auseinanderbrechen.

Sie wandte sich an ihren Türhüter und sagte: „Massimo, bitte lass uns allein! Nimm das Boot und fahr nach Hause!"

„*Baronessa?*"

„Geh!" Luciana scheuchte ihn mit einem Winken davon. „Ja, es gibt einen Ort."

Massimo saß im Boot und machte sich Sorgen.

Er beobachtete, wie der Schutzengel die *baronessa* auf ein anderes Boot führte und mit ihr in Richtung Lido fuhr.

Einen Augenblick lang spielte er mit dem Gedanken, ihnen zu folgen, doch sie hatte ihm befohlen zu verschwinden. Trotzdem: Sie hatte schon so viel gelitten. So viel Leid sollte niemandem jemals widerfahren.

Der Türhüter verehrte die Dämonin sehr. Soll sie doch ein bisschen Glück erleben mit dem Engel, er wünschte es ihr von ganzem Herzen. Liebe hat keinen Platz zwischen Dämonen, aber vielleicht könnte sie zumindest einen Moment des Friedens erfahren. Auch wenn er nicht von Dauer war.

Luciana dirigierte Brandon zum Lido, dem lang gezogenen Strand, an dem sich tagsüber Touristen und Einheimische in der Sonne aalten, dicht an dicht, wie die Sardinen in der Büchse. Nachts war der Strand jedoch menschenleer und nur von wenigen Lichtern erhellt.

Als sie mit dem Boot am Ufer entlangfuhren, drehte Luciana

sich um und sah zurück auf die in der Ferne verschwindenden Lichter von Venedig. Die Stadt flimmerte wie eine Illusion, wie ein Traum. Wie eine Halluzination.

Bin ich wirklich wach? fragte sie sich.

Sie streichelte sanft Brandons Arm, während er das Boot lenkte.

In keinem Traum hatte er sich so real angefühlt. In keinem Traum war sie sich so zerbrechlich vorgekommen.

Bitte. Gib mir ein wenig Zeit mit ihm. Nur ein bisschen …

Luciana wusste nicht, an wen sie ihren Wunsch richtete.

Aber es war ihr größter Wunsch, hier zu sein. Mit ihm. Das wusste sie.

Irgendwo zu sein mit ihm. Ohne von den Türhütern und den anderen Schutzengeln beobachtet zu werden. Nur sie und Brandon, ganz allein. Nur für kurze Zeit.

Endlich erreichten sie ihr Ziel. Rasch schlüpfte Luciana aus ihren Schuhen, und sie zogen das Boot an den Strand. Sie lief über den Sand, und aus einem Versteck holte sie den Schlüssel zu ihrer kleinen Sommervilla.

„Hierher komme ich, wenn ich mit meinen Gedanken allein sein will“, erklärte sie, als sie die Tür aufschloss.

„Das letzte Mal, als du das gesagt hast …“

„Da habe ich gelogen. Diesmal meine ich es ernst.“

Engel und Dämonin betraten den Flur eines Hauses, das viele Jahre lang ohne Besitzer gewesen war. Luciana wollte Brandon eigentlich erzählen, wie Carlotta nach dem jahrhundertelangen Überlebenskampf im Bordell jetzt vernichtet worden war. Andererseits wollte sie all das lieber vergessen und die Leere in ihrem Inneren mit etwas Schönem füllen – diese große, schwarze, klaffende Leere aus Angst und Trauer, die sie von innen heraus zu verschlingen drohte.

„Luciana, du machst gerade etwas Schlimmes durch.“ Brandon hielt sie ein Stück von sich weg. „Ich möchte diesen Zustand nicht ausnutzen.“

Sie sah ihn an und schluckte ihre Tränen herunter. „Ich brauche dich. Ich brauche das jetzt."

Mit seinen Händen strich er über ihr Haar und umfasste dann ihr Kinn. „Keine Illusionen mehr! Nur noch wir zwei."

Er küsste sie, und seine innige Leidenschaft ließ sie endlich alles andere vergessen. Schon lagen sie auf dem kühlen Fußboden der Villa übereinander und ineinander verschlungen. Ohne zu sprechen. Wortlos. Ohne zu zögern. Haut auf Haut. Wie Wasser, das über einen Stein schwappt. Wie Wellen, die an den Strand schlugen. Wie zwei Naturgewalten, so eigensinnig und gegensätzlich. Und doch so dramatisch und so schön, wenn sie sich miteinander vereinten.

Wie Regen, der ins Feuer tropfte und Dampf entstehen ließ.

Hinterher streckte sie sich neben ihm auf und zeichnete mit der Fingerspitze die Tattoos nach, die seine Arme und seinen Oberkörper bedeckten. Langsam streichelte sie mit dem Finger über die in die Haut eingeritzte Tinte und über den Drachenkopf, der sich über seinem Herz befand.

„Tun dir die Tätowierungen weh?"

Er wand sich zwar ein wenig unter ihrer Berührung, sagte aber: „Nein."

„Ich will mehr wissen." Luciana fuhr die Linien einer grauen Feder nach, die auf seiner Schulter abgebildet war. „Was hat es mit diesem hier auf sich?"

Nach einem Zögern begann Brandon zu sprechen. „Das war mein erstes Tattoo. Es entstand kurz nach meinem Tod. Man hatte mir in den Rücken geschossen. Mein Fleisch zerbarst, wurde in Tausend Stücke gerissen. Als ich dann als Schutzengel auf die Erde zurückkam, war das Tattoo schon da. Eine permanente Erinnerung an das, was mir zugestoßen ist."

„Es hat doch nicht jeder Schutzengel solche Abzeichen."

„Die Erzengel wollten mich wohl daran erinnern, was meine Aufgabe ist", wagte er zu vermuten. „Vielleicht dachten sie, ich würde eher als andere Schutzengel meiner Aufgabe nicht gerecht werden."

Und vielleicht hatten sie recht, fügte er im Stillen hinzu.

„Die meisten Tätowierungen stellen meine unterschiedlichen Schutzbefohlenen dar, in der einen oder anderen Form. Auch ein paar Tiere stehen für die Geister der Menschen, denen ich geholfen habe."

„Und ich soll wohl auch dort enden?", fragte sie laut. „Nachdem du mit mir fertig bist, hat der Drache vielleicht eine Lanze im Kopf. Denn das ist der Grund, warum du hier bist – du sollst mich zerstören."

Es war eine Feststellung, keine Frage.

Aber er schüttelte den Kopf. „Ich habe dir schon mal erklärt, dass ich nicht hier bin, um dir etwas anzutun, sondern um dich festzunehmen. Und offensichtlich ist mir nicht einmal das gelungen."

„Allerdings hast du jede andere deiner Missionen erfolgreich abgeschlossen, oder etwa nicht? Du hast Hunderte von Menschen gerettet, vielleicht sogar Tausende", meinte sie und streichelte ihn.

„Ich würde nicht sagen, dass ich sie gerettet habe. Man kann niemanden retten, der nicht gerettet werden will. Alle meine menschlichen Schutzbefohlenen haben sich selbst gerettet. Ich habe ihnen nur den Weg gewiesen."

Man kann niemanden retten, der nicht gerettet werden will. Brandons Worte gingen Luciana nicht mehr aus dem Kopf. Sie wickelte sich in eine Decke und ging nach draußen. Dort setzte sie sich an den Strand und schaute auf die dunkle Adria hinaus. Er kam ihr nach und küsste ihre Schulter.

„Was ist mit Carlotta passiert?"

„Corbin hat sie umgebracht. Ich glaube, er wollte mich treffen, und er weiß, wie er das am besten anstellt."

„Erzähl mir alles von Anfang an!"

„Du weißt doch schon alles über mich. Oder hat man dir meine Akte etwa nicht gegeben?"

„Ich möchte deine Seite der Geschichte hören." Brandon schaute sie eindringlich an. „Aus deinem eigenen Mund."

„Es ist eine sehr lange Geschichte. Ich weiß gar nicht, wo ich anfangen soll."

„Am Anfang", ermunterte er sie. „Ich will alles wissen. Vor allem interessiert mich, wieso du Julian Ascher so sehr hasst."

Sie seufzte. „Am Anfang … Gut, wenn du darauf bestehst."

„Ich wurde 1756 als Tochter eines vermögenden Seidenhändlers geboren, in der Stadt der vergoldeten Lilien. Ich liebte Vergnügungen, Feste und den Karneval, wurde überschüttet mit Gewändern und Juwelen, die mein Vater sich dank seines Vermögens leisten konnte. Meine Schwester Carlotta war fünf Jahre jünger als ich. Ich liebte sie sehr, auch wenn sie sehr verwöhnt war und manchmal unerträglich sein konnte.

Ganz Venedig schien ständig zu feiern in jenen Tagen, doch es ging bergab mit der Stadt. Als sie militärisch und strategisch an Bedeutung verlor, hatte dies auch negative Auswirkungen auf den Handel. Unser Vater investierte sein gesamtes Vermögen in eine Schiffsladung Seide aus Fernost, denn er hoffte, damit die dezimierten Finanzen der Familie wieder auffüllen zu können. Doch das Schiff ging unter, und wir verloren alles. Unsere Eltern gerieten in Panik.

Ich war siebzehn Jahre alt, als unsere Luxuswelt zerbrach. Nach und nach wurde das Haus von seinen Reichtümern geleert. Zuerst waren die Gemälde von Tintoretto und Tiepolo dran, dann das antike Mobiliar. Dann die Silberservice und das Muranoglas. Der Schmuck unserer Mutter, die Bootssammlung meines Vaters.

Mein Vater befahl mir, so schnell wie möglich zu heiraten. Er sagte: ‚Wir dürfen keine Zeit verlieren.'

Der Mann, den meine Eltern für mich auserkoren hatten, war mein schlimmster Albtraum. Ein Mann, der unsere Familie durch die geschäftliche Verbindung zu meinem Vater kannte. Er war alt, fett und degeneriert. Ich kannte ihn seit meiner

Kindheit – und seit meiner Jugendzeit hatte er mich lüstern angestarrt. Schon als Kinder hatten Carlotta und ich ihm den Spitznamen *il vecchio pedofilo* verpasst – pädophiler Alter.

Als ich erfuhr, wen ich heiraten sollte, weinte ich drei Tage lang in meinem Schlafgemach. Meine Mutter versuchte, mich mit besonders tröstenden Worten wieder aufzurichten. ‚Du wirst dir die Augen ruinieren, wenn du weiterweinst, Liebling. Das würde deinem Ehemann sicher nicht gefallen, was meinst du?'

Doch genau darauf hoffte ich. Kurz dachte ich darüber nach, mir die Pulsadern aufzuschlitzen oder mein Gesicht zu verunstalten. Doch am Ende war ich viel zu gottesfürchtig, um den Freitod zu wählen oder mir selbst etwas anzutun.

‚Entweder du heiratest, oder du kommst ins Arsenal', versuchte mein Vater zu scherzen. Das war die berühmte Schiffswerft, in der Venedigs Kriegsflotte gebaut wurde. ‚Oder du wirst Kurtisane.' Als mir klar wurde, dass ein Funken Ernst dabei war, weinte ich nur noch mehr.

Schließlich wurde mir bewusst, dass ich einen anderen Weg gehen musste.

Ich ging zur Erlöserkirche und zündete eine Kerze an. Ich kniete mich hin und flehte: ‚Lieber Gott, bitte lass mich einen Ausweg aus meiner Lage finden. Gib mir ein Zeichen!'

Auf dem Rückweg nach Hause sah ich Julian Ascher am Canal Grande entlangschlendern. Ich glaubte sofort, Gott hätte meine Gebete erhört.

Doch wie sich herausstellen sollte, war dem nicht so.

Ich verliebte mich in Julian. Obwohl ich mich in einer verzweifelten Lage befand, war mein Herz rein. Doch Julian benutzte mich nur. Er raubte mir meine Jungfräulichkeit. Dann warf er mich weg wie ein zerbrochenes Glas, wie ein wertloses Schmuckstück, das nicht mehr neu und daher nicht mehr interessant war. Das letzte Mal, als ich ihn sah, bevor er zurück nach England fuhr, weinte ich und flehte ihn an, mich mitzunehmen. Er weigerte sich und überließ mich meinem Schicksal.

Obwohl Julian die Stadt bereits verlassen hatte, verbreitete sich das Gerücht rasend schnell. Venedig ist eine kleine Stadt, damals war sie sogar noch kleiner. Schon bald sprach die ganze Stadt über meine Schande, und schließlich fand auch *il vecchio pedofilo* heraus, dass ich ein gefallenes Mädchen war.

Nur einige Ausländer wussten nichts von dem Skandal. Ich lernte einen Engländer namens Thomas Harcourt kennen, der mir ein vielversprechender Heiratskandidat zu sein schien, obgleich ich nichts über ihn wusste. Ich spielte ihm vor, ich sei verliebt in ihn, und es gelang mir auch, ihm vorzumachen, ich sei noch Jungfrau. Das ging leicht: ein kleiner Schnitt in meine Hand, ein paar Blutstropfen auf dem Laken. Harcourt tat, was man von einem Gentleman erwartete: Er heiratete mich.

Ich ging mit ihm nach England, und dort entpuppte er sich als ein ganz anderer Mann als der, den ich kennengelernt hatte. Harcourt war alles andere als sanftmütig, er war grausam und pervers, vor allem, wenn er getrunken hatte. Er schlug mich, bis ich blutete. Doch damals konnte ein Mann mit seiner Frau machen, was er wollte, ohne dass sie oder irgendjemand sonst etwas dagegen ausrichten konnte.

Es war alles umsonst gewesen.

Kaum hatte ich nämlich Venedig verlassen, wurde Carlotta mit dem widerlichen pädophilen Alten verheiratet. *Il vecchio pedofilo* bekam also am Ende eine wunderbare Braut, die sogar noch jünger war. Meine Schwester war damals gerade mal zwölf.

Ich suchte verzweifelt nach einer Möglichkeit, ihr zu helfen. Doch die Zeit lief mir davon, wie man so schön sagt.

In Venedig war es zu jener Zeit üblich, erst mit über zwanzig Jahren zu heiraten. Das war anders als in den Jahrhunderten zuvor. Die Hochzeit meiner Schwester war zwar nicht illegal. Aber nach meinem Empfinden begingen meine Eltern mit dieser Eheschließung einen monströsen Akt. Im Rückblick war es eher ein Akt der Verzweiflung.

Der pädophile Alte war genauso schlimm, wie ich es befürchtet hatte. Mit den Jahren verlor meine Schwester ihre kindliche Unschuld und wurde erwachsen. Sie reifte heran und war nicht länger die Kindsbraut, die der alte Perversling sich wünschte. Also begann er, zu Huren zu gehen, je jünger, desto besser. Dabei fing er sich die Syphilis ein und steckte Carlotta damit an. Aufgrund der Krankheit erlitt sie mehrere Fehlgeburten. Sie schrieb mir einen Brief, in dem sie mir ihr Elend schilderte, aber ich konnte nichts tun. Ich war hilflos, ein Opfer von Harcourts kleinkarierter Tyrannei.

Zehn Jahre nachdem ich nach England gekommen war, traf ich zufällig in einem Ballsaal in London Julian Ascher wieder. Ich hasste ihn, aber Harcourt hasste ich noch mehr. Ich lieferte mich Julian aus und bat ihn darum, Harcourt in einem Duell zu töten. Ich hielt es für eine todsichere Sache. Mein Trunkenbold von Ehemann war normalerweise nicht einmal in der Lage, geradeaus zu gehen, geschweige denn gerade zu schießen. Doch das Duell verlief nicht wie geplant – und beide Männer kamen um.

Ich begrub Harcourt und gab bei der Beerdigung die trauernde Witwe, wie man es von mir erwartete. Doch in Wirklichkeit trauerte ich nicht um ihn. Und auch um Julian tat es mir nicht leid. Ich bereute weder, wie er gestorben war, noch freute ich mich darüber, dass durch seinen Tod mein größtes Problem gelöst war.

Ich eilte nach Venedig, um endlich Carlotta zu helfen. Sie war wieder schwanger und hoffte, dieses Kind würde überleben. Doch ich kam zu spät.

Sie starb bei der Geburt und auch ihr Kind, kurz nachdem es seinen ersten Atemzug getan hatte.

Ein Jahr lang lebte ich noch, endlich als freie Frau … Und dann kam Harcourt aus der Hölle wieder zum Vorschein und erdrosselte mich.“

Die Sonne begann, über den Horizont zu kriechen. Ihre Strahlen fielen auf Brandons Gesicht, und Luciana sah an seinen Augen, wie müde er war. Auch sie war müde. Zu müde, um weiterzuerzählen. Es war einfach zu viel, zu viele Jahre …

„Was geschah dann?“, wollte Brandon wissen. „Wie konntest du der Hölle entfliehen? Wie landete Carlotta im Bordell?“

„Die Geschichte erzähle ich dir an einem anderen Tag, *caro*. Du hast mich gefragt, wieso ich Julian Ascher so sehr hasse, und diese Antwort kennst du jetzt. Heute Nacht haben wir keine Zeit mehr. Alles andere folgt später.“

Später. Wie lächerlich, schalt sie sich, von später zu reden! Die Vorstellung, dass sie beide in Frieden lebten und sich Geschichten erzählten … das war unsinniger als jedes Märchen. Wieder rief sie es sich in Erinnerung: Dämonen führen kein auf die Zukunft ausgerichtetes Leben. Auf keine echte Zukunft. Wir gieren vielleicht nach etwas, das wir haben wollen. Aber in Wirklichkeit sind wir in unserer Vergangenheit gefangen. Oder wir leben den Augenblick. Doch wenn wir uns von Überlegungen leiten lassen, die die Zukunft betreffen, sind es nur solche Überlegungen, die mit Rache zu tun haben.

„Komm mit mir! Du weißt, dass du das kannst. Es ist der richtige Weg.“

„Ich kann nicht einfach mit dir Venedig verlassen“, sagte sie, leise lachend, und lehnte ihre Wange an seine breite Brust. „Die gesamte Dämonenhierarchie wird hinter mir her sein. Corbin will Vergeltung, und er wird Rache nehmen. Und was würde aus der Casa Rossetti? Ich habe viele Jahrhunderte damit zugebracht, sie zu erhalten. Das Haus ist seit über tausend Jahren der Sitz unserer Familie. Abgesehen von vielen anderen Dingen …“, fügte sie vage hinzu.

„Was? Was bindet dich an diese Stadt?“

Sie hatte die Augen weit aufgerissen und gab keine Antwort.

„Du weißt, dass es möglich ist“, sagte er noch einmal. „Wenn

Julian Ascher sich verändern kann, kannst du es auch."

Bei der Erwähnung seines Namens zuckte sie zusammen. „Bitt sprich nicht von diesem Mann!"

Sie saßen noch lange Zeit dort und sahen gemeinsam hinaus aufs Meer.

„Wenn ich mich dazu entschließen sollte, muss ich gewisse Vorbereitungen treffen. Zu Hause." Luciana sprach sehr zögerlich. „Ich kann nichts versprechen. Mein Risiko betrifft auch andere. Es ist so viel zu bedenken. Meine Türhüter …" Sie sah wieder hinaus aufs Meer und fragte sich, wo Massimo war. Ob er genug Verstand besaß, dass er ohne sie nach Hause gefahren war.

„Ich bitte dich ja nur, alle Möglichkeiten durchzuspielen."

Violetta kam ihr in den Sinn und ihr trauriger Gesang, der durch die Flure der Casa Rossetti klang. Sie fragte sich, ob Violetta jemals einen Weg finden würde, diese Welt zu verlassen, und ob Massimo den Abend damit verbracht hatte, ihren melancholischen Weisen zu lauschen.

„Triff mich in der Oper!" Bei dem Gedanken an Violetta war Luciana eine Idee gekommen. „Morgen Abend. Ich werde darüber nachdenken …"

Massimo und Violetta saßen auf dem Dach der Casa Rossetti. Er betrachtete ihr schwermütiges, junges Gesicht, während sie dabei zusah, wie die Sonne hinter den Dächern aufstieg und die Stadt in ein helles Morgenlicht tauchte.

„Ich frage mich, wann sie zurückkommt", grübelte er.

„Das ist mir egal", erwiderte Violetta. „Ich bin froh, dass wir etwas Zeit für uns haben. Ein gestohlener Augenblick, ohne sie. Wo ist sie?"

„Bei ihrem Liebhaber."

„Dem Engel? Aber sie sagt doch immer, Dämonen sind nicht fähig zu lieben."

„Ihr ganzer Denkansatz kommt gerade ins Wanken", stellte

er fest. „Alles, für das sie so hart gearbeitet hat, bricht gerade zusammen."

„Das liegt in der Natur der Dinge, mein Liebster. Das Alte verfällt. Damit das Neue wachsen kann." Violetta legte ihre Hand auf seine Wange und imitierte eine zärtliche Handbewegung. Eine wirkliche Verbindung zwischen ihnen war nicht möglich.

„Wie kommt es, dass du nach so kurzer Zeit auf der Welt schon so weise bist? Und so tapfer? Ich habe außer dir noch nie jemanden erlebt, der sich der *baronessa* entgegengestellt hätte. Du hast es getan, obwohl dein Leben auf dem Spiel stand."

Violetta schüttelte den Kopf. „Ich bin weder weise noch tapfer, Massimo. Ich weiß nicht einmal, ob ich es schaffe, das zu tun, was nötig ist ..."

„Was meinst du damit?", wollte er wissen. „Hast du herausgefunden, was du tun musst, damit du loslassen kannst?"

Sie antwortete nicht, sondern biss sich auf die Unterlippe und ließ ihr langes, dunkles Haar nach vorn fallen, das nun wie ein Vorhang ihr Gesicht bedeckte.

„Wenn du weißt, was du tun musst, tu es. Es geht nicht anders! Sonst bleibst du für immer ein Geist. Willst du das? Ich möchte das nicht für dich." Massimo betrachtete sie zärtlich.

„Natürlich will ich das nicht. Ich möchte dein Gesicht berühren. Ich möchte deine Hand halten und deinen Atem spüren, wenn du mir etwas ins Ohr flüsterst. Ich möchte wieder sein. Ich möchte auf dieser Welt bleiben, für immer. Mit dir."

„Wir werden einander widersehen, Violetta." Massimo schloss die Augen. Er wünschte, er könnte sie festhalten und in den Arm nehmen. „Das weiß ich. Nachdem du diesen Ort verlassen hast. Wir werden einen Weg finden."

Doch er wusste gar nichts.

Bis auf das eine – dass er das Beste für sie wollte. Und das hatte nichts mit ihm zu tun.

Als sich Luciana in die Casa Rossetti zurückschlich, hörte sie den Gesang. So ergreifend und traurig, dass sie die Tränen zurückhalten musste.

Mit Brandon zu fliehen ist unmöglich, dachte sie plötzlich.

Sie schleppte sich die Treppe ihres geliebten Wohnhauses hinauf und traf dabei eine Entscheidung.

Sie würde fliehen. Aber allein.

Denn es war die einzige Möglichkeit, das Risiko für die zu minimieren, die sie liebte.

14. KAPITEL

In ihrem Schlafzimmer angekommen, holte Luciana eine Kiste aus ihrer Kommode. Mit zitternden Händen sah sie im schwachen Licht der Zimmerlampe ihren besten Schmuck durch. Sie legte nur die wertvollsten Familienerbstücke zur Seite, die sie unter großen Mühen bei verschiedenen Pfandleihern der Stadt wiedererlangt hatte.

Diese Schätze würde sie nicht noch einmal hergeben. Nicht einmal, wenn sie dafür das Risiko einging, geschnappt zu werden. Sie dachte an Carlotta und die Ohrringe.

„Willst du vielleicht verreisen?", erklang eine bekannte Stimme hinter ihr.

Luciana erschrak, und ihr fiel der Schmuck aus der Hand.

Sie wirbelte herum. Corbin lehnte lässig an der Wand und beobachtete sie.

„Ich wusste es", sagte sie rundheraus. „Ich wusste, dass du auftauchen würdest. Ich wusste, dass es dir irgendwie gelingen würde, dich wieder einmal einzumischen und mir alles zu verderben."

„Wovon redest du nur, Luciana? Sag, hast du vor, in Urlaub zu fahren, meine Liebe? Vielleicht meinst du ja, dass du dir ein bisschen Erholung verdient hast, nachdem du den Engel abgeliefert hast. Heute ist die letzte Nacht, weißt du. Ich hätte eigentlich erwartet, dass du die Sache schon längst über die Bühne gebracht hast."

„Ich habe einfach nur meine Sachen durchgesehen. Mach dir keine Gedanken, Corbin! Du bekommst schon noch, was dir zusteht."

„Du hast doch nicht etwa Hintergedanken? Aus meiner Sicht muss ich leider sagen, dass du bisher noch keine großen Fortschritte gemacht hast, was deine Aufgabe betrifft. Der Schutzengel ist immer noch da. Ich habe Grund zu der Annahme, dass du dich heimlich mit ihm triffst."

„Es ist kein Geheimnis, dass ich mich mit ihm getroffen habe", blaffte Luciana ihn an. Obwohl sie innerlich zitterte, brachte sie den Mut dazu auf. „Wie sonst sollte ich ihn wohl verführen können?"

„Hast du dich etwa in ihn verliebt?"

„Natürlich nicht. Nicht, nachdem ich dich hatte", erwiderte sie mit einem affektierten Lächeln.

„Du kannst mir nichts vormachen, Luciana. Ich weiß, dass du mich nur benutzt hast, um an Julian heranzukommen. Du bist eine Lügnerin und eine Hure. Wie dem auch sei … Die Tatsache, dass du dich in einen unserer eingeschworenen Feinde verliebst, ist unerwartet idiotisch – selbst für jemanden wie dich."

Sie reckte trotzig das Kinn und sah ihn an. „Und selbst wenn ich mich in ihn verlieben würde, was geht es dich an?"

Das war ein Fehler.

Corbin schnappte sich den Schmuck, den sie aufs Bett hatte fallen lassen, und schleuderte ihn auf den Boden. Dabei gingen einige der filigranen Teile zu Bruch, kleine Goldstückchen und wertvolle Edelsteine kullerten über den Holzfußboden. Luciana war außer sich.

Nicht weinen, ermahnte sie sich. Er wird dich zerstören, wenn du anfängst zu weinen.

„Du hast etwas zu erledigen. Ich habe dir aufgetragen, den Engel zu töten. Heute Nacht läuft die Frist ab." Corbins Stimme klang erschreckend normal.

„Brandon … er ist noch nicht so weit", protestierte sie schwach.

„Du bist aber doch sicher in seine Träume eingedrungen?"

„Ja, aber … Ich bin noch nicht nahe genug an ihn herangekommen. Er ist stark. Zu stark."

Corbin schlug krachend mit der Faust in die Wand neben ihrem Ohr. Sie erstarrte.

„Es gibt gewisse Regeln im Umgang zwischen Engeln und Dämonen." Luciana schloss die Augen, während sie ihre Angst herunterzuschlucken versuchte. „Diese Regeln dürfen nicht gebrochen werden."

„Regeln können umgangen werden", erwiderte er und stellte sich drohend vor sie. „Wenn ich dich zitieren darf. Vergiss nicht, was du bist! Was du immer warst: eine Dämonin und eine Hure."

Sie öffnete die Augen und funkelte ihn wütend an. „Ich weiß, was ich bin. Die Aufgabe, die du mir gestellt hast, ist nicht leicht, aber ich habe trotzdem zugestimmt. Schon vergessen? Ich werde dir den Engel noch heute Nacht bringen. Ich bin nur auf ein paar unerwartete Hindernisse gestoßen, wie du sicher weißt. Es gab einige Tote in der Dämonengemeinschaft hier in Venedig."

„Ach ja, du hast schon davon gehört? Aber lass es mich so sagen: Diejenigen, die gestorben sind, haben ihr Ende verdient. Hör auf zu jammern wegen Carlotta! Sie war lange genug unter uns, länger, als es sich die meisten erträumen würden. Es war Zeit für sie, zu gehen."

„Also hast du sie alle umgebracht", stellte Luciana fest.

Er machte einen schnellen Schritt auf sie zu und packte ihren Hals. „Wieso sollte ich so etwas jemals zugeben?"

Sie bekam keine Luft mehr und fing an zu würgen.

Es war, als stürbe sie noch einmal. Sein Blick, so kalt und unerbittlich wie der einer Schlange, bohrte sich in ihren.

Nein, dachte sie. Eine Schlange wäre nicht so unerbittlich.

Sie spürte, dass sie ohnmächtig wurde. Vor ihren Augen tanzten Sternchen, viele Milliarden kleiner Lichtpunkte.

„Ich weiß noch, wie es sich anfühlt zu sterben", würgte sie mit einem kaum hörbaren Krächzen hervor. „Also drück schon zu!" Sie schloss die Augen und wünschte, er würde ihr ein Ende machen. „Töte mich!"

„Dich töten, meine Liebe?", fauchte er. „Niemals würde ich es dir so leicht machen. Nein, mein Liebling. Ich werde dir meine persönliche Version der Hölle zeigen. Nur um dich daran zu erinnern, was auf dem Spiel steht. Mach die Augen auf!"

Meine persönliche Version der Hölle. Ich kann nicht dorthin zurückgehen, und ich werde es auch nicht. Sie mobilisierte all ihren Willen. Nicht die Augen öffnen. Nein. Nicht.

Er schüttelte sie so heftig, dass sie glaubte, die Augen würden ihr aus dem Kopf fallen.

„Öffne die Augen, oder ich öffne sie dir. Ich werde dir die Lider ausreißen. Das könnte sehr schmerzhaft werden."

Sie hegte keinen Zweifel daran, dass er seine Drohung wahr machen würde.

Als sie die Augen aufschlug und sich umsah, war sie mit Corbin nicht länger in ihrem Palazzo. Sie standen auf der Treppe der Erlöserkirche. Nicht der echten Erlöserkirche. Sondern vor der, die in den tiefsten Tiefen ihrer schlimmsten Ängste vorkam. Die unberührte Marmorfassade dieser Kirche war entweiht worden, die Engel- und Heiligenfiguren enthauptet und mit einem schwarzen, feuchten Zeug beschmiert worden, das jetzt auf sie heruntertropfte.

„Willkommen zurück in der Unterwelt", sagte Corbin. „Wir haben dich hier unten vermisst."

Der Himmel war fleckig rot, von dunklen, scharlachroten Wolken bedeckt, die in Klumpen über sie hinwegzogen wie in einem beschleunigten Film, der mit einer blutverschmierten Kameralinse gedreht worden war. Donner grollte, und die Erde unter ihren Füßen bebte, als wollte sie sich auftun und sie verschlingen. Noch tiefer konnte es nicht mehr gehen.

„Lass mich gehen. Du hast keine Macht über mich."

„Im Gegenteil, meine Liebe. Ich habe alle Macht der Welt über dich, bis du endlich deinen Teil unserer Abmachung einlöst. Und da das noch nicht erfolgt ist, erlaube ich mir, dich zu motivieren. Hattest du mich nicht außerdem gerade aufgefordert, dich zu töten?"

Er zerrte sie in die Kirche. Sie war leer und heruntergekommen. Im langen Kirchenschiff lagen vermodernde Blätter, der

Steinfußboden war zerbrochen. Das große Kruzifix hing immer noch über dem Altar, doch die Christusstatue fehlte, und an seiner Stelle war ein großer Spalt im Holz.

„Auf die Knie!“, befahl Corbin ihr.

„Nicht für dich“, stieß Luciana aus. „Nicht dieses Mal.“

Das Klatschen seiner Hand auf ihrem Gesicht hallte durch den Kirchenraum. Sie fiel um und sah nach oben zur Kuppel. Und schloss leise flehend die Augen. Sie dachte nur ein Wort: Bitte!

„Meinst du, es hilft dir, wenn du jetzt mit dem Beten anfängst, meine Liebe?“ Er lachte sie aus. „Hast du denn immer noch nichts dazugelernt? Glaubst du etwa, dein Heiliger wird kommen und dich retten? Dein großer, tätowierter Freak wird nicht auftauchen, um dich zu erlösen. Es ist genau andersherum. Dein Job ist es, ihn hierherzubringen.“

Er zog sie an den Haaren wieder auf die Füße.

„Unsere kleine Tour durch die Hölle ist noch nicht zu Ende. Wir wollen dein Gedächtnis noch ein bisschen mehr auffrischen. Das kleine Hotel, in dem Julian sein Zimmer hatte. Wo du ihm deine Jungfräulichkeit geschenkt hast. Und da ist …“

Sie wusste genau, was kommen würde.

Die eine Sache, die sie versucht hatte zu vergessen.

Die eine Sache, über die sie nicht mit Brandon reden konnte, weil sie den Mut dazu nicht aufbrachte.

„… der Ort, an dem du versucht hast, dich zu erhängen, nachdem er dich verlassen hat. Aber es hat nicht funktioniert, nicht wahr? Nachdem dir klar wurde, dass du deine Familie nicht retten kannst. Nachdem dir klar wurde, dass du versagt hattest. Bewundernswert, dass du es noch mal probiert hast nach diesem Desaster. Und sieh mal, hier ist auch der Trottel, der dich aus deiner misslichen Lage befreien wollte. Harcourt. Meine Güte, der ist aber alt geworden, was?“

Sie hatte Harcourt seit über zweihundert Jahren nicht gesehen – seit er sich aus der Hölle nach oben gekämpft hatte. Seine

Haut sah verwittert aus, verschrumpelt, älter als alles, was sie jemals gesehen hatte. Sein Kopf quietschte, als er sich zu ihr umdrehte.

„Ah, meine Liebe.“ Er streckte die Hand nach ihr aus. „Luciana, meine kleine todbringende Braut. Ich habe immer davon geträumt, was ich mit dir anstellen würde, wenn wir uns wiedertreffen.“

Mit seiner uralten, prankigen Hand packte er sie und schnappte sich ihren Arm. Sie wollte schreien, aber sie erkannte, dass das Harcourt eher in einen Rausch versetzen würde, aus dem es kein Entrinnen gab. Sie erschauderte, sowie sich seine knochige Pranke zu ihren Brüsten schob.

„So frisch …“, stieß Harcourt stöhnend aus.

„Vielleicht können wir ja eine Wiedervereinigung von euch beiden für später arrangieren“, meinte Corbin lachend und riss sie weg von ihm. „Aber jetzt müssen wir weiter. Denn es gibt noch eine Sache, die ich dir gern zeigen würde.“

Er zerrte sie an den Haaren in einen weiteren Raum, der Carlottas Bordell glich. In der Mitte des mit Blutflecken beschmutzten Zimmers lag ein Haufen zerstückelter Leichen. Unter ihnen entdeckte Luciana die zerschundenen, blutigen Gesichter einiger der Mädchen, deren Kollegin sie vor langer Zeit gewesen war. Es gab auch andere, die sie nur vom Sehen und nicht persönlich kannte. Sie hatte sie erst vor Kurzem bei Carlotta herumlaufen und lachen sehen. Atmen.

Auch das Gesicht ihrer Schwester sah sie, ihre grünen Augen starr und kalt.

„Carlotta ist sogar in der Hölle tot. Du kannst nichts tun, um sie hier noch einmal herauszuholen.“

Luciana betrachtete den Leichenberg. Tote um Tote waren hier aufgeschichtet.

Und sie erkannte plötzlich, wer sie selbst wirklich war: ein Todbringer.

Eine Person, die anderen nichts als Leid brachte. Auch wenn

sie diese Frauen nicht eigenhändig umgebracht hatte, war sie dennoch eine Mörderin. Auch sie hatte viele Männer und Frauen umgebracht.

Und jetzt hatte Satan höchstpersönlich ihr den frevelhaftesten und abscheulichsten Auftrag erteilt.

Einen Engel zu töten.

Nicht einfach irgendeinen Engel, sondern einen Mann, der begonnen hatte, ihr zu vertrauen.

Einen Mann, der sie liebte.

„Was ist der Unterschied zwischen deiner Version der Hölle und der Version auf der Erde?", fragte sie Corbin, ehrlich verwirrt.

Wieder schlug er ihr ins Gesicht. So fest diesmal, dass ihre Lippe aufplatzte und Blut an ihrem Kinn herunterlief. Sein gelassener Gesichtsausdruck veränderte sich nicht. „Pass auf, was du sagst!"

Sie schaute ihn wütend an. „Im Ernst, ich weiß es nicht. Ob man ein Sklave in der Hölle oder ein Sklave auf der Erde ist … Beides hat mit Leid zu tun. Was haben diese Frauen getan, dass sie diesen Tod verdient haben? Nichts. Manche von ihnen waren keine schlechten Frauen. Sie waren nicht einmal Dämonen. Sie waren Menschen. Was gab dir das Recht, sie zu töten?"

„Ich habe jedes Recht der Welt. Ich bin ein Erzdämon."

Wenn ich hier unten bleibe, wird Brandon vielleicht einfach verschwinden, dachte sie plötzlich. Und zurück nach Amerika gehen, wenn er feststellt, dass mir zuteilwird, was ich verdiene. Dass seine Mission damit beendet ist, wenn auch anders als geplant.

„Oh nein, dazu wird es nicht kommen." Corbin hatte ihre Gedanken erraten. „Du bleibst nicht hier unten. Du bist Satan noch eine Opfergabe schuldig, und du wirst wieder schön nach oben gehen und ihn holen. Und wenn es das Letzte ist, was du auf der Erde tust. Was durchaus realistisch ist."

Er zog sie wieder mit sich nach oben. An die Oberfläche.

Als sich die Welt um sie herum materialisierte, waren sie wieder in Lucianas Schlafzimmer, standen auf dem zerschmetterten Schmuck. Endlich ließ er sie los. Sie fiel auf den Fußboden und keuchte, umklammerte die brennend schmerzhafte Stelle an ihrem Hals, an der er sie gewürgt hatte.

Er warf etwas neben sie, ein kleines Ding, das nur ein paar Zentimeter neben ihrem Gesicht landete.

Es war ein einzelner Smaragdohrring, das Gegenstück zu dem, den sie in der vergangenen Nacht begraben hatte.

„Wieso hast du das getan?" Tränen rannen ihr die Wangen hinab.

„Wieso?", zischte er und sah sie an. Seine bernsteinfarbenen Augen glänzten noch immer voller Mordlust. „Weil ich es konnte, *baronessa*. Weil ich die Macht habe. Ich brauche kein Gift. Ich muss nicht eine Woche warten, um jemanden umzubringen. Ich kann von einem Augenblick auf den anderen töten. Ohne jegliche Konsequenzen und ohne jede Schuldzuweisung von irgendjemandem."

„Du kannst vielleicht jeden Menschen und jeden Dämon töten, ohne dafür Rechenschaft ablegen zu müssen", stieß sie heiser hervor. „Aber auch du kannst keinen Engel töten."

Da rastete er aus, schnappte sich den Stuhl, der vor ihrer Kommode stand, und schleuderte ihn gegen die Wand. Splitternde Holzstücke flogen herum. Er kniete sich neben sie und knurrte ihr drohend ins Ohr. „Diese Huren sind jetzt alle in der Hölle, wo sie hingehören. Lass dir das eine Warnung sein. Deine Zeit mit dem Engel ist so gut wie abgelaufen."

„Ich kann es nicht." Luciana schloss die Augen. Am liebsten wäre sie einfach verschwunden.

„Meine Liebe. Das ist keine akzeptable Antwort."

Er zerrte sie auf die Füße und schob sie vor den Kleiderschrank, wo er ihre Abendkleider durchsah.

„Die meisten von den Dingern sind zu nuttig. Damit wirst du einen Engel nie rumkriegen." Jetzt warf er ein bodenlanges weißes Kleid aufs Bett. „Das da ist angemessen. Weiß. Schön jungfräulich. Wie ein Opferlamm. Das wird ihm gefallen. Ironisch, findest du nicht?"

Rasch entkleidete sie sich. Sie hasste es, wie er ihr dabei zusah und ihren nackten Körper gierig musterte.

Er hob den Smaragdohrring auf und stach ihn ihr unsanft ins Ohrloch. Dann presste er sie an sich. „Ja, das ist sogar sehr ironisch. Ich könnte dich jetzt flachlegen, aber ich warte lieber bis hinterher. Wenn ich Zeit habe, es zu genießen. Wenn du diesen Engel zerstört hast und diese erbärmliche Hoffnung aus deinem System gespült ist."

Er stieß sie weg. Am liebsten hätte sie sich erbrochen.

„Und jetzt zeig mir das Gift, das du für ihn benutzen wirst."

Sofort griff sie unters Bett, nach der Spritze.

„Natürlich. Sie bewahrt ihr wirksamstes Gift unter dem Bett auf. Was war jetzt daran so schwer? Ich hoffe in deinem Sinne, dass du nicht zu sehr an diesem Engel hängst. Denn sobald ich seines Körpers habhaft werde, will ich ihm seine eintätowierten Flügel abschneiden."

„Was? Du willst ihn häuten?"

Der höfliche, gefühllose Ausdruck auf dem Gesicht dieses abscheulichen Mannes ließ ihr das Blut in den Adern gefrieren.

„Selbstverständlich."

Sie erschauderte bei dem Gedanken daran – sein herrlicher Körper derart gerichtet. Es bestand kein Zweifel daran, dass Corbin seine Drohung wahr machen würde. Und in seiner Tat schwelgen würde.

„Komm ja nicht zurück, bevor du deinen Job erledigt hast", ermahnte Corbin sie ausdruckslos. „Denn es wäre doch eine Schande, wenn eine hübsche Frau wie du in die Hölle zurückgeschickt würde – selbst wenn du sie für eine bessere Alternative zum Leben auf der Erde hältst. Die Türhüter unten werden sich freuen. Ich schätze nur, länger als dreißig Sekunden wirst du nicht heil bleiben."

Er fuhr mit einer Hand über ihren Körper.

Sie wich zurück und gab ihm eine Ohrfeige.

Einen schrecklichen Moment lang wartete sie auf seine Reaktion. In seinen grausamen Augen blitzte etwas Gefährliches auf. „Du weißt nicht, welche Art von Krieg du entfacht hast, meine Liebe."

Dann warf er sie aufs Bett.

„Verlier keine Zeit mehr! Satan wartet auf niemanden. Zögere die Angelegenheit nicht länger heraus und wage ja nicht zurückzukommen, ohne dass du deine Aufgabe erledigt hast!"

Massimo sah, wie Corbin die Treppe des Palazzo herunterkam. Als er den Diener passierte, der am Treppenabsatz stehen geblieben war, nickte ihm der Erzdämon höflich zu, dann verließ er das Haus.

Kurz darauf trat Luciana aus ihrem Schlafzimmer. Sie trug das weiße Abendkleid.

„*Baronessa?*" Massimo hatte sofort die Würgemale an ihrem Hals bemerkt und dass aus ihrem linken Ohr Blut tropfte. „Wie kann ich Ihnen helfen?"

„Indem du sofort von hier verschwindest. Geh fort und komm nicht wieder! Du musst vergessen, dass du mich jemals gekannt hast. Versprich mir, dass du gehen wirst!"

Sie sah ihn intensiv an, und schließlich nickte er.

Dann schritt sie die Treppe herunter an ihm vorbei und verließ das Haus.

Massimo beobachtete sie und wandte sich dann an Violetta. „Sie geht zum *La Fenice.* Das ist dein Territorium. Geh hin und gib auf sie acht. Bitte tu es, um meinetwillen, auch wenn du sie hasst. Wenn sie Hilfe braucht, komm zurück und hol mich! Ich werde sie nicht verlassen. Nicht, wenn sie mich braucht."

„Natürlich nicht", sagte das Mädchen, ohne zu zögern, und legte ihm einen Geisterfinger auf die Lippen. „Wenn wir keine andere Chance bekommen, soll das unser Abschied sein."

„Wir werden einander wiedersehen, meine Liebe", versprach

Massimo ihr, obwohl er mit schmerzender Gewissheit wusste, dass sie nicht mehr zusammenkommen würden. „Doch bis dahin wisse, dass ich dich aus meinem vollen dunklen Herzen liebe."

Auf der anderen Seite des Kanals machte sich Brandon bereit für sein Rendezvous mit Luciana.

Er duschte in der improvisierten Dusche, die die venezianische Einheit im hinteren Teil des Hauses installiert hatte. Dafür war er dankbar. Das Wasser verschaffte seinem Körper Abkühlung und seinem Geist ein wenig Trost.

Das war in der Tat eine vollkommen andere Mission.

Es stand immer noch so viel auf dem Spiel.

„Warum hat sie dich gebeten, sie in der Oper zu treffen?", wollte Arielle wissen, die mit verschränkten Armen im Türrahmen stand. Sie sah ihm zu, wie er sich über einem steinernen Becken vor dem Spiegel rasierte. „Das ist doch ein seltsamer Treffpunkt."

„Ehrlich gesagt, glaube ich, dass sie die Oper nur vorgeschlagen hat, weil ihr gerade nichts Besseres einfiel. Ich weiß ja auch nicht, wie sie tickt. Aber du willst doch, dass ich ihr Vertrauen gewinne, oder? Ist das nicht meine Aufgabe? Deshalb bin ich doch hier", sagte er grimmig. „Und jetzt muss ich mich anziehen. Würdest du mir also bitte etwas Privatsphäre gewähren?"

Arielles Vorstellung von Privatsphäre bestand darin, sich umzudrehen und so zu tun, als schaue sie aus dem Fenster auf den Kanal. Eine Bemerkung konnte sie sich aber nicht verkneifen. „Du hast nichts an dir, was ich nicht schon mal gesehen hätte."

Aber eben schon länger nicht mehr, dachte er genervt.

Brandon hatte große Lust, Arielle mit dieser Tatsache zu konfrontieren, aber er hielt sich zurück. Einer der größeren Schutzengel aus der venezianischen Einheit hatte ihm mit einem schwarzen Anzug und einem weißen Hemd ausgeholfen.

Er zog seine Jeans aus und die Anzughose an, dann streifte er das Hemd über.

„Ich weiß nicht, wie die Italiener es aushalten, bei dieser Hitze in solchen Klamotten herumzulaufen." Arielle drehte sich um. Sie berührte das Hemd am Kragen. „Du siehst gleich ganz anders aus. Nicht mehr wie der Brandon, den ich kenne."

Er schob ihre Hand weg und ging zur Tür.

„Bist du dabei, dich in sie zu verlieben?" Mit dieser anscheinend nebenbei gestellten Frage sorgte Arielle dafür, dass er noch einmal stehen blieb.

Er drehte sich zu ihr um. Es war vielleicht zum ersten Mal, dass er auf Arielles Gesicht echte Gefühle entdeckte. Echte Stirnfalten, echte zusammengezogene Augenbrauen. Echten Schmerz.

„Natürlich nicht." Die Lüge brannte in seinem Mund, und er hasste sich dafür.

„Gut. Ich weiß, du bist dagegen, dass wir sie zurückführen, so wie es die Kompanie beschlossen hat. Aber anders würde es noch eine Ewigkeit dauern, sie zur Umkehr zu bewegen."

„Ich verstehe", sagte Brandon knapp. Er ahnte, was gleich kommen würde.

„Es ist das Beste für sie."

Darauf erwiderte er nichts mehr, sondern verließ mit der Anzugjacke in der Hand das Haus, um die Dämonin zu treffen.

15. KAPITEL

„Im *La Fenice* zu singen ist, wie im Inneren eines Diamanten zu sein“, hatte eine berühmte Diva einst gesagt.

Die Innenräume des Opernhauses glitzerten und funkelten wie Diamanten. Ein großer goldener Kristalllüster zierte die mit Fresken bemalte Decke. Die samtbezogenen Sitze und Vorhänge der verspiegelten Logen ergingen sich in vergoldeter Pracht. Die hervorragende Akustik ließ die hellen, wunderschönen Stimmen mit unvergleichlicher Klarheit durch das Theater schallen.

Wie im Inneren eines Diamanten.

Gefangen in einem schönen, glitzernden, aber auch harten und leblosen Gefängnis.

Das jedenfalls war die Bedeutung des Satzes, so, wie Luciana ihn verstand.

In der Königlichen Loge gegenüber der Bühne saß die Dämonin und sah selbst aus wie ein Edelstein in ihrem weißen Seidenkleid. Alle Opernbesucher in den Sitzen unter ihr und in den Logen nebenan reckten den Hals, um einen Blick auf sie zu erhaschen. Von allem, was heute Abend im *La Fenice* glitzerte, funkelte Luciana am hellsten.

Und doch konnte sie selbst nur an den Tod denken.

Sie ignorierte die neugierigen Blicke der anderen Besucher. Sie bekam nichts mit vom aufgeregten Geflüster der festlich ausstaffierten Venezianer und Touristen in Sommerkleidung. Von den Schichten von raffiniert designtem Chiffon und den Juwelen, die die Frauen schmückten. Vom sorgsam gebügelten weißen Leinen unter den dunklen Anzügen der Männer.

Eines Tages, und zwar eher als sie glauben, wird jeder Einzelne von ihnen sterben.

Ganz egal, wie schön sie sind.

Natürlich bewunderten sie alle. Sie begehrten ihre Schönheit und ihren exklusiven Platz. Aber was die Sterblichen dachten, war ihr vollkommen egal.

Keiner von ihnen konnte das Schicksal abwenden.

Weder ihr eigenes. Noch Lucianas. Noch Brandons.

Sie hasste dieses Gefühl. Dieses Ausgeliefertsein. Wie wehrlose Beute.

Ein Pfand der Männer.

„Satan soll mein Zeuge sein", murmelte sie vor sich hin. „Das wird nie wieder passieren."

Sie warf einen Blick auf das Programm, durchblätterte die Seiten, ohne zu lesen. *La Traviata.*

Natürlich, dachte sie. Die Oper, in der die Heldin Violetta heißt.

Luciana hatte diese Oper viele Dutzend Male gesehen, mit den unterschiedlichsten Künstlern, jeder Einzelne strahlender und besser als der Rest. Im *Royal Opera House* im Covent Garden. In der *Metropolitan Opera* in New York. Im *La Scala* in Mailand. In der *Opéra Bastille* in Paris …

Doch nirgends hatte sie auf einen Mann wie ihn gewartet.

Sie richtete den Blick auf die Bühne, lauschte der Musik und verlor sich in der Welt der Musik. Sie liebte die Oper nicht nur, weil sie die wunderschönen Stimmen der Künstler so sehr bewunderte. Und nicht nur, weil sie sich so gern auf die Geschichten einließ, die sie schon so oft gesehen und gehört hatte und so gut kannte.

Nein, für Luciana war der Besuch in der Oper eine Zeitreise. Durch die Musik, so empfand sie, konnte sie in die Vergangenheit zurückkehren. Zurück in eine Zeit, in der sie noch unschuldig und unberührt war von dem Wissen, dass der Tod alles in die Finger bekam. Unberührt von der Realität, dass sie selbst ein Todbringer war.

Es gab nur noch Klang.

Als sich die Tür hinter ihr öffnete, begann ihr Herz mit einer Art schmerzlicher Sehnsucht zu klopfen, eine Empfindung, die sie noch aus ihrer Zeit als Mensch kannte. Eine Art Bedauern.

Sie hatte vieles gefühlt, bevor sie tötete.

Angst. Freude. Wut. Rachegelüste.

Doch niemals etwas, das dem Gefühl jetzt ähnelte.

Ich habe keine andere Wahl, ermahnte sie sich selbst. Ich muss meiner Pflicht nachkommen.

Brandon spürte ihre dunkle Energie sofort, als er das Opernhaus betrat. Unruhig. Er folgte dieser Spur bis in den ersten Stock des kleinen Gebäudes. Da war sie, ihre sinnliche Anziehungskraft.

Er betrat ihre Loge durch eine kleine Tür, die er leise hinter sich schloss.

Da saß sie, die Dämonin, auf einem mit Samt bezogenen Stuhl.

Augenblicklich fühlte er sich um zweihundertfünfzig Jahre in die Vergangenheit versetzt. Vor ihm veränderte sich Lucianas Bild. Jetzt war die Dämonin eine sehr junge Frau, noch ein Mensch, glücklich mit ihren Gefährten.

Das Trugbild flackerte jedoch nur für einen kurzen Moment auf und verschwamm dann wieder. Er kehrte zurück in die Gegenwart.

Luciana drehte sich um, als sie die Tür hörte. Doch sie sah ihn nicht an. Ihr üppiges, lockiges Haar trug sie hochgesteckt, Schulter und Rücken waren nackt. Ihr Kleid war ein elegantes Schrägschnittmodell aus weißer Seide, das sie fließend umschmeichelte. Er sah, wie sie kurz schluckte – eine feine und doch so sinnliche Bewegung. Am liebsten würde er die Hand ausstrecken und ihren Hals streicheln.

Im Traum hätte er es vielleicht getan.

Aber das war kein Traum. Er hatte keine Uhr in der Tasche.

Er überprüfte es zur Sicherheit noch einmal. Und ein zweites Mal.

Ich bin wach.

Dann setzte er sich neben sie.

„Wusstest du“, murmelte sie, ohne sich ihm zuzuwenden, „dass *La Fenice* nicht nur einmal, sondern zweimal abgebrannt ist? Das Opernhaus gibt es nur, weil wir Venezianer es wiederaufgebaut haben, es neu aus der Asche haben ersteigen lassen. *La Fenice* ist ein Phönix.“

In diesem Moment sah sie ihn an. Ihre grünen Augen funkelten selbst im Dunkeln, funkelten so grün vor den matt beleuchteten Spiegeln und goldenen Verzierungen in der Loge.

„Du bist auch wie ein Phönix, der jede Nacht nach seinem Tod wiederaufersteht“, sagte sie leise. „Und du wirst weiterhin auferstehen. Aber allein. Du musst wissen, dass ich nicht mit dir kommen kann. Es ist vollkommen unmöglich.“

„Du machst die Sache komplizierter, als sie ist. Es könnte so leicht sein.“

„Leicht?“ Sie spie das einzelne Wort regelrecht aus, hatte die Stirn gerunzelt. „Ich werde es dir leicht machen. Geh dahin zurück, woher du gekommen bist. Bevor alles in einem Desaster endet.“

„Niemals. Wo wir schon einmal hier sind, können wir auch ehrlich miteinander sein. Wir wissen beide, dass ich nicht einfach wieder nach Hause fahre. Dass ich dich niemals in Ruhe lassen werde. Und der Grund, warum ich heute Abend hier bin, hat nichts mit der Mission zu tun, die mir die Kompanie aufgetragen hat. Rein gar nichts.“

„Sieh dich doch mal um“, erwiderte sie, ohne auf das Gesagte einzugehen. „Es gibt mehr Dämonen auf der Welt, als sich die Menschheit je träumen lassen würde. Wir agieren vollkommen zügellos. Wir sind in dieser Stadt für alles verantwortlich. Für die korrupte Polizei und für das Abzocken der Touristen in den vielen Restaurants und Cafés mit horrenden Preisen für grauenhaftes Essen. Für die Naturkatastrophen und die Taschendiebe auf den *vaporetti*. Wir sind überall.“

Brandon sah sie an. „Wir Engel auch.“

„Uns kann man nicht entkommen“, wiederholte sie, ohne ihn

anzuhören. Stattdessen starrte sie mit schreckgeweiteten Augen ins Publikum.

„Sprichst du von Corbin?“, hakte er nach. „Denn die Kompanie kennt eine Möglichkeit, wie wir dich vor ihm beschützen können.“

Sie presste stur die Lippen aufeinander und schüttelte den Kopf, wobei ihre dunklen Locken um sie herumtanzten. „Am Ende werden wir gewinnen. Das weißt du. Wir gewinnen immer. Wir müssen kaum einen Finger krumm machen dafür. Die Menschen sorgen schon selbst dafür.“

Der Kloß in seinem Hals hinderte Brandon daran, etwas zu erwidern. Er wollte die Tür verriegeln und sie für immer hierbehalten, in ihrer eigenen kleinen Blase aus Gold und Spiegeln. Auch wenn das nicht gerade sein Geschmack war, aber er würde sich immer daran erinnern, dass er mit ihr hier gewesen war.

Vergiss den Krieg zwischen Engeln und Dämonen, dachte er.

Denn der Krieg, der in seinem Inneren tobte, war weitaus gefährlicher.

Es hat keinen Sinn, mit ihm zu diskutieren. Am Ende kommt immer dasselbe dabei heraus.

Völliger Stillstand. Luciana hasste die Wahrheit an diesem Gedanken.

Also lächelte sie ihn aufmunternd an. „Lass uns nicht streiten, sondern die Zeit genießen, die wir zusammen haben. Sobald die Oper aus ist, werden sich unsere Wege trennen. Doch bis dahin will ich dich lieben.“

Sie stand auf und zog den Vorhang vor der Loge zu.

„Ich wusste nicht, dass das geht. Wozu soll das gut sein?“

„Zu meiner Jugendzeit waren diese Vorhänge immer geschlossen. Man ging in die Oper, um sich mit seinen Freunden zu vergnügen. Wir hörten meistens nur bei den Arien zu.“

Sich in seinen Armen zu verlieren – das war jetzt alles, was Luciana wollte.

Sorge. Melancholie. Bedauern.

All diese Gefühle tobten in ihrem Inneren, wo sie so lange unberührt geblieben waren. Doch seine bloße Anwesenheit erweckte sie zu neuem Leben.

Sie streichelte ihn.

„Es tut mir leid", war alles, was sie flüstern konnte.

Was ist es, das dir leidtut? fragte sich Brandon.

Er wollte ihr die Frage gerade laut stellen, doch dazu kam es nicht mehr.

Stattdessen spürte er ein Pieken am Hals und merkte, dass eine Substanz in seinen Blutkreislauf gespritzt wurde. Sofort war ihm klar, was sie getan hatte.

Gift.

Schon begann es, sich in seinem Blutkreislauf zu verteilen. Er blinzelte und hielt sich die Hand an den Hals.

Alles Täuschung, erkannte er mit einem Schlag. Wie vollkommen hatte er bei Luciana danebengelegen. Er hatte ihre Präzision und Schnelligkeit vollkommen unterschätzt und auch die Rücksichtslosigkeit, mit der sie vorging.

Brandon spürte, dass er dem endgültigen Tod nahe war. Das Gift, welches auch immer es sein mochte, verteilte sich unaufhaltsam in seinem Körper. Es floss durch seine Venen und Adern, bis es schließlich das Herz erreichte. Und dann würde sein Herz aufhören zu schlagen, kein Blut mehr durch seinen Körper pumpen. Er würde aufhören zu atmen. Herz-Kreislauf-Stillstand.

Er hatte mit vielem gerechnet – doch darauf war er nicht vorbereitet gewesen. Wie dumm von ihm, hierherzukommen! Nur weil er geglaubt hatte, dass das, was zwischen ihnen war, ihr etwas bedeutet hätte.

Kämpf, befahl er sich. Steh auf und ring sie nieder!

Aber es war ihm nicht möglich. Er konnte seine Glieder nicht bewegen. Hatte keine Gewalt mehr über seine Arme, um sich aufzusetzen, oder seine Beine, um aufzustehen. Seine Muskeln verkrampften sich, und sein Körper wurde allmählich steif, als das Gift die Nervenbahnen erreichte.

„Was hast du mir gespritzt?“ Wut machte sich in ihm breit, dass er so schnell die Kontrolle verlor. Schon konnte er nur noch verschwommen sehen, seine Denkfähigkeit ließ nach. Er war vor allem auf sich selbst wütend, denn im Grunde war alles, was sie ihm angetan hatte, letztlich seine eigene Schuld.

Er erwartete gar keine Antwort von ihr und war auch deshalb nicht überrascht, als sie einfach nur lächelte, so engelhaft wie die Heilige Muttergottes persönlich. Dabei streichelte sie seinen Kopf und flüsterte: „So, *tesoro mio*. Jetzt ist es an der Zeit, sich voneinander zu verabschieden.“

„Hast du mir dein teuflisches Gift injiziert?“, stieß er hervor.

Strychnin, Arsen, Zyanid … Egal, welches irdische Gift sie benutzte, es konnte nichts gegen ihn ausrichten. Davon würde er sich erholen. Allerdings war bei den Engeln noch immer unklar, woraus das Gift bestand, mit dem sie einen Dämon getötet hatte.

Brandon spürte, wie er davonglitt. Sein Verstand bäumte sich noch einmal auf.

Er musste darauf vertrauen, dass es am Ende einen Grund für all das gab. Und er wusste, dass er, selbst wenn seine körperliche Hülle einmal mehr zerstört würde, er selbst weiterleben würde.

Also zwang er sich, loszulassen.

Und wurde von einem Schleier umfangen.

Träume ich? dachte er.

Doch da war keine Gasse. Kein Gestank nach Exkrementen. Keine Kugeln, die in seinen Körper eindrangen. Stattdessen ein einziger Moment der Verwirrung. Er war gefangen zwischen zwei Welten, zwischen der Welt des Bewusstseins und der Bewusstlosigkeit.

Er driftete ab in die Dunkelheit. Traumlosigkeit.

Hörte, wie sie sich über ihn beugte und ihm zuflüsterte: „Beeil dich. Lass dich mitnehmen."

Ich gehe nirgendwohin, dachte Brandon immer noch wuterfüllt.

Da wurde die Tür hinter ihm aufgerissen.

Einer ihrer Türhüter – Massimo, dachte Brandon – stolperte herein. Er war vollkommen außer sich, sein Gesicht voller Ruß, seine Kleidung versengt. Er rief: „*Baronessa*, die Casa Rossetti steht in Flammen!"

Sie richtete ihre funkelnden grünen Augen voller Hass auf Brandon.

Dann rannte sie wie der Blitz aus der Loge, ohne ihn noch einmal eines Wortes zu würdigen.

Ihr Blick hatte schon alles gesagt.

Luciana rannte hinaus auf den ersten Rang und durch das Marmortreppenhaus nach unten, wobei ihre hochhackigen Schuhe laut auf den Stufen klackerten.

Der erste Akt der Oper war beendet. Zum Getöse der Jubelrufe und des Applauses lief sie mit Massimo durchs Foyer.

Hinaus in die kühle Sommernacht. Zu dem Boot, das nicht weit vom Eingang der Oper vertäut lag.

Ohne zu fragen, sprang Massimo hinter ihr ins Boot.

Keiner von ihnen beiden sagte ein Wort, während sie durch die Kanäle raste, um Ecken bog, bis sie schließlich bei ihrem Palazzo ankamen.

Schon in fünfzig Meter Entfernung war die immense Hitze des Feuers zu spüren. Und das Donnern der Flammen, als wäre ein Drache aus den Tiefen des Kanals aufgetaucht und hätte die Casa Rossetti mit seinem wütenden Feueratem in Brand gesteckt. Doch ihr eigenes Herz donnerte noch lauter.

Die Casa Rossetti stand lichterloh in Flammen.

Violetta betrat die Loge. Sie wusste, wieso sie heute Abend im *La Fenice* war. Und es hatte nichts mit der Dämonin zu tun.

Sie war auf der Erde geblieben, weil sie diese eine Angelegenheit noch erledigen musste, bevor sie ins Licht ging.

Massimo zu lieben und von ihm geliebt zu werden. Vielleicht war das die Lektion, die sie auf der Erde gelernt hatte, in der süßen, wenn auch kurzen Zeit, die sie miteinander verbracht hatten. Doch sie wusste, dass es einen noch wichtigeren Grund dafür gab, dass sie noch immer auf der Erde war. Und es war vielleicht auch der Grund dafür, wieso sie überhaupt gestorben war. Nur dafür.

Für diesen einen kurzen, aber überaus wichtigen Augenblick.

Ich habe nicht länger meinen Körper, aber ich habe noch meine Stimme.

Sie beugte sich herunter zu dem am Boden liegenden Engel. Mit ihrer durch den klassischen Gesang geschulten Stimme rief sie, so laut sie konnte: „Wach auf!"

Er rührte sich nicht. Also rief sie noch einmal. Und noch einmal.

Bis sie sah, dass seine Augenlider zu flattern begannen. Bis sie sicher war, dass er wieder zu Bewusstsein kam. Er fing an, in seinen Hosentaschen zu wühlen, auf der Suche nach etwas, das offensichtlich nicht da war.

Und dann stieg sie nach oben, dem Licht entgegen.

Immer höher, durch einen Reigen von Applaus, denn das Publikum beklatschte gerade das Ende der Opernaufführung. Die lauten Bravorufe bildeten einen Tunnel aus Klang um sie herum, der sie anhob, sie weiter nach oben katapultierte.

Hinein ins Licht. Vorbei an den Logen und den glänzenden Wandleuchtern. Vorbei an dem vergoldeten Kristalllüster, den sie immer so geliebt hatte. Vorbei an den geflügelten Engeln, deren Abbildungen auf der himmelblauen Decke des Foyers prangten. Sie verließ die Welt durch das Theater, das sie so liebte, den Ort, der für alle Zeiten einen Teil ihrer Seele bewahren sollte.

Brandon wusste nicht, wie lange er dort gelegen hatte.

Er erwachte von dem grauenhaften Schrei eines weiblichen Geists, der ihm etwas direkt ins Ohr rief.

Als er langsam wieder zu sich kam und sich aufsetzte, war der Geist nicht mehr da.

Und auch von der Dämonin war nichts zu sehen.

Doch sie hatte ihn nicht getötet. Hatte ihm offensichtlich nicht die spezielle Mischung injiziert, die seine Existenz auf der Erde beenden sollte, die ihm vielleicht seine Unsterblichkeit genommen und seine physische Existenz für immer ausgelöscht hätte.

Was war in dieser Spritze? Zyanid? Strychnin?

Er wusste es nicht. Aber wohin sie geflohen war, wusste er sofort.

Er rieb sich den Hals. Überprüfte seine Gliedmaßen. Aufzustehen und stehen zu bleiben war eine regelrechte Herkulesaufgabe.

Und dann ging er sie suchen.

16. KAPITEL

Die Flammen leckten am Nachthimmel und schienen Fangen zu spielen mit den Nachbarhäusern der Casa Rossetti. Aus den Fenstern des Palazzo loderte das Feuer und drohte Mauern und Dächer der angrenzenden Häuser ebenfalls zu verschlingen. Dichter Rauch und Brandgeruch hingen in der Luft. Das laute Prasseln verursachte Luciana kalten Angstschweiß.

Ihre Knie gaben nach, und sie musste sich festhalten. Sie bekam kaum mit, dass Massimo rasch das Steuer des Boots übernahm. Dann legten sie an, und Luciana sprang ans Ufer.

Sie rannte ins Haus.

Das Untergeschoss hatten die Flammen noch nicht erreicht – offensichtlich war das Feuer im oberen Stockwerk ausgebrochen. Vielleicht kann man es noch irgendwie aufhalten, dachte sie in Panik.

Nur wie?

Dann spürte sie, wie die Hitze durch das Treppenhaus nach unten kam. Sie sah noch keine Flammen, doch es war bereits so heiß wie in einem Brennofen. Der Palazzo war nicht mehr zu retten, das war ihr klar. Alles, was sie jetzt noch tun konnte, war, ein paar Sachen zusammenzusuchen und zu fliehen.

Aber was sollte sie mitnehmen?

Der Schmuck ihrer Mutter lag zerbrochen in ihrem Schlafzimmer auf dem Fußboden. Die Tiepolos und Tintorettos waren zu groß und zu schwer, als dass sie sie allein hätte von der Wand nehmen und nach draußen tragen können.

Viel wertvoller als jedes einzelne Ausstattungsstück im Haus war der Palast selbst. Die Fresken, die sie detailgetreu und liebevoll hatte restaurieren lassen, der Stuck und die Steinfassade, die sie von eigens für diesen Zweck engagierten Fachleuten hatte reparieren lassen. Die kunstvollen Vergoldungen auf der Vorderseite des Hauses …

Es gab keine Möglichkeit, das alles zu retten. Keine Chance.

Sie rannte die Treppe hinauf, ungeachtet der Hitze. Es war ein Inferno. Wie die Flammen der Hölle.

Sie drehte sich nach allen Seiten, wusste nicht, was sie retten sollte oder wie.

Ein einzelner Gegenstand konnte die Erinnerung an das verlorene Vermächtnis ihrer Familie nicht bewahren.

Sie öffnete die Tür zu ihrem Labor und sah die Phiolen voller Gift, an denen sie so lange gearbeitet hatte. Ordentlich aufgereiht standen sie auf dem Tisch. Sie schnappte sich eine Handvoll.

Jetzt fraßen sich die Flammen in Windeseile über den Flur bis zu ihr.

Sie wollte nicht länger Teil dieser Welt sein.

Man hatte sie besiegt. Luciana sank auf die Knie und schämte sich. Schämte sich dafür, dass das Einzige, was sie aus dem Haus ihrer Familie retten würde, ausgerechnet etwas war, was noch schlechter und böser war als sie selbst.

Denn es war ihr erster Impuls gewesen, das mitzunehmen, was ihr am wichtigsten von allem war.

Ihr Gift.

Mit der letzten ihr verbliebenen Kraft kroch sie auf die Flammen zu.

Verschlingt mich! war alles, was sie denken konnte.

Und dann wurde sie von einer Macht angezogen, die stärker als alles Irdische war. Es war nicht das Feuer. Nicht die Hitze.

Sondern er.

Er trat aus den Flammen hervor, groß und unerschütterlich und unerschrocken wie immer.

Als sie ihn erblickte, wusste sie ohne jeden Zweifel, warum man ihn zu einem Schutzengel gemacht hatte. Die Tatsache, dass er sich selbst für eine Frau in Gefahr begab, die ihm gerade erst eine Giftspritze verabreicht und ihn hilflos liegen gelassen hatte ... Am liebsten hätte sie geweint, mitten in den Flammen.

„Es gibt nur einen Ausweg", rief er ihr durch das Getöse des Feuers zu. Und seine Stimme, ganz rau vom Rauch, dröhnte in ihren Ohren. „Du musst mit mir kommen!"

Sie kniete immer noch da, vollkommen paralysiert. Was wäre, wenn sie sich einfach ihm überantwortete?

Eine Katastrophe.

Seine Finger öffneten ihre zur Faust geballte Hand und zwangen sie, die Gift-Phiolen fallen zu lassen. Dann hob er sie auf. „Komm!"

Er rannte zur Treppe und zog sie mit sich, doch da war kein Durchkommen mehr. Nach unten konnten sie nicht mehr, sie konnten nur noch nach oben flüchten, und das taten sie auch. Hinauf aufs Dach. Er zerrte sie durch den Palast. Bis sie draußen waren, an der Luft, die kühl in ihren Lungen brannte.

Sie standen auf dem Dach, und es war, als stünden sie auf einem Lagerfeuer, auf dem obersten Scheit, der noch von den Flammen verzehrt werden musste. Brandon zog sie zum Rand des Daches.

„Spring!"

Das Getöse war ohrenbetäubend. Luciana dachte an die Bilder aus der Hölle. Sie sah Harcourt. Den Berg von Frauenleichen. Carlotta.

„Steh nicht rum! Spring endlich!"

Schließlich nahm er ihr die Entscheidung ab. Es gab nur noch ihn.

Er nahm sie in die Arme und sprang vom Dach. In diesem Moment explodierte das Haus in einem Feuerball. Die brennende Hitze brachte den Nachthimmel zum Glühen.

Sie stürzten in einem eleganten Bogen in die Tiefe, und sie wünschte, ihr Sturz könnte endlos währen. Ein grauer Regen umgab sie. Nicht aus Federn diesmal, sondern aus der Asche ihres Zuhauses.

Er kannte genau den Moment, in dem er sie verloren hatte. Nicht ihren Körper, sondern ihre Seele.

Es war der Moment, als er vom Dach sprang und sie mit sich zog.

Du kannst niemanden zu einem Sprung des Glaubens zwingen.

Doch er versuchte es, indem er sie in die Arme nahm und mit ihr in die Dunkelheit hineinsprang. Vielleicht würden sie ja in einer Traumlandschaft landen?

Doch sie landeten in der echten Welt, im trüben Wasser des Canal Grande.

Und gingen unter.

Sie tauchten so tief ins Wasser ein, und es war so kalt und dunkel hier, dass Luciana am liebsten hierbleiben würde. Unter Wasser. Sie würde auf den Drachen warten, den sie herbeirufen könnte, um sie an einen anderen Ort zu bringen. Zu den Leichen ihrer zahlreichen Opfer, die sie hier im Lauf der Jahrhunderte versenkt hatte. Oder zum Fährmann Satans, der in seiner schwarzen Bestattergondel ihre Körper hinüber in die Unterwelt ruderte.

Wer auch immer sie abholen würde – das Ziel blieb dasselbe.

Doch Brandon gab nicht auf. Dieser Mann war unverwüstlich. Er zog sie zurück nach oben, an die Wasseroberfläche, bis ihre Lungen wieder Luft atmeten und tief in ihrem Inneren ihr Überlebenswille wieder aktiviert wurde.

Doch ihr Leben war zu einem einzigen Schmerz geworden.

Sie wollte schreien, stattdessen drang aus ihrer Kehle nur ein leises Wimmern. Es klang so schwach und kläglich, als wäre ihre Stimme, ihre Seele, zusammen mit ihrem Palazzo von den Flammen verschlungen worden.

Und dann hörte sie wie aus der Ferne Brandons Stimme, die tröstend und vernünftig auf sie einredete.

Was genau er zu ihr sagte, registrierte sie nicht.

Eine jahrhundertealte Geschichte. Eine Geschichte, für die sie gekämpft hatte. Die letzten Überreste eines Familienerbes, das sie mühsam zu bewahren versucht hatte. Dahin. Zu Asche verbrannt.

Sie schrie noch einmal ihre wortlose Wut heraus, doch ihr Schrei wurde erstickt von der Geschäftigkeit der Feuerwehrleute, die jetzt anrückten, ihre Schläuche ausrollten und Wasser aus dem Kanal pumpten, um den Brand zu löschen.

Und da war auch sie. Die gottverdammte Kompanie der Engel.

Sie standen auf den Dächern rund um die Casa Rossetti und sahen zu, wie ihr Palazzo niederbrannte.

Beleuchtet von den Flammen, die das Haus ihrer Familie zerstörten, standen ein halbes Dutzend Engel auf den umliegenden Dächern. Die meisten von ihnen erkannte sie, doch ihre Aufmerksamkeit galt zwei ganz bestimmten Personen. Zwei Aufsehern der Kompanie, die sie hier niemals erwartet hätte.

Zum einen Infusino, ihr alter Erzfeind, Supervisor der venezianischen Einheit.

Und diese Arielle, die Schlampe, die schon in den Vereinigten Staaten ihre Pläne durchkreuzt hatte, Supervisor der Einheit von Los Angeles.

Brandon zog Luciana aus dem Wasser und in ein Boot, das jemand neben sie gelenkt hatte. Er legte ihr eine Decke um und rubbelte sie trocken. Dabei war ihr größter Wunsch in diesem Augenblick ein völlig anderer.

Rache.

Die Flammen der Hölle waren grün. Davon war Brandon überzeugt, als er ihre Augen sah.

Als sie weit genug entfernt von dem brennenden Gebäude waren und das Feuer nicht mehr in ihrem Blickfeld lag, drehte sie sich zu ihm um.

„Engel“, zischte sie voller Verachtung. Eine Anschuldigung,

ein Fluch. „Ihr kämpft schmutziger als jeder Dämon, den ich jemals getroffen habe.“

„Ich bin mir nicht sicher, wer den Palazzo in Brand gesteckt hat. Auf jeden Fall habe ich das nicht geplant. Und ich habe damit auch nichts zu tun.“

Als sie den Canal Grande herunterfuhren, sahen sie noch jemanden, dessen bernsteinfarbene Augen im Dunkeln leuchteten. Corbin Ranulfson grinste sie vom Balkon eines teuren Hotels aus an.

„Das war nicht unser Werk.“ Brandon war sich da ganz sicher. „Du hast es selbst gesehen. Möglicherweise war es Corbin.“

„Selbst wenn. Er hätte das niemals getan, wenn du nicht in dieser verdammten Erlöserkirche aufgetaucht wärest, du flügellose Kanalratte! Wenn du nicht hergekommen wärst, hätte ich meine Opfergabe für dieses Jahr schon längst dargebracht und würde jetzt entspannt auf dem Dach meines Hauses sitzen, einen Cocktail schlürfen und meinen Sieg über euch erbärmliche Engel feiern.“

„Vielleicht. Oder aber du befändest dich in einer noch schlimmeren Lage.“

„Schlimmer“, sagte sie mit tonloser Stimme. Er wusste, was sie meinte. Nach ihrer Einschätzung gab es natürlich nichts Schlimmeres, als eine Gefangene der Kompanie der Engel zu sein. „Wohin bringst du mich?“

„Zurück in die Staaten.“

Zurück nach Amerika.

Luciana wandte sich von ihm ab, vollkommen erledigt. Sie hatte keine Kraft mehr, um davonzulaufen. Kein Fünkchen Energie mehr, um Widerstand zu leisten. Während sie in der Dunkelheit durch die flache Lagune glitten, blieb ihr nichts anderes übrig, als Brandon düster anzustarren.

Ihr Hass war greifbar. Er pochte in ihrem Inneren.

Sie lehnte sich in ihrem Sitz zurück. Niemals würde sie aufhören zu hassen. Die Möglichkeit, mit alldem aufzuhören, eben noch so nah, erschien ihr jetzt vollkommen unmöglich. Fast hätte sie nachgegeben – und das war die Quittung.

Einen Trost gab es immerhin. In Amerika würde sie genügend Zeit haben, ihre Rache bis ins Detail zu planen.

Brandon würde büßen.

Julian würde büßen.

Die gesamte Kompanie der Engel würde büßen.

17. KAPITEL

Brandon fuhr mit Lucianas Boot über die dunkle Lagune zum Flughafen.

Die Dämonin saß hinten im Boot, eingewickelt in eine Rettungsdecke aus Silberfolie, die er aus dem Verbandskasten des Boots genommen hatte. Ihr ruiniertes Seidenkleid klebte ihr am Körper, ihre Haare waren noch nass. Sie hatte das Gesicht dem Meer zugewandt und machte keinerlei Anstalten, fliehen zu wollen. Aber sie würdigte Brandon keines Blickes.

War es ihm am Ende also doch gelungen, sie festzusetzen.

Doch sein Erfolg verschaffte ihm keine Befriedigung. Stattdessen nagte ein seltsames Verlustgefühl an ihm.

Er legte am Dock des Marco-Polo-Flughafens an und half ihr beim Aussteigen. Auch als er mit ihr zum Flugzeug der Kompanie der Engel ging, das auf einer gesonderten Landebahn bereitstand, leistete sie keinen Widerstand, sondern kuschelte sich in die Decke wie ein Kind, das sich unter seine Schmusedecke flüchtet.

„Bist du in Ordnung?“, erkundigte er sich und führte sie die ausgeklappte Treppe des kleinen Flugzeugs hoch.

Sie gab keine Antwort. Ihr Schweigen irritierte ihn.

Er hatte erwartet, dass sie ihn verfluchte. Oder ihn wortlos anklagte, mit einem wütenden Blick. Dass sie irgendeine Form des Widerstands zeigte, nicht nur stumpfe, stille Fügung. Diese nervtötende Niedergeschlagenheit, die so gar nicht zu ihr passen wollte. Doch da war nichts. Ihr leerer Gesichtsausdruck war schrecklicher als der schrillste Schrei oder der böseste Blick. Als ihr Blick ihn kurz streifte, sah er in ihren grünen Augen nichts als absolute Leere.

Sie gingen an Bord der kleinen Privatmaschine. Infusino und Arielle saßen bereits da, plus einige Mitglieder der venezianischen Einheit als Verstärkung. Brandon führte Luciana zu einem Sitzplatz und legte ihr den Sicherheitsgurt an. Sie zeigte immer noch keine Reaktion und ließ alles mit sich geschehen.

Als das Flugzeug über die Startbahn rollte, richtete sie den Blick aus dem Fenster. Ihre Miene war ausdrucklos, weißer und bleicher als jemals zuvor.

Gegenüber von ihr beugte sich Arielle zu Infusino und flüsterte ihm etwas zu, wobei sie sich die Hand vor den Mund hielt. Doch Brandon schnappte trotz des Flugzeuglärms ein Wort auf, das sie geflüstert hatte.

„… Casa Rossetti …“

Und auch die Dämonin hatte es gehört.

Mit einer katzenhaften Bewegung öffnete Luciana ihren Sitzgurt und sprang auf. Brandon gelang es gerade noch, sie zurückzuhalten, doch ihre krallenähnlichen Fingernägel, mit denen sie Arielle das Gesicht hatte zerkratzen wollen, verfingen sich im ordentlich frisierten Haar des Engels. Arielle verzog keine Miene.

Sie blinzelte nicht einmal. Sie sagte nur ein Wort, als Brandon die Dämonin wieder zu ihrem Platz beförderte. „Fixieren.“

Brandon befestigte ihre Handgelenke mit Handschellen an der Armlehne. Dann ließ er sie in Ruhe aus dem Fenster starren, auf die Lichter von Venedig, die unter ihnen allmählich in der Ferne verschwanden. Schließlich sank er in den Sitz gegenüber von Arielle und schnallte sich an.

„Du hättest sie gleich fixieren sollen.“ Arielle schüttelte verständnislos den Kopf.

„Lass gut sein“, erwiderte er nur, schloss die Augen und blendete Arielle aus.

Auch er war erschöpft. Sein Körper schmerzte, und er rutschte eine Weile auf seinem Sitz herum, bis er eine möglichst bequeme Position gefunden hatte.

„Ich will ja nicht meckern. Natürlich sollst du dich einen Moment ausruhen.“ Arielle tätschelte seinen Arm. „Sie ist jetzt in guten Händen. In Los Angeles bringen wir sie in unser neues Exerzitienhaus. Diese Einrichtung wird dir auch gefallen.“

Los Angeles ... Exerzitienhaus.

Luciana riss die Augen auf.

Arielle lächelte hocherfreut. Offensichtlich war sie sehr zufrieden mit sich. „Hatte ich dir das noch nicht gesagt? Wir expandieren nämlich."

„Woher habt ihr denn das Geld dafür?", erkundigte sich Brandon. „Ich dachte, die Einheit von L. A. ist chronisch unterfinanziert."

Arielle lächelte, sagte aber nichts. Brandon kannte die Antwort auch so. Julian Ascher.

„Ich nehme Luciana mit nach Chicago." Brandon sah Arielle unvermittelt an. Seine Lungen waren immer noch angegriffen vom Rauch, und seine Stimme wurde rau, als er sprach. Er räusperte sich und sagte: „Ich habe sie gefasst, sie ist meine Gefangene."

„Dein Beitrag zu ihrer Ergreifung ist sicherlich lobenswert", meinte Arielle, immer noch mit demselben, selbstzufriedenen Lächeln. „Aber rein technisch gesehen untersteht die Dämonin der Verantwortung der Kompanie als der übergeordneten Organisation. Wenn man den, nun ja, persönlichen Kontakt bedenkt, der zwischen dir und ihr stattgefunden hat, könnte man am Ende auf den Gedanken kommen, du seist etwas voreingenommen. Nicht wahr?"

Er entdeckte ein Funkeln in Arielles Augen.

Boshaftigkeit blitzte in ihren Augen. Aber sie war ein Engel. Brandon musste sich täuschen.

Die Dämonin selbst saß völlig teilnahmslos da. Die gefesselten Hände hatte sie zu Fäusten geballt.

„Vergiss es. Ich habe wiedergutgemacht, was du vermasselt hast, Arielle, und jetzt fahre ich nach Hause. Zurück zu meiner eigenen Einheit. Und zu meinem Team. Du hast mit dieser Mission nichts mehr zu tun."

Der blonde Engel beugte sich zu ihm und sah ihm direkt in die Augen.

Er erschauderte. Ein Eisblock starrte ihn an.

„Das obliegt nicht deiner Entscheidung, nicht wahr? Dieses Flugzeug wird von der Einheit aus L. A. gestellt, also hast du nicht über das Ziel der Reise zu bestimmen."

Brandon seufzte. Er war zu erschöpft, um zu streiten. „Wieso müssen wir darüber diskutieren, Arielle? Lass uns doch einfach Michael kontaktieren und ihn um weitere Instruktionen bitten."

Er zog sein Handy aus der Tasche. Als er es einschalten wollte, stellte sich heraus, dass es einen Wasserschaden hatte und funktionsuntüchtig war.

„Gib mir dein Telefon", forderte er Arielle auf.

„Während des Fluges darf man aus Sicherheitsgründen nicht telefonieren." Inzwischen hatte sie wieder ihr Markenzeichen, das neutrale Lächeln, aufgesetzt. „Außerdem … Weiß Michael denn eigentlich, wie nahe du der Zielperson gekommen bist?"

„Versuch nicht, mir zu drohen, Arielle!" Brandons Ton wurde schärfer.

Sie lehnte sich zurück, schlug die Beine übereinander und legte die gefalteten Hände auf ihr Knie. „Dieses Flugzeug fliegt nach Los Angeles. Wenn wir erst einmal dort sind, wirst du sehen, dass es der ideale Platz für sie ist. Das Haus ist sehr sicher und abgeschirmt. Wir haben dort noch einmal Gelegenheit, über die Möglichkeit ihrer Rückführung nachzudenken", sagte Arielle zuckersüß. „Und wir können sie dort auch verhören."

„Verhören?", fragte Brandon und erhob die Stimme, wobei er sich die besorgten Blicke der anderen Engel zuzog. Doch das war ihm egal. „Das ist nicht Teil unserer Mission. Unsere Mission war es, sie zu fassen und sicherzustellen, dass sie keine weiteren Personen vergiftet. Diese Ziele haben wir erreicht. Michael hat nie von einem Verhör gesprochen."

„Das werden wir sehen, sobald wir in L. A. gelandet sind. Luciana ist eine gute Informationsquelle, und wir haben noch so viele unbeantwortete Fragen. Zum Beispiel wissen wir nicht, ob das Gift noch existiert. Und es gibt keine Garantie dafür, dass sie ihre beträchtlichen Fähigkeiten nicht auch in Zukunft benutzen wird, um Gift zu mischen. Wir müssen sicherstellen, dass sie neutralisiert wird. Die Erzengel haben die Lösung des Falles uns überlassen."

„Auch das werden wir sehen", knurrte Brandon.

Es hatte einfach keinen Zweck, mit Arielle zu diskutieren. Er stand kurz davor, das Flugzeug zu entführen.

Doch selbst wenn er es wirklich gewollt hätte, hatte er dafür keine Energie mehr.

Die wenige ihm verbliebene Energie musste er dafür nutzen, um gegen den Schlaf anzukämpfen.

Was für eine unbeschreibliche Erniedrigung, dachte Luciana, während die Engel über sie lästerten. *Zuletzt wurde ich so gedemütigt, als ich noch ein Mensch war. Seit über zweihundert Jahren hat man mich nicht mehr gegen meinen Willen festgehalten.*

Das letzte Mal, als ihr so etwas zugestoßen war, hatte sie sich geschworen, niemanden mehr zu gestatten, so mit ihr umzugehen. Durch Julian und Harcourt, durch die Qualen der Hölle und des Bordells hatte sie genug Elend und Betrug für ein Dutzend Leben erfahren. Mit Brandon allein in einem kleinen Zimmer ans Bett gefesselt zu sein war eine Sache. Da hatte sie wenigstens gewusst, dass es einen Ausweg gab. Doch nun saß sie mit der Kompanie der Arschlöcher in diesem Flugzeug und war an ihren Sitz gefesselt, und ihr blieb nichts übrig, als aus dem Fenster zu schauen.

Diesmal gab es kein Entkommen.

Amerika ist für mich das Sinnbild für das vollkommene Scheitern, überlegte Luciana verbittert. Das letzte Mal hatte sie die Vereinigten Staaten nur mit knapper Not verlassen können, als gebrochene Frau, halb tot. Sie biss die Zähne zusammen, damit sie ihre Gedanken nicht laut herausschrie. Los Angeles oder Chicago, vollkommen egal.

Brandon und Arielle hörten auf zu streiten, und das Motorengeräusch des Flugzeugs verfiel in ein gleichmäßiges Brummen. Brandon saß mit geschlossenen Augen da, doch die anderen Engel redeten über die Schutzengel, die in L. A. auf sie warten würden.

Serena St. Clair … Julian Ascher …

Mutter von Luzifer, bitte hol mich hier raus, flehte sie. *Könnte ich nur ein Fenster öffnen, ich würde mich sofort aus zehntausend Fuß in die Tiefe stürzen und dem himmlischen Ungeziefer jegliche Mühen ersparen.*

„Serena ist Yogalehrerin. Vor wenigen Wochen wäre es Luciana fast gelungen, sie zu töten", erklärte Arielle gerade Infusino, der nickend die Information kommentierte.

Den Namen dieses Mädchens zu hören ist für mich genauso unerträglich wie das Geräusch von Fingernägeln auf einer Tafel, dachte Luciana. *Doch diese Serena ist nicht viel mehr als ein Ärgernis, eine Herausforderung ist sie wohl kaum.*

„Und dann ist da noch Julian Ascher", fuhr Arielle fort. Sie senkte die Stimme. „Lucianas ehemaliger Liebhaber. Er ist der Grund, warum sie überhaupt zur Dämonin wurde."

Luciana hörte nicht mehr zu.

Sie kannte die Details zur Genüge, die Arielle an Infusino weitergab.

Diese Geschichte kannte sie in- und auswendig.

Das Flugzeug rumpelte, und Lucianas Magen fing an zu rebellieren. Ob das an dem Gewackel lag oder an der Erwähnung von Julians Namen, wusste sie nicht. Als sie Julian das letzte Mal vor wenigen Wochen gesehen hatte, war ihr Racheplan gescheitert. Vielleicht tat sich bald eine neue Chance auf.

Jetzt hatte sie nichts mehr zu verlieren.

Luciana musste grinsen und drehte rasch den Kopf zur Seite, um das Grinsen vor ihren Bewachern zu verbergen.

Brandon war es nicht entgangen. Er runzelte die Stirn.

Soll er sich Gedanken machen, dachte sie. *Auch er wird büßen.*

Die Hoffnung auf Rache hielt Luciana für die kommenden Stunden aufrecht, als sie aus dem kleinen Flugzeugfenster starrte. Der Gedanke war da und verließ sie auch nicht, als sie landeten und Luciana sich in der dunstig-trockenen Sommerlandschaft des San Fernando Valleys wiederfand. In nur einem halben Tag hatten die Engel sie aus ihrem kühlen Marmorpalazzo in Venedig hierher verfrachtet.

Einem Palazzo, den es nicht mehr gab.

Brandon betrachtete die Dämonin, die aus dem Fenster sah und ihre frühmorgendliche Ankunft in den Vereinigten Staaten beobachtete. Das Sonnenlicht schien auf ihr Gesicht, und er war einmal mehr fasziniert von ihrer Schönheit, trotz aller Erschöpfung. Trotz aller Verzweiflung, trotz aller Wut.

Doch er weigerte sich, Mitleid mit ihr zu haben.

Sie verdient es, dass ihr Gerechtigkeit widerfährt für das, was sie getan hat, überlegte er. *Ob das in Los Angeles oder in Chicago geschehen wird, obliegt Michaels Entscheidung. Ich muss dringend Kontakt zu ihm aufnehmen.*

Als das Licht der Sonne ihre Augen erfasste, leuchtete das Grün noch intensiver. Sie sah ihn an.

In diesen grünen Augen stand eins geschrieben: Krieg.

Trotzdem wusste Brandon: Die Dämonin zu verlassen war keine Alternative für ihn.

„Gehen wir." Arielle erhob sich.

Mit einem Seufzer löste er die Handschellen der Dämonin. Führte sie die Metalltreppe herunter, hinaus in die Juli-Hitze, durch das Terminal und den Ausgang, wo schon ein Sonderfahrzeug der Kompanie auf sie wartete. Brandon schob Luciana hinein und setzte sich neben sie, Arielle und Infusino nahmen auf der Sitzbank hinter ihnen Platz.

Keiner von ihnen sagte ein Wort, während draußen die

Landschaft an ihnen vorbeizog, die in der Morgenstille friedlich dalag.

„Fahren wir eigentlich wieder zu so einer eurer üblichen Bruchbuden?" Nach über einer Stunde brach Luciana das Schweigen. „Ihr Engel mit eurer scheinheiligen Armut."

Insgeheim erwartete auch Brandon eine eher bescheidene Herberge. Unter „Exerzitienhaus" stellte er sich eine heruntergewirtschaftete und vernachlässigte Anlage vor. Ein paar rustikale Hütten, knapp besser als ein Campingplatz. Schimmelige Badezimmer. Primitive Kochstellen und gemeinsamer Küchendienst. Liederabende am Lagerfeuer.

Sicher keine von Mauern geschützte, weitläufige Anlage wie die, vor der sie jetzt anhielten. Dahinter verbarg sich ein mehrstöckiges Gebäude, das von Frank Lloyd Wright entworfen worden war.

Ein seltsamer Schauer durchströmte Brandon, als der Fahrer durch ein Eisentor auf das Gelände fuhr. Die klaren Linien der weiß getünchten Gebäude erglühten im Sonnenlicht. Kaum hatte sich das Tor hinter ihnen geschlossen, verstand Brandon, wieso Arielle diesen Ort ausgewählt hatte. Nicht etwa, weil die Anlage die Titelseite einer Architekturzeitschrift verdient hätte. Sondern weil dieses Haus, trotz seiner gelungenen Architektur, trotz der Harmonie zwischen dem Bau und seiner Umgebung, ein richtiger Bunker war.

Fort Knox am Meer.

Diese Tore waren sicher einmal dazu gedacht gewesen, unerwünschte Besucher fernzuhalten.

Jetzt hielten sie die Besucher davon ab, nach draußen zu gehen.

„Was ist das hier?", fragte er Arielle, die mit zufriedenem Lächeln dasaß, während sie vor dem Hauptgebäude vorfuhren. Zweifellos handelte es sich hier tatsächlich um ein ehemaliges Rehabilitationszentrum, und zwar eines der Art, in dem reiche Damen mehrere Tausend Dollar dafür bezahlten, zum Lunch ein paar Salatblätter vorgesetzt zu bekommen und stundenlange „Naturwanderungen" über Trampelpfade zu unternehmen.

„Das war mal ein Health Spa", bestätigte Arielle nun seine Vermutung. „Wir hatten Glück und konnten das Anwesen erwerben. Der Name steht noch nicht fest, aber vermutlich werden wir es ‚Zentrum für Rückführung' nennen."

„Klingt nach Recycling." Brandon dachte daran, dass die sterbliche Hülle eines Schutzengels, falls sie getötet wurde, jederzeit „recycelt" und wieder auf die Erde geschickt werden konnte.

„Auf gewisse Art und Weise wird es das auch sein."

Der blonde Engel stieg aus und wartete, bis Brandon die Dämonin aus dem Wagen eskortiert hatte. Dann verband er sie beide, indem er die Handschellen an seinem rechten Handgelenk und an ihrem linken Handgelenk zuschnappen ließ. „Gehen wir, *principessa*."

Luciana leistete keinen Widerstand.

Sie betraten das Gebäude. In der Lobby sah es aus wie bei jeder Institution, die Geld hatte, ob reich ausgestattetes Museum oder ultramodernes Theater. Alles war in Weiß gehalten. Das dominante Weiß war überwältigend und wurde nur durchbrochen von den gigantischen Glaswänden, die einen unverstellten Blick aufs Meer boten.

Das Gebäude selbst war vollkommen verlassen.

Kein Personal hinter der Rezeption, keine Gäste, niemand, der sich in der Lobby aufhielt. Nur gähnende Leere und das Echo ihrer Schritte, als sie Arielle folgten.

Sie fuhren mit einem Aufzug nach oben – und Brandon fiel auf, wie gut gesichert alles war. Der Aufzug ließ sich nur mit Karte und elektronischem Code bedienen, überall waren Überwachungskameras installiert, und vor den Türen waren schwere Metallriegel angebracht.

Er fragte sich, was Arielle wohl wirklich in diesem Gebäude vorhatte.

„Stellt man sich bei der Kompanie so den Himmel vor?", murmelte Luciana. „Alles steril und vollkommen farblos? Perfekt."

Niemand gab ihr eine Antwort. Sie setzten ihren Weg durch das Gebäude fort und brachten Luciana über einen Flur zu einem ebenfalls weißen, zellenartigen Raum. Darin standen nur ein schmales Bett mit weißen Laken und ein weißer Plastikstuhl. Beides war am Boden festgeschraubt. Das kleine, aseptisch wirkende Badezimmer war mit einer Toilette, einem Waschbecken und einer Dusche versehen.

Brandon machte Luciana los. Dann schob er sie sanft in das Zimmer und schloss die Tür von außen. Sie hörte ein elektronisches Piepsen und das Schleifen des Metallriegels. Man schloss sie ein in dieser Luxusvariante von Einzelhaft.

„Ich hätte dich töten sollen, als ich die Gelegenheit dazu hatte!", rief sie und trommelte mit der Faust gegen das kleine Fenster in der Tür. „Es wäre so einfach gewesen!"

Brandon antwortete nicht. Er stand einfach nur da und betrachtete sie durch das kleine Rechteck aus Sicherheitsglas. In seinen Augen las sie Wut.

„Aber, aber." Arielle lachte fröhlich. „Denken Sie doch nur, wie viel Glück Sie haben. Es gibt Leute, die ein wahres Vermögen dafür bezahlt haben, um genau in diesem Zimmer zu sein, in dem Sie sich gerade befinden. Die Kompanie hat viel Zeit und Arbeit investiert, um diesen Ort ihren Anforderungen anzupassen. Daher hoffen wir sehr, dass Sie unsere Gastfreundschaft zu schätzen wissen und Sie Ihren Aufenthalt bei uns genießen."

„Ich werde dafür sorgen, dass jeder Einzelne von euch durch Satan persönlich die schrecklichsten Qualen erfahren wird!" Luciana hämmerte gegen die Scheibe. „Der Fürst der Finsternis wird euch mit eigener Hand die Gedärme herausreißen! Und ich werde danebenstehen und zusehen!"

Arielle verzog den Mund. „Machen Sie es sich gemütlich, meine Liebe. Sie werden eine Weile bei uns bleiben."

„*Mezza stronza, mezza strega*“, schrie Luciana, bevor sie gegen die Scheibe spuckte. „*Va all' inferno!*“

Die Engel gingen davon und ließen sie allein in ihrer Zelle zurück.

Doch sie konnte hören, wie sie miteinander sprachen, als sie sich über den Gang entfernten.

„Halb Schlampe, halb Hexe – so hat sie dich genannt“, sagte Infusino. „Und dann hat sie gesagt, du sollst zur Hölle fahren.“

„Danke, Infusino“, erwiderte Arielle und schürzte die Lippen. „Wenn ich in Zukunft eine Übersetzung wünsche, frage ich dich.“

18. KAPITEL

Es war ein perfekter südkalifornischer Sommertag. Dennoch fühlte Brandon sich unwohl, als Arielle ihn und die anderen Schutzengel über das Anwesen führte. Er bekam nur Bruchstücke von dem mit, was sie erzählte. In ihm rumorte es. Er traute Arielle nicht, konnte aber nicht sagen, woran das lag.

„… Überwachungskameras, die jeden Zentimeter der Einrichtung erfassen …“

„… umgewandelt in ein Trainingsgelände …“, sagte sie gerade und deutete auf eine Art Fußballfeld.

„… der Hubschrauberlandeplatz für Notfälle …“

„Wo ist eigentlich Michael?“, unterbrach Brandon sie. „Wir haben eigentlich keine Zeit für eine Führung. Es gibt wichtigere Dinge zu tun.“

„Geduld ist eine Tugend.“ Arielle verzog bei seiner Äußerung verärgert den Mund. „Und hier sind wir schon. Unser neuer Tagungsraum. Das ist was anderes als die Rechtsberatungsstelle, was? Das alte Hauptquartier werden wir dennoch behalten, aber es war Zeit zu expandieren.“

Der große und in der Tat beeindruckende Tagungsraum befand sich im ersten Stock des Hauptgebäudes. Er hatte hohe Decken, und durch die Fenster öffnete sich der Blick auf die große Rasenfläche des Anwesens, die sich bis zum Meer erstreckte.

Am Kopfende des langen, rechteckigen Konferenztisches saß der Erzengel Michael.

Die übrigen Mitglieder der Einheit von L. A. waren um ihn versammelt. Brandon erkannte Julian Ascher und Serena St. Clair und zwei Dutzend andere Gesichter, die offensichtlich auf sie warteten.

Er nahm auf einem der leeren Stühle am anderen Ende des Tisches Platz.

„Herzlichen Glückwunsch, Brandon. Gut gemacht", lobte Michael ihn. „Ich spreche im Namen der gesamten Kompanie und aller Erzengel, wenn ich sage, dass wir deinen Einsatz, der zur Ergreifung von Luciana Rossetti führte, mit großer Anerkennung würdigen."

Alle Augenpaare richteten sich auf Brandon.

Die Engel klatschten und nickten zustimmend, lächelten ihn dankbar an.

„Danke", sagte Brandon knapp. „Aber wir sollten jetzt darüber sprechen, was mit ihr geschehen soll."

„Genau das werden wir jetzt tun."

Arielle räusperte sich. „Wenn ich ganz offen sprechen darf: Ich denke, wir sind uns alle einig darin, dass es sich hier ganz klar um einen Fall für die Rückführung handelt."

„Vergiss es", unterbrach Brandon sie. „Wir sind uns nicht alle einig."

Michael seufzte. „Wir dürfen nicht zulassen, dass uns solche Dinge als Organisation spalten. Wir müssen an einem Strang ziehen, wenn wir unsere Ziele erreichen wollen. Ich weiß, dass jedes Mitglied der Kompanie seine eigene Meinung und Überzeugung hat. Doch wir alle haben dasselbe Ziel – für das Gute in der Welt und den Schutz der Menschheit zu sorgen."

„Richtig, Michael." Arielle nickte zustimmend. „Wie lautet also dein Vorschlag?"

„Wir Erzengel sind grundsätzlich gegen die Rückführung, wenn es sich nicht um einen besonders extremen Fall handelt. Wir beurteilen die Lage derzeit so, dass dieser Fall bei Luciana Rossetti nicht gegeben ist. Wir werden den Fall später noch einmal prüfen, wenn uns weitere Beweise vorliegen und ein angemessener Beobachtungszeitraum abgelaufen ist. Sollte Luciana Rossetti Anzeichen von Reue zeigen – und damit für sie die Möglichkeit der Erlösung gegeben ist –, werden wir diesen Weg einschlagen. Wir Erzengel vertrauen darauf, dass ihr Schutzengel euch um Luciana kümmert, bis wir zu einer endgültigen

Entscheidung gefunden haben."

„Im Ernst?", fragte Brandon. „Sie hierzubehalten ist aber sicher keine Lösung."

„Ich bitte dich", rügte Arielle ihn. „Es ist ja nicht für die Ewigkeit. Hier können wir sie in unserem eigenen Tempo reformieren."

„Und wie wollt ihr das machen? Was macht ihr, wenn sie versucht zu fliehen?"

„Das kann sie nicht. Dieser Ort ist hermetisch abgeriegelt. Wenn du nicht davon überzeugt bist, können wir gerne einen kleinen Testlauf durchführen. Das wäre doch ein Spaß, nicht wahr?"

Mehrere Monitore senkten sich von der Decke herab. Sie schalteten sich ein, und man sah das Bild der Überwachungskamera, die in Lucianas Zelle angebracht war.

Die Dämonin saß in ihrem ramponierten weißen Seidenkleid auf dem Bett und sah elend aus.

Arielle drückte einen Knopf – und die Tür zu ihrer Zelle ging auf.

Luciana starrte auf die offene Tür.

Das ist eine Falle, schoss es ihr sofort durch den Kopf. Trotzdem war es eine Verlockung. *Welche Alternative habe ich? Hier herumhocken und warten, dass sie mich fertigmachen?*

Sie stand auf und ging einen Schritt auf die Tür zu. Dann rannte sie los wie der Blitz. Sie rannte den langen, weißen Korridor entlang, die geschwungene Treppe hinunter, durch die leere Lobby und hinaus in die Hitze des Tages.

Barfuß sauste sie über den Rasen, ohne zu wissen, wohin. Alles war besser als diese kleine weiße Zelle. Ihre Lungen brannten, doch sie blieb nicht stehen.

Sie wandte sich nach links und rannte auf eine große Freifläche zu, die nach einem unerschlossenen Gebiet aussah. Sie musste hier weg! Zurück nach Venedig. Irgendwie würde sie sich mit Satan auf einen Handel einigen können. Sie würde ihm seine Opfergabe bringen – vielleicht akzeptierte er ja auch ein anderes Opfer. Sie würde alles wieder richtigstellen.

Nichts konnte sie zurückhalten.

Am Ende des Grundstücks hielt ein Zaun sie auf. Er war knapp dreieinhalb Meter hoch und war mit schmiedeeisernen Spitzen versehen. Nicht leicht zu übersteigen, erst recht nicht in Lucianas erschöpftem Zustand.

Der Zaun endete bündig mit der Rasenfläche und gab ein kleines Stück Sandstrand frei. In Sichtweite vor ihr befand sich das Meer. Doch die Brandung war wild, und rechts und links vom Strand waren zerklüftete Felsen. Die einfachste Möglichkeit war es wohl, um den Zaun herumzugehen. Doch als sie ihn berührte, bekam sie einen heftigen Schlag – der Zaun stand unter Strom. Sie fiel auf die Knie und hielt sich den Kopf. Zwischen ihren Schläfen pulsierte ein grelles weißes Licht, dazu kamen grausame Schmerzen.

Ihr Schrei war zum Gotterbarmen. Trotzdem tauchte niemand auf, um ihr zu helfen.

Sie drehte sich zum Hauptgebäude um.

Dort standen die himmlischen Wesen, nebeneinander aufgereiht vor einem der großen Glasfenster im ersten Stock, und beobachteten sie.

Die Kompanie der Engel demonstrierte Überlegenheit.

„Was sollte das jetzt beweisen?“ Brandon stand zusammen mit den anderen Engeln am Fenster und beobachtete die sich vor Schmerz windende Luciana. Er wandte sich zur Tür, entschlossen, ihr zu helfen. „Das war unnötig grausam.“

Arielle legte ihm eine Hand auf den Arm, um ihn aufzuhalten. „Nicht nötig, dass du rausgehst. Ich habe schon meine Leute informiert. Sie werden sie zurück auf ihr Zimmer bringen.“

Schon sah man zwei Schutzengel, die zur Dämonin liefen.

„Diese Aktion sollte beweisen, dass wir tatsächlich die Möglichkeit haben, Luciana hier festzuhalten – und wir konnten ihr dadurch auch klarmachen, dass jeder Fluchtversuch zwecklos ist."

Brandon sah Michael herausfordernd an. „Ich kann nicht glauben, dass du das zulässt."

„Ich stimme mit dir überein, Brandon. Ich fand es auch unnötig. Arielle, bitte sieh in Zukunft von derart unnützen Aktionen mit unserer Gefangenen ab! Deine Akte ist einwandfrei, und so soll es bleiben. Ich gehe davon aus, dass du deine Verantwortung in Bezug auf die Sicherheitsverwahrung unseres Gasts im besten Interesse aller gestalten wirst." Michael sah Arielle eindringlich an.

„Selbstverständlich."

„Die Sitzung ist beendet", verkündete Michael.

Leise murmelnd verließen die Engel den Tagungsraum.

„Warte bitte!" Brandon wandte sich noch einmal an Michael. „Was ist mit mir? Welche Rolle spiele ich hier noch?"

„Das obliegt deiner eigenen Entscheidung. Die Chicagoer Einheit funktioniert derzeit ohne Probleme. Du kannst bleiben oder gehen – ganz wie du möchtest."

Dann verließ auch er den Raum.

Brandon starrte aus dem Fenster. Was sollte er tun?

Mitten in seine Gedanken hinein ertönte hinter ihm eine Stimme. „Ich muss mit Ihnen sprechen. Von Mann zu Mann."

Es war Julian Ascher, der zu ihm sprach.

„Von Mann zu Mann, aha. Ich würde sagen, man hat Ihnen den Kopf in den Arsch gesteckt. Zumindest, wenn es um Luciana geht."

„Damit mögen Sie recht haben. Deshalb hören Sie mir bitte zu."

„Wieso sollte ich?"

„Wie Michael eben sagte: Wir arbeiten alle für ein Ziel – das Wohl der Menschheit."

„Daran glaube ich bei Ihnen nicht eine Sekunde."

„Gut, nennen Sie es Schuldgefühle", seufzte Julian. „Es gibt Dinge, die ich mir früher nicht eingestehen konnte. Es gibt vieles, was Sie nicht wissen über Luciana. Vieles, das wichtig ist."

„Ich höre."

Julian hielt kurz die Hände an den Kopf, dann sah er Brandon an. „Es fällt mir nicht leicht, das zu sagen. Aber ich habe einige sehr schlechte Entscheidungen getroffen, was Luciana angeht."

Die Geschichte, die Julian ihm nun erzählte, handelte von einem jungen englischen Lord, einem zukünftigen Duke, der auf seiner Kavalierstour nach Venedig gekommen und dortgeblieben war, weil ihn die Schönheit der Stadt und ihrer Bewohner faszinierte. In den Grundzügen war es dieselbe Geschichte, die Brandon vor ein paar Nächten von Luciana am Lido gehört hatte.

Mit einer Ausnahme: Julian gab nicht ausschließlich sich selbst die Schuld an den Ereignissen.

„Wir waren zwei junge Menschen, die verrückt nacheinander waren. Aber mein Vater stellte sich vehement gegen die Verbindung. Ich musste Luciana ihrem Schicksal überlassen und kehrte zurück nach England.

Ich hatte sie zehn Jahre lang nicht gesehen, als wir uns in London über den Weg liefen. Sie erzählte mir von ihrer schwierigen Ehe, von ihrem Mann, der sie schlug, und von ihrer Verzweiflung. Wir nahmen unsere Affäre wieder auf. Bald darauf bat sie mich, ihren Ehemann umzubringen. Also forderte ich diesen Harcourt zum Duell. Weder sie noch ich hatten erwartet, dass der alte Säufer nüchtern auftauchen und so gut schießen würde. Er hatte eine erstaunlich ruhige Hand und verfehlte sein Ziel nicht. Genauso wenig wie ich meins.

Wir blieben beide getroffen auf dem schneebedeckten Feld liegen und verbluteten.

Wenn ich heute zurückblicke, kann ich sagen, dass ich mittlerweile die Verantwortung übernehmen kann für das, was ich getan habe. Ich gebe nicht länger ihr die Schuld für die Entscheidungen, die ich traf."

„Vielleicht sollten sie ihr das sagen", schlug Brandon vor.

„Wenn Sie meinen, das hilft, will ich das gerne tun. Aber ich bezweifle, dass sie mir überhaupt zuhören wird."

„Selbst wenn sie nicht zuhört, muss sie es wissen."

Luciana verkroch sich in ihrer Zelle. Sie fühlte sich elend und schmutzig.

Dafür, dass es sich um himmlische Wesen handelt, haben diese Engel erstaunlich wenig Anstand, dachte sie.

Wütend warf sie einen Blick auf die Videokamera in der Zimmerecke.

Schließlich ging sie ins Bad und zog endlich das zerrissene Kleid aus und warf es in den Mülleimer. Sie stellte sich unter die Dusche und spürte, wie das heiße Wasser ihren ermatteten Körper wiederbelebte. Auf dem Bett lag zusammengefaltet ein schlichtes weißes Gewand, das sie an ein Krankenhaushemd erinnerte. Sie zog es über und setzte sich aufs Bett. Wo Brandon wohl sein mochte? Was die Engel wohl mit ihr vorhatten?

Was erwarten sie von mir? Dass ich mich zusammenrolle wie ein Fötus und aufgebe? dachte sie verbittert. *Mir ist es gelungen, seit über zweihundert Jahren zu überleben. Da gebe ich doch jetzt nicht auf.*

Sie kniete sich auf den Boden, um sich den Stuhl näher anzuschauen. Ob sie stark genug war, ihn aus seiner Verankerung zu reißen und aus dem Fenster zu schleudern?

Plötzlich erklangen die elektronischen Pieptöne, und die Metalltür öffnete sich.

Der Mann, der vor ihr stand, verstärkte in ihr den Wunsch, den Stuhl aus dem Boden zu reißen.

Damit sie ihn auf seinem Kopf zertrümmern konnte.

Julian Ascher.

Sie hatte gehört, dass er ein anderer geworden war, und es

stimmte, wie sie feststellen musste. Man sah den Unterschied an seinem Gesicht und an seinem Körper. Zeit ihres Lebens – und sie lebte schon sehr lang – war er immer äußerst selbstgefällig, arrogant und egozentrisch aufgetreten.

Jetzt erschien er ihr irgendwie leichter, irgendwie fröhlicher. Sie wollte kotzen.

„Ich glaube es nicht", sagte sie geradeheraus.

Julian setzte sich ungefragt auf die Bettkante.

Sie zuckte zurück und hielt Abstand.

Er hob in einer friedlichen Geste die Hände. „Ich bin nicht hier, um dir wehzutun, Luciana. Ich will dich nur bitten, das Angebot der Kompanie zu überdenken."

„Wieso sollte ich?"

„Zwischen mir und dir ist viel vorgefallen. Ich muss dir etwas sagen." Er zögerte. „Ich möchte dich um Vergebung bitten."

Erschrocken starrte sie Julian an. Das Wort kam wie ein Schock für sie, traf sie wie ein Schlag ins Gesicht.

Vergebung.

Dieses Wort war wie ein Schlag unter die Gürtellinie.

Sie atmete tief ein, und die Worte, die nun aus ihr herausplatzten, erschienen ihr viel zu schwach und ungeeignet, um die Wut zum Ausdruck zu bringen, die in ihr kochte.

„Wie kannst du es wagen?", stieß sie hervor und ging einen Schritt auf ihn zu. „Nach allem, was du mir angetan hast? Mir und meiner Familie?"

„Ich bereue zutiefst, was ich getan habe. Im Rückblick würde ich viele Dinge anders machen, wenn ich noch einmal die Chance dazu hätte. Wenn ich es noch mal ändern könnte, indem ich die Zeit zurückdrehe und …" Julian zögerte. „Doch das geht nun mal leider nicht. Deshalb würde ich mir wünschen, dass du meine Entschuldigung akzeptieren kannst."

„*Complimenti!* Meine Hochachtung an die Kompanie, dass ihnen das Brainwashing bei dir so außergewöhnlich gut gelungen ist. Serena St. Clair muss Gold zwischen ihren Schenkeln haben. Denn Satan selbst weiß, dass du Wörter wie Entschuldigung oder Vergebung früher niemals in den Mund genommen hättest. Zumindest nicht in den über zweihundert Jahren unserer Bekanntschaft."

„Luciana, ich habe ehrlich ..."

„*Vaffanculo*", zischte sie, bevor sie sich auf ihn stürzte. „Und für den Fall, dass du vergessen hast, was das heißt: Es bedeutet ‚Leck mich am Arsch!'"

Als Julian mit drei Kratzern in seinem sonst so makellosen Gesicht vor ihm stand, war Brandon nicht gerade überrascht.

„Es gibt einen Grund dafür, warum sie alljährlich diese Opfergabe bringen muss und wieso ihr Hass jedes Jahr größer wird. Hören Sie sich ihre Seite der Geschichte an! Bringen Sie sie dazu, Ihnen alles zu sagen! Sie muss auf unsere Seite wechseln – das ist die einzige Möglichkeit, all das zu beenden. Denn wenn Ihnen das nicht gelingt, wird Arielle mit ihr verfahren, wie sie es für angemessen hält. Luciana hat in der Vergangenheit unverzeihliche Dinge getan, aber ich glaube, sie trägt noch das Gute in sich. Auch Sie haben es gesehen, das weiß ich."

Brandon wusste nur eins ganz sicher.

Julian Ascher sagte ihm nicht die volle Wahrheit.

Trotzdem hatte er recht. Es musste einen Grund dafür geben, warum Luciana glaubte, sie müsse für immer eine Dämonin bleiben.

Dieses Geheimnis hielt sie tief in ihrem Inneren verborgen.

Und Brandon wollte ihr das Geheimnis entlocken.

Als er ihre Zelle betrat, war es bereits Nacht. Sie saß am Kopfende des Bettes und sah aus dem Fenster hinaus in die Dunkelheit, aufs Meer. Mond und Sterne strahlten so hell, dass ihr bleiches Gesicht beleuchtet wurde.

Und dieser Anblick entsprach genau dem Bildnis, das sich in seiner Erinnerung von ihr eingebrannt hatte.

Überirdisch schön, aber ungeheuer traurig.

In der schlichten Leere ihres Zimmers kam ihre Schönheit noch viel stärker zur Geltung als sonst.

„Geh weg", sagte sie, ohne sich zu ihm umzudrehen. „Du hättest gehen sollen, als du die Gelegenheit dazu hattest. Oder hat dir jemand befohlen zu bleiben?"

Er gab keine Antwort.

„Vielleicht diese herrische Zicke." Luciana sah weiter aus dem Fenster. Im Mondlicht erschien ihm ihr Profil noch feiner, lieblicher. Unvereinbar mit der Frau, die noch vor zwölf Stunden versucht hatte, ihn zu vergiften. „War die Tante immer so eine Eisprinzessin? Auch, als du mit ihr geschlafen hast?"

„Wie kommst du denn darauf?"

„Versuch es gar nicht erst! Ihr Engel seid einfach unfähig, wenn es darum geht, überzeugend zu lügen."

„Ich wollte nach dir sehen. Ich dachte, du brauchst vielleicht einen Freund."

Luciana verdrehte die Augen, und dann drehte sie sich zu ihm um. Ihre grünen Augen hatten ihren Glanz verloren. „Weder bist du mein Freund, noch brauche ich dein Mitleid."

„Es gibt einen Unterschied zwischen Mitleid und Mitgefühl."

„Lass gut sein, ich brauche keine Unterrichtsstunde. Was sollte jemand wie du schon über Mitleid wissen? Du bist so selbstgefällig und perfekt wie der Rest von diesen Engeln. Verkleidet wie ein Bösewicht mit deinen vielen Tattoos. Aber unter deiner rauen Schale hast du ein reines, weiches Herz. Dasselbe gilt für euch alle. Ich wette, vor deinem Tod hast du wie ein Mönch gelebt. Das ist es doch, was es fürs Engeldasein braucht, oder?"

Er antwortete ihr nicht, ließ sich nicht provozieren.

Er wollte ihr sagen, dass er den Unterschied zwischen Mitleid und Mitgefühl kannte, weil er beides erfahren hatte.

Ehrlich gesagt, wusste er selbst nicht, wie er ihr helfen sollte.

Er wusste ja nicht einmal, wie er sich selbst helfen sollte.

Trotzdem fragte er sie. Doch seine Frage klang nicht so, wie sie hatte klingen sollen – vielleicht, weil er so müde war. Vielleicht, weil ihre Wut etwas in ihm anrührte, das noch frisch war.

Jedenfalls bereute er seine Worte, kaum, dass er sie ausgesprochen hatte.

„Was willst du so dringend besitzen, dass du bereit bist, deine Seele dem Teufel zu verkaufen? Bist du so machtgeil? Macht es dir wirklich solchen Spaß, zu töten? Das glaube ich keine Sekunde. Was fehlt dir zu deinem Glück? Was willst du?"

Du. Du bist es, was ich nicht habe, antwortete sie ihm in Gedanken. *Das und Rache.*

„Julian hat mir seine Version der Wahrheit erzählt. Über das, was zwischen euch beiden war."

„Julian ist überhaupt nicht geeignet dazu, die Wahrheit über unsere Beziehung zu sagen."

„Was immer du mir mitteilen möchtest, ich höre es mir gern an."

Doch da kam nichts.

Ihr fiel nichts ein, was sie Brandon hätte erzählen wollen. Nichts, was sie über Julian sagen konnte, ohne sofort in Verbitterung und Bedauern zu verfallen. Was sollte sie schon sagen? Dass Julian ein siebzehnjähriges Mädchen rücksichtslos weggeworfen hatte, ihm erst seine Jungfräulichkeit geraubt und es dann seinem Schicksal überlassen hatte? Und dass er im Lauf der Jahrhunderte immer wieder mit ihren Gefühlen gespielt und ihr vorgegaukelt hatte, er wäre an mehr als nur ihrem Körper interessiert oder an der Macht, zu der sie ihm in der Dämonenwelt verhelfen konnte?

„Nichts", sagte sie deshalb. „Es gibt nichts, was ich dir sagen möchte."

Nichts, dass du verstehen würdest.

„Wie du willst", meinte Brandon. Unter seinem prüfenden Blick kam sie sich vor, als wäre sie auf Erbsengröße geschrumpft. „Aber ich hoffe, dass du es dir noch anders überlegst – zu deinem eigenen Besten. Denn hier steht mehr auf dem Spiel, als du meinst.“

Dann sollen sie mich doch holen, dachte sie und schloss die Augen. Vielleicht wäre das sogar eine Erleichterung für mich.

„Dass du Julian vergeben sollst, ist nebensächlich. Ich denke, darum geht es in Wirklichkeit nicht. Die Frage ist vielmehr, ob du dir selbst vergeben kannst, dass du so viel Unheil und Leid verursacht hast. Wenn man dir die Gelegenheit gäbe, wärst du dann in der Lage, deine Schuld loszulassen und von vorn zu beginnen?“

„Nur funktioniert die Welt nicht so.“ Luciana sah ihn an. „Ich weiß, dass Julian erlöst wurde. Dass die Kompanie ihn gerettet hat. Jetzt darf er es jede Nacht mit seinem Engel machen und unbehelligt schlafen. Schön für ihn. Ich weiß nicht, wie Julian seine Schuldgefühle losgeworden ist, aber ich weiß, dass das bei mir nicht funktionieren wird. Erlösung ist für mich keine Alternative.“

„Du irrst dich. Wenn du es mir erlaubst, zeige ich dir gern, wie falsch du liegst.“

„Unmöglich.“

„Warum bist du immer so schnell bei der Hand, zu glauben, dass immer das Schlechte siegt?“

Die Antwort darauf war einfach.

Weil ihr ganzes Leben eine einzige Tragödie gewesen war.

Das bisschen Freude, das sie während ihres grausam kurzen Menschenlebens erlebt hatte, war ihr entrissen und in einem Massengrab verscharrt worden. Alles und alle, die sie jemals geliebt hatte, waren zerstört worden oder hatten sich gegen sie gewandt. Seitdem war viel Zeit vergangen, und in dieser Zeit war ihr nicht ein einziges Mal etwas widerfahren, das sie vom Gegenteil hätte überzeugen können.

Über Erlösung hatte sie immer nur gelacht und diejenigen verspottet, die sich damit auseinandersetzten.

Und schließlich gab es auch eine Trilliarde Gründe, wieso sie überhaupt nicht erlöst werden konnte. Doch wie sollte sie das Brandon klarmachen, der offensichtlich diese unendliche Fähigkeit zur Vergebung hatte – auch wenn es ihm nicht wirklich gelang? Nacht für Nacht wurde er von den schrecklichen Bildern des schlimmsten Akts heimgesucht, den ein Mensch einem anderen antun konnte. Doch er ertrug diesen grausamen Albtraum einfach, stand am nächsten Morgen wieder auf und ging seinem Tagwerk nach.

Sie hatte einfach nicht die Kraft, ihm das alles zu erklären.

Nicht jetzt. Nicht heute Nacht.

„Ich weiß nicht, wieso du noch hier bist“, sagte sie stattdessen. „Jetzt hängst du mit diesen bekloppten, fanatischen Gutes-Tuern rum. Ich weiß, dass du sie nicht magst. Nicht in dem Maße, wie ich sie hasse, aber immerhin.“

„Das stimmt. Aber ich hänge auch nicht ihretwegen, sondern deinetwegen hier rum. Gute Nacht, *principessa*.“

Damit ging er und schloss leise die Tür hinter sich.

Brandon begann langsam, an seiner geistigen Verfassung und an seinen Motiven zu zweifeln.

In dieser Nacht lag er wach in dem Zimmer neben ihrem, das glücklicherweise nicht zu einer Gefängniszelle umgestaltet worden war. Nur ein paar Zentimeter Trockenbauwand, Holz und Hohlraum trennten ihn von ihr, als er in seinem gemütlichen Bett lag. Doch die wahren Barrieren zwischen ihnen, die psychologischen, emotionalen und spirituellen, waren so dünn geworden, dass sie schon fast nicht mehr existierten.

Geh! Steh auf und geh, riet ihm sein Verstand. *Das ist nicht länger deine Mission. Überlass Luciana Arielle. Die Dämonin ist nicht mehr dein Problem.*

Doch was ihn hier hielt, war das Wissen darum, dass hinter alldem das Schicksal einer jungen Frau steckte, deren Leben im Alter von siebzehn Jahren völlig aus den Fugen geraten war.

Er schloss die Augen und schlief ein.

Und schon war sie da, nahm ihn am Arm und zerrte ihn mit sich.

„Ich habe schon nach einem Tag genug davon, ständig mit meiner Vergangenheit konfrontiert zu werden. Wie wäre es zur Abwechslung mit deiner Vergangenheit?"

Luciana brachte ihn zu seiner Frau, Tammy.

„Besuch nicht die, die du geliebt hast", hatte einer von Michaels Befehlen gelautet.

Nicht jeder Schutzengel bekam dieses Verbot zu hören.

Viele von ihnen gingen zurück, sahen nach dem Rechten und nahmen Anteil am Leben ihrer Lieben.

Warum man es ihm ausdrücklich verboten hatte, war Brandon schleierhaft. Trotzdem hatte er gehorcht. Und jetzt, als Luciana neben ihm stand, hatte er ein vages Schuldgefühl, weil er sich über das Verbot hinwegsetzte – auch wenn er im Traum keinerlei Kontrolle darüber hatte, wohin sie ihn führte.

Außerdem, sagte er sich, ist das nur ein Traum.

Tammy lebte noch immer in dem Haus, das Brandon für sie beide gekauft hatte, wenige Jahre, nachdem er bei der Polizei in Detroit anfing. Er stand mit Luciana auf der gegenüberliegenden Straßenseite und sah, wie Tammy mit zwei kleinen Jungs sprach, die im Vorgarten spielten. Brandon lächelte. Er war glücklich, weil sie glücklich war.

„Gehen wir", forderte er Luciana auf. „Ich will nicht, dass sie mich sieht."

„Es ist doch nur ein Traum."

„Trotzdem. Sie könnte sich an mich erinnern."

„Warte noch. Ich denke, das wird dich interessieren."

Er sah, wie ein Wagen die Einfahrt hochfuhr.

Aus dem Wagen stieg ein Mann und küsste Tammy.

Ein bittersüßes Gefühl durchströmte Brandon, als er die Szene beobachtete.

„Wer ist das?", fragte Luciana.

„Das ist meine Frau Tammy."

„Der Mann natürlich."

„Mein bester Freund und ehemaliger Partner, Jude." Brandon stockte der Atem.

„Wusstest du das?", fragte Luciana scheinheilig. „Dass die beiden zusammen sind?"

„Ich hatte keine Ahnung. Man hatte mir gesagt, ich soll mich von ihr fernhalten. Das habe ich getan."

In Lucianas Augen funkelte das pure Böse. „Na bitte. Jetzt hast du auch eine Lektion in Sachen Vergebung zu lernen. Ich fordere dich heraus."

19. KAPITEL

Brandon erwachte, schweißgebadet und in dem Wissen, dass es doch mehr war als diese Wand, was ihn und Luciana trennte. Mehr als Holz und Gipskarton. Es war ihr unterschiedliches Wesen. Ihr grundsätzlicher Wesenskern.

Engel und Dämon.

Sie ist das pure Böse. Ich hätte ihr nie so etwas angetan. Oder doch?

Er lag mit klopfendem Herzen im Bett und dachte nach.

Was hat sie denn getan, außer dir die Wahrheit zu enthüllen? beschwichtigte er sich selbst.

Doch dann sprang er auf, zog sich an und trat hinaus auf den Flur.

Durch den Lärm wurde Arielle aufgeweckt, die in einem Zimmer auf der anderen Seite des Ganges schlief.

Sie öffnete ihre Zimmertür und stand plötzlich im Nachthemd vor ihm, eine weiße, himmlische Gestalt.

„Stimmt etwas nicht, Brandon?“

Nichts stimmte. Er musste sich jetzt sofort ins Auto setzen und fahren, weit weg von diesem irren Zentrum voll mit unsterblichen Wesen. Seine Handflächen verlangten nach einem Steuerrad. Sein Fuß sehnte sich nach einem Gaspedal. Er musste durch die Gegend rasen, damit er nicht aus der Haut fuhr. Bevor seine Wut ihm den Verstand raubte.

Arielle kannte ihn gut genug, um das zu wissen.

„Moment“, sagte sie einfach nur und verschwand in ihrem Zimmer. Als sie kurz darauf wiederkam, drückte sie ihm einen Autoschlüssel in die Hand. „Er steht in der Einfahrt.“

Als Brandon endlich diesen Hochsicherheitstrakt verlassen hatte, lenkte er Arielles Wagen über den Pacific Coast Highway, bis er nach Zuma Beach, Malibu, kam. Er hielt an einem Sandstrand und blickte hinaus aufs dunkle Meer. Lauschte dem Geräusch der Wellen. Bat um Orientierung und Führung. Und fand – Michael. Hoch oben auf einer Klippe über dem Meer wartete der Erzengel. Seine großen Flügel waren ausgebreitet.

Jetzt hob er ab und flog auf Brandon zu. Er landete direkt vor ihm auf dem Sand.

„Ich vermute, die akute Situation erfordert mehr als eine SMS." Michael betrachtete ihn freundlich.

„Ich brauche Hilfe, ganz im Ernst. Aber nicht von dir."

„Du wirst mich aber nicht los", erwiderte der Erzengel. „Also, was gibt es?"

„Was mache ich hier?" Brandon beklagte sich eigentlich nie. Aber er brauchte Antworten, und mittlerweile war er so frustriert, dass er explodieren würde, wenn er nicht bald ein Ventil fand.

„Was meinst du damit?", fragte Michael leise.

„Ich sollte mit dieser Mission nichts mehr zu tun haben."

„Du kannst jederzeit gehen. Du hast die Wahl."

„Ich traue Arielle nicht. Das ist allerdings nicht alles. Heute Nacht hatte ich einen Traum. Nicht denselben wie sonst. Diesmal habe ich etwas erlebt, was ich noch nie erlebt habe."

„Und was?"

„Es hatte mit Tammy zu tun. Und ihrem Ehemann."

Michael seufzte mitfühlend. „Es gibt gewisse Umstände, die über dein Verständnis hinausgehen. Es gibt Gründe für manche Dinge, die selbst wir Erzengel nicht verstehen. Aber ich muss dich warnen, Brandon. Versuch, diese Begegnung vollkommen zu vergessen. Überlass die Entscheidungen Gottes Gerechtigkeit. Wirf nicht alles weg, was du dir erarbeitet hast. Dieser Traum ist, wie alles andere, nur ein Test. Du hast die Wahl. Die beste Option ist, die Sache auf sich beruhen zu lassen."

„Ich mache mir Sorgen um Tammy", stieß er hervor.

„Machst du dir Sorgen um sie, oder bist du wütend auf sie? Brandon, lass es gut sein", warnte Michael ihn noch einmal. „Du hast deine Instruktionen erhalten. In all den Jahren warst du ein guter Schutzengel."

„Genau deshalb finde ich, habe ich ein Recht darauf, die Wahrheit zu erfahren. Wie lange sind Tammy und Jude schon zusammen? Schon seit meinem Tod?“

Michael antwortete: „Ja.“

„Waren sie schon vor meinem Tod zusammen?“

Die Frage blieb unbeantwortet im Raum stehen.

Brandon war ganz sicher, dass Erzengel nicht in der Lage dazu waren, unehrlich zu sein. Michaels Mund zog sich zusammen, und er verneinte die Frage nicht. „Wir können die Handlungen von niemand anderem außer uns selbst kontrollieren.“

In Brandon brannte plötzlich Wut. Schmerz. Traurigkeit.

Er rief sich alle Ereignisse aus seinem menschlichen Leben in Erinnerung. Jude, sein Partner und sein bester Freund. Älter und weiser als er. Sein Ratgeber. Wie er Tammy umarmte. Wie er sie küsste.

„Lass gut sein“, sagte Michael noch einmal. „Du solltest nicht im Leben deiner Lieben herumschnüffeln.“

Lass gut sein! Dasselbe hatte Brandon zu Luciana gesagt. Erst jetzt erkannte er, wie schwierig, wie schmerzhaft das war.

„Und wie?“

„Du wirst einen Weg finden.“

„Und die Dämonin? Was soll ich mit ihr machen?“

„Töte den Drachen!“

„Warte! Was soll das bedeuten?“

„Es ist an dir selbst, das herauszufinden.“

Als Luciana vor dem ersten Morgengrauen erwachte, stand Arielle neben ihrem Bett.

„Wo ist Brandon?“, fragte die Dämonin.

„Er macht einen kleinen Ausflug. Das gibt Ihnen und mir die Gelegenheit, uns zu unterhalten.“ Arielle lächelte sie an. „Und uns näher kennenzulernen.“

Luciana schnaubte verächtlich. „Meine Art lernt Ihre Art nicht kennen, so wie Schlangen nicht die Ratten kennenlernen, die sie verschlingen. Nicht einmal, wenn die Ratten sich zusammenrotten und die Schlange totbeißen."

„Diese Bemerkung werde ich ignorieren, weil ich weiß, dass Sie unter Stress stehen. Übrigens, ich habe Ihnen Frühstück mitgebracht."

Auf einem Tablett war eine Auswahl an Speisen angerichtet. Frühstücksflocken, Rührei und Schinken. Eine Tasse Kaffee.

„Amerikanisches Essen." Luciana machte eine abwertende Handbewegung. „Das soll wohl Teil meiner Folter sein, was? Die Wahl zwischen Pappkarton und einem Herzinfarkt? Nein danke!"

„Hören Sie auf damit, Luciana! Hier geht es nicht um *la dolce vita*."

„Ach wirklich? Ihnen würde es jedenfalls guttun, mal das *dolce far niente* kennenzulernen, die süße Art des Nichtstuns. Das könnte helfen, oder Sie lassen sich ab und zu mal flachlegen", schlug Luciana mit ihrem liebreizendsten und fröhlichsten Lächeln vor. „Dann müssten Sie sich nicht immer an Mitglieder Ihrer Kompanie heranmachen."

Vollkommen unempfindlich für Beleidigungen griff Arielle einfach nur nach ihrer Kaffeetasse, die vor ihr stand. „Ich bin sicher, Sie haben gut geschlafen."

„*Grazie*, es war erträglich." Luciana nippte an ihrem Kaffee und verzog angewidert das Gesicht. „Nach dem Sex mit Brandon habe ich viel besser geschlafen."

Noch immer zeigte Arielle keine Reaktion. „Ich verstehe, dass Sie frustriert sind, und ich kann mir auch vorstellen, dass es nicht schön ist, hier gegen Ihren Willen festgehalten zu werden. Aber wenn Sie kooperieren, können wir alle unsere Ziele erreichen. Wir wissen, dass Sie ein ganz besonderes Gift kreiert haben."

„Vielleicht."

„Sie werden uns sagen, wo es sich befindet. Sie werden uns sagen, wie Sie es hergestellt haben."

In ihrem schmeichelndsten Tonfall erwiderte die Dämonin: „Kein Wunder, dass Sie über zweihundert Jahre gebraucht haben, um Julian zu bekehren. Wenn das Ihre übliche Verhandlungsmethode ist, kann ich es ihm nicht verdenken. Es ist doch wirklich zu schade, dass alles, was Sie der Dämonenwelt anzubieten haben, eine heiße Nummer mit einem Ihrer Untergebenen ist."

„Wo ist eigentlich Corbin?" Der Engel wechselte abrupt das Thema.

„Ich habe keine Ahnung, wo Corbin ist", bluffte Luciana und betrachtete gelangweilt ihre Fingernägel.

„Sie müssen das doch wissen. Sie waren mit ihm liiert. Sie haben drei Monate mit ihm in Las Vegas gelebt."

„Wirklich, ich weiß nicht, wo Corbin ist. Es ist mir auch egal. Er ist nicht länger mein Liebhaber, und er ist ganz sicher nicht mein Freund."

„Bitte sehr, spielen Sie nur weiter Ihre Spielchen", sagte Arielle kühl. „Lachen Sie mich ruhig aus. Am Ende werde ich es sein, die zuletzt lacht. Denn ich habe die Macht, Sie von dem Einzigen fernzuhalten, an dem Ihnen etwas liegt."

„Sie wissen ja nicht, was Sie reden. Mein Zuhause wurde vor zwei Nächten durch ein Feuer zerstört. Jetzt gibt es nichts mehr, an dem mir etwas liegt."

„Das ist nicht ganz richtig so, oder?"

Es war kein engelhafter Glanz, der von dieser Frau ausging, sondern eine Aura der Selbstgefälligkeit.

„Bei Julian haben Sie aber einen vollkommen anderen Ansatz verfolgt", stellte Luciana fest und brachte damit ein Thema zur Sprache, das sie ausnahmsweise wirklich interessierte. „Sie haben alles Erdenkliche versucht, um ihn zu bekehren."

„Selbstverständlich", antwortete Arielle. „Julian war mein erster Schutzbefohlener. Als ich vor zweihundertfünfzig Jahren meine Ordination als Engel erhielt, war Julian die erste Person, die ich als Schutzengel begleiten durfte. Aber Sie wissen ja, wie es mit ihm lief. Er geriet vollkommen außer Kontrolle, vor allem, als Sie die Bildfläche betraten. Damals in Venedig habe ich ihm dazu geraten, Sie zu verlassen. Damals, als Sie siebzehn waren. Hätten Sie sich danach für immer aus seinem Leben herausgehalten, wäre alles gut gewesen."

Arielle lächelte, als die Morgensonne durchs Fenster schien.

Und plötzlich verstand Luciana.

Julian hatte für Arielle Priorität besessen, weil sie sein persönlicher Schutzengel gewesen war. Und er ihr abtrünnig gewordener Schutzbefohlener.

Arielle war also verantwortlich für Julians damalige Entscheidung, Venedig zu verlassen. Für die wesentliche Entscheidung, die Lucianas Leben als Mensch ruiniert hatte.

„Sie haben gar kein Interesse daran, mich zu bekehren", stellte Luciana schließlich fest.

„Nein. Die Vorstellung, dass Sie der Kompanie beitreten, wäre nicht zu tolerieren. Sie werden nie ein Engel werden." Arielle sprach mit monotoner Stimme.

„Eins muss ich Ihnen lassen, Arielle. Hinter Ihnen steckt mehr, als ich dachte."

„Grazie. Das nehme ich als Kompliment."

„Es gibt kein Gift mehr. Es ist mit der Casa Rossetti verbrannt." Die Dämonin sagte schlicht die Wahrheit.

„Gut. Das ist im Grunde das, was ich hören wollte."

„Und es ist tatsächlich die Wahrheit."

„Nein, das ist es nicht."

„Ich schwöre es, es ist alles verbrannt! Ich habe versucht, etwas zu retten, aber Ihr Kollege hat mich davon abgehalten."

„Wie gesagt, das stimmt nicht. Es ist noch etwas von dem Gift im Umlauf. Wollen Sie wissen, woher ich das weiß?" Arielle lächelte.

Beängstigend, wie sehr sie mich manchmal an Corbin erinnert, dachte Luciana.

„Das habe ich in Ihrem Haus gefunden, bevor ich die Casa

Rossetti niedergebrannt habe."

Arielle hielt eine der kleinen Glasphiolen hoch – die, in die Luciana das Gift gefüllt hatte, an dem sie vor ihrer erzwungenen Abreise aus Venedig gearbeitet hatte.

Sie war leer.

Erschrocken warf Luciana einen Blick auf ihre Kaffeetasse.

„Amerikanischer Kaffee ist Gift, was?"

So fühlt es sich an? Luciana starrte den Engel entgeistert an. Das hatte ich vergessen.

Der Schmerz des Todes war unerträglich.

Denn jetzt begann das Gift, das Arielle in ihren Kaffee gemischt hatte, seine Wirkung zu entfalten. Es breitete sich in ihrem Körper aus und setzte sie außer Kraft.

„Ist es nicht seltsam, dass Sie selbst vergiftet werden? Nachdem Sie so viele andere mit Ihrem Gift getötet haben", stellte der Engel süffisant fest.

Luciana versuchte zu antworten. Das Wort „Schlampe" formte sich auf ihren Lippen, während sie von Krämpfen geschüttelt wurde, die das Gift in ihrem Körper auslöste. Arielle betrachtete sie mit ihrer widerlichen Coolness. Völlig unbeeindruckt beobachtete sie das Geschehen.

„Was meinen Sie, wer angeordnet hat, die Casa Rossetti niederzubrennen? Sie dachten vielleicht, es wäre Corbin gewesen, doch ich glaube nicht, dass er so destruktiv ist. Nein. Ich war es selbst, die das getan hat. Der Grund dafür dürfte Ihnen ja wohl klar sein. Ich habe es getan, um Menschenleben zu retten."

Luciana schüttelte ungläubig den Kopf.

„Ich glaube eher, Sie haben es für Ihre eigene Genugtuung getan", keuchte sie. „Aus Rache."

Arielle zuckte die Schultern. „Der Grund spielt nun keine Rolle mehr. Viel wichtiger sind die Folgen. Indem ich Ihren Palazzo niedergebrannt habe, habe ich auch sichergestellt, dass Sie kein Gift mehr mischen können. Nach allem, was man so hört, hatten Sie sich dort ein hübsches kleines Labor eingerichtet."

Die Dämonin stolperte ins Bad. Sie musste sich erbrechen.

„Wir von der Kompanie der Engel ziehen alle an einem Strang. Wir geben dem Kind nur verschiedene Namen." Arielle lächelte. „Ich nenne es Rückführung."

Alles, was Luciana dazu einfiel war: Ich wünschte, alles wäre anders gewesen.

Tausend Gedanken und Tausend Bilder rauschten durch ihr Bewusstsein und überspülten sie wie eine Welle. Die Bilder raubten ihr den Atem, beförderten sie in die Besinnungslosigkeit. Die Gesichter ihrer Eltern … ihre Schwester … Julian … die gefallene Republik Venedig und ihre Einwohner, die in Armut und Erniedrigung versanken … die Gesichter all derer, die sie getötet hatte … die Türhüter, die sie behütet hatte wie ihre Kinder …

Und Brandon …

Als es dunkel wurde um sie, lächelte sie, plötzlich dankbar dafür, dass sie die Gelegenheit gehabt hatte, ihn kennenzulernen.

Ein einziges Wort fiel ihr noch ein.

Frieden.

Wie viel Zeit verging, während Luciana auf dem Fußboden dieses schrecklichen kleinen Zimmers lag und immer wieder aus der Bewusstlosigkeit ins Bewusstsein driftete. Sie wusste nicht, warum das so war.

Als sie die Augen öffnete, stand Arielle über ihr und sah auf sie herab, das blonde Haar von einem fluoreszierenden Licht bestrahlt.

„Stehen Sie auf", befahl der Engel.

„Sie haben mich umgebracht." Luciana keuchte und spuckte hustend ein wenig Blut aus.

„Nein. Ich habe Sie nur mit Zyanid vollgepumpt, wie Sie es mit Brandon gemacht haben. Inzwischen sollten Sie bemerkt haben, dass Sie nicht in der Hölle gelandet sind. Und Sie sollten ebenfalls bemerkt haben, dass ich keine Mörderin bin. Anders als Sie."

„Was wollen Sie?"

„Oh, ich will eine ganze Menge von Ihnen. Ich weiß, dass Sie über ein großes Wissen verfügen, und ich hoffe, dieses Wissen kanalisieren zu können – zum Wohle der Menschheit. Vielleicht werden Sie irgendwann mit mir kooperieren, wenn wir diesen Prozess des Vergiftens häufig genug durchgespielt haben."

Folter, dachte Luciana erbost. Sie will mich foltern.

„Das wird Brandon niemals zulassen."

„Brandon fährt nach Hause nach Chicago", sagte Arielle gelassen. „Denn Sie werden ihm dazu raten. In jedem Fall ist er ohne Sie besser dran."

Das ist das Einzige, womit du recht hast, dachte die Dämonin angewidert.

Luciana hielt eine Handvoll von Lucianas Phiolen hoch.

„Ich habe noch ein halbes Dutzend davon, gut versteckt." Dieser blonde Teufel in Engelsgestalt verstellte sich nun nicht mehr. „Sie wissen selbst am besten, was sich in den Fläschchen befindet. Sollten Sie es wagen, mir nicht zu gehorchen, werde ich alles und jeden auftreiben, der Ihnen lieb und teuer ist, und für immer vom Antlitz der Erde löschen. Diese Türhüter, vor allem der eine große. Wie heißt der noch mal? Massimo?"

Luciana schloss die Augen und unterdrückte einen Wutschrei. Eine Antwort gab sie nicht. Diese Befriedigung wollte sie dem Engel nicht verschaffen.

„Denken Sie doch mal nach: Sollte es Ihnen gelingen, zu fliehen, wäre es da nicht eine furchtbare Sorge für Sie, ob sie dadurch wohl auch Brandon in Gefahr bringen?", fragte Arielle.

„Man sagt, es ist nur ein schmaler Grat zwischen dem Engel- und dem Dämonendasein." Luciana richtete den Blick auf ihre Peinigerin. „Und Sie klingen immer mehr wie Corbin."

„Bitte, bitte. Kein Grund, mich zu beleidigen. Da Sie sehr viel Zeit hier bei uns verbringen werden, müssen Sie sich wohl etwas bessere Manieren zulegen. *Mezza stronza, mezza strega*“, sagte Arielle, während sie über der immer noch röchelnden Dämonin stand. Sie versetzte ihr einen Tritt in den Unterleib, so fest, dass Luciana Blut spuckte. „Sie wissen nicht einmal die Hälfte.“

20. KAPITEL

Brandon drückte das Gaspedal durch und raste über den Pacific Coast Highway zurück zum Exerzitienhaus. Die Stereoanlage hatte er voll aufgedreht, und der Wagen bebte im hämmernden Rhythmus der kreischenden Gitarrenriffs aus dem Heavy-Metal-Sender, den er eingestellt hatte und der seine Trommelfelle und die Scheiben zum Bersten zu bringen drohte.

Doch keine Musik war laut genug, um seine Erinnerungen zu vertreiben.

Unterhaltungsfetzen mit Jude wirbelten durch seinen Kopf.

Er war wütend. Nein, nicht bloß wütend.

Er kochte vor Wut.

Wenige Stunden bevor er zum Dienst aufgebrochen war, damals, hatte er eine Auseinandersetzung mit Jude gehabt.

„Wir müssen da heute Nacht hingehen", hatte Brandon gesagt.

„Kumpel, wir haben dienstfrei."

„Wir haben einen Job zu erledigen." Brandon hatte ihn eindringlich angesehen. „Ich habe da so eine Vorahnung."

„Na gut. Wie du willst", hatte Jude wütend erwidert. „Ich dachte, du wärst schon einen Schritt weiter, als mit den Jungs Poker zu spielen. Ich hatte zwar etwas anderes geplant für heute Abend, aber wenn du wirklich hingehen willst – bitte."

Natürlich waren sie hingegangen. Und Brandon hatte nie mehr die Chance bekommen, sich mit Jude auszusprechen. Er war nie dazu gekommen, ihm zu sagen, wie sehr er ihre Freundschaft schätzte. Wie sehr er ihn vermisste. Ihn liebte.

Er hatte immer bedauert, dass er ihm das nie gesagt hatte.

Jude Everett, der Held.

Der seinen Mörder gefasst und festgenommen hatte.

Soll ich ihm immer noch dankbar sein? Was waren denn deine Pläne an diesem Abend, Jude? Wolltest du eine Nummer mit ihr schieben? Bist du immer noch ein Held, wenn du die ganze Zeit mit der Frau deines toten Partners geschlafen hast?

Judes grinsendes Gesicht tauchte vor seinem geistigen Auge auf.

Brandon drückte das Gaspedal bis zum Anschlag. Der Wagen schoss nach vorne.

Der Geschwindigkeitsrausch intensivierte seine Wut. Gab seinem Frust Nahrung. Die nächste Kurve kam ein bisschen zu schnell und war ein bisschen zu scharf. Er verlor die Kontrolle über den Wagen, versuchte noch zu bremsen, doch die Räder drehten durch, und der Wagen drehte sich einmal um sich selbst ... zweimal ... Immer wieder. Die Palmen, die trockene Landschaft und das Meer verschwammen zu einem einzigen sich drehenden Farbtupfer. Der vordere Stoßfänger – oder war es der hintere? – krachte gegen die Leitplanke, und der Wagen schleuderte quer über die Straße.

Dann blieb er stehen.

Das Radio plärrte immer noch, laut und brutal.

Brandon schaltete es aus und saß plötzlich in einer vollkommenen Stille da.

Glücklicherweise hatte er nicht die Leitplanke durchbrochen und war im Meer gelandet.

Und glücklicherweise waren keine anderen Fahrzeuge unterwegs gewesen.

Niemand, den er hätte verletzen können, während er sich mit seinen eigenen Horrorszenarien beschäftigte.

Er betrachtete die Tätowierungen auf seinen Armen, die vielen Designs und Bilder, die ineinander übergingen. An nichts davon wollte er jetzt denken. Weder daran noch an seine Schutzbefohlenen noch an einen der Engel noch an den Flügel aus Tinte, der seinen Rücken zierte. Er wünschte, er könnte heraus aus seiner Haut – im wahrsten Sinne des Wortes. Und alles hinter sich lassen.

Reiß dich zusammen, ermahnte er sich. *Denn wenn du es*

nicht hinkriegst, deinen Kram auf die Reihe zu kriegen, wird das die Kompanie für dich erledigen. Arielle an vorderster Stelle.

Ob er zurück nach Chicago ging oder in L. A. blieb, spielte überhaupt keine Rolle. Er musste vor allem selbst in Angriff nehmen, was er Luciana geraten hatte – zu vergeben.

Doch wie er das machen sollte, wusste er nicht.

Irgendwo musste er anfangen.

Er drehte den Zündschlüssel und startete den Motor. Dann machte er sich auf den Weg zum Exerzitienhaus.

Sobald er durch das Tor auf das Gelände fuhr, kam Arielle aus dem Haus, die Lippen zu einer schmalen Linie zusammengepresst. Das frühe Morgenlicht ließ ihr perfekt frisiertes Haar golden schimmern, als sie die große Beule im hinteren Stoßfänger begutachtete. Missbilligend schüttelte sie den Kopf.

„Als ich dir den Wagen geliehen habe, dachte ich, du würdest verantwortungsvoll damit umgehen."

„Das ist jetzt nicht der richtige Augenblick für eine Standpauke."

„Komm mit in mein neues Büro, und wir reden wie zwei vernünftige Personen darüber", schlug sie vor und verschränkte die Arme vor der Brust. „Wenn du Probleme hast, kann ich dir vielleicht helfen."

Das möchte ich ernsthaft bezweifeln, dachte er. Aber er war viel zu müde, um ihr Widerstand zu leisten

„Es tut mir leid, aber langsam scheint deine Erschöpfung überhandzunehmen, Brandon. Ich denke, es wird das Beste sein, wenn du nach Chicago zurückkehrst. Sosehr ich deine Anwesenheit hier schätze, bin ich mir sicher, dass deine Einheit dich nötiger braucht."

Er hörte nicht mehr zu, als sie weitere Punkte aufzählte, weswegen sie sich um ihn sorgte. Ein beginnender Kopfschmerz machte sich bemerkbar.

„Ich muss erst den Kopf freibekommen, bevor ich eine Entscheidung treffe." Brandon musste sich erst mal im Klaren darüber sein, wie es weitergehen sollte.

Dann stand er auf. Arielle beugte sich über ihren Schreibtisch und wandte sich ihrem schier endlosen Papierkram zu.

Als Brandon gerade ihr Büro verlassen wollte, entdeckte er etwas in ihrem Mülleimer.

Ein kleines Glasfläschchen.

Schlicht. Harmlos.

Leer.

Und doch sah es genau so aus wie eins von den Phiolen, die Luciana immer benutzte.

Ob sie okay ist? fragte sich Brandon plötzlich beunruhigt.

Wenn ja, werde ich sofort von hier verschwinden und sie mitnehmen, sagte er sich. Nur wie?

Ohne ein Wort zu Arielle zu sagen, verließ er ihr Büro und ging mit forschem Schritt zum Überwachungsraum. Die Monitore dort zeigten Luciana, wie sie in ihrer Zelle auf dem Bett lag. Sehr ruhig lag sie da. Und dann bemerkte er das Blut.

Ist sie tot?

Doch da begannen sich ihre Fingerspitzen zu bewegen, und sie wischte sich das Blut vom Mund.

Sie lebt noch. Sie hat den Anschlag von Arielle überlebt, was auch immer es war.

Der Schutzengel, der gerade Wachdienst hatte, drehte sich zu ihm um. „Kann ich helfen?"

Doch Brandon lächelte nur und sah den Mann an. „Ich wollte nur mal nach der Gefangenen sehen." Er hoffte, dass es so beiläufig klang, wie es klingen sollte. „Ziemlich beeindruckende Anlage übrigens."

Als er den Überwachungsraum verließ, begegnete er Julian. Brandon versuchte, rasch vorbeizugehen, denn er war voll auf Lucianas Rettung konzentriert. Doch Julian hielt ihn am Arm fest.

„Wohin so eilig?"

Brandon zerrte ihn in eine Ecke. „Ich habe jetzt keine Zeit, es Ihnen zu erklären. Ich glaube aber, dass Arielle kurz davor ist durchzudrehen. Ich habe in ihrem Büro eine wichtige Entdeckung gemacht. Im Moment kann ich Ihnen noch nicht sagen, worum es sich handelt. Aber von Mann zu Mann nur so viel: Luciana ist in Gefahr."

Julian wirkte nicht sonderlich überrascht. „Arielle ist mein Supervisor. Rein technisch gesehen ist sie sogar mein Schutzengel."

„Sie haben sie über zweihundert Jahre lang ignoriert. Da kommt es auf eine weitere halbe Stunde auch nicht an. Ich schwöre es, länger wird es nicht dauern. Helfen Sie mir! Um Lucianas willen. Sie braucht unsere Hilfe. Und zwar sofort."

Julian zögerte und runzelte die Stirn. „In Ordnung. Aber Arielle wird mich kreuzigen, wenn sie es jemals herausfindet."

„Das wird sie nicht. Sie haben dieses Zentrum finanziert. Denken Sie jetzt nach: Wie kann ich Luciana hier herausschaffen?"

„Wie Sie selbst gesehen haben, hat Arielle die Anlage mit einem Energiefeld umgeben, das wie ein riesiger Zaun wirkt. Wenn Sie versuchen, mit Luciana diese Mauer zu durchbrechen, wird ihr der Kopf explodieren."

„Gibt es keinen anderen Weg nach draußen?"

„Auf jeden Fall nicht durch den Zaun. Theoretisch kann man ihn aber überwinden. Aus der Luft. Mein Helikopter steht draußen auf dem Landeplatz. Holen Sie Luciana, ich werde Arielle ablenken, solange es geht."

„Ich bin noch nie einen Hubschrauber geflogen." Brandon wiegte den Kopf unschlüssig hin und her.

„Das ist ja keine große Sache. Sie müssen einfach nur über den Zaun kommen und so weit weg, dass Sie genügend Zeit haben zu fliehen. Lassen Sie den Hubschrauber einfach stehen und suchen Sie sich ein Auto."

Dann ratterte Julian eine Reihe von Anweisungen herunter, wie man den Hubschrauber zu fliegen hatte, und Brandon versuchte, sich alle Details gut zu merken.

„Sie müssen den roten Startknopf auf der linken Seite drücken, den Hauptschalter für die Bordelektronik einschalten, das Treibstoffventil öffnen und dann die Maschine starten."

Brandon blinzelte und versuchte, sich alles einzuprägen.

„Denken Sie dran, wenn Sie zu viel Gas geben, bekommt der Hubschrauber zu viel Schub …"

„Und was passiert dann?", fragte Brandon.

Julian grinste und klopfte ihm auf die Schulter. „Machen Sie sich darüber keine Gedanken. Das ist das Schöne am Unsterblichsein."

Wie auch immer, dachte Brandon skeptisch. *Wollen wir hoffen, dass es funktioniert.*

Luciana lag immer noch auf ihrem Bett. Ihr war schwindelig. Wieder erklang der elektronische Öffnungscode. Wer ist es denn diesmal, dachte sie müde.

Da stürmte Brandon herein und riss sie am Arm hoch. „Komm mit. Ich bringe dich von hier weg."

„Wohin bringst du mich?" Luciana rührte sich nicht.

„Es ist jetzt keine Zeit für Fragen", blaffte er sie an. „Wir müssen uns beeilen. Du hast die Wahl. Entweder du kommst mit mir, oder du bleibst hier bei Arielle. Vertrau mir einfach!"

In ihrem Inneren spürte Luciana so etwas wie Hoffnung aufkeimen, und so reckte sie sich ihm entgegen.

Brandon legte ihr die Arme auf den Rücken und fesselte sie mit Kabelbinder.

Die kleine Flamme der Hoffnung war kurz davor, schon wieder zu erlöschen. Sie wehrte sich, versuchte, sich ihm zu entwinden. „Nicht schon wieder!"

„Ich habe es dir gesagt", warnte er sie. „Du musst mir vertrauen."

Dann führte er sie auf den Gang, wo sie mehreren Schutzengeln begegneten, die ihren üblichen Aufgaben nachgingen. Er marschierte erhobenen Hauptes an ihnen vorbei und machte keine Anstalten, etwas verbergen zu wollen. Erst am Ende des Ganges, vor einer mehrfach verriegelten Tür, hielt ihn einer der Schutzengel an.

„Wohin bringen Sie die Gefangene? Haben Sie die Erlaubnis, sie zu verlegen?“

„Arielle bat darum, sie zu sehen. Im Hauptbüro.“

Der Engel nickte und öffnete die Tür. Ein Summton erklang.

„Du bist verrückt“, murmelte Luciana. „Sie wird uns bei lebendigem Leib häuten, wenn sie uns erwischt.“

„Sei still und geh weiter!“

Engel und Dämonin gingen durch das Treppenhaus nach unten und zum Hinterausgang hinaus.

Jetzt erkannte Luciana sein Ziel: Der Helikopter stand abflugbereit auf dem dafür vorgesehenen Landeplatz. Er öffnete die Tür, schob sie hinein und gurtete sie auf dem Beifahrersitz fest. Dann nahm er selbst auf dem Pilotensitz Platz, wobei er vor sich hin murmelte und verschiedene Schalter betätigte. Auf erschütternd zufällige Art und Weise.

„Bist du so ein Ding schon mal geflogen?“, erkundigte sie sich nervös.

„Nein, aber was kann schon Schlimmes passieren?“

Dann schob Brandon einen Regler nach vorn und schaltete das Fluggerät ein.

Der Rotor begann sich zu drehen, und der Lärm verhinderte jede weitere Konversation.

In diesem Moment kam Arielle aus dem Hauptgebäude gerannt, wild mit beiden Armen gestikulierend. Brandon konnte sie damit jedoch nicht aufhalten. Er bewegte den Steuerknüppel, und der Hubschrauber hob mit einer seltsamen, ruckelnden Kreisbewegung ab. Arielle rannte geduckt zurück zum Gebäude.

Einen Moment lang glaubte Luciana, sie würden abstürzen.

Brandons Gesicht war schweißnass, als er versuchte, den Hubschrauber mithilfe des Steuerknüppels zu stabilisieren. Er starrte konzentriert auf die Anzeige und legte diverse Schalter um in seinen hilflosen Versuchen, das komplexe Fluggerät zu steuern. In seiner Miene stand schiere Entschlossenheit. Wieso er glaubte, Luciana sei die ganze Mühe und dieses immense Risiko wert, wusste sie nicht.

Endlich gelang es ihm, den Hubschrauber in die Luft zu bekommen und davonzufliegen.

Unten stand immer noch Arielle und sah ihnen nach, eine Hand zum Schutz vor der hellen Morgensonne vor die Augen haltend. Ihr sonst so ordentlich frisiertes Haar war vollkommen durcheinander.

„Sollen sie doch verschwinden." Arielle wandte sich vollkommen ruhig zu den Schutzengeln, die sich um sie herum versammelt hatten und dem Hubschrauber hinterherschauten. „Wir brauchen uns nicht die Mühe zu machen, sie zu verfolgen. Ich weiß, wohin sie gehen werden."

„*Pazzo*", murmelte Luciana, die wie erstarrt auf ihrem Sitz hockte. „Du bist ja vollkommen verrückt."

Bei Brandons Landeversuch auf einem entfernten Feld brach eine der Helikopterkufen ab, und sie kippten mit dem Fluggerät um.

Den beiden Insassen passierte jedoch nichts.

Mitten in die nun folgende Stille hinein platzte Brandons Lachen. Vermutlich hat er einen Schock, dachte Luciana erschrocken.

Ihre Hände waren immer noch auf den Rücken gefesselt. „Lass mich hier raus! Sofort!"

Er gehorchte und murmelte etwas davon, dass er einen Wagen besorgen müsste. Die Dämonin sprang aus dem beschädigten Hubschrauber, und im selben Moment wurde ihr schwarz vor Augen. Tief ein- und ausatmen, dann würde sie sich rasch wieder erholen. Als es ihr besser ging, marschierte

sie in Richtung Highway davon.
„Bleib du hier! Um einen Wagen kümmere ich mich."
„Warte, Luciana! Wir können nicht einfach ..."
Brandon rief ihr noch etwas hinterher, doch sie ignorierte ihn.
Kurze Zeit später kam sie mit einem schwarzen BMW Roadster zurück.
„Steig ein! Frag nicht, wie ich an den Wagen gekommen bin! Niemand kam zu Schaden. Ich will keine weitere Diskussion – nicht nachdem du uns fast zurück ins Jenseits befördert hättest. Und diesmal fahre ich."
Ohne ein Wort zu sagen, setzte er sich auf den Beifahrersitz, und sie fuhr los, in Richtung Norden. Weg von L. A., wo es von Arielles Leuten wimmelte. Mit Sicherheit war schon jetzt jeder Schutzengel in der Stadt alarmiert.
„Wenn Arielle uns schnappt, wird das schlimmer als der Tod. Nur, dass du Bescheid weißt." Luciana umklammerte fest das Lenkrad. „Wahrscheinlich wird sie in ihrem neuen Meditationsteich Waterboarding mit mir ausprobieren. Und dir wird sie die Haut abziehen und sie als Warnung für alle anderen am Fahnenmast des Zentrums flattern lassen."
„Also sollten wir zusehen, dass sie uns nicht schnappt."
Alle dreißig Sekunden drehte er sich um und guckte durch das Rückfenster, um zu überprüfen, ob sie verfolgt wurden.
„Hör auf damit", sagte sie. „Du machst mich nervös."
„Ich bin noch nie in meinem Leben vor etwas davongerannt. Außerdem bin ich es gewohnt, selbst zu fahren. Du musst mich ablenken. Erzähl mir den Rest deiner Geschichte! Wie bist du zur Dämonin geworden?"
„Wir sind hier nicht auf einer Landpartie, wo wir Snacks und unsere intimsten Geheimnisse miteinander teilen. Wieso willst du das überhaupt wissen? Das ist doch alles Vergangenheit."
„Weil es zu dir gehört. Es ist ein Teil von dir."
Sie seufzte und sah nun selbst in den Rückspiegel. Sie wur-

den nicht verfolgt. Auch nicht aus der Luft. Und die Straße vor ihnen war leer.

Warum sollte sie ihm also nicht die ganze Wahrheit erzählen. „Na gut. Wo war ich stehen geblieben?"

„Julian und Harcourt brachten sich während eines Duells um. Was geschah danach? Ich möchte wissen, wie du gestorben bist. Wie du zu dem wurdest, was du bist."

Sie hörte, wie er sich eine bequemere Sitzposition suchte.

„Ach, das." Luciana atmete tief ein. „Mal sehen ... Ich beerdigte meinen Ehemann an seinem Geburtsort in England, dann kehrte ich zurück nach Venedig. Ich hatte erwartet, dort meine Eltern und Carlotta vorzufinden, aber ich kam zu spät.

Als ich in der Casa Rossetti eintraf, öffnete mir ein Fremder die Tür. Meine Eltern lebten dort nicht mehr. Sie hatten den Palazzo verkaufen müssen, weil sie kein Geld mehr hatten. Schließlich machte ich sie im Armenviertel von *Campo San Barnaba* ausfindig, wo sie in bitterer Not in einem kleinen Zimmer über einer Schenke wohnten.

Sie erzählten mir, dass Carlotta bei der Geburt ihres Kindes gestorben sei, kurz vor meiner Rückkehr. Auch ihr Kind hatte nicht überlebt, wie mir meine Eltern berichteten. Der pädophile Alte war immer noch so wohlhabend wie früher, hatte sich aber geweigert, meine Eltern zu unterstützen, als sie in Not gerieten.

Recht bald nach meiner Rückkehr nach Venedig starb er. Doch nicht auf natürliche Weise.

Er war mein erstes Opfer. Um Carlotta zu rächen, erlernte ich die Kunst des Giftmischens. Ich begann mit kleinen Experimenten mit dem, was ich mir aus Büchern angelesen hatte. Auf der Insel Sant'Ariano fand ich dann eine alte Frau, die mir mehr beibrachte, als ich mir jemals hätte träumen lassen. Ihre Methoden waren grausig. Doch nachdem ich zehn Jahre lang die Schläge meines Ehemannes ausgehalten hatte und wusste, wie sehr meine Schwester gelitten hatte, nachdem sie und ich so viele Jahre nur noch Gegenstände waren, die von einem schrecklichen Schicksalsschlag zum nächsten getrieben wurden … Nun …

Ich hätte mir niemals träumen lassen, dass eine Frau allein eine solche Macht haben könnte.

Nach meiner Rache an dem Alten überkam mich eine gewisse Befriedigung. Doch das reichte mir nicht. Endlich wusste ich, dass es auch Gerechtigkeit gab auf der Welt. Die nichts zu tun hatte mit Gott. Im darauffolgenden Jahr verfeinerte ich meine Kenntnisse und suchte mir weitere Opfer, an denen ich ausprobierte, wie ich meine Macht ausbauen könnte.

Schließlich kam der Tag des Jüngsten Gerichts. Doch nicht in Form von Gott, sondern in Form von Harcourt.

Er erschien mir und gab mir die Schuld an seinem Tod. Aus Rache erwürgte er mich und zerrte mich mit sich in die Tiefen der Hölle. Ich tat, was ich tun musste, um dort zu überleben. Ich nahm ein zweites Mal Rache an meinem Ehemann und schloss einen Pakt mit den Geschöpfen der Hölle, auf dass sie ihn für alle Zeiten in den tiefsten Tiefen der Hölle behalten würden. Um dies zu erreichen, griff ich auf jeden zurück, mit dem ich einen Handel abschließen konnte. Schließlich konnte ich als Dämonin die Hölle wieder verlassen.

Das Bordell über der Glasgalerie war der erste Ort, an den man mich schickte. Als ich dort eintraf, war es ein riesiger Schock für mich, dass meine Schwester Carlotta bereits dort arbeitete.

Zu ihren eigenen Lebzeiten hatte sie sich an den Prostituierten gerächt, zu denen ihr Mann gegangen war. Sie beschuldigte die Frauen, sie mit der Krankheit angesteckt zu haben, die für den Tod ihrer ungeborenen Kinder verantwortlich war. Um sich an dem wahren Schuldigen, ihrem Ehemann, zu rächen, war meine Schwester jedoch zu feige. Zur Strafe wurde sie selbst als Prostituierte auf die Erde zurückgeschickt. Es war einfach grausam.

Ich wusste, dass ich von diesem Ort wegmusste. Und so schloss ich einen Pakt mit Satan persönlich.

Eine menschliche Seele pro Jahr, die ich ihm während des Erlöserfests zu liefern hatte. Genau an diesem Fest musste es sein, denn Satan war sehr wütend darüber, dass die Venezianer sich seiner Geliebten entledigt hatten. Also wollte er die Kirche entweihen, die sie zu Ehren ihres Erlösers Jesus Christus erbaut hatten. Mir kam ein Opfer pro Jahr nicht zu viel vor im Tausch gegen meine Freiheit.

Während ich mir noch mühsam meinen Weg durch die Riegen der Verdammten nach oben bahnte, hatte es Julian Ascher bereits zu einer prominenten Dämonenexistenz gebracht. Ab und zu kreuzten sich unsere Wege. Doch erst vor ein paar Jahren kam es mir in den Sinn, meinen ehemaligen Liebhaber zu vernichten. Also reiste ich nach Las Vegas und tat mich mit Corbin Ranulfson zusammen – vor allem aus einem Grund: um Julian zu vernichten. Doch leider scheiterte ich, noch dazu ziemlich erbärmlich. So traf ich auf die Kompanie der Engel und deine Freunde. Und der Rest", erklärte sie, „ist Geschichte."

Brandon schwieg. Er sah sie nur an und hörte weiter zu.

„Natürlich gäbe es noch viel mehr zu erzählen. Hinter jeder Geschichte verbirgt sich eine weitere Geschichte. Das ist alles so unendlich vielschichtig, es gibt so viele Geschichten wie Sterne am Himmel. Doch für heute, *mio caro*, soll es genug sein."

„Eine Frage habe ich noch." Brandon wog die nächsten Worte gut ab. „Glaubst du, du könntest jemals gut sein?"

Jetzt schwieg Luciana.

Ihre Antwort berührte ihn zutiefst. „Ich möchte gut sein."

Ob sie dazu in der Lage war, stand auf einem vollkommen anderen Blatt.

Sie fuhr weiter, bis es dunkel wurde. Sie waren die gesamte kalifornische Küste entlanggefahren und hatten mittlerweile

Oregon erreicht. Irgendwann mitten in der Nacht ließ sie ihn ans Steuer, und ein paar Stunden später erreichten sie den Bundesstaat Washington. Sie fuhren weiter, bis es Tag wurde, bis keiner von ihnen mehr die Augen offen halten konnte. Als am Horizont die Sonne aufzugehen begann, waren sie schon fast an der kanadischen Grenze angelangt.

„Wir müssen anhalten und eine Pause machen. Wir können nicht einfach für immer weiterfahren." Luciana lallte mehr, als dass sie sprach.

Sie suchten sich ein günstiges Motel und bezahlten mit Bargeld, das Luciana unbemerkt einem Autofahrer an einer Tankstelle gestohlen hatte. Sie parkten den gestohlenen Wagen hinter ein paar Büschen um die Ecke. Dann gingen sie in ihr Zimmer und zogen als Erstes die Vorhänge zu.

„Ich denke, hier können wir uns ein paar Tage verstecken. Bis sich Arielle beruhigt hat."

Brandon lag auf dem harten Motelbett neben Luciana in der Dunkelheit und versuchte zu schlafen.

Doch er musste die ganze Zeit an die Geschichte denken, die sie ihm im Auto erzählt hatte.

Wie schwer sie es in ihrem menschlichen Leben gehabt hatte.

Und wie anders alles hätte sein können für sie.

Ich möchte gut sein, hatte sie gesagt. Er glaubte daran, dass sie es konnte.

Wenn nur …

Sie drehte sich zu ihm.

„Ich muss wohl träumen", murmelte sie und streichelte sein Gesicht. „Mit dir hier zu sein ist vollkommen unwirklich und trotzdem wunderschön. Jede Minute ist unendlich wichtig."

Im Mondlicht huldigte er ihrem Körper und ihrer Schönheit.

Sie war für ihn wie eine Kathedrale aus Fleisch und Blut. Ihre Schlüsselbeine waren die Stützpfeiler, mit einer Architektur so filigran und stark wie aus Stein gemeißelt. Ihre Wirbelsäule war der Altar, den seine Finger wie einen Pilgerpfad beschritten. Er küsste ihre Brustwarzen, ihre Brüste, diese zarten Kuppeln. Ihren Körper betrachtete er als sein Heiligtum. Und er trat ein, voller Hochachtung, so zart und leise, als wolle er an einem Schrein ein Opfer darbringen.

Ein einziges Wort des Gebets verließ seine Lippen: ihr Name.

Er flüsterte ihn so voller Inbrunst wie den Namen Gottes.

Als sein Akt der Hingabe vollendet war, wusste er, ganz ohne Zweifel, dass sie – so wie er selbst – ein Teil von etwas Heiligem war. So, wie sie alle es waren, und so, wie auch sie es immer sein würde.

„Ich möchte Drachen töten für dich", sagte er, während sie im Dunkeln dalagen, ihre befriedigten Körper dicht nebeneinander. Sein Atem brannte ihm in der Lunge, ob aus Erschöpfung oder Angst, wusste er nicht. „Ich möchte Berge erklimmen für dich und Ozeane durchschwimmen."

Abrupt löste sie sich aus seiner Umarmung. „Das ist nicht nötig. Ich bin ja hier. Und ich kann meine eigenen Schlachten schlagen. Ich bin stark genug, um mich selbst zu verteidigen."

„Ja. Aber bist du auch stark genug, um der Schlacht zu entsagen? Du kannst dein Leben ändern, wenn du nur bereit bist, loszulassen."

„Hör auf, mir Predigten zu halten, *angelo mio*. Glaubst du nicht, dass ich mir das seit Jahrhunderten anhören muss? Wieso sollte ich mich jetzt ändern?"

„Auch Julian hat sich gewandelt. Mit Serenas Hilfe."

„Erwähne diese beiden Namen nicht!" Grenzenlose Traurigkeit erfüllte ihre Gesichtszüge. „Nicht in einem Moment wie diesem. Selbst wenn du recht hättest – ich glaube nicht, dass es für mich möglich ist."

„Arielle ist nicht die absolute Autorität in dieser Angelegenheit."

„Sprich nicht mehr davon! Lass mich dich einfach lieben!"

Luciana studierte jeden Zentimeter seines Körpers, wollte

eine Erklärung für jede einzelne Linie seiner Tätowierungen. Sie wollte alles wissen und sich diese Zeichnungen auf seinem Körper für immer einprägen, diese Landkarte seiner persönlichen Geschichte und seiner unerwähnten Tapferkeit.

„Ich möchte mich immer an deinen Körper erinnern können. Deine Haut soll das Letzte sein, an das ich denke, bevor ich …"

„Bevor was? Du gehst nirgendwohin. Nicht, wenn ich es verhindern kann."

Ihr Bekenntnis hatte ihn verstört. Er lag da und starrte an die Zimmerdecke und fragte sich, ob das unerledigte Problem seines Lebens überhaupt irgendwann gelöst werden konnte.

„Was ist passiert, als du gestorben bist?", ertönte ihre Stimme plötzlich in der Dunkelheit. Zwei Schlaflose.

„Du hast es doch selbst gesehen in meinen Träumen. Jetzt tu nicht so, als ob du es nicht wüsstest."

„Ja", gab sie schließlich seufzend zu. „Ich schätze, ich habe es gesehen."

Abrupt setzte er sich auf. „Wieso haben wir diese seltsame Verbindung, dass wir in den Träumen des jeweils anderen auftauchen können?"

„Das ist die Manifestation eines grausamen und ironischen Gottes." Das jedenfalls war Lucianas Erklärung.

Allerdings vermutete Brandon mehr dahinter. Sie konnte zu einem bestimmten Zweck in seine Träume hineinspazieren. Und sie war wahrscheinlich auch in die Träume anderer Schlafender eingedrungen, und zwar sicher nicht aus reinen, unschuldigen Gründen. Doch davon wollte er nichts wissen. Jetzt waren sie erst einmal hier, weit weg von allem. Von Arielle. In Sicherheit.

Sie lagen nebeneinander und atmeten im selben Rhythmus.

„Haben sie deinen Mörder jemals geschnappt?"

Brandon nickte in der Dunkelheit. „Sie haben zwei Männer festgenommen, die beiden Drogenhändler, denen ich auf der Spur war. Aber sie schworen, sie hätten es nicht getan. Behaupteten, sie wären nicht mal in der Nähe dieser Gasse gewesen, in der ich erschossen wurde. Sie endeten im Baraga Max, einem Hochsicherheitsgefängnis in Michigan. Beide bekamen lebenslänglich."

„Glaubst du, sie waren es?"

Er erstarrte, und ein unangenehmes Schweigen breitete sich zwischen ihnen aus. „Wieso fragst du das?"

„Weil du immer noch jede Nacht davon träumst. Es ist offensichtlich, dass die Sache nicht wirklich verarbeitet ist."

Vielleicht blieb ein Teil von Brandon aus genau diesem Grund in der menschlichen Welt verhaftet – weil es nicht verarbeitet war. Daran dachte er, als Luciana ihren Kopf auf seine Brust legte und er durchs Fenster die hellen Sterne betrachtete.

Ob er das Thema wohl irgendwann abschließen konnte?

„Ich kann immer noch nicht schlafen", sagte er nach einer langen Weile.

„Du träumst doch schon. Du weißt es nur nicht. Komm, ich zeige es dir."

„Nein", stieß Brandon hervor. „Ich will aufwachen. Es besteht keine Notwendigkeit, das alles schon wieder zu durchleben."

„Du musst es sehen. Du musst Gewissheit darüber bekommen, wer dich umgebracht hat. Und du musst den Täter damit konfrontieren."

Es war derselbe Albtraum wie immer.

Der, den er schon Tausende Male durchlebt hatte. Der, dem er nicht entgehen konnte.

Durch die dunkle Gasse, vorbei an den umgekippten Mülltonnen, dem giftigen Gestank von verfaulten, schleimigen Essenabfällen und anderem verwesenden Müll, der überall verstreut war. Er ging weiter, unsicher, wohin ihn der Traum diesmal bringen würde. Unsicher, weil er nicht wusste, was Luciana ihm zeigen wollte.

„Ich gebe dir Deckung“, beteuerte sie ihm. „Das verspreche ich dir. Du bist nicht allein. Ich werde dich heute Nacht nicht hier sterben lassen.“

Sie gingen gemeinsam in die Gasse hinein, Engel und Dämonin. Rücken an Rücken. Seine große, starke Hand hielt ihre bleiche, zarte, die dennoch so stark war wie seidenummantelter Stahl. Er griff nach seinem Schulterholster und holte seine Pistole heraus. Hielt sie auf Augenhöhe vor sich, als sie weitergingen.

Als der Angreifer auftauchte, schien die Zeit plötzlich langsamer abzulaufen. Brandon hob den Arm mit der Waffe, doch Luciana war schneller. Sie hinderte ihn an der Bewegung. Da drehte sich der Angreifer um – und Brandon sah in ein Gesicht, das er nur zu gut kannte. Ein Gesicht, das er geliebt hatte.

Das Gesicht seines besten Freundes.

Der Brandons Frau nach seinem Tod geheiratet hatte.

Des Vaters ihrer Kinder.

Jude hob seine Waffe, bereit, zu schießen. Diesmal nicht in Brandons Rücken, diesmal zielte er auf seine Brust.

Die Schüsse verhallten. Wie jedes Mal in seinem Traum.

Der erste, dann der zweite. Dasselbe bekannte Geräusch, das er schon so oft gehört hatte.

Doch der Schmerz blieb aus. Keine doppelte Schmerzexplosion in seinem Rücken.

Denn diesmal trafen die Schüsse einen anderen Körper.

Schneller als jeder Mensch hatte sich Luciana vor ihn geworfen, und so erwischten die beiden Kugeln sie. Die erste traf sie mitten in die Brust, die andere in den Hals.

Brandon fing sie auf, als sie stürzte.

Und hielt sie fest, als wollte er sie nie wieder loslassen. Selbst als sie in seinen Armen verblutete, war er nicht in der Lage, etwas anderes zu tun, als sie festzuhalten. Sie lächelte, während sich ihre Lider schlossen.

In diesem Moment wachte Brandon auf, klitschnass geschwitzt vor Angst – wie in jeder Nacht in den letzten zehn Jahren, bevor er die Dämonin kennengelernt hatte. Er erwachte voller Schmerz und mit einer Gewissheit, die sich in diesem Moment schwerer und schrecklicher anfühlte als der Tod.

Er kämpfte sich durch den Schleier seiner Verwirrung und versuchte, die Erlebnisse aus seinem Traum noch einmal zu rekapitulieren.

Du kannst in einem Traum nicht sterben.

Aus eigener Erfahrung wusste er, dass das nicht stimmte.

Sie hatte sich von den Kugeln treffen lassen. Es war nur im Traum gewesen. Aber es war passiert. Sie hatte dasselbe Leid im Tod erlitten wie er.

Er sprang auf. Neben ihm war das Bett leer.

Doch er wusste, wohin sie gegangen war.

Und er erinnerte sich an ihre letzten Worte in seinem Traum, als sie die Augen schon geschlossen hatte.

„Ich werde diesen Bastard töten."

21. KAPITEL

Rache. Wenn Brandon keine Rache üben wollte, würde Luciana das eben für ihn übernehmen. Sie würde diesen letzten Drachen in seinem Menschenleben töten und ihn für immer zur Ruhe bringen. Denn Brandon selbst war zu gut, um das zu tun.

Während er schlief, nahm sie den Autoschlüssel von der Kommode.

Sie schlich aus dem Zimmer, schloss leise die Tür und fuhr davon.

Als sie in den Flieger von Seattle nach Detroit stieg, empfand sie fast so etwas wie Traurigkeit. Denn sie, Luciana, war nicht gut. Brandon mochte zwar anderer Ansicht sein, doch im Grunde ihres Herzens war sie böse. Seit Jahrhunderten. Und böse würde sie auch sein bis zum Ende aller Zeiten.

In mir ist kein Fünkchen Vergebung, dachte sie, fast angewidert von sich selbst.

Merkwürdigerweise interessierte Julian sie plötzlich überhaupt nicht mehr.

Durchs Fenster betrachtete sie die Auswüchse der Stadt, als sie den Landeanflug auf den Detroit Metro Airport begannen. Sie spürte eine Leichtigkeit und ein erfrischend friedliches Gefühl, wenn sie an seinen Namen dachte. Zum ersten Mal seit über zweihundert Jahren hatte sie nicht das Gefühl, vor Hass zu zerspringen, wenn sie an Julian Ascher dachte.

Tja, dachte sie bei sich, das hat aber nichts mit Vergebung zu tun, sondern einzig und allein mit Brandon.

Luciana brauchte fast den ganzen Tag, um Brandons einstiges Wohnhaus zu finden, einen kleinen Bungalow in einem Vorort von Detroit. Hier lebte immer noch seine Frau. Zwei kleine, blondhaarige Jungs rauften im kleinen Vorgarten miteinander. Kinder, die unter anderen Umständen vielleicht Brandons

Kinder gewesen wären.

„Ist eure Mama oder euer Papa zu Hause?", fragte Luciana die beiden mit ihrem süßesten Lächeln.

„Mommy ist im Laden", sagte der Kleinere von beiden.

„Nicht mit der Frau reden." Der Ältere, er war etwa sechs, blinzelte Luciana misstrauisch an. „Wir sollen nicht mit Fremden sprechen."

„Aber in diesem Fall ist es okay, Schätzchen."

Der Kleinere betrachtete sie und sagte mit der brutalen Ehrlichkeit eines Kindes: „Du bist hübscher als Schneewittchen aus dem Film. Aber du bist böser als ihre böse Stiefmutter."

„Das ist jetzt aber nicht fair. Ich habe noch nie einem Kind etwas zuleide getan."

Zwei blaue Augenpaare beäugten sie, erbarmungslos. Falls Brandon manchmal in Melancholie verfiel, wenn er an das verpasste Vatersein dachte, sollte er sich diese beiden mal ansehen, dachte sie. Dann würden ihm solche Gedanken ein für alle Mal vergehen.

Sie lächelte freundlich. „Aber du könntest der Erste sein, kleiner Mann."

Der Junge fing an zu schreien, und es klang nach einem kaputten Elektrogerät oder wie quietschende Bremsen. Jetzt fing auch der Größere an mit dem Geplärre. „Daddy!"

Sofort wurde die Tür aufgerissen, und ein großer, bulliger Mann trat aus dem Haus. „Jungs? Mit wem redet ihr?"

Jude, dachte Luciana. Der Mann der Stunde.

„Hallo, Sir. Ich habe mich gerade mit Ihren *bambini* unterhalten … wie sagt man noch auf Englisch? Brut, denke ich", sagte sie fröhlich. „Aber jetzt würde ich gerne mit Ihnen sprechen. Unter vier Augen."

„Jungs, geht nach hinten in den Garten!" Jude musterte sie eingehend. „Wollen Sie irgendwas verkaufen?"

„Nicht wirklich. Allerdings sind Sie im Besitz von einem

Gegenstand, der nicht Ihnen gehört, und den hätte ich gern zurück."

Judes Gesicht wurde aschfahl. Er fragte gar nicht erst, worum es sich handelte.

Er fasste nur in seine Hosentasche und zog eine Uhr heraus.

„Jude Everett, Sie sind ein kranker Bastard."

„Wer sind Sie?"

„Das braucht Sie nicht zu kümmern." Luciana hatte seinen schwachen menschlichen Willen schon fest im Griff. „Geben Sie mir einfach die Uhr!"

Das war die Uhr, nach der sie Brandon in seinen Träumen ein Dutzend Mal in seiner Hosentasche hatte suchen sehen. Und in der Realität, um festzustellen, ob er wach war. Sie drehte die Uhr um und las die eingravierte Inschrift des Erzengels Michael auf dem Deckel.

„Warum haben Sie sie gestohlen, Sie kaputter, peinlicher Typ? Und lügen Sie mich nicht an!"

„Weil ich mich gerne daran erinnere, wozu ich fähig bin." Jude lächelte selbstgefällig.

Fähig, seinen besten Freund zu ermorden.

Ein Bild schoss ihr in den Kopf. Der am Boden liegende Brandon.

Und Jude, wie er Brandon die Uhr aus der blutverschmierten Hand nahm.

„Sie haben es getan, weil böse Menschen böse Dinge tun", stellte Luciana fest. „Und deswegen haben Sie die Uhr nicht einfach weggeworfen. Nein, Sie haben nur Brandons Leben weggeworfen."

Er starrte sie an und zuckte zusammen, als sie seinen Namen erwähnte. „Was wissen Sie über Brandon?"

„Auch das braucht Sie nicht zu interessieren. Kommen Sie mit." Sie sah ihm tief in die Augen. „Sie können mir gewiss nicht widerstehen."

Und in diesem Moment wusste sie, dass sie endlich das diesjährige Opfer für Satan gefunden hatte.

Besser spät als nie.

Ein Schritt hinter der Dämonin war ein Schritt zu langsam. Als Brandon bei seinem alten Haus ankam, war Luciana schon längst wieder weg. Er spürte, wie sich ihre dunkle Anziehungskraft von ihm entfernte. Er wusste, wohin sie unterwegs war.

Zurück nach Venedig.

Doch er hatte hier noch etwas zu erledigen. Brandon fuhr die Einfahrt hoch. Tammy saß draußen und sah ihren Kindern zu, die im Vorgarten spielten. Zuerst sah er nur ihr hellbraunes Haar, das in der Sommersonne glänzte. Als er sich näherte, drehte sie sich zu ihm um.

„Jungs, geht mal rein", rief sie erschrocken ihren Söhnen zu. „Wo ist Jude?"

„Der ist mit der schwarzhaarigen Frau weggegangen!" Einer der Jungs lugte durch die Fliegentür nach draußen.

„Ihr bleibt drin!" Tammy schaute ängstlich zu ihren Kindern und dann zu Brandon.

„Oh Gott!" Verwirrung stand in ihren dunkelbraunen Augen zu lesen. Sie streckte die Hand aus, um Brandon zu berühren. Sie schien zu erwarten, dass sie durch ihn hindurchgreifen würde. „Bist das wirklich du?"

„Ich bin kein Geist."

„Was bist du dann?", wollte sie wissen.

„Etwas anderes. Das ist jetzt zu kompliziert."

„Mein Gott, du bist gar nicht älter geworden." Sie streichelte sein Gesicht. „Als wäre die Zeit stehen geblieben."

„Glaub mir, die Zeit ist vergangen!"

Wie seltsam! Da sah er sie nach über einem Jahrzehnt zum ersten Mal wieder … Er hatte immer gedacht, es würde anders sein. War deshalb nie hergekommen. Dabei war das durchaus üblich unter Engeln, wie er wusste. Einige von ihnen durften ihre Lieben besuchen und über sie wachen. Andere durften es nicht, missachteten aber das Verbot und ließen sich unerlaubt bei ihren Verwandten sehen.

Doch Brandon hatte es immer befolgt.

Er hatte dem Wunsch widerstanden, in sein altes Zuhause zurückzukehren. Zum einen, weil er davon ausgegangen war, dass sich sein bester Freund Jude um seine Frau kümmern würde. Sie trösten würde.

Tja.

„Wusstest du es?"

Tammy fragte nicht, was er damit meinte. Sie schüttelte nur kaum merklich den Kopf.

„Erst später." Sie zitterte am ganzen Körper. „Ich hatte keine Ahnung. Ich war nicht einmal wirklich sicher, bis …"

Gerade. Das Wort stand stumm zwischen ihnen, während sie ihn anschaute.

„Kannst du mir verzeihen? Ich habe Dinge getan … Dinge, die vor deinem Tod geschehen sind. Und in den letzten zehn Jahren war ich davon überzeugt, wenn ich nur …"

„So darfst du nicht denken. Was passiert ist, ist passiert." Er lächelte. „Vergiss das alles! Vergiss, dass ich je hier war!"

Er küsste sie auf die Wange, und es fühlte sich so vertraut und gleichzeitig so fremd an. Ihre Haut, die er so gut kannte und auf der um den Augen- und Mundwinkeln sich die ersten feinen Fältchen zeigten. Er ließ sie stehen, seine erste Liebe, und legte ihre Hand auf die Stelle auf ihrer Wange, die er geküsst hatte.

Jude nach Venedig zu befördern war so einfach, dass Luciana es im Schlaf hätte bewerkstelligen können.

Im Vergleich zum Umgang mit der Kompanie der Engel war die Manipulation eines Menschen ein Spaziergang. Der menschliche Verstand war so leicht formbar. Nachdem sie es mit dem eigensinnigen und willensstarken Brandon zu tun gehabt hatte, war Jude ein Kinderspiel.

Auch die Security am Flughafen ließ sich problemlos um den Finger wickeln, denn auch diese Menschen waren genauso leicht zu manipulieren wie Jude. Als sie schließlich im Flieger nach Hause saß, konnte sie sich zum ersten Mal seit Langem wieder richtig entspannen. Diesmal war sie bei ihrer Abreise aus den Vereinigten Staaten wesentlich zufriedener mit sich als beim letzten Mal.

„Wir fahren an einen sehr schönen Ort", teilte sie Jude mit. Er saß mit glänzenden Augen und starrem Blick neben ihr.

Sie hatte seine Hirnfunktion ein wenig manipuliert, sodass er keine Antwort geben konnte. Die Tatsache, dass sie sich mit sich selbst unterhalten musste, tat ihrer guten Laune jedoch keinen Abbruch.

Prendere due piccioni con una fava. Zwei Fliegen mit einer Klappe schlagen.

Wieder kam ihr diese Redewendung in den Sinn.

Auch sie würde zwei Fliegen mit einer Klappe schlagen. Sie würde endlich ihr jährliches Opfer darbringen.

Und gleichzeitig Rache nehmen für Brandons Tod als Mensch.

Brandon kam kurz nach Luciana am Flughafen von Detroit an und wandte sich an den Ticketschalter.

„Es tut mir leid, Sir", sagte die Frau am Schalter. „Sie haben unseren einzigen Direktflug nach Venedig für heute verpasst."

Rasch ließ er den Blick über die Anzeigentafel mit den weiteren Abflügen für den Tag schweifen. „Es muss doch noch eine andere Möglichkeit geben. Können Sie mir eine alternative Verbindung heraussuchen?"

Ihre Finger klackerten über die Tastatur, während sie unverwandt auf den Bildschirm ihres Computers sah. „Ich kann Sie über London schicken. Der Anschluss ist allerdings sehr knapp,

es könnte sein, dass Sie es nicht schaffen."
„Buchen Sie mich auf die Maschine!"
Als er im Flieger saß, musste er sich zwingen, still zu sitzen und nicht herumzuzappeln. Jetzt kam alles darauf an, dass er Lucianas Reiseziel richtig vermutet hatte und noch rechtzeitig kam, denn das würde über Judes Leben oder Tod entscheiden.
Brandon hatte keine Ahnung, wieso es ihm so wichtig war, dass Jude überlebte. Er wusste nur, dass es wichtig war – selbst nach allem, was Jude getan hatte.
Brandon sah aus dem Fenster, auf die Wolken, und dachte angestrengt nach.
Wohin geht sie wohl?
Die Erlöserkirche ist zu auffällig. Dorthin wird sie niemals zurückkehren.
Eine Stimme tauchte in seinem Kopf auf. Es war nicht Lucianas Stimme, sondern die ihrer Schwester, Carlotta. An dem Tag, als er ihr in der Glasgalerie begegnet war. „… die Stücke werden in liebevoller Handarbeit auf der Nachbarinsel Murano gefertigt, wo einst aufgrund der Brandgefahr alle Glaswerkstätten angesiedelt wurden …"
Das war das Ziel der Dämonin. Brandon war sich ganz sicher.

Auf Corbins Jacht, die noch immer im *Bacino di San Marco* ankerte, stand Massimo vor dem Erzdämon und bot ihm seine Dienste als Türhüter an.
„Ich bin so froh, dass Sie sich für mich entschieden haben", teilte ihm Corbin gerade mit. „Jetzt können wir zusammen auf unser gemeinsames Ziel hinarbeiten: die Zerstörung der Kompanie der Engel. Und mehr noch. Die Zerstörung der Menschheit."
„Ja, *signore*."
„Luciana hat Sie gut ausgebildet. Aber Sie müssen Ihre Loyalität ihr gegenüber vergessen. Sie hat Sie im Stich gelassen, um

mit diesem primitiven Engel Brandon davonzulaufen. Sie wissen, dass er für das Verschwinden Ihrer kleinen Freundin verantwortlich ist, nicht wahr?"

„Ja, *signore*."

Massimos Herz gierte nach Rache.

Und es war nur noch eine Frage der Zeit, bis sich eine Gelegenheit bieten würde.

22. *KAPITEL*

Luciana brachte ihr Opfer diesmal nicht in die Erlöserkirche. Nachdem sie auf dem Flughafen von Venedig gelandet war, hatte sie ein Boot gechartert und war zur nahe gelegenen Insel Murano gefahren.

An den Ort, an den sie eigentlich nie wieder hatte zurückkehren wollen.

An den Ort, von dem sie wusste, dass sie ein für alle Mal die Opfergaben beenden konnte.

„Ich bringe dich an einen ganz besonderen Ort", erzählte sie Jude, während das Boot sicher durchs Wasser glitt. „Wir werden eine *fornace* besichtigen, eine Glasbläserei. Du wirst die einzigartige Gelegenheit haben, die Glasbläserkunst von einer Seite kennenzulernen, wie es die Touristen sonst nicht erleben."

Jude starrte weiterhin stumpf ins Leere. Er bekam weder von ihren Worten noch von der Umgebung etwas mit. Als sie sich der Insel näherten, verlangsamte sie die Geschwindigkeit und lenkte das Boot durch die Kanäle, bis sie das von ihr auserwählte Gebäude erreicht hatten. Sie legte an und vertäute das Boot. Dann führte sie ihr Opfer über die *fondamenta* zur *fornace*.

Wie die Glasgalerie in der *Rio Terá dei Assassini* gab es auch hier ein Ladengeschäft mit Verkaufsraum. Die Glasgegenstände standen im Dunkeln. Wie in der Galerie herrschte auch hier nachts vollkommene Stille.

„Ich habe diese Glasbläserei immer gehasst, genau wie die Galerie." Luciana erschauderte, als sie Jude durch den Laden führte. Sie ging mit ihm zu einer großen eisernen Doppeltür, die von einem bunten Mosaikrahmen eingefasst war. Ein bulliger Türhüter öffnete eine der beiden Türen einen kleinen Spalt, nachdem sie angeklopft hatte.

„Ja?"

„Ich muss mit dem Maestro sprechen", verkündete die Dämonin. „Sag ihm, Luciana Rossetti ist hier."

Kurz darauf erschien der Glasbläsermeister in der Tür. Ein rotgesichtiger Mann, der eine schwere Schürze mit roten Spritzern darauf trug. Er runzelte kurz die Stirn, verbeugte sich jedoch und sagte: „*Baronessa*, welche Überraschung, Sie hier zu sehen! Wir hätten nie erwartet, dass Sie uns mit Ihrem Besuch beehren würden."

In Wirklichkeit meinte er: Wir hätten nie geglaubt, dass Sie sich dazu herablassen würden, jemals hierherzukommen.

Jeder Dämon in Venedig wusste, dass Luciana Rossetti die Hitze und den Lärm hasste, die in einer *fornace* herrschten. Und dass sie die Glasbläsereien mied wegen ihrer Verbindung zu der bewussten Glasgalerie und zu Carlotta. Aber auch, und das wusste nur Luciana, wegen der Morde, die hier stattfanden und die sie für wenig raffiniert hielt.

Das hier hatte nichts mit der Kunst des Glasbläserhandwerks zu tun.

Sondern nur mit der Arbeit des Maestro und seiner Türhüter.

Ich habe keine Wahl. Ich muss diese Aufgabe zu Ende bringen. Für Brandon.

„Ich habe einen ganz besonderen Gast bei mir." Luciana ignorierte das Stirnrunzeln des Maestros und dessen unverhohlene Botschaft. „Er verdient es, Venedig von einer Seite kennenzulernen, die er nur mit mir kennenlernen kann."

„In diesem Fall treten Sie bitte ein", forderte der Maestro sie auf.

„Dafür willst du sicher bei vollem Bewusstsein sein." Sie schnippte vor Judes Gesicht einmal mit den Fingern, und schon erwachte er aus seinem Trancezustand.

Er blinzelte ein paarmal und versuchte, seine Umgebung irgendwie einzuordnen. Der Maestro stand vor ihnen und grinste schon voller Vorfreude. In diesem Moment öffnete der

Türhüter beide Eisentüren; sie quietschten laut, und eine Gluthitze erfasste sie. Jude wankte zurück, die Hitze warf ihn beinahe um.

Und das, was er vor sich sah.

Die Dämonin stieß ihn durch die geöffneten Türen in die Fabrik. Die erhöhte Metallplattform, auf der sie standen, bot einen Blick auf die Werkshalle. Hunderte von Türhütern hielten in ihrer Arbeit inne und sahen sie an. Die Geschäftigkeit an den Öfen kam einen Moment zum Stillstand, denn alle wollten wissen, wer gekommen war. Einige der Türhüter nickten Luciana zur Begrüßung zu.

Und dann wandten sich die Arbeiter so abrupt, wie sie sie unterbrochen hatten, wieder ihrer jeweiligen Tätigkeit zu.

Einige von ihnen bliesen Glas. Sie standen vor den Brennöfen mit ihren glühend heißen Flöten, mit Hand- und Langbrennern. Aus den flüssigen Glasblasen formten sie filigrane Gebilde, Skulpturen, Vasen und Stielgläser.

Andere schmiedeten Waffen, verschiedene Arten von Schwertern und Messern. Sie erhitzten das Metall im Ofen und bearbeiteten es dann mit schweren Hämmern. Das Echo der Hammerschläge erklang im weiten Raum der Werkshalle.

Weitere Türhüter warfen Gegenstände in einen Ofen, um sie zu verbrennen. Ein blutiger Haufen aus zerschmetterten Gliedmaßen, von Mensch und Tier gleichermaßen, erhob sich in der Mitte der Werkshalle aus einer großen Blutlache. Es roch nach verbranntem Fleisch.

„In der Tradition der *fornaci di Murano*, den traditionellen Glasbläsereien, brennen die Öfen vierundzwanzig Stunden am Tag, an sieben Tagen in der Woche. Sie gehen nie aus“, erklärte der Maestro. „Die menschlichen Glasbläsermeister beginnen morgens um sechs mit ihrer Arbeit und beenden sie um sechzehn Uhr. Wir Dämonenkünstler arbeiten dagegen rund um die Uhr. Die Öfen werden für viele verschiedene Zwecke eingesetzt, wie Sie sehen.“

Jude riss die Augen auf. Voller Entsetzen betrachtete er die Szenerie.

„Normalerweise sind die Ofenöffnungen relativ klein, mit nur wenigen Zentimetern Durchmesser. Doch wie Sie feststellen werden, haben wir die Öfen für unsere Zecke modifiziert", erklärte der Maestro.

Sie sind groß genug, dass ein Mensch durchpasst. Oder auch mehrere, wenn nötig.

Das war es, was der Maestro damit sagen wollte, dachte Luciana.

„Vieles von unserer Arbeit befindet sich noch in einem experimentellen Stadium", fuhr der Mann fort. „Wir bereiten uns auf die Zukunft vor. Es gilt, noch etliches zu verbessern. Wenn wir einmal so weit sind, wird unsere bescheidene *fornace* einen wichtigen Beitrag leisten auf dem Weg zur Schaffung der Hölle auf Erden."

Luciana beugte sich zu Jude. „Und weißt du, was? Du wirst ein Teil davon sein."

Jude begann zu schreien. Keine gute Idee.

Hunderte Augenpaare wandten sich ihm zu. Bisher hatten die Dämonen wenig Interesse an den beiden Besuchern gezeigt. Doch ein schreiender, völlig verschreckter Mensch war etwas ganz anderes. Sehr viel spannender.

„Also dann, Jude. Es scheint, als hättest du die Aufmerksamkeit unserer Gastgeber auf dich gezogen. Warum gehst du nicht rüber und siehst dir alles genauer an?"

Sie versetzte ihm einen Stoß, und er stolperte die Stufen zur Werkhalle hinunter. Ein paar Dämonen liefen auf ihn zu und hoben ihn auf. Jude wehrte sich, trat um sich und schrie. Er wollte sich am Treppengeländer festhalten, doch die Dämonen zogen ihn weg und verschwanden mit ihm.

Gut, dachte sie. *Er verdient es zu leiden, genau so, wie Brandon gelitten hat. Er verdient das Gegenstück zu seinen dreitausend Toden.*

„Lasst ihn nicht zu schnell wieder gehen“, ermunterte sie die Türhüter. „Und seid kreativ, so wie bei euren Glaskunstwerken auch! Ich bin mir sicher, ihr könnt euren Einfallsreichtum auch an diesem Objekt ausleben!“

Jude hörte, was sie sagte, und fing noch lauter an zu schreien. Er flehte Gott um Hilfe an.

„Gott ist nicht gerade beliebt bei den Leuten hier, *mio amico*.“ Dann murmelte sie: „Dieser Volltrottel von Mensch ist alles, was du dieses Jahr von mir bekommst, *diavolo*.“

Da hörte sie das Geräusch der sich öffnenden Eisentüren und drehte sich überrascht um.

Corbin stand vor ihr, seine bernsteinfarbenen Augen glühten voller Befriedigung. Hinter ihm war Massimo.

„Oh nein, *cara mia*.“ Der Erzdämon grinste sie an. „Dieser dürre kleine Mensch wird nicht als angemessenes Opfer durchgehen. Ich dachte, das hätte ich deutlich gemacht. Du hättest besser deine Pflicht getan, als du noch Gelegenheit dazu hattest, *baronessa*. Du hattest die Aufgabe, den Engel abzuliefern. *Er* wird nichts anderes akzeptieren.“

Natürlich. Es war ihr klar gewesen, dass Corbin auftauchen würde. Damit hatte sie schon gerechnet. Ihn konnte sie nicht abschütteln. Doch sie glaubte, dass die Rache für Brandons Tod jedes Leiden wert war.

Aber was war mit Massimo?

Ihr ehemaliger Leibdiener, dem sie stets vertraut hatte, stand nun mit wütender Miene hinter Corbin. Sein Verrat schmerzte sie sehr. Sie warf ihm einen anklagenden Blick zu.

„Ich werde dir Brandon niemals ausliefern, egal, womit du mir drohst. Egal, was du mir antun wirst. Lieber werde ich für alle Ewigkeit in der Hölle verrotten.“

„Du weißt, was dich erwartet. Wenn dir das bisher keine Angst gemacht hat, solltest du sie jetzt bekommen“, knurrte Corbin. „Ich hätte wissen müssen, dass du den Engel niemals ausliefern würdest. Weil du in ihn verliebt bist. Wie süß! Wir können ja alle zusammen hier auf deinen Liebsten warten, Schätzchen."

„Er weiß nichts von diesem Ort." Luciana versuchte, sich krampfhaft zu erinnern, ob sie Murano ihm gegenüber jemals erwähnt hatte. Habe ich, oder habe ich nicht?

„Der Mann ist schlau. Er wird es sich denken können." Corbin packte sie an den Haaren und zog ihr Gesicht so weit zu sich herüber, dass ihre Wange an seiner lag. „Wir werden ja sehen."

Brandon kam am Flughafen Marco Polo an und rannte sofort hinunter zu den wartenden Wassertaxis. Er war geschätzt vierzig Minuten später dran als Luciana. Das hieß, die Zeit rann ihm durch die Finger. Falls es nicht sowieso schon zu spät ist, dachte er. Er war gerade dabei, mit einem der Taxifahrer zu verhandeln, als Infusino und Arielle in einem Polizeiboot vorfuhren, in dem noch mehr Mitglieder der venezianischen Einheit der Kompanie saßen.

„Du hast wirklich keine Ahnung, mit wem du es zu tun hast, Brandon", sagte Arielle. „Komm mit uns!"

Mit einem vernichtenden Blick musterte er Arielle. „Du spinnst wohl, wenn du glaubst, dass ich mit dir komme. Du hast Luciana gefoltert."

„Brandon, ich weiß, dass sie dir viel bedeutet. Aber sie ist eine Dämonin. Sie ist Teil einer Kraft, die uns alle auslöschen könnte. Nicht nur die Kompanie. Nicht nur die Engel. Sondern die gesamte Menschheit. Die Welt, wie wir sie heute kennen, könnte für immer verschwinden. Uns liegen Informationen darüber vor, dass die Dämonen sich hier in Venedig auf ein großes Ereignis vorbereiten. Wir müssen uns sofort um Luciana kümmern. Noch heute Abend."

Brandon zögerte immer noch. Ihm ging nur eine Frage durch den Kopf: Wem bin ich verpflichtet? Arielle oder Luciana?

Keiner von beiden, war seine Antwort. Ich bin nur meiner Aufgabe verpflichtet, die Menschheit zu beschützen.

Er stieg in das Polizeiboot, denn er wollte verstehen, wovon Arielle da die ganze Zeit sprach. Und er durfte nicht zulassen, dass Luciana einen weiteren Menschen tötete – selbst wenn dieser Mensch ein Mörder war.

„Kommen Sie!" Infusino nickte ihm freundlich zu. „Wir müssen schnell zur Erlöserkirche."

„Sie ist nicht in der Erlöserkirche. Sie ist in Murano. In der Glasfabrik, die die Galerie ihrer Schwester bestückte."

„Was? Woher willst du das wissen?" Arielle sah ihn mit forschendem Blick an.

„Vertrau mir einfach!"

„Ich weiß, wo diese Glasbläserei ist", meldete sich Infusino zu Wort und legte den Gang ein.

Während das Boot über die Wellen hüpfte, forderte Arielle beim Hauptquartier in Venedig Verstärkung an.

„Warum hat Luciana dich nicht in die Glasbrennerei gebracht, wenn sie dich töten wollte?"

„Weil sie niemals wirklich vorhatte, mich zu töten", antwortete Brandon. „Jeder ihrer diesbezüglichen Versuche scheiterte erbärmlich, denn sie brachte es nie übers Herz. Aber bei Jude wird das anders sein."

Arielle sagte nichts mehr. Sie schürzte nur die Lippen und starrte hinaus auf die Lagune.

Als sie Murano erreicht hatten, legte Infusino an und scheuchte sie aus dem Boot.

„Wie können nicht vorne vor der Fabrik halten", erklärte er. „Wir müssen subtiler vorgehen. Es gibt einen Hintereingang."

Sie stiegen aus und folgten Infusino durch einen Durchgang, der sie zur Rückseite eines großen Backsteingebäudes führte. Zylinderförmige Kamine spuckten Rauch in den dunklen Abendhimmel. Aus dem Inneren waren Geräusche zu hören, die wie das Schmieden von Metall und laut loderndes Feuer klangen.

Infusino bedeutete den anderen, zu warten, während er mit

Brandon zu einem der Fenster kroch.

Als sie ins Innere der Fabrik spähten, schoss Brandon sofort ein Gedanke in den Sinn.

Sie bereiten die Endzeit vor.

Folterinstrumente. Waffen. Öfen.

Berge von abgetrennten Gliedmaßen.

Um wie viele Leichen es sich handelte, konnte er unmöglich sagen. Das Fleisch war abgehäutet und blutig, eine Anhäufung von Gliedern, schaurig anzusehen. Ob die Reste von Mensch oder Tier stammten, war nicht zu erkennen.

Und Jude. Gefangen in einer Horrorszene, umringt von Dämonen, die ihm mit ihren glühend heißen Werkzeugen Hiebe und Stöße versetzten.

Einen Moment lang verspürte Brandon so etwas wie Genugtuung.

Endlich bekommt mein Mörder seine gerechte Strafe …

Er schüttelte den Kopf und schloss die Augen, um diesen Gedanken aus seinem Hirn zu vertreiben.

Stattdessen zwang er sich, sich auf seine eigentliche Aufgabe zu besinnen.

Wer bin ich? Was bin ich? Ein Schutzengel.

Egal, welche primitiven Gefühle ihn gerade für einen kurzen Augenblick übermannt hatten, als er den gequälten Jude sah – er wusste und war überzeugt davon, dass seine Rolle als Engel alles andere überstrahlte. Sein Schwur, die Menschheit zu beschützen, war wichtiger als jeder persönliche Rachegedanke, den er für eine erbärmliche Person wie Jude übrighatte.

Die beiden Engel gaben ihre Beobachtungsposition am Fenster auf und kehrten zum Rest der Gruppe zurück. Sie beschrieben ihnen, was sie gesehen hatten.

Infusino nickte nachdenklich. „Wir wussten, dass so etwas kommen würde."

„Wir wussten, dass sich die Dämonen sammeln, aber wir wussten nicht, was sie vorhatten. Das ist erst der Anfang. Hier werden weitere Dämonen auftauchen. Und weitere Vorbereitungen treffen." Arielle schien in ihrem Element zu sein.

Und Brandon hatte plötzlich ein mulmiges Gefühl. Er fragte sich, ob er mit seinen Vermutungen über Arielle recht behalten sollte.

Ob sein Bauchgefühl stimmte.

Ob sie wirklich böse war.

Oder ob sie einfach nur hingebungsvoll ihre Mission auf Erden befolgte und das tat, was für den Schutz der Menschheit und im Kampf gegen die Dämonen vonnöten war.

„Habt ihr deswegen das Exerzitienhaus gekauft?"

Sie nickte. „Ja, und du musst mir jetzt helfen. Wir von der Kompanie müssen einander vertrauen, wenn wir diesen Kampf gewinnen wollen. Ich weiß nicht, wie wir die Dämonen besiegen können – wir müssen uns etwas einfallen lassen. Hier bleiben können wir nicht. Wir müssen zuerst einen Plan machen und dann wiederkommen."

Dann ist es zu spät, das wusste Brandon.

„Ihr könnt ja machen, was ihr für nötig haltet. Aber ich gehe da rein. Und zwar jetzt."

„Warte!" Arielle streckte die Hand nach ihm aus. „Du kannst dich nicht schutzlos einem Haufen Dämonen aussetzen. Sie werden dir alle Glieder ausreißen und dich bei lebendigem Leibe verbrennen, so wie diesen Menschen. Außerdem verdient es dieser Mann nicht, gerettet zu werden."

„Wir können ihn nicht einfach seinem Schicksal überlassen", argumentierte Brandon und sah Arielle scharf an. „Folter ist niemals gerechtfertigt."

Damit drehte er sich um und konzentrierte sich auf das, was er gleich tun würde. Wahrscheinlich würde er dabei umkommen.

Jetzt packte Infusino ihn am Arm, um ihn zurückzuhalten.

Doch Brandon machte sich los und lief auf die Tür der Fabrik zu – seinem sicheren Tod entgegen.

Eine einzelne Feder kam in Lucianas Blickfeld. In dem Moment, als sie sie durch die Fabrikhalle schweben sah, wurde sie ein wenig melancholisch. Corbin wird sich den Engel holen, das wusste sie. Und das war das Ende.

Wie kann er mich nur gefunden haben?

Wieder öffneten sich die schweren Eisentüren, und alle Türhüter wendeten sich um. Die Gegenwart des Engels zog die Blicke magisch an.

Brandon betrat die Fabrikhalle und die Plattform. Er sah himmlisch aus. Die Tätowierungen auf seinen muskulösen Armen glänzten in der Hitze. Er war umgeben von Licht, das jede Oberfläche erleuchtete. Selbst die Feuer in den Öfen bildeten im Vergleich zu ihm nur einen schwachen Kontrast. Als Luciana den Blick auf ihn richtete, sah sie, dass auch seine Augen glühten. Schillernd. Eindringlich. Stark.

Aber er war allein gekommen.

Da wusste sie, dass alles verloren war.

So stark er auch sein mochte, ein einzelner Engel hatte gegen eine Horde Dämonen nichts auszurichten. Hier konnte er nicht gewinnen. Nicht einmal fliehen konnte er. Doch Brandon selbst schien das nicht zu wissen. Er stand da mit seinen breiten Schultern und strahlte ein unerschütterliches Selbstbewusstsein aus – wie bei ihrer allerersten Begegnung mit ihm.

„Aufhören!“, rief der Schutzengel jetzt mit donnernder Stimme.

Augenblicklich setzte alle Geschäftigkeit in der Fabrik aus.

Ruhe kehrte ein. Nur das Feuer in den Öfen knisterte und loderte weiter.

Brandon ging die Metalltreppe hinunter, und jeder seiner Schritte hallte in dem großen Raum wider.

Die Dämonen standen immer noch wie gelähmt da und beobachteten ihn. Doch nur einen Moment später erlangten sie ihre Fassung wieder. Sie bildeten einen Kreis um ihn. Ihre Brenneisen glühten mit Höllenfeuer, während sie sich immer dichter um ihn scharten. Doch keiner von ihnen wagte es, ihn zu berühren.

Mit entschlossenen Schritten ging der Schutzengel auf Jude zu und löste seine Fesseln.

Dann warf er sich seinen Mörder über die Schulter.

Und schritt würdevoll zurück zur Treppe.

Da trat Corbin ihm in den Weg. „Du glaubst wohl, du könntest hier hereinspazieren und mitnehmen, was uns gehört? Massimo, kümmere dich um den Eindringling!"

Der Erzdämon schnippte mit den Fingern. Fast lautlos trat Massimo vor.

Er hatte eine Spritze in der Hand. In seinen Augen brannte Rache.

Luciana erkannte diese Spritze. Sie selbst hatte sie Massimo übergeben mit den Worten: Ich vertraue sie dir an.

„Wenn das das Ende ist, dann soll es so sein. Ich bereue nichts. Ich werde nicht vor dem Bösen davonlaufen." Brandon stand stark und unbeugsam vor dem Erzdämon.

Doch Massimo machte keinerlei Anstalten, dem Engel die Spritze zu verabreichen.

Stattdessen riss er blitzschnell den Arm nach oben und stieß sie Corbin in den Hals. Mit einer sanften, geschmeidigen Bewegung injizierte er den Inhalt der Spritze in die Halsschlagader des Erzdämons.

Corbin sah ihn überrascht an.

„Wieso?"

„Wegen meiner Mutter", flüsterte Massimo.

„Luciana, diese Schlampe, ist nicht deine Mutter", würgte Corbin hervor.

„Ich weiß. Ihr Name war Carlotta Rossetti."

Corbin schluckte. Es war nur eine kleine Bewegung seines Adamsapfels. Plötzlich fasste er sich an den Hals und begann zu husten. Ein Schwall Blut landete auf dem Fußboden. Und dann begann sein Todeskampf. Grausige Laute drangen aus seiner

Kehle. Es war der Klang des Todes, den Luciana so viele Male gehört hatte. Der Erzdämon fiel zu Boden. Zuckend lag er auf dem Betonfußboden, als er sein Leben aushauchte.

Alles erstarrte.

Die Türhüter sahen Corbin bei seinem Todeskampf zu, ungläubig, als erwarteten sie, er würde jederzeit wieder aufstehen.

Es funktioniert also, dachte Luciana. Mein Gift wirkt.

Und dann explodierte einer der Öfen. Ob durch göttliches Eingreifen oder durch Zufall, war nicht klar. Jedenfalls schoss eine riesige, heiße Flamme aus dem Ofen hervor und zerstörte die Fenster und den Fußboden in Reichweite.

Die Hitzewand brach über sie alle gleichzeitig herein: Dämonin, Engel, Mensch. Luciana, Brandon, Jude.

Doch es war nicht das Feuer, das die Kontrolle über das Gebäude übernahm.

Jetzt begann der Boden unter ihnen zu beben, und Spalten taten sich auf, aus denen Wassermassen emporschossen. Das Wasser stieg schneller, als Luciana es je im hochwassergeplagten Venedig erlebt hatte. Es überschwemmte binnen kürzester Zeit den Fußboden der Fabrik und umschloss mit rasender Geschwindigkeit erst die Knöchel, dann die Schienbeine der schockierten Dämonen.

Jetzt kam die Horde in Bewegung. Sie rannten in alle Richtungen durch das mittlerweile knietiefe Wasser davon, schoben und drängten sich dem nächsten Ausgang entgegen. Brandon schnappte sich Luciana und zerrte sie, den bewusstlosen Jude noch immer über der Schulter, mit sich zur Hintertür. Er rannte die *fondamenta* hinunter, weg von der brennenden *fornace*, und war so schnell, dass sie fast zu fliegen glaubte.

Hinter ihnen überspülten die Wassermassen nun die Öfen und löschten mit lautem Zischen die Flammen. Druck baute sich auf. Und gab nach. Das Dach explodierte, und plötzlich war die Luft voll von Glassplittern. Die Wände des Gebäudes erbebten, und das Backsteingebilde fiel in sich zusammen wie ungebrannter Ton.

Erst in fünfzehn Metern Entfernung traute sich Luciana, sich umzudrehen.

Wie ein Aasgeier nach einem Gemetzel tauchte in diesem Moment die schwarze Beerdigungsgondel des Satans auf dem Kanal auf. Und glitt auf einem Fluss aus Feuer in die Glasbläserei hinein. Der Fährmann des Todes streckte seinen verwelkten Arm aus seinem schwarzen Mantel und steuerte das Boot mitten in das kochende Inferno hinein. Wenige Augenblicke später kam das Boot an ihnen vorbei, und Luciana sah den toten Erzdämon darin liegen. Der Fährmann nickte ihr kurz zu, dann stieß er sein Ruder ins Wasser, und die Gondel glitt davon.

Luciana wäre beinahe auf dem Anleger zusammengebrochen.

Sie hatte festen Boden unter den Füßen, obwohl es sich nicht im Geringsten so anfühlte.

Aber noch war nicht alles erledigt.

Brandon setzte den erbarmungswürdigen Menschen ab. Jude stolperte im Zickzack davon. Wo wollte er hin? Luciana musste ihn aufhalten. Rasch hob sie ein Stück Rohr auf, das auf der Erde lag, und rannte ihm hinterher. Jude fiel hin und sah sie mit schreckgeweiteten Augen an, als sie ihm mit dem Rohr die Kehle zudrückte.

„Lass ihn. Ich habe ihm vergeben.“ Brandon hielt ihren Arm fest.

„Wieso interessiert es dich dann, was mit ihm geschieht?“ Luciana hielt das Rohr so fest umklammert, dass ihre Hand zu schmerzen begann. Sie versuchte, es dem Menschen in den Hals zu rammen, um endlich der Ungerechtigkeit und dem Leid ein Ende zu setzen, das Brandon erlitten hatte. „Er hat dich ermordet. Kapierst du das nicht?“

„Er ist ein Mensch. Es ist meine Aufgabe, ihn zu beschützen.“

„Wieso verteidigst du ihn? Menschen sind widerwärtig. Noch

vor zweihundert Jahren haben sich die Menschen auf den Straßen gegenseitig gefoltert. Öffentliche Hinrichtungen waren ein Spektakel, das ihnen zur Unterhaltung diente. Abgeschlagene Köpfe wurden vor Stadttoren aufgespießt, auf Brücken, auf Marktplätzen. Du glaubst doch nicht im Ernst daran, dass dieser Mensch auch nur eine Sekunde zögern würde, wenn er deinen Kopf als Trophäe mitnehmen könnte!"

„Auch du und ich waren mal Menschen."

„Aber wir sind keine mehr", sagte Luciana leise. „Dieser Mann verdient es nicht, zu leben."

„Auf Erden gibt es keine Gerechtigkeit für das, was er getan hat. Wir sind nicht hier, um über ihn zu richten. Wir kennen die wahren Gründe für das, was auf der Erde geschieht, nicht. Jetzt komm mit mir! Komm mit! Lass ihn gehen und komm mit mir!"

Brandon streckte die Hand aus.

Das Rohr begann in ihrer Hand zu zittern, aber sie drückte es immer noch auf Judes Kehle.

„Lass ihn", bat der Engel sie noch einmal. „Er ist es nicht wert. Nicht wenn er das Einzige ist, was zwischen dir und mir steht. Jetzt komm mit mir! Wir können endlich zusammen sein."

Eine Ewigkeit schien zu vergehen, während sie vor der völlig zerstörten Fabrik standen, aus der in Panik die Dämonen flohen und zu denen sich nun die Menschen gesellten, die von dem Chaos aus dem Schlaf gerissen worden waren.

Kaum wahrnehmbar nickte Luciana.

Seinen Worten konnte sie jedoch keinen Glauben schenken.

Denn sie wusste: Wir können niemals zusammen sein.

„Es ist nicht an uns, zu entscheiden, was mit ihm geschieht." Brandon sah sie bittend an.

„Wenn du es so möchtest", sagte sie schließlich.

Dann ließ sie das Rohr los, das laut klappernd zu Boden fiel und wegrollte.

Er legte ihr einen Arm um die Schultern und zog sie mit sich davon, während Jude durch die dunklen Straßen von Murano stolperte. Sie überließen ihn seinem Schicksal.

In dem Boot, das Luciana am Flughafen gechartert hatte, fuhren sie und Brandon zurück nach Venedig. Hand in Hand gingen sie durch die dunklen, stillen Straßen, während die Menschen sicher in ihren Betten lagen und schliefen.

Sie war so erleichtert, dass Corbin endgültig von der Bildfläche verschwunden war.

Noch hatte sie das alles nicht vollständig begriffen – aber das würde noch kommen.

Spätestens dann, wenn sie Brandon verlassen würde.

„Ich möchte dich nach Hause mitnehmen, meine Liebe. Nach Chicago. Um dort neu anzufangen."

Sie lächelte bedauernd. Es gab kein anderes Zuhause für sie als ihre Casa Rossetti, die nun nicht mehr existierte. Sie kannte kein anderes Leben als das, was sie jahrhundertelang geführt hatte. Das schien er nicht zu begreifen. Früher oder später würde er es akzeptieren müssen.

Er hatte ja alle Ewigkeit Zeit, es zu verstehen.

Wie seltsam, dachte sie. *Obwohl wir nicht zusammen sein können, verspüre ich einen inneren Frieden.*

Er blieb in einem Hauseingang stehen, dessen altes Tor von Weinranken überwuchert war.

„Hierher kam ich in der Nacht, als wir das erste Mal miteinander geschlafen haben." Brandon schaute in den dunklen Garten, der hinter dem Tor verborgen war.

Rasch schlüpfte Luciana hinein und schlug das Tor hinter sich zu. Das alte Schloss schnappte mit einem Klackern zu, das beängstigend endgültig klang. Im Bruchteil einer Sekunde hatte Brandon sie durch das Tor am Handgelenk gepackt.

Mit der anderen Hand rüttelte er am Torknauf und versuchte, ihn zu drehen. Doch der bewegte sich nicht.

„Das ist Venedig. Hier ist alles alt. Er scheint sich verkantet zu haben."

Seine Finger umschlossen ihr Handgelenk fester. „Selbst wenn das Tor nicht mehr aufgeht, lasse ich dich nicht gehen. Dann müssen wir eben so lange warten, bis jemand es für uns öffnet."

„Dann stehen wir womöglich für immer hier. Unfähig, irgendetwas zu tun, bis wir völlig erschöpft sind. Lass es uns doch lieber gleich so machen, dass du mich loslässt." Luciana sah ihn an.

Sein Griff verstärkte sich. „Ich werde dich niemals aufgeben. Uns niemals aufgeben."

„Krieg das doch endlich in deinen Schädel hinein: Ich werde mich niemals ändern! Es gibt keinen gemeinsamen Ort für uns, nicht auf dieser Welt. Vielleicht irgendwann in ferner Zukunft. Aber nicht jetzt. Du musst mich gehen lassen. Das weißt du. Ich werde nicht zulassen, dass du alles aufgibst, was du dir erarbeitet hast und was du bist. Nicht für mich. Schließ die Augen!"

„Vergiss es", knurrte er.

„Schließ sie einfach! Ich verspreche dir, ich werde nichts Dummes tun."

Sie sandte ihm ein Bild von ihnen beiden in seine Gedanken.

Sie standen eng umschlungen unter einem Sternenhimmel. Der erste Mann und die erste Frau. Der letzte Mann und die letzte Frau. Zu zweit. Eins. Für immer.

„Lass mich gehen. Ich werde zu dir zurückkommen, das verspreche ich dir."

Brandon öffnete die Augen.

Nur für einen kurzen Moment löste er seinen Griff.

Und in diesem Moment war sie verschwunden.

Es dauerte keine Sekunde, bis Brandon über das Tor gestiegen war, um nach ihr zu suchen.

Doch er wusste nicht, wohin sie verschwunden war.

Hier in Venedig würde er sie niemals finden. Sie würde ihm immer wieder durch die Finger schlüpfen, so wie eben.

Er würde nach ihr suchen, aber schon jetzt wusste er, dass es vergebens sein würde. So sinnlos, als wollte er eine Handvoll Mondlicht aus dem Kanal schöpfen.

Sie hatte im Garten etwas fallen lassen – einen silbrig glänzenden Gegenstand. Er hob ihn auf und wusste sofort, was es war. Er drehte den Gegenstand um und fuhr mit dem Daumen über das eingravierte Bild des Erzengels Michael, der den Drachen tötete.

„Wo warst du heute Nacht, als sich all das ereignete?"

Hinter ihm erklang Michaels Stimme. „Ich wusste, dass du es schaffen würdest, Brandon. Du brauchst keinen Babysitter."

Doch als er sich umdrehte, war da kein Michael.

Brandon steckte die Uhr in die Tasche. Luciana hatte sie absichtlich zurückgelassen.

Ob sie ihr Versprechen wirklich eines Tages wahr machen und zu ihm zurückkehren würde?

Da stand er nun, in einem leeren Garten, durch dessen verwilderten Bewuchs ein paar Glühwürmchen schwirrten, neben der Statue des heiligen Georg, die Hand mit dem Speer über den Kopf erhoben. Ein weiterer Krieger, gebannt in seinem Sieg über das Böse.

EPILOG

Ein Jahr später

In den verkohlten Überresten der Casa Rossetti lief Luciana herum und durchsuchte die Asche.

Die von den Flammen verzehrten Überreste der Möbel und Haushaltswaren – hier der angekohlte Rand eines Tisches, dort ein Stapel zerbrochenes Geschirr – lagen wild durcheinander zwischen schwarzen Holzbalken und heruntergebrochenen Stuckbrocken. Die Außenwände des einst dreistöckigen Gebäudes waren einsturzgefährdet. Vom Dach war gar nichts mehr übrig, Luciana konnte den Nachthimmel sehen. Das Skelett ihres Palazzo drohte auf sie herabzustürzen.

Sie drehte sich um und blickte aufs Wasser.

Wenigstens war der Kanal wie immer. Er glänzte im Mondlicht.

Kein Wind. Keine melancholischen Weisen. Nur Frieden.

In der leeren Öffnung einer ehemaligen Holztür erschien Massimo. Sie hatte gewusst, dass er auftauchen würde.

Er verbeugte sich, und sie nickte ihm zu.

Dann standen beide eine Weile schweigend da, inmitten der Ruinen des großartigen Palasts, den sie immer liebevoll zu bewahren versucht hatten, und betrachteten die traurigen Überreste ihres Zuhauses, das sie so geliebt hatten.

„Komm, gehen wir ein Stück", schlug sie vor. „Lass uns diesen Ort verlassen, dann erkläre ich dir, was du schon so lange wissen willst. Ich werde dir von deiner Mutter erzählen. Was ich über ihre letzten Tage als Mensch weiß, so, wie ich es von meinen Eltern, deinen Großeltern, gehört habe, als ich zurück nach Venedig kam, kurz nach Carlottas Tod."

Seine Miene verriet nichts. Er stellte keine Fragen, gab keinen Kommentar ab.

Er hörte einfach zu.

Und sie begann zu erzählen. „Es war nicht üblich, dass eine Venezianerin in das Haus ihrer Eltern zurückkehrt, um ihr Kind zu bekommen. Doch Carlotta tat es. Vollkommen durchnässt stand sie mitten in der Nacht vor der Tür, kurz vor der Niederkunft. Noch in dieser Nacht starb sie, bei der Geburt. Der Sohn, den sie zur Welt brachte, wurde gewaschen und in das einzige Seidentuch gewickelt, das noch im Haushalt verblieben war. Dann wurde das Baby ins Arsenal gebracht und dort einem Bootsbauer übergeben, im Tausch gegen eine Handvoll Dukaten, gerade genug, um den Rest der Familie für eine Weile zu ernähren. Offiziell hieß es jedoch, auch du seist bei der Geburt gestorben.

Als ich endlich in der Lage dazu war, nach dir zu suchen, durchkämmte ich die Stadt. Doch erst nach deinem menschlichen Tod gelang es mir, dich ausfindig zu machen. Da hatte dich allerdings Satan bereits für seine Zwecke herangezogen."

Sie erinnerte sich noch an ihre Traurigkeit, als sie herausgefunden hatte, dass Massimo schon mit Anfang zwanzig kriminell geworden war. Nachdem er mehrere junge Männer im Streit getötet hatte, starb er selbst bei einer Messerstecherei in einer Bar.

„Ich habe über die Herausgabe deiner Seele aus der Hölle verhandelt. Du selbst dachtest immer nur, du seist ein gewöhnlicher Handlanger Satans, ein Türhüter, der über einen der schönsten Paläste von Venedig zu wachen hatte."

„Ich habe mich immer glücklich geschätzt, diesen Posten innezuhaben."

Glücklich. Diesen Ausdruck hatte sie nicht erwartet. Über zweihundert Jahre lang hatte sie es nicht über sich gebracht, ihm seine wahre Herkunft zu offenbaren. Sie hatte sich immer nur vorgestellt, wie seine Reaktion ausfallen würde.

Die blanke Wut, gefolgt von Vergeltung.

Sie hatte es sich gut überlegt.

War es nicht besser, zu glauben, man sei als armer Sohn eines

Bootsbauers gestorben, als zu erfahren, dass man das verstoßene Kind einer verarmten Adelsfamilie war, verkauft an jemanden von niederer Herkunft, um Geld für etwas zu essen zu haben. Er sollte niemals erfahren, dass seine eigene Mutter ihn ignorierte, während sie selbst in Überfluss und Luxus lebte … Nicht weit entfernt von ihrem Kind. Jahrhundertelang.

„Meine Mutter ist schon lange tot", sagte er leise. „Sie starb an dem Tag, an dem ich geboren wurde."

„Wie lange weißt du es schon? Dass sie … dass Carlotta …"

Er zuckte die Schultern. „Wie sollte ich nicht gewusst haben, dass sie meine Mutter ist? Ich bin mir sicher, es hatte etwas mit Instinkt zu tun. Ich brauchte nie zu fragen, weil ich es schon wusste."

Luciana suchte nach Worten, doch sie fand keine Möglichkeit, sich auszudrücken. „Deine Mutter hat dich sehr geliebt. Als sie noch lebte, war sie anders. Der Tod hat sie verändert. Wie er uns alle verändert."

Massimo nickte, und sie erkannte an seinem Blick, dass er verstand.

„Ich weiß nicht, wo sie jetzt ist", fuhr Luciana fort. „Es gibt Tausend Möglichkeiten und Tausend Orte, zu denen die Seelen gehen. Orte, die wir nicht kennen. Aber ich bin mir sicher, dass Carlotta dort, wo sie jetzt ist, endlich frei ist. Dass sie die Hölle und die Erde hinter sich gelassen hat."

Massimo nickte mit gesenktem Kopf. „Und Sie? Was haben Sie im vergangenen Jahr gemacht?"

„Ich habe nach einer Möglichkeit gesucht, so zu leben, wie ich es möchte, und nicht, wie es Satan gefällt. Ich kann das nicht mehr, Massimo", erzählte sie ihm. „Wie dem auch sei, man muss seine eigenen Entscheidungen treffen. Ich überlasse dir gern die Casa Rossetti zum Wiederaufbau, wenn du möchtest, die nötigen finanziellen Mittel inklusive. Unsere alten Feinde existieren leider immer noch, wie in all den Jahrhunderten zuvor. Sicher werden sie versuchen, dich aufzuhalten. Aber du bist ein Überlebenskünstler. Du hast die Kraft, das durchzustehen.“

„Und was werden Sie nun tun, *baronessa?* Wohin gehen Sie?“

Sie lächelte und schaute hinauf in den mondhellen Himmel. Sie würde weitersuchen.

Und in diesem Augenblick wurde ihr klar, dass jedes Gebet, das sie jemals geflüstert oder auch nur gedacht hatte, dass jedes verzweifelte Flehen um Gnade, das sie in den Momenten schlimmster Hoffnungslosigkeit ausgestoßen hatte, dass all das Gute, was sie jemals gewollt hatte, auf bestmögliche Art beantwortet worden war.

Bis auf eine krasse Ausnahme.

Einer monumentalen, herzzerreißenden Ausnahme, nämlich dass sie ohne Brandon würde leben müssen.

Obwohl genau das das Beste für sie war.

Luciana verspürte ein seltsames Prickeln am Handgelenk. Sie untersuchte ihren Arm. Auf ihrer hellen Haut war eine Tätowierung zu sehen – eine Feder. Eine ordinäre Taubenfeder, wie die, die sie von ihrem Arbeitstisch gefegt hatte, als sie zum ersten Mal Brandons Anwesenheit in Venedig gespürt hatte.

Die Feder war oben grau und unten farblos.

Das Tattoo war in der Nacht vor einem Jahr aufgetaucht, als sie aus Venedig hatte fliehen müssen.

Sie berührte die Zeichnung und schloss die Augen. Sofort wurde sie wieder von diesem inneren Frieden erfüllt, den Brandons Nähe in ihr verursacht hatte, immer, wenn sie zusammen gewesen waren. Dieses Gefühl überkam sie jedes Mal, wenn sie an ihn dachte.

Er ist in der Nähe, dachte sie. Ich muss gehen, bevor er hier auftaucht.

Eines Tages würde sie alles wiedergutmachen.

Ich weiß, dass dieser Tag kommen wird. So sicher, wie ich weiß, dass jedes Wesen auf der Erde Frieden finden wird.

Rasch schritt sie durch die Straßen Venedigs davon, ohne

eine bestimmte Richtung, ohne Ziel, bis das Prickeln verschwunden war. Sie lief so lange, bis sie am Ufer des *Bacino di San Marco* stand, wo Stein und Wasser zusammentrafen. Da stand sie und beobachtete aus der Ferne ein Flügelflattern. Ein Schwarm Vögel, der sich am Horizont in die Lüfte erhob.

Brandon konnte ihre Anwesenheit spüren, hier in dieser Stadt, die sie so liebte. Doch obwohl er in den Überresten der Casa Rossetti noch ihre Schwingungen wahrnahm, war sie nicht mehr da. Auch in der Glasgalerie war keine Spur von ihr, auch nicht in den verlassenen Zimmern des ehemaligen Bordells ein Stockwerk höher. Ihre Zweitwohnung am Lido lag ruhig und verlassen da. Er durchkämmte die verwinkelten Gässchen auf der Suche nach ihr, hoffte, irgendwo einen zufälligen Blick auf sie erhaschen zu können. Doch sie war nirgends zu finden.

Der letzte Ort, an dem er nachsah, war die Erlöserkirche.

Die gleichen Menschenmassen, dachte er, als er sich hineinschob. *Die gleiche unerträgliche Hitze.*

Doch auch hier war Luciana nicht.

Er war in der naiven Hoffnung hierhergekommen, sie in einer der Seitenkapellen vorzufinden, wo sie in Reue vor dem Altar kniete, bei dem Versuch, sich selbst ihre lange Liste von Sünden vergeben zu können. Dass sie die Erleuchtung gefunden hatte.

Ob sie wieder getötet hat? fragte er sich. Es gab keine Möglichkeit für ihn, es herauszufinden.

Er kehrte zurück an den Ort ihres ersten Beisammenseins, die heruntergekommene Pension. Dort hatte er sie ans Bett gefesselt, ihr die Glasscherben aus dem Rücken gezogen und mit ihr das Feuerwerk über der Stadt betrachtet, in der sie jetzt spurlos verschwunden war. Doch als er zu dem einst sicheren Hauptquartier der Kompanie kam, war es nicht etwa Luciana, die dort auf ihn wartete.

In der bescheidenen Eingangshalle saß Arielle, makellos

frisiert wie eh und je.

Der perfekte Engel.

„Dich hätte ich hier nicht erwartet", begrüßte er sie.

Und das war nicht als Scherz gemeint. Im vergangenen Jahr hatten er und Arielle nicht ein einziges Wort miteinander gewechselt. Trotzdem wusste er sofort, was sie hier wollte. Da die Pension nach den Vorkommnissen im letzten Jahr nicht mehr als sicher galt, konnte es nur einen Grund geben, weswegen sie hier war.

Sie wartet auf Luciana. Oder auf mich. Oder auf uns beide.

„Es ist wichtig, dass wir zusammenarbeiten." Arielle blickte ihn mit ihren blauen Augen unerschütterlich an. „Um sicherzustellen, dass es in dieser Gegend nicht zu weiteren Aufständen kommt. Ich erwarte ein wenig mehr Dankbarkeit von dir, wo Infusino und ich doch im vergangenen Jahr in letzter Minute die Fabrik in die Luft gesprengt haben, um dich zu retten."

„Ihr wart das?", fragte er, nur wenig überrascht. „Ich hatte eigentlich geglaubt, es wäre ein Akt Gottes gewesen."

„War es das nicht?" Arielle lächelte matt. „Wir hatten extremes Glück. Wir feuerten einen Flammenwerfer vom Boot aus in einen der Öfen. Die meisten dieser alten Gebäude sind nicht sehr stabil, sie wurden vor über tausend Jahren auf Holzpfählen in die Lagune gebaut. Darum ging es so schnell."

„Und jetzt soll ich mich bei dir bedanken? Obwohl du mich hast degradieren lassen?"

„Die Degradierung ist nur zeitweilig. Ich bin mir sicher, dass du binnen kürzester Zeit wieder in die Position eines Supervisors aufsteigen wirst. Außerdem war nicht ich es, die für deine Degradierung gesorgt hat. Das warst du selbst."

Selbst wenn es so gewesen wäre – das war es wert, dachte er. Alles, was ich letztes Jahr getan habe, um Luciana deinen Klauen zu entreißen, war es wert.

Wie üblich konnte es Arielle nicht dabei belassen und fing an, ihn wieder einmal zu belehren. „Du hättest damals den Hubschrauber nicht stehlen dürfen. Du hättest nicht mit der Gefangenen fliehen dürfen. Du hättest unter keinen Umständen zulassen dürfen, dass sie entkommt. Ich weiß nicht, wie du das geschafft hast. Aber es gibt eine Menge Dinge, die du besser sein gelassen hättest, Brandon."

„Du hattest niemals vor, Luciana zu bekehren." Brandon widerte ihr ausdrucksloses Gesicht an. „Du hattest vor, sie dazubehalten und zu foltern und sie für deine eigenen Zwecke zu benutzen."

„Mach dich doch nicht lächerlich! So etwas würde ich niemals tun." Dann stand sie abrupt auf und wandte sich zum Gehen. Als sie schon mit einem halben Fuß aus der Tür war, fügte sie noch hinzu: „Selbst wenn es so gewesen wäre, könntest du mir das niemals beweisen."

Und dann lächelte sie. Verbissen. Zum ersten Mal dachte Brandon, dass ihr Markenzeichen, diese verkrampfte Neutralität, kein Zeichen von Gelassenheit war.

Sondern einfach nur pathologisch.

Oben in seinem Zimmer setzte er sich auf den Rand des harten Betts, nahm die Packung Streichhölzer und zündete die Kerze auf dem Nachttisch an. Er öffnete das Fenster und sah hinaus auf die Adria.

Er wartete.

Sie hat versprochen zurückzukommen.

Dann legte er sich aufs Bett, weder voller Angst noch voller Hoffnung.

Seit einem Jahr hatte er keine Albträume mehr gehabt.

Sie hatte ihn davon befreit, jede Nacht seinen menschlichen Tod wieder zu erleben. Seine Träume waren jetzt wieder ganz normal, so ähnlich wie damals, in seiner Zeit als Mensch. Voller Möglichkeiten und Unmöglichkeiten, Erfahrungen und Seltsamkeiten – alles bunt durcheinandergemischt.

Doch auch von Luciana hatte er seit einem Jahr nicht mehr wieder geträumt.

Er schloss die Augen.

Und schon tauchte sie in seinem Unterbewusstsein auf. Nicht als scharfe Kontur und so lebendig wie in früheren Träumen. Nein, ihr Bild war vage, vernebelt und mystisch wie eine ferne Fata Morgana. Als er auf sie zuging, entpuppte sie sich nur als das Phantom einer Frau, als die zitternde Berührung einer Hand und einem kurzen Blick auf volle Lippen, die sich hinter einem Vorhang aus dunklen Haaren verbargen.

Sie blieb nur für einen kurzen Moment. Doch er spürte, wie ihre Liebe auf ihn abstrahlte, ihn umfing und in ihn eindrang. Er hörte ihre Stimme, weit entfernt und doch so klar, dass er keinen Augenblick an der Wahrhaftigkeit ihrer Worte zweifelte.

Ti amo.

Auch als sie schließlich verschwand, spürte er ihr Bild stärker als alles, was er in dem vergangenen Jahr in wachem Zustand erlebt hatte.

Doch jeder Traum endet. Und jeder Schlafende wacht auf.

Brandon erwachte mit der Erinnerung an Luciana und dem Bedürfnis, sie zu berühren. Und mit dem Wissen, dass sie nicht wirklich an seine Seite gehörte – so, wie der Drache, der aus den Tiefen der Lagune aufgetaucht war, im wirklichen Leben nichts zu suchen hatte.

Und trotzdem würde er nie aufhören, nach ihr zu suchen.

Ich werde die Jahrhunderte überschreiten und die Kontinente durchqueren, um dich zu finden. Ich werde Gipfel bezwingen und Ozeane durchschwimmen, um bei dir zu sein. Ich werde warten. Bis zum Ende aller Zeiten, wenn es sein muss.

Er stellte sich an das Fenster, aus dem sie einst gesprungen war, und betrachtete das Feuerwerk, das nun über ihrem geliebten Venedig abgeschossen wurde. Die bunten Farben regneten auf ihn herab, und von den Nachbarbalkonen und umliegenden Dächern schepperten Opernmelodien aus Lautsprechern. Eine einzelne grüne Flamme schoss hinauf in den Himmel, nur um kurz darauf als eine Million glitzernde Glühwürmchen am Firmament zu verglimmen.

Ich werde Drachen töten, um bei dir sein zu können, versprach er ihr stumm. *Ich werde eine Möglichkeit finden.*

Und bis dahin würde er auf ihre süße Stimme lauschen, die ihm in seinen Träumen etwas zuflüsterte.

– ENDE –

DANKSAGUNG

Ich danke einmal mehr meinen eigenen irdischen Schutzengeln:

Valerie Gray, Executive Editor bei Harlequin MIRA. Dieser Roman kam zustande vor allem wegen deiner Hartnäckigkeit und kreativen Betreuung. Die Widmung, die ich dem Buch vorangestellt habe, ist angelehnt an die Widmung von T. S. Eliots „Das wüste Land“, „Für Ezra Pound: *il miglior fabbro* („Der bessere Handwerker“H.)“. Meine Dankbarkeit richtet sich an *la miglior fabbra*, die bessere Handwerkerin, die mich und andere darin unterstützt, Geschichten aufzuschreiben, die sonst nur in unseren Träumen vorkämen.

Dem gesamten MIRA-Team. Grafik-Abteilung, *bravo*! Wieder mal ein tolles Cover – eure Arbeit ist inspirierend. Dank auch an Michelle Venditti, Editorial Assistant, und die Abteilungen Sales, Marketing und PR für eure Arbeit und Hingabe.

Kimberly Whalen. Agent *favolosa* bei der Trident Media Group. Dein Rat ist unschätzbar.

Patricia, Garyen, Johanna. Eltern und Schwester, ich danke euch für eure Ermutigung und Unterstützung. Vor allem danke ich meiner Mom für meine erste, wunderbare Reise nach Venedig. Und dafür, dass du deine Kreativität an mich vererbt hast.

Freunde, Lehrer, Kolleginnen. Für eure Tatkraft und alles, was ihr mir beigebracht habt. Ich bin euch wirklich von Herzen dankbar. *Grazie mille* an Linda Hutcheon dafür, dass du so unermüdlich an mich glaubst, und dafür, dass du deine Liebe zur Oper (und *so* viel mehr) mit so vielen deiner Studierenden teilst.

Leserinnen und Leser und Blogger. Euch gebührt mein herzlicher Dank, vor allem denjenigen, die mich mit so wohlwollenden und lieben Worten in der „Romance Community“ willkommen geheißen haben.

Boxer Dexter. Danke, dass du uns mit deinem großen Boxer-

Lächeln so viel Freude bereitest.

Zuletzt möchte ich meinem Mann Ed danken. Als Letztem in diesem Buch, aber als Erstem in meinem Herzen. Du bist mein wahrer Schutzengel. Ich bin immer wieder beeindruckt von deinem Streben nach Vortrefflichkeit und deinem Beitrag zur Menschlichkeit. Jeder Augenblick mit dir ist ein Geschenk.

Lesen Sie auch:

Stephanie Chong

Die Sehnsucht des Dämons

Band-Nr. 65063
8,99 € (D)
ISBN: 978-3-86278-466-0

Mit stumpfem Blick begutachtete Julian die Szene, vollkommen gleichgültig für das laszive Geschehen um ihn herum. Dieselben lüsternen Bilder boten sich ihm jeden Abend dar, wenn der Club geöffnet war. Nichts von dem, was er hier sah, machte ihn auch nur im Entferntesten an.

Beinahe schon apathisch drehte Julian sich um, um sich wieder in den Überwachungsraum zurückzuziehen.

Und dann erblickte er sie.

In seinem Augenwinkel bemerkte er ihr Schimmern. Es glich einem Goldbarren, der an einem schlammigen Flussufer lag. Er blinzelte, unsicher, ob es nicht doch nur ein Lichtreflex gewesen war. Doch als er sich umwandte und genau hinsah, stand sie da.

Sie war gekleidet wie für einen Strandtag und nicht für einen Abend im Tempel der Sünde. Ihr schlichtes, sonnengelbes Kleid betonte ihre gebräunten Arme und geschmeidigen Kurven. Das blonde Haar fiel ihr in Wellen auf den Rücken. Ihr Gesicht war von klassischer Schönheit, so perfekt, dass es selbst aus der Ferne auffiel. Auch die anderen Männer starrten sie an. Wie Haie, die Blut im Wasser rochen, umkreisten sie die Frau. Wen suchte sie? Hatte sie ihre Freundin aus den Augen verloren? Ihren Geliebten?

Er fixierte sie, und sie hob den Kopf – als könnte sie durch den Lärm und das Gewühl in der VIP-Lounge seine Gedanken lesen. Sie schaute ihm direkt in die Augen. Aus zehn Metern Entfernung eine offene Herausforderung. Dann drehte sie sich um und verschwand.

Sein Jagdinstinkt war geweckt.

Julian folgte ihr durch die Menge, erhaschte mal einen Blick auf ihr blondes Haar, mal auf ihre bloßen Schultern, während sie immer tiefer in die tanzende Masse eintauchte. Der Puls der Musik erbebte in seinen Adern und trieb ihn voran. Er bahnte sich seinen Weg zu ihr, ohne Rücksicht auf Verluste.

Als er ihr nahe genug war, schloss er seine Finger um ihren Arm. Ihre Haut fühlte sich an wie die eines Neugeborenen, so zart und weich. Ihr Bizeps spannte sich unter seinem fester werdenden Griff an. Die Lust strömte von seinen Fingerspitzen direkt in seinen Unterleib. Sie erstarrte und drehte sich um. Von Weitem war sie schön. Von Nahem göttlich.

Mit einem Blick erfasste er ihre hohen Wangenknochen, ihre vollen Lippen, ihre großen, vertrauensvollen Augen. Die Unschuld, die er in ihnen las, hatte nichts mit Arglosigkeit zu tun, sondern mit Glauben. Er wollte sie verschlingen. Sich in sie versenken, Teil von ihr werden und sie nie mehr gehen lassen.

Die Zeit schien stehen geblieben zu sein. Kein Ton war mehr zu hören. Aber mit einem Mal platzte in die Stille das Rascheln von Federn hinein, das Ausbreiten von Flügeln. Kaum war ihm klar geworden, was da geschah, wurde er von einer neuen Energie erfasst: Sie war ein Engel. Ein Schutzengel, der niedrigste Rang der Himmelswesen, verantwortlich für den Schutz der Menschheit auf Erden.

Warum ihn diese Tatsache so überraschte, wusste er nicht zu sagen. Er hatte schon viele Engel getroffen, oft mit ihnen gekämpft. Aber keiner war je so dumm gewesen, einen Fuß in einen seiner Clubs zu setzen. Was hatte sie hier zu suchen? In seinem Hoheitsgebiet?

Um ihn herum kam das Leben wieder in Gang; der hämmernde Bass der Musik ergriff wieder von ihm Besitz. Sie wand sich, um sich ihm endlich zu entziehen. Er verstärkte seinen Griff, wollte sie nicht gehen lassen.

Aus welchem Grund auch immer – sie war ins *Devil's Paradise* gekommen, mit ihrem unschuldigen Sommerkleidchen und ihrem lachhaften Glauben an das Gute im Menschen.

Jetzt war sie auf *seinem* Territorium.

Was Serena St. Clair stoppte, war die Berührung von Fingerspitzen auf ihrem nackten Oberarm. Die Berührung eines

Geliebten. So zart, so respektvoll und doch so sinnlich, dass augenblicklich die Begierde von ihr Besitz ergriff. Selbst im heißen Gewühl des Nachtclubs war dieses Gefühl so intensiv, dass sie fröstelte.

Als sie sich umdrehte, schaute sie in das Gesicht eines Gottes. So fein gemeißelte Gesichtszüge, so perfekt symmetrisch, dass Gottes Hand im Spiel gewesen sein musste. Aber in den Augen des Mannes las sie die reine Sünde. In seinem Blick war nichts Gutes, nur die nackte Begierde. Er stand vor ihr in seinem maßgeschnittenen Anzug, der seinen athletischen Körperbau hervorragend zur Geltung brachte, den obersten Knopf des Hemds hatte er geöffnet. Armani, tippte sie. Sein dunkles Haar war kunstvoll zerzaust, ein drastischer Gegensatz zu seinem ganz und gar nicht lässigen Blick.

„Willkommen im *Devil's Paradise*. Ich bin Julian Ascher."

Seine Stimme, leise und dunkel, ging ihr durch und durch. Ihr Körper schien zu vibrieren.

Einen Moment lang stand sie wie verzaubert da. Dann endlich kam sie wieder zu Atem. Sie schloss die Augen und schickte einen Energieschub in seine Gedanken, ein helles Licht, das seine Willenskraft brechen und die Erinnerung an sie auslöschen würde. Sie wartete darauf, dass er sie freigab und gehen ließ, damit sie ihre Aufgabe wahrnehmen konnte.

Ein Mensch befand sich hier, dessen Schutzengel sie war. Sie musste ihn finden und mit ihm so schnell wie möglich dieses Etablissement verlassen.

Nur leider ließ Julian Ascher sie nicht los. Für einen kurzen Moment blitzte Ärger in seiner ansonsten so lässigen Fassade auf. Doch schnell gewann er seine Souveränität zurück. In ihrem Kopf begann ein einziges Wort Gestalt anzunehmen.

Dämon.

Und tief in ihrem Inneren raunte eine Stimme ihr zu: Lauf!

Arielle, ihre Ausbilderin, hatte jedem Trainee in der Kompanie der Engel eine elementare Weisheit eingehämmert: *Wenn du einen Dämon triffst, der mächtiger ist als du, dann verschwinde augenblicklich.*

Serena hatte ihre Ausbildung mit Auszeichnung abgeschlossen. Doch jetzt stand sie wie angewurzelt da, unfähig, sich zu bewegen. Julians Finger umschlossen immer noch ihren Oberarm. Allerdings war es nicht der Körperkontakt, der sie lähmte. Panik breitete sich in ihr aus, wie eine chemische Reaktion, die sie paralysierte.

„Versuch das nicht noch mal", sagte er freundlich. „Kann sein, dass das bei Menschen funktioniert, aber bei mir ganz sicher nicht. Komm mit, dann können wir uns unter vier Augen unterhalten!"

„Tut mir leid, ich bin verabredet."

Nick Ramirez. Den sollte sie beschützen. Er musste ganz in der Nähe sein, das spürte sie. Serena musste ihn finden und ihm auf seinem selbstzerstörerischen Trip Einhalt gebieten.

Die Kompanie zählte auf sie. Eigentlich war die Aufgabe selbst für sie, einen jungen Schutzengel, nicht allzu schwer. Wenn nur dieser Dämon sie gehen lassen würde. Der gefährlich gut aussehende Dämon, dessen funkelnde Augen ihr pure Lust versprachen.

„Das war keine Frage", stellte Julian fest.

„Ich sagte, ich möchte nicht."

Engel sollen nicht lügen, das wusste sie. In Wahrheit wollte sie ihn, wie sie noch nie einen Mann gewollt hatte. Mit einem Verlangen, das offensichtlich tief in ihr geschlummert hatte und erst jetzt entfacht worden war. Sie wollte seine Finger auf ihrem Körper spüren, wollte seinen süßen Worten lauschen und dahinschmelzen.

Da sie von menschlicher Gestalt war, erlebte sie auch alle Empfindungen und Emotionen, die mit dem Dasein auf Erden einhergingen. In diesem Moment empfand sie diese Gefühle als so überwältigend, dass sie sich ihnen fast ergeben hätte. Sie erbebte unter seiner Berührung, und instinktiv war ihr klar, dass dieser Mann sie zerstören würde, wenn sie ihn ließe.

Als sie sich losmachen wollte, verstärkte sich sein Griff.

„Wenn du dich weiter wehrst, werde ich ärgerlich, und das könnte nicht gut ausgehen“, warnte er sie. „Indem du die Schwelle dieses Clubs übertreten hast, hast du dich auf mein Territorium begeben. Und hier gelten meine Regeln.“

Sein Ton war so beiläufig, als hätte er sie gerade zum Tee eingeladen. Doch seine Finger umklammerten ihren Arm so fest und besitzergreifend, dass sie weder an seiner Macht noch an dem, was er sagte, zweifelte.

Julian schob sie durch die Menge. Einen Versuch, sich von ihm zu befreien, unternahm sie noch. Sie ließ sich nach hinten fallen und klammerte sich an ein Geländer. Aber mit den dünnen Sandalen hatte sie nicht genug Halt auf dem Holzboden, mit einem einzigen Ruck zog Julian sie weiter.

Durch mehrere Türen drangen sie ins Innere des Clubs vor, wo es schlagartig leiser wurde. Er führte sie einen Flur entlang in sein Büro. Es war ein schicker, moderner Raum mit klaren Linien. Dunkelrotes Leder und glänzendes Holz, wie in einer vornehmen Werbeagentur. So hatte sie sich eine Dämonenhöhle nicht vorgestellt. Er schloss die Tür und verriegelte sie, erst dann ließ er Serenas Arm los.

„Champagner?“ Er deutete auf eine Flasche, die in einem fein gearbeiteten, silbernen Kühler stand. Dann zeigte er auf eine Sammlung von Weinflaschen, die die Hälfte der Wandfläche einnahm. „Oder lieber etwas anderes?“

„Ich bin nicht zu meinem Vergnügen hier.“

Jetzt konnte sie seine Augenfarbe erkennen. Dunkelblau, mit grünen und goldenen Sprenkeln. Glänzend, schön. Und so intensiv, dass ihr Puls schneller ging. Sie zwang sich, ihre Atmung zu kontrollieren und ihren pochenden Herzschlag zu drosseln.

„Spielverderberin. Dann vielleicht einen Apfel?“, fragte er und nahm einen aus der Schüssel, die auf seinem Schreibtisch stand. Er hielt die glänzende Frucht wenige Zentimeter vor ihren Mund. „Beiß rein!"

Sie drehte den Kopf zur Seite. Ihr Herz schlug so sehr, dass sie fürchtete, er könnte es hören. Oder sehen, wie es ihren ganzen Körper erzittern ließ. „Nein danke."

„Du bist doch nicht etwa abergläubisch und glaubst an diese alte Geschichte? Von Eva und diesem Quatsch mit dem Baum? Das ist alles nur das Ergebnis von überschäumender Fantasie. Was kann unschuldiger sein als ein Stück Obst?"

Genussvoll biss er in den Apfel. Es krachte, als seine Zähne das Fruchtfleisch zerteilten. Er schloss die Augen, und als er schluckte, huschte ein Ausdruck höchster Zufriedenheit über sein Gesicht. Dann legte er den Apfel auf den Tisch.

„Und jetzt verrat mir, was ein Mädchen wie du an einem Ort wie diesem zu suchen hat."

„Das habe ich Ihnen bereits erzählt", erwiderte sie eigensinnig. „Ich bin hier verabredet."

„Schön, wenn du Spielchen spielen willst ... Muss ein guter Freund sein, dieser Mann, nach dem du suchst. Wie hieß er noch mal?"

„Seinen Namen habe ich noch nicht erwähnt."

„Wie schade! Denn wenn ich wüsste, wie er heißt, könnte ich dir vielleicht helfen, ihn zu finden. Ansonsten müssen wir wohl die ganze Nacht hier verbringen. Dann wird sich dein Freund sicher fragen, was dir zugestoßen ist."

Erneut griff er nach dem Apfel und biss hinein. Sie beobachtete, wie er sich den Saft von den Lippen leckte. „Aber wir beide werden schon etwas finden, wie wir uns amüsieren können." Julian beugte sich zu ihr vor.

Irritiert machte sie einen kleinen Schritt zurück. Zögerte.

Ich könnte dich für immer hierbehalten, verrieten seine Augen ihr. Liefere mir nur einen Vorwand.

Nach einer langen Pause und einem verstohlen Blick zur Tür hatte sie einen Entschluss gefasst. „Er heißt Nick Ramirez."

Offensichtlich sagte ihm der Name etwas. „Ach ja, Nick. Hollywoods Liebling der Woche. Ich habe ihn eben erst gesehen, allerdings glaube ich nicht, dass er deine Hilfe braucht. Er scheint hier neue Freunde gefunden zu haben. Damen, wenn du verstehst, was ich meine."

Julian zog einen Mundwinkel nach oben.

Fasziniert und erschreckt zugleich presste Serena die Lippen zusammen. Sein Mund war so schön.

Es war klar, was er meinte. Nicks Vorliebe für weibliche Begleitung – *bezahlte* weibliche Begleitung – war kein Geheimnis. Doch seit Serena ihn als sein Schutzengel und als seine Yogalehrerin begleitete, zeigte er bereits Anzeichen von Besserung. Obwohl sie sich erst seit drei Wochen um ihn kümmerte, hatte er sein wildes Partyleben und seinen Konsum illegaler Substanzen schon erheblich eingeschränkt. Einen Rückfall wie diesen hatte sie eigentlich nicht erwartet.

„Ist da vielleicht jemand eifersüchtig? Ist er dein Liebhaber?", erkundigte sich Julian.

Eine leichte Röte überzog ihr Gesicht. „Ich denke nicht, dass Sie das etwas angeht."

„Also nicht. Ich wette, du hast gar keinen Liebhaber. Dann ist es wohl ein Auftrag. Wie dringend sollst du ihn denn hier rausholen?"

„Was meinen Sie damit?"

„Vielleicht können wir uns auf einen Handel einigen. Was hättest du mir anzubieten?" Ungeniert musterte Julian ihren Körper.

Mit zitternden Händen suchte sie in ihrer Handtasche nach dem Portemonnaie. „Ich habe fünfzig Dollar. Ich weiß, das ist nicht viel, aber …"

„Erfrischend. Wirklich sehr amüsant." Er lachte und trat näher an sie heran. „Süße, ich hatte dabei nicht an Geld gedacht."

„Etwas anderes habe ich Ihnen nicht anzubieten. Ich bin eine einfache Yogalehrerin." Während Julian sie mit bedächtigen

Schritten umkreiste, blieb sie einfach regungslos stehen.

„Du meinst, du gibst dich als solche aus. Dabei wissen wir beide es doch besser. Aber besprechen wir das gleich. Da du darauf bestehst, nur eine Yogalehrerin zu sein …" Sie spürte seinen brennenden Blick auf ihr. Jetzt blieb er unmittelbar vor ihr stehen. „Würdest du sagen, dein Körper ist dein Tempel?"

Beinahe unmerklich – aus Angst, sich zu bewegen – nickte sie.

„Dann lass mich ein und dich anbeten."

Noch ehe er geendet hatte, umfing er mit einer Hand ihre Taille, die andere legte er in ihren Nacken. Serena wollte sich ihm entziehen, aber sein Griff war wie aus Stahl. Er zog sie näher an sich heran. Als sein Mund ihren berührte, schloss sie die Augen. Sie hatte einen brutalen Kuss erwartet, doch die Berührung war sanft wie die einer Feder. Mit seiner Zunge glitt er zwischen ihre Lippen und erforschte ihren Mund mit einer Zärtlichkeit, die ihr völlig fremd war. Er schmeckte nach ungekannter Süße und verhieß absolute Befriedigung. Er vergrub die Finger in ihrem Haar, zog sie eng an sich, sodass ihre Brüste gegen seinen muskulösen Oberkörper gepresst wurden.

Wann hatte sie das letzte Mal die Hände eines Mannes auf ihrem Körper gespürt, einen Körper so eng an ihrem?

Vor einer Ewigkeit. Aber … Sie protestierte leise und hob die Hände, um ihn wegzuschieben. Schnell hielt er sie fest. Jetzt begann er, an ihrem Ohrläppchen zu knabbern. Sie keuchte – widerwillig und dennoch voller Lust.

Eine leise Stimme in ihrem Inneren rief ihr zu: Ja.

Eine einzige Handbewegung, und er hatte seinen Schreibtisch frei gefegt. Die Schale mit den Äpfeln landete scheppernd auf dem Fußboden, die Früchte rollten in alle Richtungen davon. Bevor ihr bewusst wurde, was geschah, hatte er Serena hochgehoben und auf die Schreibtischplatte gelegt. Und zu ihrem eigenen Erstaunen hätte sie fast nachgegeben.

Doch plötzlich regte sich trotz aller Begierde ihr Gewissen.

Sie machte sich los und stützte sich auf die Ellbogen. „Warten Sie! Lassen Sie mich gehen! Ich gehöre nicht hierher."

„Und was ist mit Nick?"

An Nick hatte sie überhaupt nicht mehr gedacht, ihr Geist war nur noch von Begierde erfüllt. Ihre Haut fühlte sich an, als stünde sie in Flammen, ihr Atem ging keuchend und stoßweise. Die Lust hatte sie überwältigt, und ihr einziger Gedanke war Julian. Sie war geweiht worden, ein göttliches Wesen – aber dem Fliegen war sie nie näher gewesen als jetzt.

Er beugte sich über sie und küsste sie noch einmal. Dann murmelte er, während er sie mit seinen Blicken förmlich verschlang: „Mein Engel."

Zweifelsohne hatte er erwartet, sie mit seinen Worten noch mehr zu erregen. Doch das Gegenteil war der Fall. Sie fühlte sich, als wäre sie in eine Badewanne voller Eis gestoßen worden, und kehrte im selben Moment wieder auf den Boden der Tatsachen zurück. Zurück zu ihren Pflichten. In diesem Augenblick war ihr Schutzbefohlener irgendwo in der Nähe und vergnügte sich mit einem Haufen Prostituierter. Und sie … sie war keinen Deut besser. Sie hatte sich von ihrer Lust hinreißen lassen.

„Sie haben bekommen, was Sie wollten. Und jetzt geben Sie mir Nick!"

„Wir haben nicht einmal angefangen, das zu erforschen, was ich von dir haben will." Er umfasste mit seinen Händen ihre Taille und streichelte sie aufreizend. „Seine Seele oder deine, Süße? Welche soll es sein?"

MIRA IST ONLINE FÜR SIE!

www.mira-taschenbuch.de

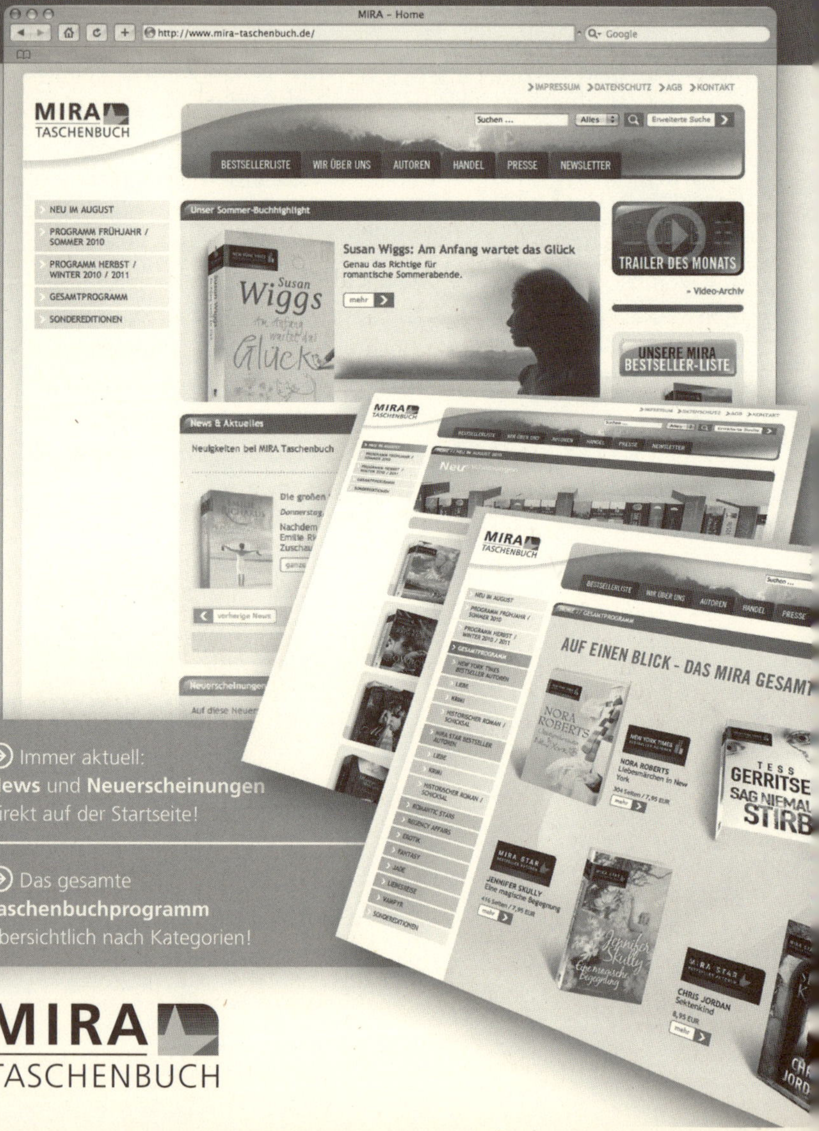

Immer aktuell:
News und **Neuerscheinungen**
direkt auf der Startseite!

Das gesamte
Taschenbuchprogramm
übersichtlich nach Kategorien!

MIRA TASCHENBUCH

Deutsche Erstveröffentlichung

Stephanie Chong

Die Sehnsucht des Dämons

Als jüngst ernannter Schutzengel soll Serena über den aufsteigenden Hollywoodstar Nick Ramirez wachen. Ihr erster Auftrag führt sie in den Nachtclub *Devil's Paradise*, wo sie ausgerechnet die Aufmerksamkeit des charismatischen Clubbesitzers Julian Ascher erregt. Zu spät erkennt sie, dass er ein Erzdämon ist, der Vergnügen suchende junge Menschen mit dem Bösen infiziert. Längst hat sie ihn geküsst und seinen Jagdinstinkt geweckt …

Band-Nr. 65063
8,99 € (D)
ISBN: 978-3-86278-466-0
eBook: 978-3-86278-529-2
320 Seiten

Gena Showalter

Die Herren der Unterwelt 9: Schwarze Verführung

Paris hat keine Wahl: Will er nicht sterben, muss der Hüter des Dämons der Promiskuität jede Nacht eine andere verführen. Doch die eine, Sienna, die er wirklich begehrt, darf er nicht lieben. Eine alte Fehde steht zwischen ihnen, und eine Verbindung zwischen Paris und Sienna wäre ihr Todesurteil …

Band-Nr. 65074
8,99 € (D)
ISBN: 978-3-86278-712-8
eBook: 978-3-86278-767-8
544 Seiten

Deutsche Erstveröffentlichung

Eve Silver

Fleischessünde

Als Sohn von Sutekh hat Malthus gelernt, für den Sieg zu töten. Sobald er herausgefunden hat, wer für den Tod seines Bruders verantwortlich ist, wird er ihn bestrafen. Wahrscheinlich steckt sogar ein Bekannter hinter dem Komplott: ein Seelenjäger. Auf der Suche nach dem Maulwurf kreuzt ausgerechnet Calliope Kane seinen Weg, die Isistochter mit den kühlen blauen Augen und dem engelsgleichem Gesicht …

Band-Nr. 65072
8,99 € (D)
ISBN: 978-3-86278-512-4
eBook: 978-3-86278-581-0
320 Seiten

Kerrelyn Sparks

Der verflixte siebte Biss

Vampire? Untote? Gestaltwandler? Caitlyn kann es nicht fassen. Ihre Schwester Shanna muss verrückt geworden sein! Wie sonst könnte sie ernsthaft behaupten, sie sei mit einem Vampir verheiratet? Und dass ihr Vater eine CIA-Agentur leitet, die übersinnliche Wesen jagt? Doch schnell wird ihr klar: Vater und Schwester sind vollkommen bei Verstand …

Band-Nr. 65071
8,99 € (D)
ISBN: 978-3-86278-504-9
368 Seiten

Jeri Smith-Ready

Im Zeichen der Krähe 2: Die Totenhüterin

Schmerz, Verzweiflung, Sehnsucht? Nacht für Nacht hört Rhia die Rufe der Verstorbenen. Und diese neue Dimension ihrer Gabe als Krähenfrau ist gefährlich: Rhias Seele droht im Jenseits gefangen genommen zu werden!

Band-Nr. 65060
8,99 € (D)
ISBN: 978-3-86278-346-5
eBook: 978-3-86278-440-0
416 Seiten

Michele Bardsley

Eine Hexe in Nevermore

Lucinda Rackmore ist auf der Flucht, seit sie von ihrem Exlover mit einem grausamen Fluch belegt wurde. In ihrer Verzweiflung geht sie nach Nevermore, Texas. Dorthin, wo keiner sie vermutet. Zu dem Mann, den ihre Familie einst betrog …

Band-Nr. 65058
8,99 € (D)
ISBN: 978-3-86278-334-2
336 Seiten

Nalini Singh
Royal House of Shadows – Lord der toten Seelen
Band-Nr. 65069
Preis 6,99 €(D)
ISBN: 978-3-86278-494-3
eBook: 978-3-86278-567-4
480 Seiten

Jill Monroe
Royal House of Shadows – Die Traumprinzessin
Band-Nr. 65065
Preis 6,99 €(D)
ISBN: 978-3-86278-478-3
eBook: 978-3-86278-547-6
304 Seiten

Jessica Andersen
Royal House of Shadows – Das Herz des Werwolfs
Band-Nr. 65068
Preis 6,99 €(D)
ISBN: 978-3-86278-487-5
eBook: 978-3-86278-557-5
304 Seiten

Gena Showalter
Royal House of Shadows – Der Vampirprinz
Band-Nr. 65064
Preis 6,99 €(D)
ISBN: 978-3-86278-467-7
eBook: 978-3-86278-531-5
304 Seiten